KB024004

우리 시대의 몸·삶·죽음

우리 시대의 몸·삶·죽음

첨단의학과 삶의 문제에 대하여

2010년 10월 8일 초판 1쇄 발행
2010년 11월 15일 초판 2쇄 발행

지은이 김진국
펴낸이 오은지, 서보경
펴낸곳 도서출판 한티재
등록 2010.4.12. 제2010-000010호
주소 706-821 대구광역시 수성구 범어4동 202-13
전화 053-743-8368
팩스 053-743-8367
전자우편 hantijaebook@daum.net

© 김진국 2010
ISBN 978-89-964413-1-1 03810

* 이 책 내용의 일부 또는 전부를 재사용하려면 반드시 저작권자와 한티재 양측의 동의를 받아야 합니다.
* 책값은 뒤표지에 표시되어 있습니다.

* 이 책에 인용된 작품 중 작가의 연락처를 확인하지 못해 미처 허락을 받지 못한 작품에 대해서는 확인되는 대로 필요한 절차를 밟겠습니다.

우리 시대의

몸 · 삶 · 죽음

첨단의학과 삶의 문제에 대하여

김진국 지음

한티재

책을 내면서

20세기가 저물고, 21세기가 막 시작될 무렵, 세상의 관심은 온통 'Y2K' 문제 즉 컴퓨터의 '밀레니엄 버그'에 쏠려 있었다. 1999년 12월 31일에서 2000년 1월 1일로 넘어갈 때 컴퓨터의 설계 오류로 날짜나 시각을 잘못 인식하게 되는 경우가 생기면 심각한 사회문제가 일어날 것이라는 주장들이 여기저기서 쏟아져 나왔기 때문이었다. 공상과학 영화에서나 볼 수 있을 법한 이야기들이 사람들의 입에 오르내리고 있었고, 급기야 최소 일주일 이상의 비상식량과 생필품을 준비하라는 경고까지 나돌기도 했다.

하지만 2000년 1월 1일, 자정이 지나면서 막상 21세기가 시작된 후, 몇 군데서 Y2K로 말미암은 컴퓨터 작동의 오류가 있었다는 이야기는 나돌았지만 세상은 아무런 일도 없었다는 듯이 잘만 돌아갔고, Y2K는 보통 사람들의 일상에는 아무런 영향도 미치질 않았다. 그런데 21세기에 접어들면서 한국 사회에 큰 혼란과 불안을 불러일으킨 것은 Y2K가 아니라 엉뚱하게도 의료계였다.

의약분업 시행을 앞두고 정부 정책에 불만을 품은 의료계는 2000년 2월 개업의를 중심으로 처음 파업을 시작하더니 의과대학 교수, 대학병원 전공의와 수련의, 의과대학 학생까지 파업에 동참하면서 시간이 지날수록 그 강도가 점점 강해졌고, 그 해가 다갈 무렵이 되어서야 의사들의 파업은 비로소 진정국면에 들어가게 된다. 이를 그 당시 언론매체와 세상 사람들은 '의료대란'이라고 불렀다.

그 길고도 긴 파업기간 동안 의사단체는 "2000년이 되면" 컴퓨터 때문에 온갖 문제가 발생할 거라는 Y2K 비관론자들의 주장처럼 "이대로 의약분업이 되면" 의사는 물론 국민들까지 다 망할 거라면서, 파업은 국민들의 건강을 위한 파업이라고 주장했다. 그러나 그 주장은 Y2K만큼이나 황당하고도 과장된 우려였다. 의사들의 긴 파업에도 불구하고 정해진 일정에 따라 의약분업은 시행에 들어갔지만 의사들의 우려와는 달리 차분하게 의약분업은 정착되어 나갔다. 국민들도 제도 도입에 따른 불편 — 병원과 약국을 번갈아 찾아야 하는 — 을 기꺼이 감수했던 것 같다. 올해로 의약분업은 도입된 지 10년째가 된다.

그런데 2000년 전체 의사의 파업을 이끌어낸 의료계 집행부는 정부의 정책에 계속 저항해왔다. 국민의 정부, 참여정부를 거치는 동안 정책 사안마다 갈등과 충돌이 끝없이 되풀이된 것이다. 정부가 추진하던 의료정책이 '의료사회주의 정책'이란 이유에서였다. 그러나 국민의 정부, 참여정부에서 추진했던 의료정책 중에 사회주의 정책이라고 평가받을 만한 것은 없었다. 오히려 한쪽에서는 국민의 기본권인 건강권까지도 시장원리에 내맡겨버리는 신자유주의 정책을 강행한 정부란 혹독한 평가를 내리기도 하는데, 의료계만큼은 국민의 정부와 참여정부를 의료사회주의를 획책했던 정부라 평가했다.

이명박 정부가 출범한 이후 의료계와 정부의 갈등은 소강상태로 접어든 것 같다. 그렇다고 해서 현 정부가 출범한 이후 의료계의 현안이나 요구 사항을 흔쾌히 수용하고 해결해 준 것도 아니다. 오히려 의약분업과는 비교도 되지 않을 정도의 굵직굵직한 정책들을 쏟아내고 있다. "영리법인의 의료기관 개설 허용"이라든지, "민간보험의 활성화", "의료시장 개방"과 같이 서민들의 생활은 물론 1차 의료기관은 물론 영세 중소병원의 존립까지 어렵게 만드는 정책들이 몇 해 전부터 꾸준히 입안되고 추진되어 왔다.

그런데 의약분업 때와는 달리 이런 정책에 저항하고 반대운동을 하는 단체는 의료계가 아니라 시민사회단체들과 노동단체들이다. 2008년,

의료보험 민영화 반대를 주장하며 거리의 촛불시위에 참여한 사람들은 의사들이 아니라 어린 학생들이거나 의료와는 무관한 시민들이었다. 그리고 지금도 정부 정책에 대응하는 적극적 대안을 내놓고 있는 단체는 또한 의사협회나 의료계가 아니라 보건복지 관련 시민단체들이다.

2000년 의사들의 파업 이후 우리 사회에서 달라진 변화를 하나 꼽으라면 '의료'와 '건강'이 사회의 중심 의제가 되었다는 것이고, 그런 공론의 장에서 의료계의 주장이 과거처럼 정부 측이나 시민단체 측에 쉽게 수용이 되지 않는다는 사실이다. 다시 말해 공익성이나 공공성이 담보되지 않는 전문직능집단의 주장은 집단이기주의로 치부될 뿐, 시민사회의 지지와 공감대를 얻기 어렵게 된 것이다. 시민사회의 '의료'와 '건강'에 대한 인식이 확연하게 달라져 있는 이 시대에 과거의 영화나 관행에 젖어 있는 의료계의 입지가 그렇게 넓지 않을 것 같다.

이 책에 실린 글들은 의료계가 의약분업을 빌미로 파업을 하던 그 무렵을 전후해서 최근까지 공론의 장에서 논의되던 '의료'와 '건강'과 관련해서 쓴 글들, 의료인이 아닌 제3자의 시각에서 본 의사와 의료현장에 대한 이야기들을 내 나름의 시각에서 정리하여 묶은 것들이다. 그러다 보니 미국산 쇠고기의 안전성에 대한 최근 논란에서부터 10년의 세월이 훌쩍 지난 생명복제와 관련된 글도 함께 실려 있다. 이렇게 오래 묵혀 둔 글까지 꺼내 한 책에 묶어 놓은 것은 우리 사회에서 이런 쟁점들이 우선 순위에서 밀려나 있을 뿐 여전히 미해결의 과제로 남아있다고 생각하였기 때문이다.

글은 거칠게 3부로 나누었는데, 1부는 의료인이나 의료현장의 모습이 담겨있는 우리 문학작품에 대한 독후감 형식의 글이나 또 의료현장에서 직접 부닥치면서 느낀 체험들을 에세이 형식으로 쓴 글들을 모은 것이다. 2부는 '의료'와 '건강'과 관련된 전문가들의 주장에 대한 비평이나 반론 성격의 글들을 모은 것이며, 3부는 토론회, 공청회와 같은 공론의 장에서 내 스스로 펼쳤던 주장이나 의견들을 다시 모은 것이다.

하나같이 오래된 이야기이지만 하나같이 해결되지 않은 의제들이기도 하다. 그렇다고 해서 잊고 무시해도 될 만한 의제는 더더욱 아니다. 우리 사회는 매일 새로운 의제들이 만들어져 사람들의 관심과 시선이 한 곳에 오래 고정되기 힘든 곳이기도 하다. 그것이 역동적인 사회의 공통적인 특성인지는 잘 모르겠다. 우리 사회에서 해결되지 않는 의제들이 쉽게 묻혀버리는 데는 여러 이유가 있겠지만 그 중 하나는 우리 사회의 지적 풍토의 가벼움 탓이 아닐까 한다. 체세포 복제를 둘러싼 생명윤리적 쟁점들은 우리 사회에서 벌써 유행 지난 노래가 되고 말았지만 해결이 되었다거나, 사회적 합의를 이룬 지점이 있는지 모르겠다. 그런데 그 이야기를 하는 지식인이나 언론인은 구경하기 어렵다.

케케묵은 글들을 끄집어내서 다시 손을 보고 책으로 묶은 것은 지난 십여 년의 세월이 흘러가는 동안 내 스스로 꺼낸 말과 글들에 대한 책임과 함께 그간의 생각들을 다시 정리해보고 싶었던 욕심도 있었다. 그리고 앞으로 살아가야 할 또 다른 십년의 방향을 설정하기 위한 목적도 있었다. 세월이 많이 지난 탓에 제목에서부터 연도와 그에 따른 주석들을 다시 손을 보고 정리 보완을 해야 했다. 그래서 잡지나 매체에 처음 발표했던 초고와는 다소 차이가 있을 것이란 점을 밝혀 둔다.

이 책을 내는 데는 〈물레책방〉 변홍철 실장의 격려와 도움이 많은 힘이 되었다. 변홍철 실장은 그가 『녹색평론』에 재직할 당시 몇 차례 기고를 한 사연 때문에 서로 인연을 맺게 되었는데, 오랜 세월 잊지 않고 기억해준 우의에 대한 고마움을 이 자리에서 전하고 싶다. 그리고 꼼꼼하게 편집 교정일을 맡아 책을 내준 〈한티재〉 오은지 실장과 서보경 실장께도 감사의 말씀 전한다.

그리고 이 책의 출간은 무엇보다 십년이 넘는 세월 서로 어깨 겯고, 울고 웃고 부대끼며 함께 같은 길을 걸어온 '대경인의협' 선후배 동료 의사들의 우정과 신뢰가 있었기에 가능한 것이었다. 앞으로도 함께 같은 길을 걸어갈 도반들이지만 좁은 지면에 일일이 거명할 수 없음을 양해해 주시리라 믿는다.

부족한 부분이나 미흡한 부분, 잘못된 부분에 대한 독자들의 질책은 기꺼이 수용할 것임을 약속드린다.

2010년 8월

김진국

차 례

2부 의·과학 전문가와 건강

3부 정치·사회·문화와 건강

1부 • 문학과 의학

우리 소설에 그려진 의술의 풍경

— 한국 의학 100년의 흔적

머리말

지나간 100년의 우리 역사는 과학기술의 역사라고 해도 좋을 것이다. 과학기술로 무장한 서구문명의 힘 앞에 무기력하게 주권을 빼앗긴 뼈아픈 체험과 전쟁과 저개발, 가난이라는 냉혹한 현실이 민족의 운명을 과학기술의 발전에 내맡기게 되었는지도 모른다. 그 결과 서구의 과학기술을 맹목적으로 추종해야 하는 것이 최고의 가치가 됨으로써 과거 전통의 가치는 모두 버려야 할 것이 되고 말았다. 이렇게 받아들인 서구의 과학기술 분야 중에서 의학기술이 있다.

1895년 제중원에서 최초로 소개된 서구식 의학기술은 얼마 지나지 않아 수천 년을 이어온 기존의 전통의학을 주변부로 밀어내고 지금 안방자리를 차지하고 있다. 현대의학기술은 이제 국민들의 삶에 없어서는 안될 물과 공기와도 같은 것이 되었다. 의료의 공급이 원활하지 않을 때 사람들은 불안해하고 때로는 사회문제가 되기도 한다. 그리고 결코 지금의 수준에서 만족하지를 못하고 더 나은 기술, 더 나은 수준의 의료를 끝없이 요구하고 있고 그런 수요에 발맞추어 새로운 의료상품은 매일같이 쏟아져 나오고 있다. 이제는 생명공학의 발달로 새로운 생명의 창조와 불로장생의 신기술이 개발될 것이라는 전망에 들떠 있기도 하다.

그러나 현재 한국의료의 참모습은 찬란한 겉보기와는 달리 참혹하게 일그러져 있다. 엄청난 외형 성장과 괄목할 만한 성과에도 불구하고 의료에 대한 국민들의 정서는 일정한 틈이 생겨있고 그 틈새는 점점 벌어지고 있다. 그리고 한때 희소가치 때문에 엄청난 특권을 누렸던 의사들은 이제 공급과잉의 시대가 되어 최소한의 직업윤리는 고사하고 생존을 위해 서로간의 과당경쟁이 벌어지고 있으며 의사는 더 이상 존경과 신망의 대상도 아니다. 그 일그러진 모습의 실상은 어떠한가? 태어나서 죽는 순간까지 의학기술의 영향권 아래 놓여 살고 있는 것이 현대인의 삶이다. 하지만 전문분야라는 성역 속에 갇혀 있는 의료의 참모습을 일정한 거리에서 객관적으로 평가하는 것 자체가 쉽지 않다. 그런 점에서 우리나라 의료의 실상에 관한 이야기는 어떤 보건학 이론보다도 보통 사람의 진솔한 이야기가 더 정확할 수도 있다. 이 글은 우리 문학 속에 등장하는 보통 사람들의 눈에 비친 우리나라 의료의 뒷모습들을 모은 것이다. 의외로 보통 사람들의 진솔하고 평범한 이야기 속에서 21세기 한국의 의료가 지향해야 할 방향을 찾게 될 수 있을지도 모른다.

현대의학의 한계

문명과 야만, 그리고 선진국과 후진국을 가늠하는 중요한 기준 중의 하나가 의학기술이다. 의학기술의 발전 정도, 국가보건체계의 수준이 한 나라의 수준을 가늠하는 척도가 되며 그것은 전염병의 발생 빈도, 영유아 사망률, 평균 수명과 같은 통계 수치로 증명된다. 그러므로 어떤 국가도 전통의료체계만으로 국가보건체계를 유지하고 있는 나라는 없고 서구문화와 사고에 뿌리를 둔 현대의학기술을 받아들인다.

그런데 현대의학기술은 그 효능과 유용성에도 불구하고 치명적인 한계가 있다. 현대의학기술은 개발과정에 투입된 자본의 영향으로 값비싼 상품이 될 수밖에 없는 것이다. 따라서 현대의학이 제공하는 의료상품은 일정한 구매력을 가진 계층이 아니면 접근할 수 없기 때문에 계층 간의 불평등을 초래한다. 그리고 현대의학기술은 서구식 문화와 가치관에 뿌리를 두고 있으므로 이를 받아들이는 저개발국가에서는 기존의 전통문화와 가치관 사이에 충돌이 생겨 고유의 민족정서와는 일정한 틈이 생기는 것은 공통된 현상이다.

특히 우리나라가 서구의학기술을 받아들인 배경에는 내부의 자생적인 욕구라기보다는 침략의 교두보로 삼으려는 일본을 비롯한 서구제국주의 국가들의 의도가 개입되어 있었다. 일제 식민통치 하에서는 의사에게 일종의 사법 권한까지 부여하는 경찰위생제도를 도입함으로써 의료가 국민의 건강과 복지를 위한 기능이라기보다는 식민지 백성을 억압하고 나아가 미개한 식민지 백성을 계몽·발전시킨다는, 식민지 지배를 정당화시키는 논리로 기능을 했다. 따라서 우리나라 현대의학의 발전과정에는 우리 민족이 가지고 있는 전통의 가치나 문화에 대해서는 최소한의 고려도 없었다.

한편 현대의학을 공부한 의사는 학비의 부담 외에도 의사가 되었을 때 자신의 지식을 현실에 적용을 하려면 최소한의 시설과 공간이 있어야 한다. 그러기 위해서는 비록 규모의 차이는 있을지라도 자본이 필요하다. 자본으로부터 자유롭지 못한 의사는 자신이 학문을 선택했던 애초의 순수한 동기를 지켜나갈 수 없고 그가 제공하는 의료의 성격 또한 왜곡되어질 수밖에 없다.

조정래의 소설 『아리랑』[1]에는 일제 식민치하에서 독립운동가의 아들 송가원이 의사가 되어가는 과정이 그려져 있다. 그런데 송가원은 아버지의 영향으로 싹튼 민족의식과 전혀 어울리지 않는 박미애라는 여성과 결혼을 한다. 그가 "사회문제에는 털끝만큼도 관심이 없이 보석이며 외제옷 같은 것에만 온통 정신이 팔려 있는 천박한 속물"(『아리랑』 중에서)인 박미애라는 여인과 결혼을 하게 된 배경은 취중에 벌어진 혼전 성관계라는 부담 외에도 박미애의 집안으로부터 학비의 지원을 받았던 부담이 가장 컸을 것이다. 반면 박미애가 송가원에게 접근하게 된 것은 애정이라기보다는 자신의 부친이 가진 재력을 밑천으로 의사 아내가 되어 피식민지 백성으로서는 비교적 안정된 신분을 확보할 수 있는 가능성 때문이었을 것이다. 결국 이 결혼은 파국을 맞게 되고 송가원은 후일 명창으로 이름을 날리던 옥비라는 여인과 재결합을 하게 된다. 송가원이 박미애와 결별을 하고 옥비와 재결합을 하게 되는 것은 옥비의

---

1 조정래 장편소설 『아리랑』, 해냄 2002. (1994년 발표)

민족의식과 애정 그리고 아버지의 구금과 옥사를 통해 불붙기 시작한 항일의식으로 의기투합을 하게 된 점도 있겠지만 무엇보다도 옥비가 당대의 명창으로서 재력이 있던 여성이었음을 주목해야 한다. 만약 옥비가 평범한 시골 여성에 머물러 있었을 경우 송가원의 선택이 어떠했을 것인가 하는 점은 의문이 남는다.

해방이 된 이후에도 한국의 의료체계는 공공의 이익을 위한 국가보건체계의 정비보다는 서구식 의료제도 특히 미국식 제도를 무분별하게 받아들이고, 국민의 건강과 복지에 대한 국가의 책임을 명시한 헌법정신(헌법 34조 2항)을 무시한 채 의료의 공급을 시장경제원리에 맡겨버린다. 그 결과 지금까지 한국의 의료는 무정부 상태의 혼란에 빠져있는 것이다. 손창섭의 소설 「잉여인간」[2]에 등장하는 치과의사 서만기는 인품과 교양, 치과기술까지도 남보다 출중하면서도 형편이 넉넉하지를 못하다. 서만기가 친동생은 물론 처가 식구까지 책임져야 하는 가정형편 때문만은 아니다.

> 근방에 있는 딴 치과에게 많은 손님을 뺏기고 있는 형편이었다. 그것은 단지 시설이 빈약하고 병원건물이 초라한 까닭이었다. 그렇지만 지금 만기로서는 딴 도리가 없었다. 좀 더 많은 손님을 끌기 위해서는 목 좋은 곳에 아담한 건물을 얻어 최신식 시설을 갖추는 길밖에 없는데 현재의 경제실정으로는 요원한 꿈이 아닐 수 없었다.
>
> — 손창섭 「잉여인간」 중에서

---

2 손창섭의 단편소설. (1958년 발표)

1950년대 치과의사 서만기의 한계는 50년이 훨씬 지난 지금도 변함없이 이 시대의 젊은 의사에게 똑같은 한계로 작용한다. 지난 100년간 한국사회에서 의사가 가져야 할 경쟁력은 인품과 직업윤리는 물론 의학지식과 기술도 아니었다. 그것은 '목 좋은' 상권을 찾아내는 안목과 '최신식 시설'을 갖출 수 있는 자본력이었다. 이 두 가지가 겸비된 의사는 자연스레 인품과 실력까지도 인정받을 수 있었다. 그런데 자본을 구할 수 있는 길은 비교적 간단했다.

> 유박사가 세계적인 규모로 들어선 서울의 아파트 밀림지대를 골라 〈유피부과의원〉 간판을 내건 건 일 년 전이었다. 그는 서른 다섯이었다. 그의 개업은 빠르지도 늦지도 않은 나이였다. 개업이 꿈이긴 했으나 경제적 능력이 없어 꿈으로 끝나려니 했는데, 결혼 3주년 기념 선물로 장인이 차려 준 거였다. 물론 조건을 달았었다. 이자는 계산하지 않기로 했지만 벌어서 개업까지에 든 돈을 갚으라는. 유박사는 그 빚의 부담감 때문에 아주 흔한 의사 중의 하나로 환자를 대했다. 즉, 많은 사람들이 멋대로 말하고 있는 〈허가받은 도둑으로서〉. 그 결과 개업한 지 일 년도 못 되어 적지 않은 빚을 갚을 수 있었다.
>
> — 백우암 「한 얼굴의 초상」[3] 중에서

한국의 의료는 재력 있는 부모를 둔 여성의 욕망을 충족시켜주는 대가이거나 아니면 희소가치와 함께 고부가가치 창출의 보증서와 동일한

3 『실천문학』 창간호(1980년 3월)에 수록.

성격의 의사면허증을 보고 던져주는 제도 금융권의 특혜 속에서 외형 성장을 거듭해왔고, 이런 과정을 통해 많은 의사들이 성공적인 삶을 살아왔다. 그런 의사의 성공이란 별다른 것이 아니다.

"내 농담에 신경쓰지 마시구, 의사로 성공할 생각이나 하시라구요."
아내의 표정이 정색으로 바뀌었다. "어떻게 해야 의사로 성공하나?"
유 박사는 담담하게 대꾸 삼아 내는 말이었다.
"아, 돈 많이 벌고 종합병원 지으면 성공도 대 성공이지, 뭐."
"출세도 되고?"
"물론이죠, 그러자면 한 가지 정도의 비방은 가져야지요."

—「한 얼굴의 초상」 중에서

"돈 많이 벌고 종합병원 지으면 성공도 대 성공"이란 가치는 지난 100년 동안 의사들의 의식을 지배해 온 불변의 고정관념이었다. 종합병원의 건설이 성공한 의사의 상징이 된 배경에는 최고만을 지향하는 국민들의 의식이 맞물려 있었다. 그 결과 대형 종합병원의 수는 과거와 비교할 수 없을 만큼 엄청나게 늘어났다. 이제 종합병원의 규모와 수는 우리 사회의 발전과 복지 수준을 가늠하는 척도이며 최첨단, 최신식이란 말은 수요자들이 자신들에게 필요한 의료를 선택하는 유일한 판단 기준이기도 하다. 그렇지만 의료기관들의 외형 팽창으로 삶의 질이 지난 시절과 견주어 눈에 띄게 나아졌다는 증거는 어디에도 없다. 병상수의 폭발적인 증가에도 불구하고 응급실에는 여전히 환자가 넘쳐나 바닥에까지 뒹구는 경우도 있다. 반면 소자본으로 운영되는 동네 병의원은 문을 닫거나 생존전략으로 대학병원에 맞먹는 시설로 무한경쟁을 하고 있다. 한국의 의료는 도입된 지 100년 사이에 아무런 결실도 없이 외형 팽창만을 추구하는 낭비구조가 되고 말았다. 그렇지만 이미 사람들은 화려한 병원의 외형에 가려진 의학기술의 뒷모습을 꿰뚫어 보고 있다.

> 시설이 제일 좋다는 큰 병원이었다. 그러나 지역 주민들 사이에선 평이 나쁘게 난 병원이기도 했다. 시설과 장비는 좋지만 원체 투자를 많이 해서 지은 병원이라 돈을 뽑기 위해 환자에게 과잉치료를 한다는 소문이 나돌았다. 의료기구를 전부 외상으로 구입해 그 빚을 갚기 위해 불필요한 환자에게까지 그 기구를 써먹는다는 것이었다.
>
> — 최임순 「호랑나비」[4] 중에서

그러나 우리나라의 의료 수요자들은 이 정도의 불쾌함과 경제적 부담은 충분히 감당해낼 수 있는 아량이 있다. '최고의 시설'과 '최신장비'라는 말은 이미 수요자들의 의식 속에 시간이 지남에 따라 투입량을 늘려야 하는 마약과 같은 효과를 나타내고 있기 때문이다. 초라한 시설은 둘째치고 최신장비 하나 없어 믿을 수 없는 동네 의원을 피해 오늘도 대형 종합병원의 접수창구에는 끝이 안 보일 정도의 사람들이 길게 줄을 서 있다.

---

4 『창작과비평』 1993년 겨울호에 수록.

문명과 개발의 상징 — 병원

전통사회에서 질병을 치료하는 공간은 집이었다. 병원은 사람을 일상의 삶과 그가 소속된 사회로부터 격리시키는 공간이며 인간관계의 단절을 만들어내는 공간이다. 그러므로 원래 병원은 일상의 삶에서 격리될 수밖에 없는 가난한 병자와 연고자가 없는 부랑자를 위한 수용시설로서 기능을 했다. 중세 서구 유럽에서 병원이 설립된 배경이 그러하고, 조선시대에는 활인원과 혜민서가 그런 기능을 했던 곳이다. 그런데 언제부터인가 우리 사회에서 병원은 건강관리는 물론 삶과 죽음까지도 총체적으로 관리하는 공간이 되어 있고 병상의 수와 병원시설의 수준은 사회발전을 가늠하는 척도가 되어 있다. '한강 이남에서 최고의 시설'이란 표현은 그 지역사회의 수준을 과시하는 척도로 사용되기도 한다. 최고 수준의 병원에서 최고의 진료를 받는 것이 신분을 증명하는 상징이 되어 있기도 하다. 질병은 인간의 삶을 구성하는 한 부분이며 나아가 죽음은 삶의 완성이라고 볼 수도 있다. 그러나 지금의 병원은 인간의 삶에서 질병과 죽음을 철저하게 분리시켜내는 공장이 되고 말았다.

큰 대학부속병원 회진시간이 다 그렇듯이 다음날 아침 한 떼의 레지던트, 인턴, 간호원을 거느리고 나타난 주치의 선생님은 한눈에 믿음직스럽고도 권위 있어 보였다. 권위란 상대방으로 하여금 하고 싶은 말을 참게 하는 어떤 힘이 아닐까? 나는 한편에 다소곳이 비켜서서 무슨 말이 떨어지기만을 기다렸다. 그는 거느린 수련의들한테만 내가 알아들을 수 없는 외국어로 짤막하게 몇 마디 하고 나가버렸다. 나는 허둥지둥 뒤따라 나갔지만 수련의 중에 섞여있던 어젯밤의 응급실 당직의사를 붙드는 게 고작이었다. 그는 내가 묻기 전에 수술날짜는 사흘쯤 후가 될 거라고만 말하고 다른 병실로 사라졌다.

— 박완서 「엄마의 말뚝」[5] 중에서

병원이란 공간을 지배하는 의료엘리트들의 시선은 '인간'이 아니라 '병소'에만 고정되어 있다. 긴장되고 초조한 마음으로 기다려지는 대학병원의 회진시간은 가족들이 멀찌감치서 권위의 체계와 의사의 서열을 확인할 수 있도록 배려해 주는 의례일 뿐이다.

큰 병원 수술실은, 수술실이 아닌 수술장이었다. 그 수술장에서 수술을 받은 환자는 하루에 이삼십 명을 헤아렸다. 마치 컨베이어 시스템에 의해 제품이 완성되며 운반되듯 종합병원이란 거대한 메커니즘이 환자에게 필요한 조치를 베풀어가며 제시간에 수술실로 보내고 일정한 시간이 경과하면 저절로 수술실에서 내보냈다. 수술실로 들어가기까지 수많은 사람의 손길이 닿았지만 그 누구도 내가 진심으로 부탁하고 매달리고 싶은 책임자는 아니었다.

더군다나 수술장은 저만큼서부터 가족들에게 금단의 구역이었고 그 속에서 일어나는 일을 볼 수 없는 것과 마찬가지로 그 속에서의 일을 책임질 사람도 만날 길이 없었다. (…)

---

5 박완서 소설전집 7 『엄마의 말뚝』, 세계사 2002. (1980년 발표)

(…) 회진은 늘 질풍이었고 복도에서 마주치는 의사 개개인의 걸음걸이나 행동도 마찬가지였다. 그들은 어디에고 머물기를 꺼리는 바람처럼 신속하고 정없이 스쳐갔다.

—「엄마의 말뚝」 중에서

죄를 지은 사람이 수형생활을 시작하면 이름이 없어지고 수인 몇 번으로 불리듯이 병든 사람이 병원에 입원하는 순간 이름은 없어진다. 몇 호실 위암 환자라 부른다. 인간은 없어진다. 다만 공격하고 제거해야 할 대상인 병소만 남아있을 뿐이다. 의학기술에는 감정이 없다. 감정이 없는 의학기술에 동정과 연민이 개입될 여지는 없고 연민이라는 것은 의학적 판단에 장애가 될 뿐이다. 이런 의학기술이 자본과 결합된 곳이 병원이다. 그러나 병원의 또 다른 한 구성요소인 자본은 의학기술을 지원하는 것이 아니라 지배하고 있다. 의학기술을 지배하는 그 힘을 우리는 권위라 믿고 있다. 권위는 밀실 속에 숨어있다. 권위는 함부로 모습을 드러내지 않는다. 광장에서 쉽게 만날 수 있는 권위는 이미 권위가 아니다. 권위를 찾기 위해서 미로 속을 헤매는 시간이 길수록 권위의 위상은 높아진다. 권위가 스스로 모습을 드러내는 경우는 권위와의 연결고리가 있을 때 한정되어 있다. 특혜와 차별을 가로지르는 힘은 권위와 연결고리이다. 때로는 "직장의 직함까지 이용해서 며칠을 기다려야 자리가 난다는 종합병원의 특실"(최임순 「호랑나비」 중에서)은 의료에 관한 수요자와 공급자 사이의 권위의 힘을 겨루는 시험장이기도 하다.

(…) 아이는 내가 낮에 안고 갈 때처럼 다시 축 늘어져 있었다. 나는 가

까스로 그이가 붙잡은 택시가 떠나기 전에 탈 수가 있었다. 그는 나 같은 건 안중에도 없었다. 큰 병원이었고 당직의사가 지훈이를 진찰하는 동안 그이는 어디다 전화를 걸었다. 그리고 나서 믿을 수 없는 일이 계속됐다. 지훈이가 뇌수술을 받아야 할 정도의 중상이라는 것도 충격이었지만, 그이의 연락을 받고 달려온 이들의 면모는 완전히 나를 까무러치게 했다. 지훈이는 그 으리으리한 병원에서 뇌수술의 최고권위자한테 수술을 받았고, 간호원이 체크해도 될 용태까지 젊은 의사가 이십사 시간 지켜보아주었고, 특실에 입원을 했다. 모든 것이 특별대우였다. 그이의 집안 내에서 경영하는 병원이라고 했다. 뇌수술의 권위자는 그이의 백부였다.

— 박완서 「티 타임의 모녀」[6] 중에서

"모든 것이 특별대우"를 받기 위해선 나와 권위 사이의 간격을 좁힐 수 있는 고리가 있어야 한다. 그래서 병원이란 공간에 들어선 인간들은 그 간격을 좁히기 위해 몸부림을 친다. 이것이 병원에서 대접받기 위해서는 "병원의 경비원이라도 알아야 한다"는 것이 진리가 된 이유이다. 권위의 관심을 끌지 못하는 익명의 인간은 정해진 절차에 따라 처리해야 할 대상일 뿐이다. 그 절차는 공급자가 일방적으로 정해놓은 절차이고 수요자는 그 절차에 반드시 순응해야 한다.

그런데 왠지 그는 소년에게 무척 불친절했다. 그것은 소년의 남루한 옷차림 때문이었다. 한마디로 거지꼴이었던 것이다. 엑스레이실의 기재

---

6 『창작과비평』 1993년 여름호에 수록.

들은 난생처음 보는 거창하고 우람한 것들이었다. (…) 엑스선 기사는 남루한 소년에게는 안 친절하기로 작정을 한 사람 같았다. 그는 친절한 설명은 고사하고 꼭 필요한 설명도 제대로 하지 않으면서도 소년에게 벌컥벌컥 신경질을 냈다. (…) 어렵사리 엑스선 사진을 찍었더니 수납에서 번호표를 하나 내주면서 며칠 후에 다시 오라는 것이었다. 나는 여직원에게 아이가 워낙 위독한 상태이니 지금 곧 진찰을 받게 해달라고 사정을 해 보았지만, 거들떠보려고도 하지 않았다.

— 이원하 「여기 고이 잠들다」[7] 중에서

의학지식과 의학기술이 병원의 기능을 가능하게 하는 것이므로 오랫동안 의사들은 병원과 자기 자신을 동일시해왔다. 최신 의학지식을 토대로 최고의 장비와 시설을 사용할 줄 아는 의사만이 최고의 의사인 줄 알았던 의사들은 최신시설과 최고의 장비를 제공하는 자본의 힘 앞에 한없이 왜소해지기 시작했다. 이제 자본의 승인을 받지 못한 의학지식과 의료전문가의 판단은 아무런 쓸모가 없게 된 것이다.

가망이 없으니 퇴원을 하라고 권유했다가 위에서 무슨 지시를 받았는지 당황한 젊은 의사가 달려와 금방 했던 말을 번복하며 계속 치료를 받으라고 명령하는 곳, 좋게 말하면 모든 환자를 끝까지 치료해보려는 의지를 지닌 병원이었다.

— 최임순 「호랑나비」 중에서

---

7 풀빛 소설선 『밤길의 사람들』(풀빛 1988)에 수록.

이미 여든이 넘어 죽음이 예정된 노인에게 가해지는 의학기술은 의술이 아닌 폭력일 수도 있다. 그것은 전문가의 판단이 필요치 않는 보통사람의 상식이다. 한때 병든 가족을 둔 사람들의 눈에 신망과 애원의 대상이었던 의사는 이제 보통 사람들에게 동정의 대상이 되고 있다.

"먼저 병원에서도 의사 선생님께서 병명을 정확히 알려면 조직검사를 해봐야 되지만 노인이라 조직검사를 견뎌내기 힘들다고 안 하시던데요."

"아아…… 네에…… 그러시죠. 아아…… 그러면…… 노인이시니까 약물치료나 계속 해야겠군요."

젊은 의사는 당황해서 얼굴이 빨개지고 말을 더듬었다. 사실 그 젊은 의사에게 무슨 잘못이 있으랴. 그도 이 병원의 지시를 따라야 하는 한낱 고용인에 불과했다. 가운 주머니에 손을 넣고 나가는 의사의 어깨가 힘없이 축 늘어져 있었다.

—「호랑나비」 중에서

엄청난 자본을 가진 재벌기업까지 병원사업에 뛰어들자 우리나라 의료는 최신장비의 각축장이 되고 말았고 의사는 오로지 최신장비의 원활한 가동을 위해 봉사해야 하는 임금노동자로 전락했다. 그러나 의료에 투입된 자본이 결국에는 자신들의 목을 치게 되리라는 것을 알기에는 오랜 시간이 걸리지는 않았다. 오늘의 최신식 시설이 내일의 최구식 시설이 될 것이란 건 전혀 의식하지 못하고 최신식 시설, 첨단장비, 최대의 병상, 최대의 규모를 지향하며 사생결단의 경쟁을 해 오던 한국의 의료는 1997년 외환위기가 닥치면서 그 뿌리가 흔들리고 말았다. 병원들이 무너지기 시작하더니 의사들이 길거리로 내몰리고 급기야는 대학 병원조차 부도가 나는, 믿기지 않는 현실이 닥쳐온 것이다. 국민의 최소한의 건강권을 위해 마련해 두었던 의료보험재정은 최신장비와 최고의 시설이 소리 없이 잠식해 들어오면서 바닥날 위기에 처해 있다. 100년을 어렵게 버텨온 모래성이 허망하게 무너지고 있는 것이다.

기계론적 모델의 한계

현대의학의 효능이 우수하다는 주장의 근거는 그것이 과학이라는 전제에서 출발한다. 과학이라는 말을 달리 표현하면 누구나 동의할 수 있는 객관성이 있다는 말일 수도 있다. 그러나 현대의학이 주장하는 과학, 다시 말하면 객관적인 효과라는 것은 인간의 감정이 배제된 분자 생물학적 의미의 효과이고, 치료를 받아들이는 환자가 평가하는 효과는 어디까지나 환자의 주관에 근거한다. 여기서 서양의학의 기계론적 모델에 대한 한계가 드러난다. 항암제의 항암 효과, 즉 암세포의 분자 생물학적인 억제 효과가 과학에 의해 입증되었다 하더라도 환자의 주관에 따른 만족이 없다면 그것은 사람을 치료한 것이 아니라 암세포를 치료한 것 이상의 의미는 없다. 따라서 의사가 믿고 있는 객관적인 효능이란 것에 대해 환자의 주관에 따른 만족이 없다면 그것은 의사의 주관에 따른 판단일 뿐이다. 게다가 의사가 신앙처럼 믿고 있는 의학지식이란 것은 통계에 따른 추론이다. 통계란 항상 부정확하다는 것을 전제하고 있다.

"이런 병은 자살률이 높다는 통계가 있지요. …… 하지만 제가 고쳐드리겠습니다."

의사의 두 마디 말은 분명했다. 자살하고 싶은 충동을 한두 번 받은 게 아니다. 의사이긴 하지만 타인인 그가 그처럼 내밀한 모습까지 들여다보고 있으리라고는 짐작하지 못했다. 따라서 고쳐드리겠노라 단호하게 말했음에도 그 말을 기분 좋게 믿기엔 어딘가 미진했다. 의사가 환자를 정신적으로 안심시키려 한다는 건 상식이 아니던가. 이 의사가 병증을 분류학적 개념으로 보고 치료하려 한다면 그건 불행이라는 느낌이 강하게 들었다. 육신 어딘가가 부러졌으면 깁스를 하면 될 일이고 혹이 붙었을 땐 떼어내면 될 터이다. 세상 밖으로 뛰어 달아나고 싶은 이 답답한 증세를 어떻게 해소한단 말인가. 의사가 집에 와 설거지도 해주고, 셋방도 면하게 해주고, 기업의 노사갈등도 해소해주고, 신공안정국도 풀어주고, 나아가 이 민족의 숙원인 통일도 이루어주고 요즘의 이 살인적 더위를 저 멀리로 쫓아버릴 수 있단 말인가.

— 임상모 「분신의 목소리」[8] 중에서

신체의 고통을 제거하는 것이 의사의 사명이라면 환자가 의사에게 기대하는 것 역시 고통을 제거해 달라는 것이다. 그러나 나의 고통은 결코 다른 사람이 수량으로 정량분석할 수 없는 것이고 더욱이 그 고통의 뿌리는 타인과 공유하지 않은 자신만의 체험에서 생겨난다. 따라서 노사갈등도 신공안정국도 분단의 체험도 없던 미국사람이 쓴 미국 교

8 『창작과비평』 1995년 가을호에 수록.

과서의 분류방식과 통계치에 근거한 지식이 노사갈등과 신공안정국이 라는 사회 환경이 불러온 고통에 대해서는 아무 쓸모가 없다. 오히려 인간의 감정과 체험은 배제한 채 의학적으로 비정상이라고 분류된 현상만을 제거하려 들 때 이는 한 사람의 인격을 침해하는 것이 될 수도 있다. 신공안정국 시기에 며칠째 귀가를 하지 않은 딸 걱정으로 불면과 불안으로 시달리던 사람이 마침내 응급실로 실려왔을 때 이 사람의 불면과 불안은 제거해야 할 병리적인 현상인가?

"어디가 아파요, 홍승표 씨? 현재 가장 아픈 데가 어디냔 말요."

친절미는 고사하고 인자한 모습이라고는 전혀 없는 응급실 의사가 윽박질렀다. 그 옆에 그림자처럼 서 있는 간호사의 무표정도 환자 편을 들어줄 사람으로는 보이지 않았다.

"아프냐구? 워디가 아프냐……!"

"어 말해봐요. 하여튼 어디가 아파서 이러는 거 아뇨. 거기가 어디요?"

대답하지 않으면 가만두지 않겠다는 투로 보였다. 주먹으로 면상을 갈길지 침대를 뒤집을지 모른다. 아내가 보다 못해 앞으로 나서며 입을 열었다.

"여러 날째 음식을 못 잡숫구유, 메칠째 통 잠을 못 주무셨이유. 너머나도 괴로우니께 발버둥을 치구 막 굉장해유. 유난히 잠을 못 자니께 워티케 할 줄을 몰르서유."

"그럼 잠 자게 하면 되겠네?"

아주 쉽게 의사는 말했다. 아무것도 아닌 것을 호들갑이냐는 듯이 말이다. 그런 다음 간호사를 향해 중얼중얼 지시했다.

"액티솔 천씨씨짜리 갖다 꽂고 그 선에다 다아제팜 까서 오분의 일만 주사해요."

—「분신의 목소리」 중에서

이청준의 소설 「조만득 씨」[9]에 등장하는 주인공 조만득은 중풍으로 수년째 반신불수로 누워있는 모친을 모시고 어렵게 살아가는 가난한 이발사로, 그에게는 틈만 나면 사고를 치고 장사밑천을 뜯어가는 골칫거리 동생이 하나 있다. 그로 말미암아 그는 백만장자가 된 망상으로 미쳐버리고 동네주민들의 도움으로 정신과 병동에 입원하여 유능한 의사인 민 박사에게서 치료를 받게 된다. 병실 안에서도 가짜 수표를 남발하며 재벌 갑부 행세를 하던 조만득은 누구보다 진지하고 열정적으로 환자를 보며 진단과 처방 또한 정확한 민 박사의 도움으로 그의 망상을 완벽하게 치유하게 된다. 이 치료 과정에서 민 박사의 병원에 근무하는 윤 간호사는 끊임없는 의문을 가진다.

글쎄, 궁핍이란 놈에게 쫓기고 쫓기다가 마침내는 백만장자가 될 수밖에 없었던 사람들을, 남의 힘을 견디고 견디다가 구세주나 제왕이 될 수밖에 없었던 사람들을 그 재력이나 권능을 빼앗긴 채 원래의 현실로 돌아가게 해주는 것만으로 할 일을 다 해줄 수가 있겠는가 말이다. 이들에겐 차라리 행복한 망상이 축복일 수가 있었다. 망상을 깨게 하는 게 오히려 죄악일 수 있었다. 그런 점에선 병원이라는 곳이 잔인하고 무책임한

9 이청준 대표작품선 『겨울광장』, 훈겨레 1987.

처형장일 수 있었다.

—「조만득 씨」 중에서

윤 간호사는 나아가 도발적으로 민 박사에게 질문을 던진다.

"조만득 씨의 병태에 대한 우리들의 책임이란 그를 자신의 현실로 돌아가게 하고, 그가 자신의 현실과 맞서게 하는 데에 위로와 격려를 보내는 것만으로는 끝날 수가 없는 것이 아닌지요? 과장님께서는 언제나 그가 현실을 외면하고 달아나는 쪽만을 생각하고 계시지만, 거꾸로 그가 현실을 못 견뎌서 그에 대한 복수로 그 자신이 아니라 그의 현실 쪽을 깨부숴버리려는 경우도 생길 수가 있기 때문이지요. 우리가 그의 현실의 일부라면 우리 자신도 그가 거꾸로 깨부숴 없애려는 세계의 일부로서 그의 복수를 감내해야 할 처지가 아니겠습니까? 그처럼 무서운 비극이 있을까요. 우리는 과연 그의 현실의 일부로서 또는 그의 병세의 변화에 대한 책임을 져야 할 사람들의 일부로서 그가 감행해 올 복수의 압박에 우리 스스로가 깨어질 각오가 되어 있는 것일까요? 만약에 그런 각오가 없다면 그건 옳게 책임을 지는 방법이 못 되지 않을까요. 편한 책임만 명분으로 내세우는 오만하고 무책임한 범죄가 아닐까요?"

—「조만득 씨」 중에서

민 박사의 탁월한 치료의 도움으로 재산을 모두 빼앗기고(망상의 치유) 현실로 돌아간 조만득 씨는 윤 간호사의 예상대로 철저하게 (현실에 대하여) 복수를 해 온다. 어머니와 동생을 차례로 목 졸라 죽이고 자신도 동반자살을 기도했다가 경찰서에 자수한다. 과대망상은 이성적이지 못한 사고를 지닌 것으로 (의사들이) 분류하는 사고체계이다. 그렇다면 우리 사회에서 이성이란 무엇인가? 그것은 돈이 만들어 놓은 질서 아닐까? 조만득 씨는 이 사회의 한 구성원으로 당당하게 살아가기 위하여, 돈이 만들어 놓은 질서에 편입되기 위하여 이성적인 '꿈'을 꾸어본 것이다. 그 꿈은 한 유능한 의사에 의해 갈가리 찢겨버리고 말았다. 이런 꿈을 아주 철저하게 부숴버리는 능력을 가진 자를 우리는 유능한 의사로 알고 있고 언론에서는 학계의 권위자라고 소개한다.

> 병원이란 원래가 그런 곳이었다. 그리고 의사들은 그런 사람들이었다. 병원은 다만 그들에게서 망상의 재산을 빼앗아 주는 것을 지상의 사명으로 삼고 있는 곳이었다. 그리고 의사들은 자기의 환자가 돌아가서 만날 현실의 무게 따위는 크게 고려할 필요가 없는 사람들이었다.
>
> —「조만득 씨」 중에서

왜 그럴까? 의사들은 전문영역이란 성역 속에 갇혀 사는 사람들이기 때문이며 병원을 떠난 환자들의 일상 속의 삶은 자신들이 관여할 전문영역이 아니기 때문이다. 그러면 병원을 떠난 환자들의 삶에 관여하는 전문인들은 누구인가? 정치인인가? 그렇다면 의술이 올바른 기능을 하기 위해서는 정치적이어야 할지도 모른다. 가치중립의 의학기술은 비정치적으로 보일지는 몰라도 그 기술이 현실에 적용되게 하고 또 적용되어 나타나는 결과는 철저하게 정치적인 의미를 내포하고 있다.

환상을 파는 벤처산업 — 생명공학

과학기술의 발달과 함께 현대의학은 놀라운 수준으로 발전을 했고 그 기술의 수준은 이제 인간의 상식을 뛰어넘고 있다. 세균의 발견, 항생제와 마취약제의 개발, 수술기술의 발전으로 현대의학의 힘 앞에는 불가능할 것이 없는 것처럼 보였다. 의학기술은 인간을 괴롭히는 모든 질병과 고통을 정복, 제거할 수 있는 능력을 지니고 있을 것으로 사람들은 믿고 있다. 최신식 시설의 병원에만 가면 불가능은 없다는 듯이 믿어왔다. 그러나 그렇게 당당하던 의학기술은 한편으로는 자연의 순리에는 철저하게 무기력했다. 인간의 삶의 연속선 위에서 늙고 죽는 것만큼은 통제할 수가 없었던 것이고, 늙었다는 사실 앞에서는 오만한 자태를 감추고 자신의 겸양을 드러낸 것이 지금까지 현대의학의 모습이었다.

뼈가 계속 더 바스러질 것이라는 의사의 말을 완전히 알아듣지 못한 것일까. 어머니는 칼로 도려내는 듯한 자신의 통증에 대해서 다시 묻기 시작했다. 의사는 귀찮다는 기색이 역력한 얼굴로 통증의 부위나 정도를 따질 것이 못 된다는 요지를 어머니에게 이해시키려 애썼다. 뼈를 둘러싸고 있는 신경들이 전과 달라진 뼈 때문에 아우성을 치고 있는 상태인데 젊은 사람이라면 수술이라도 해서 뭉친 신경을 풀어주겠지만 노인은 그것이 불가능하다, 아니 뼈 가까이 가는 것 자체가 아주 위험천만한 일이다…… 그의 목소리는 직업인으로서의 소임을 다하기 위해 안간힘을 쓰며 버티고 있었지만, 어쩔 수 없이 성의 없고, 권태에 절어 있었다. (…)

나는 그런 그의 면전에다 대고 최선의 방법을 물었다. 어머니와 나를 정리해야만 했다. 단순한 더운 찜질, 딱히 효과를 기대할 수 없는 몇 알씩의 약, 칼슘 분의 최대보강이라는 양에 차지 않는 처방을 얻어들고 우리는 그 방을 나왔다.

— 영양을 잘 섭취해서 컨디션이 좋아지면 통증을 좀 덜 느낄 수도 있지요.

그가 거지에게 던져주는 동전처럼 우리의 꼭뒤에 던져준 말이었다.

— 이청해 「바람이 불어오는 곳」[10] 중에서

그렇게 화려한 현대의학의 기술 앞에서도 늙었다는 사실은 절망이었고 좌절이었으며 더 이상 쓸모없어 버리고 방치해 두는 것이 더 좋을 그런 대상이었다. 현대의학으로부터 소외된 '늙음'은 사회 한 귀퉁이로 조용히 밀려나버렸다. 그런데 이 늙음에 대해 현대의학은 희망의 소리를 전하기 시작했다. 게놈 프로젝트가 완성이 되면 인간의 생노병사의 기전이 밝혀질 것이고, 노화의 메커니즘이 밝혀짐으로써 노화방지가 가능한 약이 틀림없이 개발될 것이며, 나아가 21세기에는 인간의 영원한 소망이었던 불로장생의 꿈이 실현될 것이라는 소리들이 들려오기 시작했다. '젊음'보다 더 젊은 '늙음'을 사기 위해 사람들은 생명상품을 파는 가게로 몰려들기 시작한다. 생명공학은 각광받는 벤처사업으로 주식시장을 주도하고 있다. 몸와 정신을 분리했던 서구의학. 이제 몸을 장기로, 장기에서 세포로, 세포에서 유전자로 끝없이 분해해 나가는 현대의학의 성과물이 궁극에 가서 인간을 질병으로부터 해방시키고

---

10 『창작과비평』 1994년 봄호에 수록.

영원한 청춘으로 살게 하여 죽음의 공포로부터 벗어나게 해 줄 것인가? 나아가 인간의 모든 행위와 사고까지도 진정 지도처럼 속속들이 까발려짐으로써 인간에 대한 모든 의문이 다 해소될 것인가? 그렇다고 한다. 적어도 생명공학자들은 그렇다고 주장을 한다. 의학지식은 과학에 기반을 두고 있고 과학은 객관적이므로 의심할 바 없는 진리이기 때문에 틀림없다고 주장을 한다.

김정한의 소설 「제3병동」[11]에 나오는 의사와 간호사들은 그 병동에서 일을 하는 것조차 꺼림칙하게 생각을 하고 마스크로 철저하게 자신을 보호하면서 일을 한다. 전염병 병동에 득실거리는 세균이 내 몸에 들어오는 순간 의사 자신이 병자가 되기 때문에……. 세균과 접촉한 신체는 질병을 일으킨다는 것은 객관적인 의학지식이기 때문에 의심할 바가 못 된다. 그래서 제3병동에서 근무하는, 아직 때묻지 않고 직업의식에서 생긴 의협심까지 가진 젊은 의사 김종우는 장티푸스에 걸려 입원중인 엄마와 잠자리를 같이 하며 숟가락조차 엄마와 함께 쓰는 그 딸이 의사인 자신의 말을 듣지 않자 "무식이란 것이 무섭다는 걸 알아야 해요!"라며 욕을 해댄다.

그러나 병원에서 중환자의 운반이나 영안실의 허드렛일 등 가장 더럽고 건강에 위해한 일을 도맡아 하는 노무자들은 마스크란 걸 아예 쓰지 않을 뿐 아니라 시신을 만지던 손으로 밥을 먹고 술잔을 나누기도 한다. 적어도 감염과 전염병에 있어서 과학에 근거한 의사들의 의학지식

---

11 김정한 『金廷漢 小說選集』, 창비 1990. (1969년 발표)

은 가난한 병원 노무자들과 병든 엄마를 구완하는 가난한 소녀에게 여지없이 파괴되고 만다. 이들의 행위는 이른바 의학의 관점으로는 미개하고 야만스런 행위로 치부될 수 있는 것들이지만, 이들이 질병으로부터 자유로운 상태에서 노동을 할 수 있는 야만의 건강성에 대해서는 치밀한 의학의 논리로도 설명의 진공상태에 빠진다. 이럴 때 의사는 자신의 지식과 편견에 대해 고민하기보다는 환자와 환자보호자의 수준을 멸시한다.

> 그러나 이상하게도 그 순간 이후, 의사 김종우 씨는 엉뚱한 회의에 사로잡히기 시작했던 것이다. — 병을 겁내지 않는 애! 죽음까지도!
>
> 그저 얌전하고 착실한 의사의 아들로서 이른바 일류의 중학, 고등학교를 마치고, 대학까지 일류란 데를 나온 레지던트 코오스의 젊은 의사 김종우 씨의 단순한 생각으로서는 얼른 이해가 가지 않았다. 사람의 명과 생명을 대상으로 하는 의학…… 눈깔까지 해 넣고 심장이식까지 할 수 있게 된 놀라운 현대의학 이론으로써도 그러한 인간행위만은 진단할 길이 없었다. — 효도니 뭐니 하는 그런 너절한 것이 아니다! 훨씬 본질적인 것, 어쩜 과학 따위에 의해서, 혹은 현대인의 그 약삭빠른 비굴성이랄까, 거짓 이기주의…… 아무튼 눈에 보이지 않는 그런 것들에 의해서 말살되어가고 있는, 그런 무엇이 아닐까?
>
> — 김정한 「제3병동」 중에서

"과학 따위에 의해서", 혹은 "현대인의 약삭빠른 비굴성" 같은 눈에 보이지 않는 그런 것들에 의해 말살되어버린 "그런 무엇"은 무엇일까?

본질적인 "그런 무엇"이 생명공학의 발달로 규명이 될 것이며 말살된 것들이 복원될 수 있을까? 생명공학자들이 이에 대해 명확한 답을 하지 못한다면 그들은 인류의 건강을 위해 헌신하는 사람이 아니라 실체도 없는 환상을 팔아 이익을 챙기는 벤처사업가일 뿐이다. 코스닥 시장에서는 인간의 건강을 보장해 주는 어떤 물건도 팔지 않는다.

과학 따위에 의해서 말살되어버린 "그런 무엇"은 무엇일까? 개항과 함께 거대한 근대화의 물결에 한 귀퉁이로 밀려난 한의학에서 그 무엇을 찾을 수 있을까? 현대의학의 일그러진 모습은 의술이 삶을 보살피는 기술이 아니라 욕망을 충족시켜주는 소비산업이 된 데에 그 뿌리가 있다. 현재 한의학은 현대의학의 대항문화로서 자리매김하고 있는 것이 아니라, 현대의학의 모형을 철저히 모방하는 형태를 취하면서도 상품의 성격만 달리하는 또 따른 소비산업이 되어 있다. 일그러진 의료의 또 다른 모형일 뿐이다. 지난 100년간 의학의 발자취는 육신의 안녕이 과학기술이나 물질의 소비만으로 결코 얻을 수 없음을 증명한 것이라 할 수 있다. 인간은 육체와 영(靈)이 정신에 의해 통합된 종합체라고 했다. 기존의 한의학도 현대의학도 육신의 안녕만을 추구해 왔지 인간의 영(靈)적 안녕은 보장해 주지를 못했다. 과학 따위에 의해 말살되어버린 '그 무엇'은 영적 안녕을 추구하던 우리 민족문화는 아닐는지 모르겠다.

맺으면서

지금 우리나라 의료체계는 공급과잉과 공급의 불균형이 뒤엉킨 채 가닥을 잡을 수 없을 정도의 혼란 속에 빠져있다. 의료 공급의 불균형이 사회문제가 되는 의료소외계층이 있는가 하면, 한편에서는 의료가 몸을 보살피는 기술과 지혜의 차원을 넘어 소비의 대상, 때로는 부를 과시하기 위한 수단으로 남용되고 있는 것도 엄연한 현실이다. 최소한의 질서마저 무너진 의료시장에서 국민들은 약에 찌들어 있다. 어느 한 곳에서도 의지할 곳을 찾지 못했던 고단한 육신을 달래기 위해 무한정 약에 의존해 온 것일지도 모른다. 약물의 오남용이 심각한 수준에까지 이르게 되자 정부는 2000년 7월부터 의약분업이란 정책을 도입했다. 우여곡절 끝에 의약분업이 시행된 지 10년이 지난 지금 약물의 오남용이 얼마나 줄었을지는 확실하지 않다. 반면 제도 도입 초기부터 촉발된 의약직능 간의 소리 없는 갈등은 아직도 계속되고 있다.

우리 민족이 건강을 추구해 왔던 수단은 삶의 지혜였다. 물질(약물)의 소비를 통해 건강한 삶을 누려왔던 것은 아니다. 건강한 삶의 지혜란 육신의 고통을 초월할 수 있는 영적 안녕을 추구해 왔던 민족문화 속에 남아있고, 그것은 시간과 공간을 초월하여 지금도 이어지고 있다. 다만 과학기술의 힘에 짓눌려 잠시 뒤로 밀려나 있었을 뿐이다. 자연, 나아가 우주와의 합일을 통해 건강을 추구하던 민족정서의 원형을 복원하는 것이 21세기 한국 의료가 지향해야 할 방향일는지도 모른다.

(『사람의 문학』 2000년 봄호)

농담 속에 파묻힌 진실

— 『아주 오래된 농담』*과 의사들

"듣는 사람이나 하는 사람이나 다 거짓말인 줄 알면서도 들어서 즐거운 거, 그거 농담 아니니?"

— 『아주 오래된 농담』 중에서

고독한 의사

박완서의 소설 『아주 오래된 농담』이 서점가에 그 모습을 드러낼 때(2000년)는 의사들이 일으킨 대란이 막바지에 다다를 무렵이었다. 그런데 온 나라를 공포의 도가니로 몰고 갔던 의료대란은 정말 '농담'처럼 시작됐다. 의사들이 "수험생 여러분 의과대학을 지원하지 마십시오"라는 다소 엉뚱한 제목 아래, 어렵게 의사가 되더라도 고졸 초임 정도의 수입도 생기지 않는다는 장황한 설명을 신문 하단 광고면에 늘어놓을 때만 하더라도 사람들은 '농담'인 줄 알았다. 진료실 문을 걸어 잠근다고 으름장을 놓을 때까지만 해도 '농담'인 줄 알았고, 진료실 문을 걸어 잠근 뒤에 응급실과 수술실마저 문을 걸어 잠근다고 할 때도 '농담'인

* 박완서 장편소설 『아주 오래된 농담』, 실천문학사 2000.

줄 알았다. 그러나 그 말은 농담이 아닌 현실로 이어졌다. 농담 같은 말이 현실로 이어진 결과, 의사들은 얼마간의 유형의 재산은 챙겼을지 몰라도 국민의 신뢰라는 무형의 재산은 하나도 남김없이 다 날려버렸다.

해마다 겨울철이면 돌아오는 입시전쟁에서, 의과대학을 지원하지 말라는 선배 의사들의 간곡한 부탁(?)이 있었음에도 불구하고 그 해 의과대학은 여느 때와 다름없이 최고의 경쟁률을 자랑했다. 농담 같은 현실이 벌어지고 그로 말미암아 의사들의 신뢰도는 땅바닥에 나뒹굴게 되었음에도, 의사가 되고자 하는 수험생과 자녀를 의사로 만들려는 학부모들의 갈망은 전혀 식지 않았던 것이다. 의사라는 직업에 대한 갈망과 의사집단에 대한 적개심에 가까운 불신. 의사라는 직업에 대해 형성되어 있는 이런 이중 감정의 원인은 다름 아닌 '돈' 때문이다. 2000년이 저물 무렵 겉으로는 평온을 되찾은 듯한 의(醫), 정(政) 사이의 대립이 잠시 물 밑으로 잠복하는가 싶더니, 보험재정이 파탄났다는 사실이 알려지면서 정부와 의료계 사이의 책임 공방이 벌어지고 다시 정면충돌의 전운이 감돌기 시작했다. 전쟁이 다시 촉발된다면 그 원인은 역시 '돈'이다.

소설 『아주 오래된 농담』은 의사가 되기를 원했던 두 명의 남학생과 의사의 아내가 되기를 원했던 한 명의 여학생, 세 명의 초등학교 동창생 이야기로 시작이 된다. 소설의 주인공인 영빈은 의사가 되려는 동기가 "유명한 의사가 되어 돈을 많이 벌겠다"는 것이었고, 그의 경쟁자이자 친구인 한광은 "훌륭한 의사가 되어서 돈 없어 병원 못 가는 사람들을 무료진료하겠다"는 것이었다. 그런데 여자 동창생인 현금의 꿈은 돈 많이 버는 의사와 결혼하는 것이었다.

느네들 둘 다 의사 될 거라면서? 잘났어. 난 훌륭하고 돈도 많이 버는 의사하고 결혼할 건데. 약 오르지롱. 메롱. (12쪽)

현금이 의사와 결혼을 하겠다고 초등학생 시절부터 마음을 먹었던 것은 의술에 대한 경외심이나 의사의 인격 때문은 아닐 것이다. 의사 자신은 고되지만 돈은 많으니 의사의 아내는 호사스럽게 산다는 것, 그것은 자신의 판단이라기보다는 부모의 판단이었을 것이고, 부모의 판단은 동년배 의사들과 그 부인들의 처신에서 확인한 경험에서 나왔을 것이다. 그리고 현금이 이렇게 두 사람을 놀려먹을 수 있었던 것은 부잣집 딸이었기 때문에 가능했다. 여자 친구의 놀림감이 되고만 심영빈과 한광이 의과대학을 진학하여 의사가 되기까지 지루하면서도 험난한 과정을 감내할 수 있었던 힘은 미색이 출중한 부잣집 딸의 눈높이에 맞추려는 한편, 현금 아버지의 구매심리를 충동질할 수 있는 괜찮은 상품이 되겠다는 객기 같은 것이었을지도 모른다.

세월이 흘러 의사가 되고 난 뒤 한광은 의대 동기생과 결혼을 하고 "훌륭한 의사가 되어 돈 없는 사람 무료진료하겠다"는 애초의 꿈과는 거리가 먼 삶을 살아간다. 장안에서 유명한 불임클리닉 원장이 되어 수많은 대한민국 여성들의 고민거리(아들)를 해결해 주면서 성공한 의사로 자리를 잡은 것이다.

한편 심영빈은 전공의 시절에 결혼을 하기 위해 맞선을 보게 된다. 맞선을 본 뒤 남자보다 더 적극적으로 구혼을 하는 여자에게 장황하게 한편으로는 측은할 정도로 자신의 신세타령(24~28쪽)을 늘어놓는 영빈의 말을 듣고 있던 상대 여자는 일말의 연민이나 동정심도 없이 한칼에 말을 자르고 요점을 이야기한다.

> "더 이상 설명 안 해도 의사 되기가 어렵다는 거 알아요."
>
> "돼봤댔자 점점 더 별볼일 없어지는 게 그 노릇이랍니다."
>
> "돈 많이 버는 건 바라지 않아요. 교수 되고 싶어하는 거 힘껏 뒷바라지 하고 싶어요. 개업시켜 줄 만한 재력은 없어요, 우리 집." (28쪽)

영빈이 현금과의 결혼을 포기한 대신 재력있는 집안의 다른 여성과 결혼을 꿈꾼 흔적은 보이지 않는다. 맞선을 보고 결혼을 한 수경에게도 결혼을 전제조건으로 재물을 요구한 적은 없다. 그렇다면 영빈이 말한 "별볼일 없다"란 말은 무슨 의미일까? 의사가 돼서 볼 수 있는 '별'이란 게 무엇일까? 어쩌면 돈과는 관계없이 의사가 되기까지, 의사가 되고 난 뒤에도 겪어야 되는 숱한 정신적, 육체적 어려움을 인정해달라는 것일 수도 있다.

그런데 의사 노릇 하기가 어렵다는 것은 누구나 알고 인정하는 상식이다. 그런 상식을 줄줄이 늘어놓을 때 상대방은 그 진의를 의심할 수밖에 없는 것이다. 되돌아오는 말은 거의가 똑같다. "그래서 도대체 얼마나 더 벌어야겠냐?"는 것이다. 그 상대가 혼담이 오고가는 여자라면 당연히 혼수와 재물을 요구하는 것으로 받아들인다. 왜 이렇게 되어버렸는가에 대해서는 세상을 원망하기 전에 의사들 스스로 자신들의 문화 속에서 그 해답을 찾아야 한다.

수련과정을 마치고 영빈은 "유능한 의사가 되어 돈 많이 벌겠다"는 애초의 꿈과는 달리, 교사인 아내의 뒷바라지와 어머니의 가사노동 덕택에 어려운 관문을 다 거치고 의과대학 교수가 된다. 돈은 많이 벌지 못하더라도 "한 소대나 되는 인턴 레지던트 간호사들을 줄줄이 거느리고 근엄하고 전능한 얼굴로 회진을 도는 박사님 (…) 늘 공부하는 교수로 정평이 나 있으면서도 돈에 연연하지 않을 만큼의 정당한 수입도 보장되"(31쪽)는 의과대학 교수(!)가 된 것이다.

지금 의과대학생들이나 수련의들의 꿈은 두 갈래로 나뉘어 있다. 정당한 수입과 직장이 보장되면서도 권위와 명예가 함께 따라오는 의과대학 교수가 되거나, 돈 많이 버는 개업의사가 되는 것. 그런데 의과대학 교수가 되는 길은 낙타가 바늘구멍 들어가기만큼 어렵다. 의대 교수가 될 수 없다면 선택은 개업의사가 되는 것뿐이지만 지금 세상에 지천에 널려있는 개업의사에게 명예나 권위가 있을 리 없다. 결국 개업을 선택한 의사들이 자기만족을 얻을 수 있는 유일한 방법은 돈을 버는 것이다. 나이 들어서는 모아 둔 돈으로 좀 더 화려하고 큰 병원을 짓고, 젊은 의사를 고용하여 병원 일을 맡긴 뒤 자신은 취미생활이나 세계여행을 하면서 여유롭게 지내려는 꿈. 그런 꿈을 꾸면서 힘겨운 수련 생활을 버티어 나가고 있는 것이다.

그런데 의료보험이 확대되고 의사들의 수가 많아지면서 그 꿈은 점점 실현 불가능한 꿈이 되어가고 있었다. 그 와중에 의약분업으로 기존의 의료질서가 바뀌게 되자 의사들은 극도의 불안감에 휩싸이게 된 것이다. 그나마 지금까지 의사들이 만져온 돈이 정당한 것이 아니라 약값의 마진에서, 또 부당한 진료로 거두어들인 거품이었고, 의과대학 교수들의 정당한 수입 또한 정당한 것이 아니라 허울뿐인 특진제도에서, 제약회사의 리베이트로부터 나온 검은 수입이었음이 폭로되며 의사들을 몰아부치자 분노가 폭발했다. 그 분노가 전국민을 인질로 잡은 의료대란으로 이어졌다.

전쟁이 끝난 지금 의사들은 고독하다. 의사들이 내뱉는 어떤 넋두리도 농담처럼 받아들이는 세상에서 아무데도 기댈 곳 없는 고독한 집단이 되어 있다.

추락하는 권위

원래 의사들은 돈보다는 명예나 권위를 더 선호했을지도 모른다. 평화로운 삶을 방해하는 장애물로 누구나 한두 번은 겪게 되는 질병을 극복하기 위해서 반드시 의술이 필요하지만, 의술은 의사들만이 독점하고 있는 기술이었으므로 돈을 벌려고 애쓰지 않아도 돈은 자연스럽게 벌어졌던 것이 의사들의 삶이었다. 하는 일이 생명과 관련되어 있음으로 해서 예우를 받는 것은 당연한 것으로 알고 있었고, 처신에 따라 존경받는 것도 그리 어려운 일은 아니었다. 그런데 보험제도의 도입으로 병원 문턱은 낮아지고 의사들의 희소가치는 줄어든 반면, 국민들의 소득수준이 높아지게 됨에 따라 사람들은 질 좋은 의료를 선호하기 시작했다.

우리 사회에서 '질 좋은 의료'란 곧 유명 대학병원에서 대학교수, 특히 해당 과의 과장에게 진료 받는 것을 의미한다. 종합병원에서 과장이라는 말은 그 과의 최고 권위자라는 말과도 같다. 그래서 너도 나도 대학병원으로 몰려들게 되자 동네 의원 의사들의 위상은 끝도 없이 추락한 반면 대학병원 교수들의 명예와 권위는 한껏 상승했다.

그러나 그 권위는 스스로 쌓아올린 것이라기보다는 누군가가 입혀준

권위이고, 보통 사람들이 접근할 수 없는, 대학병원이라는 독특한 공간에서 만들어진 질서와 문화 속에서 자라난 명예와 권위이다. 그래서 대학병원 교수의 권위는 병원의 질서와 문화를 거스를 힘이 없는 사람들에게는 가혹하게 작동하지만, 병원의 질서에 개입할 수 있는 힘을 가진 이른바 VIP라는 사람들에게는 전혀 영향력을 행사할 수 없는 무기력한 권위이다.

> 그들은 병동 내의 필요한 규칙을 무시하기를 즐기고, 검사나 수술의 순서를 남보다 조금이라도 앞당겨야만 직성이 풀리고, 병원 내의 역할분담 같은 건 안중에도 없이 자기 몸에 관한 거라면, 간호사나 수련의가 해야 할 관장이나 채혈까지도 그 과에서 가장 위계질서가 높은 과장님 박사님이 해주기를 바라고, 그러고도 부족해서 의술과는 상관없는 병원의 권력구조가 의료진에게 압력을 가해 주길 바라고, 외국 의료기관에 대해선 어느 병원은 무슨 과가 세계적이라는 정보가 터무니없이 빠삭해서 여차하면 비행기 탈 준비가 되어 있는 사람들이었다. (91쪽)

종합 병원이란 어떤 면에서 그런 사람을 배려하기 위해 만들어진 것일지도 모른다. 멀쩡하던 부패 인사가 느닷없이 혈압이 올라 구속을 면하게 해 주는 곳도 대학병원의 병실이고, 나라 살림을 거덜내고 IMF 신탁통치를 받게 만들었던 재벌그룹 회장이 청문회를 앞두고 전략을 짜던 곳도 대학병원의 병실이었다. 물론 그 병실 문에는 권위 있는 의대 교수의 처방이 '절대안정, 면회금지'란 팻말로 선명하게 매달려 있었을 것이다. 그런데 그런 병실이 돈만 있다고 구해지는 것은 아니다.

송 회장 말에 의하면 그런 병실은 돈만 있다고 다 입원할 수 있는 게 아니라고 한다. 웬만한 큰 병원은 고위층이나 재벌 회장이 입원할 경우에 대비해 그런 초호화판 병실을 한두 개씩 마련해 놓지만, 정말 특별한 고객 외에는 절대로 안 받는다는 것이다. (144~145쪽)

의사가 가진 권위는 의사가 가진 의학지식에서 나온다. 병원에서 입원이란 것도 의학지식에 근거한 의사의 판단에 따라 결정되는 처방 중의 하나이다. 격리할 필요가 있는 환자, 절대안정이 필요하여 독실이 필요한 환자……. 그 결정은 의사가 해야 한다. 그런데 병실의 선택은 의사의 판단과는 무관하게 환자의 경제력에 따라 결정이 되고, 특히 VIP 환자의 입퇴원 결정은 의사가 개입할 수 있는 영역이 아니다. 학계의 최고 권위를 가진 과장이라 할지라도 함부로 개입할 수 없는 성역이다.

의학기술이 발전하면 할수록, 병원의 규모가 커지면 커질수록 병원 자본의 힘은 더욱 커져갔고 의사는 병원 경영진의 뜻을 따라가야 하는 고임금 노동자의 처지로 내몰렸다. 게다가 인간의 질병과 그 치료에 관해서만큼은 절대적인 것으로 알고 있었던 의사들의 지식에 대해서도 의심이 눈길이 깊어지고 있다.

주인공 영빈은 호흡기 분야에 있어서만큼은 인정받는 대학교수임에도 불구하고 폐암에 걸린 자신의 매제에 대해서 어떤 처방도 자신있게 내릴 수 없었다. 단지 병원에서 자신의 직위를 이용하여 환자에게 최대한의 편의를 제공해주는 거간꾼 노릇을 할 수밖에 없었다.

대개 전공의가 하게 돼 있는 마취를 스태프가 하고 있다. 그런 것 정도

가 영빈이 경호를 위해 해줄 수 있는 특별한 대우다. (122쪽)

폐암이 확진되고 수술이 불가능한 상태라 항암제가 유일한 선택이라는 영빈의 말에 대해 환자의 부친인 재벌그룹 회장은 격렬하게 저항한다.

"누구 마음대로 항암치료를 받아? 난 절대 그걸 받게 할 수 없다. 살 가망이 충분히 있는 초기 환자도 그 주사 맞다가 지레 죽은 예도 허다하다는데, 죽을 거 뻔히 알면서도 가만 놔두고 돈만 받아먹을 수가 없어서 실험 삼아 해보는 치료를 왜 받냐? 우리가 무슨 몰모트냐? 느이 오빠 심박사 말이다. 항암치료 받고도 예상 생존기간보다 몇 달을 더 살지, 혹은 덜 살지 아무것도 보장 못하겠다더라. 안 받아도 그건 마찬가지래. 그런 무책임한 말이 어딨냐? 나는 내 자식을 고생만 시키다 죽이긴 싫다." (146~147쪽)

송 회장의 언행을 단지 가진 자들의 만용과 객기라고 보아 넘기기는 힘들다. 암을 조기에 발견하면 완치될 수 있고, 조금만 더 기다리면 모든 암이 정복될 것이라는 호언장담을 일삼는 의사들의 눈에도 항암치료는 "치료가 아니라 한 인간이 망가지고 패배하는 시간을 연장시키는 일에 불과했고, 그 인간을 둘러싼 종래의 화해로운 관계망을 엉망으로 교란시키는 일에 지나지 않"(89쪽)는다는 것쯤은 경험으로 알고 있다. 그래서 어떤 권위 있는 의사라 하더라도 항암치료를 자신있는 처방으로 내놓긴 어렵다. 분명 항암제 효과에 대한 의사의 지식은 수많은 동물실험을 통해 세포생물학적으로 분석 · 검증된, 객관적이고도 과학적인 지식이지만 그 지식을 신뢰하는 사람은 그렇게 많지 않다. 의사 스스로도…….

실패에 실패를 거듭한 의사들은 다시 한번 희망을 이야기한다. 인간 유전체의 비밀이 속속들이 밝혀졌고 그리하여 잘못된 유전자가 암을 유발한 것이므로 유전자 하나만 갈아 끼우면 되는, '획기적' 인 치료법이 개발되었으므로 암은 완치될 수 있다며 새로운 희망을 팔고 있다. 그러나 현대의학은 너무나 많은 것을 약속해왔으면서도 너무나 많이 약속을 어겨왔기 때문에 확신에 차 들떠있는 의사들의 이 말도 사람들에게는 그저 '농담' 으로 들릴 뿐이다.

흔들리는 지식의 절대성

어느 날 불현듯 내 몸에 병마가 덮쳤을 때, 그리하여 내 몸을 내 의지대로 움직이지 못하고 참을 수 없는 고통이 뒤따른다면 병원을 찾아 몸을 의탁하게 된다. 그리고 병원에서 하루빨리 그 고통을 제거해 주기를 바란다. 그러나 의사들의 관심은 환자의 고통에 우선하여 고통을 유발한 원인에 모아져 있다. 아픈 사람의 기대와 의사의 관심은 엇갈려 있는 것이다.

고통의 원인을 알기 위해서는 육신의 구석구석을 파헤치고 들어가야 한다. 그 고통은 질병의 고통보다 더 혹독한 고통일 수도 있다. 그런데도 아픈 사람들이 검사 과정에서 죽을 수도 있다는 서약서에 손도장을 찍어가면서까지 질병의 고통보다 더 혹독한 검사의 고통을 감내하는 유일한 이유는 치료를 기대하기 때문이다. 의사가 정확한 원인을 알고

서 정확한 처방을 내려준다면 못 고칠 병은 없으리라는 확신을 가지고서……. 못쓰게 된 심장도 갈아 끼워 사람을 살리고, 죽은 아이조차 복제해서 부모에게 되돌려 주겠다는 것이 요즘의 의사들 아닌가?

그러나 첨단장비와 3차원의 영상을 동원하고, 죽을 각오로 살점까지 뜯겨가면서 알아낸 결과가 더 이상 손쓸 수 없고 그냥 죽어가야 한다는 것이라면, 그래서 의사로부터 받을 수 있는 처방이 기껏 몇 개월의 의미 없는 생명의 연장이라고 한다면 여기에 순응하고 체념할 수 있는 사람이 얼마나 될까?

"차마 입에 담기도 싫은 자식의 병명을 알고 나서 지금까지 한약은 물론 각종 생약, 자연식품, 뜸, 기 치료, 희귀한 버섯 등 각종 대체의학에 대한 정보를 모아들이는 게 나의 유일한 희망이었습니다. 검부러기라도 잡고 싶은 심정이라고 생각하시겠지만 하나같이 기적을 장담하는 데야 어쩌겠습니까." (129쪽)

제도권 의료가 현대의학과 한의학으로 이원체계를 이루고 있고, 온갖 형태의 건강산업이 지천에 널려있는 한국사회는 대체의학의 천국이다. 너나 할 것 없이 한결같이 '기적'과 '완치'를 부르짖으며 현대의학이 포기해 버린 산송장이나 다름없는 사람들에게 사자가 먹다버린 동물의 시체에게 달려드는 하이에나처럼 달려든다. 죽어가는 가족을 하릴없이 바라보아야만 하는 남은 가족들의 죄의식을 자극하면서……. 우리 사회에서 대체의학은 송 회장처럼 가진 자들에게는 돈으로 사람을 살릴 수 있나 없나를 실험할 수 있는 기회를 제공하고, 보통 사람들에게는 전재산을 바쳐 최선을 다하게 함으로써 죽어가는 가족에 대한 죄책감을 씻을 수 있는 기회를 제공한다. 그러나 그들의 치료 대상은 언제나 "대학 병원에서 포기한" 환자들뿐이다.

죽어가는 사람에게 실오라기 같은 끈을 던져주고 장난을 쳐대는 '기적의 치료자' 들에 대하여 의사들은 격분한다. 그러나 이미 현대의학이 포기해 버린 이상, 의사가 개입할 수 있는 틈은 없다. 개입하려 하면 할수록 오히려 웃음거리가 되고 만다. 아들의 병세에 대한 진단과 동시에 대체의학으로 치료 방향을 결정한 송 회장에게 영빈의 지식은 무식한 돌팔이 수준과 하나 다를 바 없다.

> "안 됩니다. 그건 절대로 안되죠."
>
> 송 회장이 펄쩍 뛰면서 강하게 반발했다. 워낙 고통스러운 치료라 망설이는 건 이해가 갔지만 그렇게 망설임 없이 치료를 안 받겠다고 할 줄은 뜻밖이었다.
>
> "한 번이라도 일단 항암치료를 받고 나면 어떤 대체의학도 듣지를 않는다는 것도 모르십니까."
>
> 송 회장의 입가에 비웃는 듯, 무시하는 듯한 여유있는 미소가 떠올랐다. (131쪽)

우리 사회에서 대체의학이 현대의학의 틈새 시장에서 기생하며 엄청난 외형 팽창을 이룰 수 있었던 것은 역설적이게도 의사들의 업보이다. 서구 열강이 날카로운 발톱을 감추기 위해 먼저 들이밀고 들어왔던 서구의학의 마력에 도취된 나머지 서구의학만을 절대적인 지식으로 인정하고 수천 년을 이어온 전통의 의료문화는 미신이요, 척결해야 할 인습으로 치부해버렸던 의사들의 과오 때문이다. 미국을 의학의 성지로 삼고 미국인의 잣대로 우리나라 사람의 몸과 마음을 멋대로 재단해 버린 결과, 100여년을 거쳐 오는 동안 현대의학의 성과가 결코 가볍지 않음에도 불구하고 병원은 병든 몸과 마음이 기댈 수 있는 의지처가 되지 못했다. 다만 고장난 기계를 고치고 조립하는 공장이 되어 있다. 그나마 고칠 수 없는 기계는 거들떠보지도 않는다. 그런데 의학기술의 발달은 의사들의 사고방식을 바꾸어 놓았다. 죽어가는 사람에 대해서는 일말의 관심도 없던 의사들이 이제 죽기 전에 어떻게 하면 부품을 뜯어내서 쓸모 있게 사용할 수 있을까를 고민하며 죽어가는 사람 주변을 기웃거리고 있다.

의학기술과 여성

현대의학의 놀라운 성과로 가장 많은 혜택을 본 사람들은 어떤 면에서 여성들이다. 과거의 여성들이 본능을 억제하면서도 가사노동과 육아의 의무를 숙명처럼 받아들일 수밖에 없었던 것은 임신과 출산을 마음대로 조절할 수 있는 의학기술이 부족했거나, 그런 기술이 있다 하더라도 엄청난 비용 때문에 감히 병원 문턱을 넘어설 수 없었기 때문이다. 피임기술이 발달하고 병원 문턱이 낮아지면서 임신, 출산의 조절이 손쉬워지자 여성들은 성적 억압으로부터 풀려났다.

돈 많은 의사와 결혼하겠다던 현금은 아버지 사업의 운명에 따라 자신의 운명도 부침을 거듭했지만 운 좋게도 그는 단 한 번도 돈이 아쉬웠던 적이 없었던 여자다. 단지 즐기기 위해 직업도 없는 사채업자의 아들과 결혼을 하고, 결혼을 했으면서도 즐기는 삶을 방해하고 자신의 육신을 구속하는 아이를 가지지 않기 위해 남편과 상의도 없이 철저하게 피임을 한다. 그런 결혼 생활이 싫증이 나자 이혼을 하고 농사를 짓겠다며 귀농을 한다. 농사는 실패하나 농사를 짓기 위해 사둔 땅은 가격이 폭등하면서 또 돈을 만지게 된다.

도시로 되돌아온 현금은 여유 있는 독신녀 생활을 즐기다가 의사가 되어 있는 초등학교 동기생 영빈을 우연히 만나 독신녀의 허전한 빈 공간을 채운다. 영빈은 현금을 만남으로써 숨통을 틀어막을 만큼 꽉 짜여진 의사의 반복되는 일상에서 벗어나 일탈의 짜릿함과 긴장감을 즐길 수 있는 기회를 얻는다.

현금의 자유분방한 삶이 가능했던 것은 돈과 의학기술이었다. 홀로 당당하게 살아갈 수 있는 경제력, 거기에다 피임, 낙태술과 같은 의학기술은 그의 자유로운 삶을 지탱해주는 버팀목이었다. 모든 포유동물의 성행위는 생명의 수태를 전제로 하는 것이다. 유독 인간의 몸만이 생명의 수태와는 상관없이 성을 즐길 수 있도록 설계되어 있다. 그런데 성행위의 결과는 남녀 사이에 엄청난 차이가 있다. 성행위의 결과로 생겨난 생명이 자리잡는 곳이 여성의 몸이기 때문이다. 그래서 성행위의 책임은 여성들에게 과도하게 돌아간다. 미혼 남녀가 똑같이 쾌락을 즐겼어도 미혼모는 손가락질의 대상이 되지만, 그 상대인 '미혼부'에게는 비난은커녕, 그런 낱말조차 사전에 없다.

의학기술의 발달로 임신의 공포가 사라지자 여성들도 이제는 당당하게 성적 쾌락을 누릴 권리를 주장할 수 있게 되었다. 대학 캠퍼스에 콘

돔 자판기를 설치하자고 여학생이 먼저 나서 당당하게 이야기하는 세상이 되었다. 현금이 "처음 결혼을 돈 때문에 한 것말고는 끌리는 남자하고 자는 데 아무런 거리낌"(275쪽)을 가지지 않을 수 있었던 것은 피임, 낙태기술을 자판기에서 커피 뽑아내듯 손쉽게 이용할 수 있었기 때문이다. 그러나 현금과 같은 독신여성, 자유로운 여성에게도 한 가지 고민은 남아있다.

> "그러니까 그 결혼은 처음부터 그만둘 때 자유로울 것을 전제로 하고 시작한 거였어. 그렇지만 나도 사람인데 종족 보존의 본능이 왜 없겠어. 본능이란 생명의 행로 같은 거라고 생각해. 아무리 내가 어디 매이는 걸 싫어해도 인간에게 입력된 생명의 회로를 벗어날 순 없었나 봐." (272쪽)

영빈과의 관계를 맺으면서 현금은 또 다른 동기생인 한광의 불임클리닉에서 영빈도 모르게 영빈의 아이를 가지기 위해 시술을 받는다. 그러나 현금은 이미 나이가 너무 많이 들어 결국 포기하고 만다. 하지만 현대의학의 놀라운 기술은 현금과 같은 여성들의 절망과 좌절을 내버려두지 않는다. 폐경기 여성의 회춘을 돕는 호르몬 요법 정도는 상식이고, 자유로운 독신녀들의 종족 보존의 본능을 충족시켜 주기 위해 복제기술의 개발에 밤낮도 없이 안간힘을 쓰고 있다.

영빈은 원래 딸만 둘이었다. 영빈의 아내 수경은 아들을 못 낳았다는 이유 때문에 살아가면서 시어머니로부터 이런 저런 타박을 받는다. 결국 수경은 유명한 불임클리닉 원장이자 남편의 동기생인 한광을 찾아간다. "오직 남편한테 떳떳하려고, 남편의 대를 이어주려는 일념" 때문에 "남편 동창한테 가랑이를 벌리고" 두 번의 낙태수술을 받은 뒤 아들 낳는 시술을 받고 아들을 낳게 된다(275쪽). 그리고 한없이 감격해 한다.

> "(…) 수경이도 이미 저질러버린 끔찍한 일을 벌써 잊어버렸나 보더라. 아들 못 낳는 여자에게 그 같은 구원의 길을 열어준 현대의학과 한광 같은 의사가 있다는 것만을 한없이 행복해하더라구." (275쪽)

그런데 여성들이 현대의학기술 앞에서 한없이 감격해 하는 동안 의학기술이 자신들을 공격과 침탈의 표적으로 삼고 있다는 것은 의식하지 못했다. 질병과의 전쟁에서 실패한 의학기술은 이제 여성들의 몸을 표적으로 삼아 새로운 영역을 개척해 나가고 있다.

아기들의 먹거리는 공장에서 만들어진 분유로 대체되었고, 여성의 몸은 깎아내고, 다듬고, 끼워 넣는 조각품으로 변했으며 자연스런 폐경조차 치료받지 않으면 안 될 질병이 되어버렸다. 여성들에게 이제 건강이란 말은 아주 생소한 말이 되고 말았고, 이 시대의 여성들은 의학기술의 도움이 없으면 단 하루도 살아갈 수 없는 무기력한 신세로 전락하고 말았다.

절망하는 의사

"암도 조기발견하면 완치될 수 있습니다."

"정기적인 종합검진으로 건강을 지킵시다."

결코 '농담'이 아니다. 의사들이 진정으로 국민의 건강을 위해서 내뱉는 애정 어린 '진담'이다. 영빈이 병원의 일상으로 되돌아왔을 때 치킨 박이 찾아들었다. 그는 아파트 상가에서 양념치킨집을 운영하는 자영업자이다. 그를 보호해 주는 어떤 조직도 없지만, 늘 소득 신고는 불성실해서 탈세의 혐의에서 벗어나기 어려운, 그렇지만 유리 지갑을 가지고 다니는 직장인들보다는 더 살기가 팍팍한 영세 자영업자.

치킨 박은, 동네의 올망졸망한 자영업자들이 모여 우리들의 건강은 우리 스스로 지키자며 단체로 동네 병원에 종합검진 받으러 갔다가 초기 폐암으로 진단받고 영빈에게 전원되어 온 환자다. 치킨 박의 병은 폐암이긴 하나 초기 암이었으니 수술로 완치가 가능한 경우였다. 그는 현대의학의 최고 수혜자가 된 셈이다. 더욱이 그는 병원의 질서와 문화를 거스를 힘도 없을 뿐더러 의사 처방 이외의 다른 대안을 구할 능력도 없는 사람이었다. 치킨 박은 의사의 지식과 병원이란 공간이 모처럼 제 역할을 할 수 있는 기회를 제공해 주었다. 그러나 그는 자신의 병을 알게 되자 유서를 남긴 뒤 죽음으로써 의사의 지식과 처방을 휴지조각으로 만들어 버렸다.

사랑하는 미숙에게

나 먼저 갈게. 걱정 말아, 나 하나도 안 무서우니까. 죽는 것보다 더 무서운 건 우리 집하고 가게하고 들어먹는 거야. 그거 우리 둘이서 어떻게 장만한 건데 내가 다 들어먹고 가겠어. 선생님은 나 백 퍼센트 살릴 수 있다고 그랬지만 난 안 믿어. 암 걸린 사람들은 백발백중 전재산 다 들어먹어야 죽더라고. 우리 아버지 어머니는 생전에 자기 집 한칸 못 써보고 돌아가셨다는 거 당신도 알지. (…) 가게하고 집만 있으면 당신 혼자서도 우리 아이들 왕자나 공주 부럽지 않게 키울 수 있을 거야. 부탁해. 이만하면 할 도리 다하고 간다고 칭찬해 주길 바래. (309~310쪽)

세계에서 유례가 없을 정도로 20년 만에 전국민 계보험을 이루어내었다고 떠들어대지만 큰 병에 걸리면 재산을 다 들어먹게 만드는 것이 우리나라 의료보험이다. 그러나 영빈을 비롯한 한국의 의사들은 치킨박이 왜 스스로 죽음을 선택했는지 이해할 수가 없다. 원가에도 못 미치는 의료 수가 때문에 병원, 의사 다 망하고, 그래서 국민 건강까지 다 망한다고 의사들이 머리띠를 둘러매고 허공을 향해 주먹질을 해대는 나라에서 도대체 얼마나 많은 진료비가 나오기에 한 가정을 거덜낸단 말인가? 그렇다. 현실은 그렇다.

정권이 무너질까 봐 얼렁뚱땅 만들어낸 보험제도는 20년을 거쳐 오는 동안에도 한결같이 정치권력의 표 계산에 필요한 들러리에 불과했다. 병원 문턱만 살짝 낮추어 생색만 냈을 뿐, 정작 생사의 기로에서 도움이 필요한 사람들에게는 언 발에 오줌 누는 정도의 효과도 없는 제도를 용케도 이끌어왔다. 의사는 의사들대로 의사를 죽이려는 계략이라는 피해의식에 사로잡힌 채, 제도의 규제를 우회하면서 수익을 올릴 수 있는 잔재주만 키워왔다. 국민들은 의료보험제도라는 것이 내가 맡긴 돈, 아플 때 내가 찾아 쓴다는 정도로만 알고 있었다. 그래서 콧물만 살짝 비쳐도 집에서 그냥 견디는 것은 왠지 손해 보는 것 같아 병원 문턱이 닳도록 드나들며 약 먹고 '안 맞아도 될 주사'까지 꼭 맞아야 직성이 풀린다. 그런데 늘씬한 탤런트들이 병든 할머니와 소녀 가장이 사는 집을 한번 들여다보고 와서는 "정말 불쌍하더군요" 하면서 눈물을 줄줄 흘리면, 전화통에 불이 나도록 '700 서비스'를 눌러대는 착한 심성을 가진 국민들이 보험료 올린다는 이야기만 나오면 정권을 둘러메칠 것처럼 격앙한다.

의료보험제도가 건강한 사람이 아픈 사람을 위해서, 가진 사람이 덜 가진 사람을 위해서 베풀고 나누어 가지게 하여 사회구성원 간의 연대를 유지할 수 있도록 운영되어야 한다는 사실에 대해 정부도 의사도 국민들도 관심이 없었다. 그렇게 20년이 흘러왔고 가랑비에 옷 젖듯 솔솔 빠져나간 보험재정은 드디어 바닥을 드러내고 말았다. 껍데기뿐이었던 제도마저 존폐의 갈림길에 서 있는 것이다.

의사들은 오랜 세월 자신들의 지식과 기술이 가치중립인 것으로 알고 있었다. 의사들이 가진 지식과 기술의 힘이 건강한 세상을 만들어 줄 것으로 믿고 있었다. 그러나 아무리 좋은 의사의 지식과 기술이라 할지라도 경제력이 없는 사람들에게는 그림의 떡에 불과한 것이다. 이들을 위해서 지금까지 정부는 아무런 책임도 지지 않았고 대책도 내놓지 않았다. 의사들은 묵묵히 진료만 할 뿐 의사들이 책임질 문제는 아니라며 철저하게 무관심으로 일관했다. 결국 가치중립의 의학기술은 계층간의 삶의 질을 더욱 벌려놓는 결과를 불러왔다. 환자의 자살 소식에 술에 취해 휘청거리는 영빈은 그래도 자신의 지식에 대해서 고민은 하는 의사이다.

국민들의 소득수준이 높아지면서 의사들도 돈 있는 의사와 돈 없는 의사, 돈 벌 수 있는 의사와 돈 벌 수 없는 의사로 나눠지기 시작했다. 소비를 통해 자신의 정체성을 확인하던 가진 자들이 소비의 대상이 한계에 다다르자, 소비의 대상을 건강과 몸으로 바꾸기 시작했다. 몸의 재건축 사업은 첨단의학기술이 이룩해낸 신종 의료산업이다. 이제 인간 유전체의 비밀을 손아귀에 거머쥔 생명공학자들은 가진 자들의 밑도 끝도 없는 욕망을 부추기며 고전적인 몸의 개조 차원이 아니라, 생명의 재창조와 늙지도, 죽지도 않는 영생의 가능성까지 기획하며 허영에 들뜬 인간들을 불러모은다.

이들은 이제 '의사'가 아니라 '기업가'들이 되었다. 춥고 배고픈 직업의 대명사였던 기초의학 교수들이 생명공학 벤처기업을 창업하여 수백억의 수익을 올리고, 소속 대학에 수십억의 발전기금을 쾌척할 수 있는 세상이 된 것이다.

감옥 같은 진료실에 갇혀 환자들의 신음소리와 매일같이 씨름을 해야 하는 의사들의 고충을 알아주고 이해해주는 사람은 이제 별로 없다. 그렇기 때문에 더더욱 의사들은 어느 정도의 넉넉한 수입에서 자기만족을 찾아왔을지도 모른다. 그러나 그 수입이란 것도 추락에 추락을 거듭하고 있는데 아직까지 "툭하면 돈밖에 모르는 부도덕한 족속으로 매도"(292쪽) 당하는 현실이 억울한 것이다. "개인의원 의사의 한 달 수입이 5천만 원이 넘는다"는 신문 보도가 나올 때 '상위 5%'라는 앞의 수식어를 독자들이 꼼꼼히 챙겨 읽어줄 리 없다. 상위 5%의 의사는 못되더라도 아무려면 한 달에 기천만원의 수입은 올리지 않겠느냐는 것이 의사들의 수입에 대한 보통 사람들의 상식이다.

설령 그렇다 하더라도, 치고 빠지는 투자 기술 하나로 수백억의 재산을 모은 전문 투자가들이 그들에게는 용돈에 불과한 억대의 돈을 모교 발전기금으로 내놓자 언론은 물론 대학 총장까지 땅바닥에 엎어질 듯

대우하는 모습을 보면 억장이 무너진다. 억울하다 못해 불쾌하기까지 하다. 분통이 터진다. 정말 한국이란 나라가 몸서리쳐지도록 싫어진다.

> "너 샘 나지, 그치? 아이 꼬소해. 더 샘 나는 얘기해 줄까. 내 친구는 툭 하면 지 의사 남편을 불러내 웨이터 시켜먹는다. 그 남자 지 몸 관리를 아주 잘했더라구. (…) 의사도 천층만층이더라. 너보다 몇 살 위일 텐데도 너처럼 팍 삭지도 않고, 너처럼 밤낮없이 바쁘지도 않구. 내 친구는 지 남편이 청바지 입고 맥주 나를 때처럼 섹시해 보일 적도 없다고 대 만족이야. 너 왜 그렇게 벌레 씹은 얼굴로 듣냐? 돈을 주체 못하는 동업자한테 열등감 느낄 거 없다, 너. 네 의사짓이 인술이라면 그 사람 의사 짓은 패션 산업이니까, 동업자도 아닌 거 아니니?" (284쪽)

의사는 의사일 뿐 기업가도 아니고 패션 디자이너도 아니다. 그런데 인술? 인술이라고? 인술을 이 따위로 대접하는 나라가 어디 있나? 의사가 하는 일이 정녕 하찮은 것이 아니라면 대우를 해주어야 하는 것이 마땅하고, 기업가나 패션디자이너만큼 수입을 올릴 수도 있어야 하는 게 당연한 거 아닌가? 기업가나 패션디자이너보다 공부를 못했나, 머리가 나빴나? 하는 일은 또 어떤가? 정신노동에, 보통 사람은 감당하기 어려운 육체노동까지 감당해야 하는 게 의사의 일 아닌가? 그런데 왜 의사들이 돈 벌었다는 소리만 나오면 온 세상이 잡아먹을 듯 달려드는가? 절망이다. 절망스럽다. 희망이 보이질 않는다. 이 절망의 늪에서 헤어날 방법은 없는가? 절망을 체감하는 속도가 빠른 이들은 벌써 비행기를 탔다. 비행기 탈 능력도 없는 무지랭이 의사들이 절망의 늪에서 헤어날 방법은? 한 가지뿐이다. 다시 머리띠를 맨다. 다만 2000년 의사파업 당시의 실패를 거울 삼아 좀 더 신중하게 처신하면서…….

"7만 의사[1] 대동단결, 하나 되어 의권 쟁취."

농담과 진실

"우리는 벌 만큼 벌었지만 지금 젊은 의사 여러분, 그리고 학교에 재학중인 후배들을 위해서라도 우리는 하나로 똘똘 뭉쳐 의권 쟁취 투쟁에 나서야 합니다."

2000년 의사파업 당시 의사들이 귀에 못이 박히도록 들은 말이다. 그런데 이 말이 농담일까, 진담일까? 농담도 진담도 아닌 거짓말이다. 동서고금을 통해 벌 만큼 벌었다고 돈 벌기를 그만두는 인간은 없다. 번 만큼 더 벌어야 하는 것이 돈 번 사람의 고충이다. 있는 사람, 어려운 사정(?) 없는 사람이 어찌 이해를 할까? 그리고 '벌 만큼'이란 것의 기준이 없다는 것이 돈이 가진 속성이다.

의사파업 당시 선두에서 투쟁을 이끌겠다며 병원을 뛰쳐나왔던 전공의들은 무엇을 얻었는지조차 모르고 병원으로 되돌아갔다. 온 나라를 공포에 떨게 만든 뒤 제자리로 돌아간 그들에게서 지금 과거와 달라진 모습을 찾아보기는 어렵다. 의사들이 대우 받을 때는 피교육생 신분이라 배제되고, 의사들이 비난을 받을 때는 같은 의사의 반열로 묶여 도매

1 이것은 2000년 당시의 의사 숫자이다. 2007년 기준으로 등록된 의사 수는 108,207명이며 2019년이 되면 150,000명을 넘어설 것으로 추정되고 있다.

금으로 욕을 먹는 사회적 미아 신분인 것은 변함이 없다. 대신 기성 선배 의사들의 성곽은 더욱 두터워졌다.

세상은 빠르게 변해가고 있다. 세상이 변해가는 만큼 사람들의 사고방식도 바뀌면서 의사들에 대한 기대수준도 달라지고 있다. 그런데도 의사들은 자신들만의 폐쇄된 공간에서 과거의 관행과 향수에 젖은 넋두리만을 늘어놓고 있다. 그런 넋두리는 정말 '아주 오래된 농담'보다 더 낡은 농담이다. 들은 사람들이 웃어주지도 않는, 농담 축에도 못 끼는 농담이다. 그런데도 의사들은 폐쇄된 공간에서 주고받는 낡은 농담 속에 파묻혀 살아가고 있다. 그런 농담을 진실인 양 착각하고 자신들의 농담을 이해하지 못하는 국민들의 수준을 비난하고 있다.

지금 의사들이 절망의 늪에서 헤어나는 길은 "7만 의사 대동단결"이 아니라 의사의 자존심과 오기를 지키는 것뿐이다. 의사는 기업가도, 패션디자이너도 아니요, 몸 재건축업자도 아니요, 장사꾼은 더더욱 아니라는 자존심과 오기는 돈으로 지켜낼 수 있는 것이 아니다. 의사들이 기억하고 있어야 할 진실은 이 시대 사람들의 '건강'이 점점 더 희소하고 생소한 것이 되어가면서 사회 전체가 병동이 되어가고 있다는 사실이다. 지금 의사들이 해야 할 일은 의권을 쟁취하기 위한 싸움이 아니라, 사회 전체를 병동으로 만들어 이익을 챙겨가는 세력들과의 싸움이다. 그 싸움에서 이길 수 있는 힘은 국민들의 신뢰와 애정이 뒷받침된 의사의 자존심과 오기뿐이다.

(『사람의 문학』 2001년 가을호)

난장이의 죽음, 그 이후
— 다시 읽는 『난장이가 쏘아올린 작은 공』*

> 그 집에 없는 것은 정신 하나뿐이다. 그 밖의 것은 언제나 풍성했다.
>
> —「칼날」 중에서

교복, 그리고 공돌이와 공순이

복장 정결! 용모 단정!

이것은 중·고등학교 6년 동안 '대학을 가기 위한 기술'을 연마하는 것 이외에 학교에서 가혹하게 요구하던, 1970년대 모든 중·고등학생들의 의무였다. 학생들이 그 의무를 다하고 있는지 여부는 아침 등교시간 교문 앞에서 철저하게 검열 당했다. 붉은 선이 죽 그어진 명찰을 달고, 눈이 보이지 않을 정도로 모자를 깊이 눌러 쓴 선도부 학생들이 장승처럼 무표정하게 양쪽으로 도열해 있는 길을 따라 무사통과할 수 있는 날은 그렇게 많지 않았다.

설령 그 길을 무사통과하더라도 맨 끝에서 뒷짐진 손에 몽둥이를 들

---

* 조세희 소설집 『난장이가 쏘아올린 작은 공』, 이성과힘 2000. (1975~1978년 연작 발표)

고 이리저리 서성대던 학생과장의 검열까지 통과하기란 그리 쉬운 일이 아니었다. 새벽밥 먹고 학교에 달려와서는 교실에 들어가 보지도 못하고 땅바닥에 머리를 처박고 엎드려 있어야 할 때도 있었고, 머리카락이 가무잡잡하게 자라 올라왔는지도 모르고 교문에 덜컥 들어서게 되면 학생과장은 민첩하게 이발사로 변신했다. 그것도 머리 한 귀퉁이만 얄궂게 잘라주는 돌팔이 이발사로……. 그래서 1970년대 중·고등학생들의 의식과 몸을 속박하던 검정색 교복은 졸업식장에서 갈가리 찢겨지기도 하고, 밀가루 범벅이 되어 걸레로도 쓸 수 없을 만큼 학대받기도 했다.

그런데 우리가 그렇게 진저리쳤던 검정색 교복은 학생들을 손쉽게 통제하기 위한 수단이었을 뿐 아니라, 한편으로는 우리가 누군가와는 다른 신분임을 드러내 놓을 수 있는 상징과도 같은 것이었다. 한겨울 야간자습을 마치고 집으로 돌아올 때 박정희 대통령이 하사한 방한복을 입고 승강구 옆자리에서 꼬박꼬박 졸던 차장에게 희롱 반, 농담 반으로 차비 깎아 달라며 추근댈 수 있었던 힘은 교복에서 나왔다. 아침 등교시간에 버스 문짝에 애처롭게 매달린 차장이 엉덩이를 씰룩거리며 사정없이 우리들을 콩나물 버스 안으로 밀어넣으면, 버스에서 내릴 때 "가시나! 아랫도리 힘 죽이네" 소리치며 키득거릴 수 있었던 것도 교복을 입고 있었기 때문이었다.

그 당시 우리 또래들 사이에 "공돌이(공순이) 같다"는 말은 경멸에 가까운 욕이었다. 그들과 '같지 않다'는 것은 교복이 증명했다. 교사들은 학생들에게 몽둥이를 휘둘러야 할 때면 "자식아! 공돌이도 너보다는 낫겠다!"라는 말을 저주처럼 내뱉기도 했고, 한눈 팔다가는 "공돌이만도 못한 놈"이 된다고 타이르기도 했다. 대학에 그것도 명문대학에 들어가지 못한다는 것은 "공돌이만도 못한 놈"이 되는 길이라고 배웠던 시절, 공돌이를 반면교사로 삼고 "하루 8시간을 꼬박꼬박 자면서 학교 공부에만 충실했노라"는 대학 수석합격자들의 한결같은 무용담을 철석같이 믿으며 우리는 명문대학생이 되기 위해 책 속에 머리를 파묻고 시험치는 기술을 연마했다.

그런데 70년대 중·고등학생들이 그토록 혐오했던 공돌이, 공순이들이 어떤 모습으로 어떻게 살아가는지 학생들은 도대체 알지도 못했고, 알 필요도 없었다. 대학을 가기 위한 시험에서는 그런 것들을 전혀 묻지 않았기 때문이다. 우리가 그들이 살아가는 모습을 어렴풋하게나마 짐작할 수 있었던 것은 공돌이와는 신분이 확연히 다른 대학생이 되고 난 뒤였다. 검정색 교복을 단정하게 입었던 우리가 전혀 알 수 없었던 공돌이, 공순이 이야기는 대학생으로서 공돌이와는 결코 비교할 수 없는 품위와 교양을 뽐내기 위해 우연히 뽑아든 한 권의 소설책 『난장이가 쏘아올린 작은 공』 속에 소복이 들어 있었다.

우리는 벗어던지고 싶어했던 교복을 그들은 간절하게 입고 싶어했다. 하지만 그들의 아버지는 난장이였기에, 그들은 교복을 입을 수가 없었다. 교복을 입을 수 없었던 난장이의 아들은 공돌이가 되었고, 난장이의 딸들은 공순이, 다방 종업원, 버스 차장, 골프장 캐디가 되었다. 난장이는 시대의 등쌀에 견디다 못해 "지나친 부의 축적을 사랑의 상실로 공인하고", "사랑을 갖지 않은 사람을 벌"(「잘못은 신에게도 있다」 233~234쪽)할 수 있는 법과 제도가 없었던 시대와 스스로 이별을 했다. 난장이네 큰아들은 아버지를 죽인, 사랑 없는 시대에 대해 복수를 감행하였지만 법은 그의 목숨을 빼앗아갔다. 많은 사람들이 난장이네 식구들의 이야기에 가슴 아파했다. 난장이네 식구들의 슬픈 이야기가 알려진 지 20년의 세월도 더 지나갔다. 난장이네 식구들이 버림받았던 1970년대와 "오~ 필승 코리아!"가 온 천지를 진동했던 2002년, 우리 사는 이 '대~한민국'의 모습은 어떻게 달라졌을까?

보이지 않는 힘

1970년대의 막차를 타고 우리가 '공돌이만도 못한' 신세를 면하기 위해 들어간 대학의 분위기는 살벌했다.

> 보이지 않는 힘이 평화로운 변화를 방해하고 있다.
>
> —「육교 위에서」 151쪽

검정색 교복을 벗어던지고 대학에 들어서는 순간, "보이지 않는 힘"의 사주를 받은 '눈'들이 우리를 감시하고 있음을 느끼며 숨을 죽여야 했다. 소설 속에서 보았던 난장이네 식구들이 어디서 어떻게 사는지조차도 몰라야 했다. 자연스러운 변화이든, 평화로운 변화이든, 폭력에 의한 변화이든 '변화'라는 말은 금기였다. '안정'이야말로 유일한 가치였고, 안정과 질서를 유지하기 위해서라면 어떠한 폭력도 면죄부를 받을 수 있었던 시절이었으며, 안정을 위협하는 조그마한 혼란조차 용납이 되지를 않았다. "보이지 않는 힘"을 드러내려는 은밀한 움직임들과 변화를 요구하는 목소리는 원천봉쇄 됐다.

"너희들이 다시 혼란을 불러일으키려는 것을 알고 있어. 질서가 잡힐 만하니까 또 시작야."

—「육교 위에서」 148쪽

대학의 교수는 변화를 요구하는 학생들의 신변을 철저하게 보호했다. 변화를 요구하는 글을 신문에 실어, 보이지 않은 힘으로부터 엄청난 고통을 받을지도 모를 제자들을 보호하기 위해 안간힘을 썼다. 그러나 교수의 애틋한 제자 사랑에도 불구하고 숨어있던 작은 움직임들이 때로는 큰 함성으로 터져나오기도 했고, 그때마다 교수의 걱정대로 목소리 큰 친구들은 어디론지 끌려가 우리들의 눈앞에서 사라졌다.

한 걸음 더 나아가 학생이기를 포기하고 기꺼이 난장이네와 한 식구가 되려는 이들도 있었다. 그들이 간 곳은 '현장'이었다. 난장이네 식구들과 "보이지 않는 힘"이 정면으로 부닥치는 지점인 현장으로……. 지하실에서 밤새워 만든 등사판 신문 한 장을 건넬 때 얼굴이 새파랗게 질리던 친구들에게 그들은 소시민으로 살지 않길 바란다며 격려인지 경멸인지 분간할 수 없는 말을 남기고 학교를 떠났다. 학교를 떠나면서 이름조차 감추어버린 그들이 가는 곳마다 난장이 아들, 딸들의 조합이 생겨나고, 불꽃 같은 투쟁이 일어났다. 시간이 흐르면서 보이지 않는 곳에서 힘을 행사하던 세력들이 하나 둘 드러나기 시작하자 잔뜩 주눅들어있던 학생들이 떨쳐 일어나 거리로 쏟아져나오고, 난장이네 식구들의 함성도 터져나왔다. 평화로운 변화를 방해하던 세력들은 생각보다 쉽게 꼬리를 내렸고, "보이지 않는 힘"의 사주를 받고 대학 주변을 맴돌던 '눈'들도 사라졌다. "평화로운 변화"가 시작되었다.

대통령을 우리 손으로 직접 뽑게 되면서 우리는 대통령이 바뀐 게 아니라 "정권이 교체"되었다고 환호했다. 그것도 무려 50년 만에……. 어디론가 끌려갔거나 난장이와 한 식구가 된 친구들도 돌아왔다. 그들의 신분도 변했다. 현장의 목소리를 정책에 직접 반영하고 집행하겠노라며 시의원, 구청장, 시장, 도지사, 국회의원, 장관으로 변신했다. 한때 난장이네 식구들의 우상이었던 어떤 시인은 다시 태어난다면 서태지가 되었을 것이라고 하여 사람들을 놀라게 했다. 난장이네 막내딸이 뛰어놀던 더럽고 구불구불한 골목길은 넓고 반듯하게 뚫리고, 길 옆으로는 허름한 판잣집 대신 반듯반듯한 아파트들이 한치의 빈틈도 없이 빼곡이 들어서 있다. 아파트는 하늘을 향해 끝도 없이 치솟아 올라 난장이네 식구들이 가서 살고 싶어했던 달조차 쳐다보기 힘들어졌다. 길에서 흘러넘친 자동차가 인도 위에도 넘쳐나고, 조그만 틈이 보이는 곳에는 어김없이 자동차가 버티고 서 있다. 사람들은 행여 자동차가 다칠세라 게걸음으로 길을 걷는다.

"절단기 · 멍키 · 스패너 · 렌치 · 드라이버 · 해머 · 수도꼭지 · 펌프 · 종지굽 · 크고 작은 나사 · T자 관 · U자 관 · 줄톱……" 난장이를 닮은 연장들은 건설 박물관의 귀중한 소장품으로 실려가고, 중장비와 첨단공법이 등장하면서 난장이가 500년이나 걸려 지은 집을 10분 만에 허물고 2~3년 만에 콘크리트 집들을 200만 호나 지을 수 있는 세상으로 변했다.

"엄마 몰래 또 고기 냄새 맡으러 갔었대. 나는 안 갔어."

어머니는 말이 없었다. 나는 영희를 흘겨보았다. 영희는 또 말했다.

"엄마, 큰오빠가 고기 냄새 맡으러 갔었다고 말했더니 때리려고 그래."

—「난장이가 쏘아올린 작은 공」 86쪽

동네 아이들이 버들여뀌가 꽃을 피운 방죽가에 앉아 흙을 주워 먹고 있었다. 영희는 그 아이들을 보면서 생쌀을 먹었다.

—「클라인씨의 병」 239쪽

지금 고기 냄새를 맡으려고 길거리를 서성이는 아이들은 없다. 길거리에, 식탁에, 냉장고에, 슈퍼마켓 진열장에는 고기와 고기로 만든 음식들이 가득가득 쌓여 있다. 두메산골이라 할지라도 자동차를 들이밀 수 있는 곳이라면 어김없이 고기 구워 파는 '가든'들이 있고, 그런 가든에는 닭고기, 돼지고기, 쇠고기만 있는 것이 아니다. 은밀하게 찾아 들어가면 사람이 잡을 수 없는 짐승을 제외한 모든 짐승의 고기를 다 맛볼 수 있다. 고기가 넘쳐나 오히려 몸 안에서 독이 될 지경에 이르자 "두 홉 보리쌀을 씻어 안쳐 끓이고 그 위에 여섯 개의 감자를 까 넣"은 밥에 "검은 된장에 시든 고추"(「우주 여행」 66쪽)가 반찬의 전부였던 난장이네 식구들의 밥상은 사려깊은 사람들의 건강식으로 탈바꿈했다. "보이지 않는 힘"이 물러난 뒤 생겨난 "평화로운 변화"는 지긋지긋한 가난을 몰아냈다.

보이지 않는 손

난장이가 살던 시절에 "울타리가 쳐"지고, "입구에 경비실이 있고, 경비원들이 차를 세워 동네로 들어가는 사람들의 신원을 확인"하고, "걸어서 이 저택촌을 드나드는 사람은 하나도 없"는(「궤도회전」 160~161쪽), 섬 같은 동네에서 고립되어 살던 사람들은 행복동 부자들뿐이었다. 고만고만한 난장이들은 키 재기를 하며 서로 싸우고, 미워하고, 다투며 살았어도 이웃 사이에 소통은 있었다. 그것이 비록 과시욕이었다 할지라도.

> 그 집 남자의 얼굴이 떠올랐다.
>
> 그 집 남자는 무슨 제과회사의 선전부 직원이다. 그 집 남자가 보내온 과자 상자를 신애도 받았었다. 그 집 여자가, 자기 남편이 차장으로 승진했다면서 과자 상자 하나씩을 이웃에 돌렸던 것이다.
>
> ㅡ「칼날」 41쪽

지금은 대부분의 사람들이 장미꽃 넝쿨이 기어오르는 나지막한 담장이 울타리를 치고 있고, 그 안에 빼곡이 들어서 있는 콘크리트 집에서 외부와는 철저하게 차단된 채 살고 있다. 누구나 차를 타고 드나든다. 아파트 단지 입구에는 "단지 외 자동차 무단출입 엄금, 불법 주차시 경고문 부착"이라고 무시무시한 글귀가 적힌 현수막이 너풀거리고 있다. 이 아파트 사람의 차임을 알리는 스티커가 붙어있지 않은 차가 들어오면 경비원의 눈빛이 번득인다. 아파트로 들어가기 위해서는 경비실의 엄격한 신원조회를 거쳐야 한다. 아랫집 여자, 윗집 남자에 대해서는 뭐 하는 사람인지는 물론, 얼굴조차 모르고 지낸다. 게다가 이웃집의 식성과 기호를 고려하지 않은 채 무작정 나눠 먹겠다며 음식을 돌리는 것은 오지랖 넓은 짓을 한다고 욕먹기 십상이다.

영희는 온종일 팬지꽃 앞에 앉아 줄 끊어진 기타를 쳤다. '최후의 시장'에서 사 온 기타였다.

—「난장이가 쏘아올린 작은 공」 102쪽

'최후의 시장'은 모두 문을 닫고 지금은 '최고의 시장'만 있다. 최고의 시장에는 아이들이 머리핀 하나라도 이름 있는, 이른바 명품들만 판다. 한때 저항의 숫자로 알려졌던 386은 최고의 시장에서 파는 명품의 보증수표로 변했다. 386은 정치권에서도 명품으로 통한다. 최후의 시장은 오늘의 명품에 밀려난 어제의 명품들을 부수고, 깨고, 태워서 없애는 '파괴의 시장'으로 전업했다. "모든 공장이 제품 생산량에 비례하"여 하천으로 토해내던 "흑갈색·황갈색의 폐수·폐유"(「기계도시」 185쪽)는 눈에 보이기라도 하였지만, 지금 파괴의 시장에서 뿜어져 나오는 독가스와 이상한 호르몬은 눈에 보이지도 않는다.

대학생들은 더 이상 대자보를 보거나 글씨 흐린 등사판 신문을 받아보면서 가슴을 졸여야 할 필요가 없어졌다. 안방에서 클릭! 한 번으로 세상의 모든 정보를 손에 거머쥘 수 있게 되었으니 광장에 모여야 할 번거로움도 없어졌다. 최루탄 냄새도 없는데 대학생들은 뿔뿔이 흩어져 있고 학생들이 연좌농성하던 자리에는 승용차들이 대신 빼곡이 차지하고 앉아 매일같이 연좌농성을 하고 있다. 학생들은 떼 지어 고시촌으로, 도서관으로, 영어학원으로, 컴퓨터학원으로 몰려가면서 대학의 분위기는 면학 열풍으로 가득 채워져 있다.

캠퍼스 안에서 "보이지 않는 힘"의 사주를 받은 '눈'들이 부지런히 어디론가 보고하던 일들을 학생들 스스로 하고 있다. 버스에서, 지하철에서, 식당에서, 강의실에서, 도서관에서, 길거리에서…… 밤이든 낮이든 손전화기를 귀에다 대고 쉴새없이 어디다가 보고를 한다.

"응! 지금 버스 타고 있거든. 다음에 내려."

"지금 도서관인데, 책 펴려고 해."

"지금 밥 먹고 있어. 짜장면!"

"지금 병원에 있는데, 진찰 받아."

주절거리다 지치면 손전화기를 들고서 엄지손가락을 바쁘게 놀리며 무언가를 확인하고서는 자폐증 환자처럼 혼자서 웃고, 심각해 하고, 안타까워하고, 슬퍼하다가 또 한없이 행복해 하기도 한다. 한 푼의 소득도 없어 "주머니 속에 딱 한 장!"도 과분한 대학생들의 지갑에는 신용카드가 서너 장씩 꽂혀 있다. 카드빚에 쪼들린 똑똑한 남학생과 예쁜 여대생들은 정자·난자 은행에 자신의 상품을 예치해 놓고, 이도 저도 아닌 학생들은 장기를 살 사람이 없는지 이리저리 두리번거린다. 선배들이 사상불량자로 끌려가던 그곳에 후배들은 신용불량자가 되어 범죄를 저지르고 끌려가고 있다.

이제 대학생들이 학교 옥상에서 몸을 던지거나 몸에 불을 붙이지는 않는다. 정말 다행스런 변화이다. 대신 중·고등학생들이 아파트 옥상에서 구호도 없이 몸을 던지고, 같이 죽자 한다고 이유도 없이 따라 죽고, 학교 변소 옆에서 친구들에게 둘러싸여 맞아 죽고, 수업시간에 친구의 칼에 찔려 죽는다. 초등학생들까지 영문도 모른 채 엄마 아빠를 따라 죽고 있다. 농부들은 농약을 먹고 죽고, 노숙자는 얼어 죽고, 자식들로부터 버려진 노인들은 쪽방에서 홀로 살다 굶어 죽은 채 보름 만에 시신으로 발견되기도 한다.

그런데 과거 대학생들의 죽음과는 달리 이런 '죽음의 굿판'에 멍석을 깐 자가 누구인지를 묻는 목소리는 없다. 지금은 왜 아무도 이 "죽음의 굿판을 걷어치워라"고 이야기하지 않는지 궁금해 하는 사람도 없다. 서산에 붉게 물든 저녁노을을 향하여 삿대질을 해대면서 보라! 죽음의 붉은 배후가 있지 않느냐고 소리치던 대학의 총장도 입을 다물고 있다. 죽음의 희소성이 없어진 탓일까? 매일같이 일어나는 죽음, 떼죽음, 죽음은 이제 더 이상 사람의 관심을 끄는 사건이 아니다. 이 나라는 지금 자살 공화국이다.

"일종의 경제 발작 시대로 윤리·도덕·질서·책임이 모든 생산 행위의 적"(「내 그물로 오는 가시고기」 272쪽)으로 간주되며 많은 사람에게 경제적 고문뿐 아니라 육체와 정신에 대한 고문까지도 법이란 이름으로 묵인되던 시절에 저항은 당연한 것이었다. 아름다운 것이기도 했다. 저항이 있어 희망이 있었다.

저항의 시대는 가고 경쟁의 시대가 찾아왔다. 경쟁과잉의 시대로, 각자의 자유의지와 능력에 따른 자유로운 경쟁을 방해하는 모든 것들이 생산 행위의 적으로 간주되는 시대로 변했다. 자유로운 경쟁이 보장되는 사회에서 착취와 억압이라는 말은 있을 수 없다. 다만 승리자와 패배자만 있을 뿐이다. 패배자에게는 어떤 연민이나 배려도 필요없는 것이 자유로운 경쟁이 보장되는 경쟁사회의 윤리이다. 착취와 억압 때문에 키가 자라지 못한 난장이와는 달리 자유로운 경쟁에서 뒤처진 패배자는 저항할 수단도 명분도 없다. 저항할 수 없으니 그들에게는 희망이 없다. 가는 길이 정해져 있다. 무리에서 밀려나온 늙은 사자가 숲 한 귀퉁이에서 풀뿌리를 뜯다가 죽어 가듯이……. 앞으로도 죽음의 굿판은 쉽게 걷히지 않을 것이다.

평화로운 변화를 방해하던 "보이지 않는 힘"이 사라진 자리에 '보이지 않는 손'이 들어와 일구어낸 엽기적인 변화이다.

변하지 않는 것

(…) 십 년 동안에 여덟 배로 늘어난 강력 범죄, 학교 돈 일억 원을 횡령한 재단 이사장, 미국서 전직 호화 고관 규탄시위 벌인 월남 피난민들, 경기 회복되어도 계속 흐릴 고용 전망, (…) 강도, 강간, 가짜, 도벌꾼, 톱밥으로 만든 고춧가루, 생선에 바람 넣고 물감을 들여 판 생선장수, (…) 이윤의 편재가 소비성향과 범죄를 불렀다고 말한 대학 교수 — 어제의 신문과 다를 것이 없다. 이상할 것도 없는 이야기다.

—「칼날」 32~33쪽

창간 이후 지금까지 일관되게 정론직필만을 고집해왔다고 주장하는 신문답게, 난장이가 살던 시절의 사회면 기사와 하나 다를 바 없는 기사를 신문들은 이삼십 년이 훌쩍 지난 오늘도 '일관되게' 내보내는 소신을 보여주고 있다. 소비성향과 범죄 사이의 상관관계를 걱정하는 대학교수의 칼럼도 변함이 없다. 단지 교수의 얼굴만 세대교체 되었을 뿐이다. 뒷면을 펼쳐 경제면으로 넘어가면 "꽁꽁 얼어붙은 소비심리로 경기회복 불투명"하다는 기사 또한 여전하다.

소비성향과 범죄, 소비심리와 경제……. 소비성향은 범죄를 부추기고 소비심리는 경제를 살린다? 소비성향과 소비심리의 차이는 무엇일까? 난장이네 큰아들에게 사랑을 고백하며 처음으로 가슴을 내주었던 명희가 "사이다, 포도, 라면, 빵, 사과, 계란, 고기, 쌀밥, 김"(「난장이가 쏘아올린 작은 공」 94쪽)을 건전하게 소비하고 싶어했듯이, 이 시대의 명희 또래들도 "피자, 스파게티, 맥도날드, 나이키, MP3, 스마트폰, 컴퓨터 게임"을 건전하게 소비하고 싶어서 낯선 아저씨에게 원조교제를 신청한다.

달라진 것이 있다면 신문에서 사용하는 돈의 단위이다. 일억 원 정도는 대가 없는 후원금이거나 떡값, 용돈으로 처리되고, 뇌물 · 횡령 · 탈세라는 죄목이 붙으려면 최소 백억에서 조 단위까지 올라가야 한다. 그리고 최고 통치권자 주변의 권력형 비리는 권력자가 임기를 힘으로 버틴 뒤 평범한 시민으로 되돌아온 뒤부터 터져나오던 것이 지금은 임기를 마치기도 전에 세상에 알려진다는 것 정도.

"세상은 공부를 한 자와 못 한 자로 너무나 엄격하게 나누어져"(「난장이가 쏘아올린 작은 공」 97쪽) 있는 것도 그때나 지금이나 별다른 변함이 없다. 난장이네 큰아들은 차별을 감수해야 했다. 공부를 못 한 것은 사실이었으니까. 그래서 "공부만 열심히 하면 좋은 집에 살 수도 있고, 고기도 날마다 먹을 수 있는" 줄 알고 틈만 나면 공부를 했다.

> 나는 무슨 책이든 손에 잡히는 대로 읽었다. 정판에서 식자로 올라간 다음에는 일을 하다 말고 원고를 읽는 버릇까지 생겼다. 동생들에게 필요하다고 느껴지는 것은 판을 들고 가 몇 벌씩 교정쇄를 내기도 했다. 영호와 영희는 나의 말을 잘 들었다. 내가 가져다 준 교정쇄를 동생들은 열심히 읽었다. 실제로 우리가 이 노력으로 잃은 것은 하나도 없었다. 나는

고입 검정고시를 거쳐 방송통신고교에 입학했다.

—「난장이가 쏘아올린 작은 공」 97~98쪽

그런데 오래 전부터 우리나라에서 방송통신고등학교 졸업장은 휴지 조각에 불과하다는 것을 많은 사람이 알고 있었다. 이 사회에서는 공부를 '얼마나' 했느냐가 아니라 '어디서' 했느냐로, '얼마나 아느냐'가 아니라 '얼마나 다녔느냐'로 벽이 하나 가로놓이고, 거기다가 아버지의 고향에 따라 또 하나의 높은 벽이 생긴다. 지금 그 벽은 난장이가 살던 시절보다 훨씬 더 높고 견고해졌다.

건넌방 딸애가 틀어놓은 라디오에서는 얼굴을 떠올릴 수도 없는 외국인 가수가 그들 말로 노래하고 있었다. 저애는 앞으로 생각까지 남의 말로 하게 되지나 않을까? 신애는 딸 일을 걱정했다.

—「칼날」 33쪽

난장이네 이웃이던 신애가 딸이 즐겨 들으며 따라 부르던 노래를 알아들을 수 없었듯이 신애의 딸이 엄마가 된 지금, 그 엄마는 딸이 밤이슬 맞아가며 좇아다니는 가수의 노랫말을 알아들을 수가 없다. "얼굴을 떠올릴 수도 없는 외국인 가수"가 아니라 외국인처럼 보이는 한국인 가수임에도……. 아들딸들의 대답은 시대를 건너뛰어도 한결같다.

"엄만 몰라서 그래요."

—「칼날」 39쪽

대신 이 시대의 엄마들은 자식들이 "생각까지 남의 말로 하게 되지나 않을까?" 하는 걱정은 하지 않는다. 오히려 남의 말로 하지 못하는 것이 걱정이다. 영어학원을 보내고, 비행기를 태워 연수를 보내고, 영어로만 말하게 하고, 그래도 안 되면 혀에 칼질을 해서라도 "생각까지 남의 말"로 하게 해야 한다. 그것이 신애의 시대와는 다른, 이 시대 모든 엄마들의 욕망이요 의무이다.

신이 저지른 잘못

중·고등학교에 들어가면 역사시간에 아주 오래 전에는 신분이 세습되던 시절이 있음을 배우게 되고, 그런 과거의 사실을 통해 우리가 지금 살고 있는 이 세상이 얼마나 진보했는가를 느끼게 된다. 그러나 현실과 교과서는 늘 따로 논다.

> "너희들은 엄마를 잘못 두어 이 고생이다. 아버지하고는 상관이 없단다."
>
> 어머니는 장남인 나에게만 말했다. 외할머니에게 들은 말을 나에게 전한 것이었다. 천 년을 두고 우리의 조상은 자손들에게 이 말을 남겼다. 그러나 나는 알고 있었다. 아버지도 씨종의 자식이었다.
>
> —「난장이가 쏘아올린 작은 공」 87쪽

사회시간에는 "대한민국 국민은 누구나 건강하게 살 권리를 가진다"라는 사실이 헌법에 보장된 국민의 기본권임을 배운다. 그러나 그것은 입시를 위한 지식일 뿐 현실에서는 아무런 쓸모가 없는 지식이다.

오른쪽 어금니 1,500원

왼쪽 어금니 1,500원

나는 가계부를 덮었다. 어머니가 두개의 어금니만 뽑지 않았다면 우리는 그 달에 삼천 원의 돈을 문화비로 지출할 뻔했다.

— 「은강 노동 가족의 생계비」 210쪽

질병은 가난을 불러오고, 가난은 질병을 악화시킨다. 건강하게 살 권리가 국가로부터 보장받아야 할 국민의 기본권이 아니라, 개인의 경제적 능력에 따라 시장에서 사고 팔 수 있는 상품이라면 가난과 질병의 악순환은 끝없이 반복될 수밖에 없다. 그나마 별 보장기능도 없던 의료보험 재정마저 위태로워지는데, 정부가 수수방관하는 동안 건강을 상품으로 파는 민간보험이 활개를 치고 있다.

부와 가난, 그리고 신분은 여전히 세습되고 있다. 의사의 아들은 의사가 되고, 판사의 사위는 변호사이고, 재벌회장의 며느리는 재벌회장의 딸이며, 농부의 아들은 그들의 아버지가 들판을 헤매고 다녔듯이 실직 노숙자가 되어 도시의 밤거리를 헤매고 다닌다. 이 사회에는, 강력범죄를 일으키는 청소년들은 늘 그렇고 그런 집안의 아이들이며 사창가에서 불타 죽은 처녀들 또한 늘 그렇고 그런 집안의 딸들이라는 고정관념이 깊게 뿌리내려 있다. 이건 뭔가 잘못된 것이라는 의심을 가질 수 있다. 누가 저지른 잘못인지는 잘 모르지만…….

이런 의구심에 의학자들이 명쾌한 해명을 하고 나섰다. 왜 조선이 일본의 식민통치를 받게 되었는지 의구심을 가지는 조선인 학생들을 향하여 일본인 해부학 교수가 "조선인은 해부학적으로 야만"이기 때문이라고 대답했던 것처럼.

의학자들은 난장이는 난장이의 유전자를, 범죄자는 폭력의 유전자를, 가난은 게으른 유전자를, 병자들은 병약한 유전자를, 노숙자는 역마살의 유전자를 가지고 태어나는 것이므로 가난과 신분이 세습되는 것은 인간의 잘못이 아닌 신의 잘못이라고 설명한다.

그리고 그들은 신이 저지른 잘못을 바로잡기 위해 밤낮없이 노력을 했다. 숱한 실패에도 불구하고 그들은 좌절하지 않았다. 의학자들에게 실패는 부끄러운 것이 아니다. 실패란 내일의 더 나은 결과를 불러올 자극과도 같은 것이기에 실패로 좌절하는 의학자는 없다. 실패에 실패를 거듭한 끝에 의학자들은 신의 손아귀에 있던 인간 유전체의 비밀을 밝혀내고 모든 사람들이 "행복한 마음을 갖고 일하게 할 수 있는" 약과 기술을 개발했다. 은강그룹 회장 손자의 생각은 결코 망상이 아니었다.

> "그들이 행복한 마음으로 일만 하게 하는 약을 만드는 거예요. 그들이 공장에서 먹는 밥이나 음료수에 그 약을 넣어야죠. 약은 우수한 연구진을 구성해 만들게 해야 돼요. 처음엔 경비가 많이 들겠지만 장기적으로 보면 이 이상 좋은 방법은 있을 수 없어요."
>
> —「내 그물로 오는 가시고기」 299~300쪽

행복하게 만들어주는 약과 기술은 엄청난 효과를 나타냈다. 난장이의 키가 커지고, 누런 피부는 뽀얗게, 하얀 피부는 뽀송뽀송하게, 평면적인 얼굴에 낮은 코는 갸름한 얼굴에 오뚝한 콧날로, 튀어나온 광대뼈는 깎아내서 반듯하게, 짧은 하반신은 쭉쭉빵빵하게, 납작한 가슴은 불룩하게, 굵은 몸통은 잘록하게 다듬어낸다.

난장이와 난장이의 친구였던 곱추, 앉은뱅이는 이제 멸종의 단계에 접어들었다. 의학자들이 인간의 생명체가 수태되는 순간부터 그 미래를 예측해줌으로써 미래가 불안한 생명체는 어머니의 뱃속에서 끌려나와 죽어간다. 의학자들이 유전자 정보를 손에 거머쥐게 되면서 인간이 겪는 불행의 원인까지도 과학적으로 설명할 수 있게 되었다. 과학적인 만큼 이론(異論)이 있을 수 없고, 의심의 여지가 없다. 최고의 시장에서 의사들이 '과학적으로 증명된' 행복을 열심히 팔고 있다. 최고의 시장에는 팔지 않는 것이 없고, 돈만 있으면 살 수 없는 것이 없다. 행복해지는 약, 행복한 몸, 행복한 유전자까지도……. 그 시장에서는 잘못을 저지른 신이 조롱당하고 있다.

그러나 아무리 값비싸고 질 좋은 유전자로 재조합을 하더라도 한국인일 수밖에 없는 것은 안타까운 일이다. 그래서 '포용의 땅'으로 떠나간다. 유전자를 차별하지 않고 내 나라 내 땅에서 태어난 모든 생명은 내 나라 시민으로 받아들이는 포용의 땅! 미국으로 아이를 낳으러 간다. 내 아이만큼은 열등한 유전자를 가진 한국인이 아니라 우수한 미국인으로 키우기 위하여.

거인들의 세계

난장이는 1970년대라는 시대에 앙심을 품고 죽었다. 더러운 옷을 입고, 더러운 음식을 먹던 난장이네 아들과 딸들은 지금 어디에도 보이지 않는다. 난장이네 식구들이 떠난 자리에 우리보다 열등한(?) 유전자를 가진 이방인들이 더러운 옷을 입은 채, 거무튀튀한 얼굴에 커다란 눈을 껌벅이며 겁먹은 목소리로 난장이네 식구들이 하던 말을 서투른 우리말로 되풀이하고 있다.

"때리지 마세요! 우리는 짐승이 아닙니다."

"돈 주세요! 우리는 기계가 아닙니다."

"치료해 주세요! 쫓아내지 마세요! 성희롱 하지 마세요!"

그들의 목소리는 난장이네 식구들의 목소리보다 가늘고 여리다. 게다가 난장이네 식구들만큼 관심을 가져주는 사람도 드물다. 관심은 법 앞에서 늘 무기력해진다. 법은 관심을 무관심으로 되돌리게 하는 힘을 가지고 있다. 거리에는 자유로운 경쟁에서 승리한 거인들만 무관심하게 거리를 활보하고 있고, 법은 자유로운 경쟁을 방해하는 장애물을 깨끗이 철거했다. 그 결과 경쟁에서 밀려난 패배자들은 가슴 한구석에 2000년대란 시대에 앙심을 품은 채 사람들의 눈에 띄지 않는 곳으로 조용히 격리되었다.

어느 순간에 우리는 자신도 모르게 모두 거인이 되어버렸다. 끝없이 먹고 소비해도 충족되지 않는 허기에 허덕이며 살기 힘들다고 한숨 쉬는 거인이 된 것이다. 거인들의 한숨 소리가 커질수록 앙심을 품은 사람들의 숨소리는 점점 더 거칠어진다.

난장이의 꿈은 거인이 되는 것이 아니었다. "사랑을 갖지 않는 사람을 벌할 수 있는 법"이 있는 세상에서 사는 것이었다. "지나친 부의 축적을 사랑의 상실로 공인"하는 것이었다. 난장이는 꿈을 실현하지 못하고 죽었다. 난장이가 떠난 지금 너나할것없이 부자되기를 꿈꾸는 거인들에게 "여러분 모두 부~자! 되세요"라고 유혹하는 세상의 모습은 이렇다.

이 나라에 없는 것은 정신 하나뿐이다.

그 밖의 것은 언제나 풍성하다.

(『대구사회비평』 2002년 9-10월호)

밥과 생명의 위기

— 삶과 죽음과 시

밥

비록 보릿고개를 경험한 적 없이 자란 세대이지만 그래도 어린 시절 밥상 앞에 둘러앉아 밥을 먹을 때는 늘 어머니의 준엄한 검열과 질책을 받아야 했다. 밥을 남긴다는 것은 죄악이었고, 밥알을 흘리거나 밥알이 빈 밥그릇에 덕지덕지 붙어있을 때 어머니는 "저승에서 수채 구덩이에서 밥알을 주워먹으며 살게 될 것"이라는 저주 아닌 저주를 내리기도 하셨다.

새마을운동, 유신벼, 통일벼라는 말들이 흑백 TV 속에서 쏟아져 나오던 시절, 도시에 살던 사람들은 쌀과 보리를 혼식하면서, 일주일에 한번은 분식(粉食)을 하도록 강요받았고 그것이 가장 엄격하게 실천되던 현장은 학교였다. 그래서 우리 학창시절의 점심시간은 늘 도시락 검열과 함께 시작되었다. 그러나 아무리 강력한 국가 시책이라 할지라도 모성애를 이길 수 없는 법. 자식에게 쌀밥을 먹이고 싶어하던 모성애는 하얀 쌀밥 위에만 보리쌀을 살짝 발라놓는 잔재주를 부렸으나, 교사의 투철한 애국심은 이를 눈치 채고 숟가락으로 도시락을 휘저어 쌀과 보리쌀의 배합을 철저히 분석했다. 보리쌀 농도가 떨어지는 도시락 주인들에게 되돌아온 벌칙을 지금 다시 생각해보면 소름이 다 끼칠 정도이다.

이것은 쌀이 재산이었고, 쌀이 보물처럼 여겨지던 시절의 이야기이지만 그렇게 아득히 먼 옛날의 이야기는 아니다. 그런데 불과 몇십 년도 지나지 않은 지금, 쌀은 천덕꾸러기가 되어 도로 위에서 불 태워지고 있고 농협 앞마당에 버려지거나 창고에서 썩어가고 있다. 만석의 부자 꿈을 꾸던 농부는 만석의 빚을 진 채 농약을 먹고 세상을 버리고 마는 세상이 되어 있다.

> 쌀은 사람의 살이 되고 피가 되지만
> 피도 살도 되지 못한 채 아픔이 되는 사람들이 있다
> 스스로의 가슴을 도려내는 칼이 되는 사람들이 있다
> 뼈빠지게 일하고도 골병만 남은 혈육 같은 이웃들
> 자고 나면 개운할 몸살이면 좋을 텐데
> 아무도 고칠 수 없는 중환자로 날마다 죽어가고
> 농자천하지대본(農者天下之大本)은 할아버지 무덤가에 망두석이 되어
> 식은땀을 흘리며 뿌옇게 가라앉는 하늘만 떠받치고 있구나
> 쌀은 힘이 없다. 쌀이 밥이 되고 힘이 되고 돈이 되던 날
> 그런 날은 우리들의 기억 속에 순장당한 지 오래다.
> 어둠 속에서만 흐느끼는 아픔이 되고 칼이 된 지

아득한 옛날이다

— 이용섭 「쌀」[1] 전문

원인 없는 결과가 어디 있으리. 구수한 밥 냄새와 매콤한 김치는 이제 밥상에서 사라져가고 있다. 능력 없는 애비가 간혹 애비노릇 하려할 때 아이들은 어김없이 피자를 찾는다. 학원으로 달려가기 전에 아이들은 켄터키 치킨과 콜라로 점심을 때우고, 컴퓨터에서 눈 뗄 줄 모르는 아이들은 우유와 햄버거로 식사를 대신한다. 가늘어지려고 몸부림치는 처녀들은 밥 보기를 벌레 보듯 하며 커피와 비스켓 한 조각으로 식사를 대신한다.

세월 따라 변해버린 사람들의 입맛은 농부들의 생명줄을 끊는 칼이 되었지만, 쌀 대신 사람들의 몸속에 들어온 음식은 독이 되었다. 보다 못한 의사협회가 비만과 한판 전쟁을 선포하고 나섰다. 그러나 그 전쟁에서 의사협회가 이길 가능성은 별로 높지 않다. 지구촌에서 벌어지는 모든 전쟁에서 진 적이 없는 미국이란 나라도 비만과의 전쟁에서는 무기력하게 꼬리를 내리고 있다.

사람의 "살이 되고 피가 되는" 쌀을 키우던 고향마을에는 이제 사람 사는 흔적을 느끼기 힘들고, 땅은 한 뼘 두 뼘 황무지로 변해간다. 대신 우리들의 밥상은 점점 독으로 가득 채워지고 있다. 그 결과 지금 '건강'은 사전 속에서나 찾아야 할 어려운 낱말이 되고 말았다.

1 이용섭 『탑에게 길을 묻다』, 그루 2009.

떠나는 사람들

언제부턴가 사람들은 고향마을을 떠나 무작정 도시로 몰려들었다. 사람들은 쌀밥이 귀하던 시절에도 땅에 뿌리를 내리고 사는 삶을 혐오해왔다. 공부가 게으른 학생들에게 교사들이 "때려치우고 촌에 가서 농사나 지어라" 하고 소리치며 매를 들 만큼 농업은 혐오스런 직업이었고, 못 배우고 게으르고 능력 없는 사람들이나 하는 일 정도로 여겨왔다.

더구나 지금 쌀은 천덕꾸러기로 변했고, 그나마 콩이네 팥이네 고사리까지도 바다 건너 중국에서 들어온 것들이 식탁 위에 올라앉게 되자 더 이상 땅에 미련을 가질 이유가 없어졌다. 등짐이라도 질 힘이 남아 있는 사람이면 너도나도 자식들 손 붙잡고 도시로 떠나왔다. 그럴 기력이 없는 사람들은 자식들만이라도 떠나보내야 했다. 우리가 살고 있는 이 나라는 얼마나 '아는지'가 아니라 얼마나 '다녔는지'로, '무엇을' 배웠는지가 아니라 '어디서' 배웠는지로 사람을 평가하는 곳이다. 그러므로 시골 학교에서 내 아이들을 교육시킨다는 것은 부모가 자식들의 미래를 망쳐놓는 꼴이 되기에 화려한 도시의 한쪽 귀퉁이에서 이리저리 쫓기며 좌판을 벌리는 한이 있더라도 떠나야 한다.

시골 마을에 아이들의 웃음소리가 줄어드는 만큼 빈 교실들이 하나둘 늘어나기 시작했다. 친구들이 모두 떠나가고, 듬성듬성 빈자리가 허전해 6학년 언니 몇, 1학년 동생 한둘, 3·4학년 친구들 몇몇이 한 교실에 옹기종기 모여 한 선생님한테 배우던 작은 학교들은 교육의 수준을 높여준다는 교육개혁의 칼바람을 맞고 숨길이 끊어졌다.

끊어진 분필토막 뒹군다

칠판 위엔

서툰 솜씨로 흐려진 선생님 안녕 같은 글씨들

깨진 유리창 사이

거미줄이 한가롭게 너울춤 추는데

운동장 귀퉁이에서 다투고 있는 잡풀들

문득 아이들 공차는 소리, 해맑은 웃음소리, 소리……

저무는 햇살 속에 아련히 끊어지고

바람결에 건너간 시간이 잠시만 돌아와

녹슨 종을 울릴 때

백엽상, 혹은 풍향계 위에서 새들이 떠나간다

이 저녁 누군가의 기억 속에서 지워지고 있을 공간

사라져가는 것들의

그 쓸쓸한, 허리를 본다

— 박호민 「폐교」[2] 전문

북서풍이 불어오기 시작하면 새들은 아무런 미련도 없이 여름 한철 둥지를 틀었던 나무를 떠나가고 나무는 낙엽을 떨어뜨린 채 앙상한 나뭇가지만 드러내 놓는다. 나무가 불러도 돌아오지 않는 새. 돌아가고 싶어도 돌아갈 수 없는 새. 돌아가게 되면 살 수도 없는 새…….

지금 우리들의 고향마을에는 비쩍 마른 나뭇가지만 드러낸 채 땅에

2 『녹색평론』 2002년 1-2월호에 수록.

깊숙이 뿌리가 박혀 움직일 수 없는 고사목 같은 노인네들만 하얀 한숨을 가쁘게 내쉬며 텅 빈 들판을 바라보고 있다.

새들이 다시 되돌아올 봄을 기다리는 나무처럼 달력을 쳐다보며 명절을 손꼽아 보던 고향마을의 아버지가 피곤한 육신을 작은 방에 눕힐 때, 도시의 성공한 아들은 쾌적한 아파트 거실에서 이태리풍의 소파에 앉아 소니 TV에서 흘러나오는 뉴스를 듣는다.

"중국산 수입 농산물에서 다량의 중금속 검출."

"미국산 수입 농산물에서 발암물질 검출."

분노로 이맛살을 찌푸린다. 사람들의 먹거리조차 제대로 챙겨주지 못하는 무능한 관료와 무기력한 통치자가 지배하는 이 나라에 살고 있는 자신의 처지가 한심스러워진다. 눈을 감고 떠나는 꿈을 꾼다. 비행기에 온 가족이 몸을 싣고 꿈과 희망이 있는 딴 세상으로 떠난 친구들이 어디 한둘인가? 결단을 쉽게 내리지 못하는 이유는 단 한 가지. 함부로 던져버리기에는 너무 아까운 지금의 위치 때문이리라.

그렇다면 내 자식의 건강과 미래를 위해서 내 자식만이라도 떠나보내야 한다. 내 자식의 시대에는 '영어'가 곧 '밥'이고, 자식들의 밥을 챙겨주어야 하는 것은 부모의 의무 아닌가? 사람들이 떠나고 있다. 시골에서 도시로, 지방에서 서울로, 서울에서 미국으로…… 쉴 틈 없이 떠나고 있다. 밥을 찾아 떠돌아다니던 선사시대 유목민처럼.

가족이란 울타리

고향마을은 사람 흔적 찾기 힘든 허허벌판으로 변해가는 대신, 도시는 끝없이 팽창하여 우리가 사는 이곳 달구벌 땅도 어느 틈에 직할시에서 광역시로 변하면서 250만 인구가 오글거리며 살고 있다. '특별'한 사람들이 모여 사는 서울은 '특별시'로도 양이 차지 않아 2,000만 인구가 모여들어 아귀다툼을 벌이는 수도권으로 팽창했다.

그런데 고향마을을 등지고 살 길을 찾아 낯선 도회지로 몰려든 사람들이 할 수 있는 일은 무엇일까? 한치의 빈틈도 없이 꽉 맞물린 톱니바퀴처럼 돌아가는 도시의 일상에서 이들이 비집고 들어갈 수 있는 틈은 그렇게 넓게 열려져 있지 않다. 지금 도시에도 '잉여인간'들이 넘쳐나고 있는데…….

사람들이 길거리로 나서고 있다. 흙으로 되돌아간 할아버지, 할머니가 저 뒷산에서 지켜주시던 정든 땅을 버리고 살 길 찾아 아이들 손 붙잡고 도시로 떠나온 젊은 농꾼이나, 세련된 도시의 중산층을 꿈꾸다가 하루아침에 일터에서 쫓겨난 대기업의 과장도 밥을 찾아 길거리로 나선다. 아버지는 공사판을 찾아 먼 땅으로 다시 길을 떠나고, 엄마는 시장 한 귀퉁이에서 좌판을 펼쳐 놓고 오가는 사람들의 시선을 잡기 위해 안간힘을 쓰는 동안 아이들은 버려져 있다.

그런데 아무렇게나 내던져진 아이들은 놀 곳도 갈 곳도 없다. 한 뼘의 빈 땅이라도 있는 곳이면 어김없이 승용차가 '모셔져' 있으니 딱지치기, 구슬치기, 공차기 같은 아이들의 놀이는 전래동화 속의 이야기일 뿐, 행여 승용차가 다칠세라 길거리를 게걸음으로 걸어다녀야 하는 아이들은 방 안에 갇혀 비디오를 보거나, 컴퓨터 앞에 앉아 시간을 보낸다. 산동네의 아이들은 어둠이 짙어져도 아직 돌아오지 않는 엄마를 기다리며 단칸방에 갇혀 지내고, 산동네에서 멀리 쳐다보이는 고층 아파트의 아이들은 학원에 갇혀 지낸다.

열무 삼십 단을 이고
시장에 간 우리 엄마
안 오시네, 해는 시든 지 오래
나는 찬밥처럼 방에 담겨
아무리 천천히 숙제를 해도
엄마 안 오시네, 배추잎 같은 발소리 타박타박
안 들리네, 어둡고 무서워
금간 창 틈으로 고요히 빗소리
빈방에 혼자 엎드려 훌쩍거리던

아주 먼 옛날
지금도 내 눈시울을 뜨겁게 하는
그 시절, 내 유년의 윗목

— 기형도 「엄마 걱정」[3] 전문

어둠이 몰고 온 두려움과 힘겹게 싸우며 애타게 기다리던 엄마. 온종일 시장판의 먼지를 뒤집어쓴 채 물 적신 솜처럼 무거운 몸을 이끌고 밤늦게 집으로 돌아온 엄마에게 잠시 쉴 겨를도 주지 않고 달려들어 안길 수 있었던 시인은 어떤 면에서 행복한 사람이었을 수도 있다. '열무 삼

3 기형도 『잎 속의 검은 잎』, 문학과지성사 1989.

십 단'을 다 못 팔아 무거운 발걸음을 이끌고 되돌아온 엄마가 웃으면서 내일의 또 다른 희망을 꿈꿀 수 있었던 것은 품안에 덥석 안기는 혈육이 있기 때문이었을 것이다.

젊은 나이에 이미 고인이 되어버린 이 시인이 지금 배고픔보다 더 잔혹한 외로움과 그리움에 시달리는 아이들, 부모로부터 버려지는 아이들을 보았더라면, 그의 시 마지막 대목은 가난했지만 엄마가 있어 행복했던 유년의 기억으로 고쳐졌을지도 모른다. 쌀이 넘쳐나 버려지고 있고, 길거리에서 불태워지고 있는데도 급식이 끊기는 방학이 두려운 아이들을 보았더라면 그의 시는 어떻게 달라졌을까?

지난 시절 가난해도 행복했고, 힘이 들고 고달파도 내일의 희망을 가질 수 있었던 것은 가족이란 울타리가 있었기 때문이었을 것이다. 지금 그 울타리가 점점 낮아지고 있다. 가족이란 이름의 울타리가 낮아지면서 세상은 점점 더 잔인해져가고 있다. 살 길이 막막한 부모들은 아이들을 버리고, 남들보다 더 나은 삶을 찾으라고 이국땅에 유학을 보내 놓은 아들은 고국으로 되돌아와 아버지를 칼로 찔러 죽이는 세상이다. 참 잔인한 세상으로 변해 있지만 우리는 우리가 사는 이곳이 얼마나 잔인한 곳인지를 느끼지 못하고 있을 뿐이다.

도시는 지금 공사중

중·고등학교 지리 시간에 우리가 사는 이곳, "대구는 사방이 산으로 둘러싸인 분지 도시이며……"라고 배웠다. 그 교과서는 고쳐졌는지 모르겠지만 지금은 사방을 둘러보아도 산은 잘 보이지 않는다. 분지도시였던 대구는 지금 사방이 아파트숲으로 둘러싸인 광역 대도시로 바뀌었다. 높다랗게 솟아오른 아파트 꼭대기 틈 사이로 산등성이가 드문드문 드러나 있을 뿐이다.

한가하다 못해 적막한 농촌과는 달리 도시의 역동성은 단 하루도 그치지 않는 공사 소음으로 확인할 수 있다. 지난달 포장된 도로가 이 달 들어 다시 파헤쳐지고, 어제 깔끔하게 깔린 보도블록은 오늘 가스배관 공사를 위해 다시 뒤집어진다. 언제 끝날 줄 모르는 지하철 공사로 도로 표지판은 어제가 다르고, 오늘 또 다르다.

1970년대부터 시작하여 아직까지 땅 밑을 구석구석 파헤치고 있다는 서울특별시. 지금은 9호선, 10호선 지하철이 달린다는데 서울특별시의 교통난이 해소되었다는 소식은 아직 한번도 들어본 적이 없다. 언제가 될지 알 수도 없는 일이지만 대구의 지하철 2호선이 개통되면 대구의 교통사정은 쾌적해질까? 아무런 전망도 없이 땅 속에서는 밑도 끝도 없는 공사가 계속되고 있다. 1호선은 적자라는데 2호선이 개통되면 적자는 해소될까?

도심지에서 학교를 구경하기가 힘들어졌다. 학교가 있던 자리에는 어김없이 하늘을 찌를 듯한 아파트들이 빼곡이 들어차 있다. 더 이상 지을 땅이 없게 되자 산을 깎아 내리고, 지었던 집을 부수고 다시 지어 올린다.

도시에도 잠시 공사 소음이 들리지 않았던 적이 있다. 외환위기가 닥쳐오자 건설업체들이 줄줄이 무너졌다. 포클레인은 작동을 멈춘 채 길거리에 버려져 있었고, 경기는 바닥으로 내려앉았다. 도시의 밤 풍경은 한없이 칙칙했었다. 다시 포클레인이 움직이고 있다. 도시 구석구석에 공사 소음이 요란하다. 건설 경기가 되살아나면서 경기가 되살아나고 있단다. 끝없이 부수고 다시 짓고, 깎아 내린 뒤 다시 쌓아 올리고, 파헤쳐서 다시 덮어놓기를 반복하지 않으면 돌아가지 않는 경제! 그런 경제 덕택에 산과 나무를 구경하기 힘들어졌고, 새소리, 물소리가 귀해졌다. 지금 우리가 쾌적하게 사는 건지 삭막하게 사는 건지 분간할 수 없게 된 것은 그 잘나빠진 경제 덕택이다.

물줄기 하나라도 막지 않는다 산은
어느 곳으로도 물이 흘러갈 곳을 내어준다
그 그늘에 와서 살고자 하는 것은
풀벌레 꽃씨 하나라도 살 자리 만들어준다
벼랑가에도 둥지틀 곳 내어주고
바위 틈서리에도 뿌리내릴 자리 비워준다
짐승 한마리 절대 마구 내쫓지 않는다
도시 끝 버림받은 산비탈 동네에서라도
자식새끼 데리고 살아보려 몸부림치는데
아직 숟가락 들고 있는 어린아이 밥상을
포클레인으로 내리치는 광경을
이 시대 사람의 산동네에서는 본다
곡괭이 자루로 사람이 들어 있는 집을 내리찍는 모습을
쇠파이프와 각목으로 어린 꽃모가지도
짐승의 여린 발목도 다 부러뜨려 내쫓는 모습을

— 도종환 「포클레인」[4] 전문

경제와 개발이란 이름으로 저질러진 숱한 파괴와 폭력은 파괴의 현장에 다시 세워져 있는 화려한 외양에 가려져 있다. 그 화려함이라 해야 기껏 30년을 못 버티는 콘크리트 구조물. 도시 곳곳에 철거가 예정된 아파트들도 30년 전의 외양은 화려했을 것이다. 수만 년을 이어오며 숱한 생명을 길러냈던 산과 들을 부수고 깎아낸 자리에 들어섰던 아파트는 반백 년을 못 견디고 수명을 다한 채 파괴의 손길을 기다리고 있다. 그런데 앞으로 삼사십 년 후 더 이상 부수고 깎아내서 지을 땅이 없게 되면 내 자식, 내 손자들은 어디서 살아야 할까?

열심히 영어공부 한 알토란 같은 내 자식! 떠나라! 미국으로…….

사람이 살지 못해 떠나버린 철거 예정 아파트의 앞뜰에 장미꽃 한 송이는 홀로 곱게 피어 살고 있더라.

차가운 배려

2002년 민족의 대명절인 설을 눈앞에 두고 온 세상이 명절 준비로 분주하고, 백화점들은 호들갑스럽게 '효도'를 미끼로 소비자들의 구매심리를 충동질하고 있던 어느 날, 대구의 한쪽 귀퉁이에서 한 여인의 주검이 발견되었다.[5]

월드컵 경기장이 자리하고 있어 온 세계가 주목할 것이라던 수성구

---

4 도종환 『부드러운 직선』, 창비 1998.

5 「'영구임대' 제도 보완 절실」, 『영남일보』. 2002.2.5 참조.

의 한 영구임대아파트에서 40대 여인이 굶어 죽은 채로 발견된 것이다. 여인의 주검을 발견하고 신고한 이는 밥을 언제 먹었는지 기억조차 하지 못하는 그 여인의 딸이었다. 탈진 상태에 있던 딸은 공교롭게도 엄마의 죽음을 신고하는 바람에 아사 직전에 구출될 수 있었다. 엄마는 죽음으로써 딸을 살려낸 것이긴 하지만 오히려 엄마를 따라 굶주림도, 차별도 없는 천사의 나라로 같이 갈 수 있었으면 더 행복했을지도 모른다.

열두살짜리 딸은 학교에 가질 않았다. 이 아이에게 배고픔보다 더 무서운 것이 학교에 가는 것이다. 이 아이와 같은 영구(영구임대아파트)네 딸들은 학교에서는 경계의 대상이고, 요주의 학생이며, 사귀지 말아야 할 나쁜 학생이며, 비행 청소년으로 지목된다. 그러니 같이 놀아줄 친구도 없고, 이야기할 상대도 없다.

영구네 아들딸들은 말한다. 학교는 "죽어도 가고 싶지 않은 곳"이고 "학교생활은 악몽이었다"라고……. 친구들은 하나같이 "엄마가 너랑 놀지 말랬어"라고 말한다. 선생님들은 교실에 문제가 생기면 어김없이 영구네 아들딸을 먼저 지목했다.

가난보다 더 서러운 것은 차별일 것이고, 배고픔보다 더 견디기 어려운 것은 편견일 것이다. 세상 사람들이 영구네 아들딸이라고 손가락질을 하기로 아버지의 무능함을 탓할 수는 없는 것 아닌가? 병든 엄마를 원망할 수는 없는 일 아닌가? 영구네 아들딸로 태어난 것이 정녕 내 책임은 아닐진대 세상은 어린 어깨에 너무 무거운 멍에를 덮어씌우는 건 아닌가?

저 하늘의 별은 빛을 온 세상에 공평하게 내려보내는 것 같기는 한데,

영구네 집 작은 창까지 스며들 힘은 없는 것 같다. 별빛이 들지 않는 영구네 작은 방은 늘 어둡고 칙칙하다. 영구는 자신이 발을 딛고 살아야 할 땅이 너무 각박하고 삭막해서 늘 하늘의 별을 기웃거리며 산다. 엄마 별, 아빠 별, 누나 별…… 별을 헤아리며 별나라에 가서 살고 싶어한다. 별나라에 가서 왕이 되고 싶어한다. 영구가 가서 살고 싶어했던 별……. 그대! 고개를 들어 하늘을 보라! 별이 보이는가? 그렇다! 별을 살피기에는 도시의 밤거리가 너무 화려할지도 모르지.

영구*라는 별명이 괴로워 스스로 목숨을 버린 마음 어린 한 소년이 살고 있는 별인지 저 별 아직 새파랗다

* 영구임대주택의 약어

— 고희림 「저 별」[6] 전문

주검으로 발견된 그 여인의 아파트에는 도시가스, 전기, 수도가 끊어져 있었다. 관리비가 체납되어 있었기 때문에. 도시의 아파트에서 도시가스, 전기, 수도를 끊어버린다는 것은 죽으란 말과 무엇이 다른가? 무능한 엄마를 둔 열두살짜리 딸은 한겨울 난방도 되지 않는 방에서 살아남기 위해 인근 약수터에서 물만 길어다 먹다 탈진했다.

저소득층의 주택문제가 "국가안보와 자유경쟁체제를 위협하는 세력들의 온상"이 될 수도 있을 만큼 심각해지자, 노태우 대통령이 저소득층을 '배려'하기 위해 허겁지겁 만들어낸 영구임대아파트 제도. 외환위

6 고희림 『평화의 속도』, 시와반시 2003.

기 이후 이곳은 사람이 사는 공간이 아니라 죽어나가는 공간으로 변해 가고 있다. 소득이 없는 자에게 아파트는 무덤과도 같은 곳이다.

시선을 옆으로 잠시 돌리면 우리나라에서 제일 힘 있는 아버지를 둔 아들이 수십억의 뇌물을 챙기다가 "국민들에게 죄송합니다"라는 말을 남기고 감옥으로 끌려가는 모습도 볼 수 있다. 늘 그래 왔다. 앞으로도 그럴 것이다. 그리고 언젠가는 석방될 이 아들과 이 아들의 아들들까지 적어도 약수터에서 물만 길어다 마시며 죽어가지는 않을 것이다.

그러므로 우리 모두 꿈꾸자. 부자 아빠, 힘 있는 아빠가 되기를…….

"꿈은 ★ 이루어진다."

땅으로 돌아가고 싶은 사람들

열흘을 채 견디지 못하고 시들어가는 꽃잎을 쳐다보는 마음은 슬프다. 잘난 체 빤질거리며 피어올라 나비를 유혹하던 꽃들이 생명이 지닌 한계를 증명이라도 하듯 시간이 지나면 어김없이 제 빛깔을 잃고 바동거리다가 땅바닥으로 굴러떨어져 바람에 이리저리 쓸려 다닌다. 생기 잃은 꽃잎은 갈 곳을 찾지 못해 방황하다가 결국에는 흙의 따뜻함에 포근히 감싸 안긴 채 이듬해의 부활을 기약하며 눈을 감는다.

그러나 물기 없이 탈색된 꽃잎이 땅으로 돌아가지 못하고 나뒹구는 모습은 추하기 이를 데 없다. 거리의 아스팔트 위에서, 아파트 베란다 위에서 시든 채 이리저리 흩어져 있는 꽃잎들은 빗자루로 쓸어내거나 진공청소기로 빨아들여야 할 오물이다. 흙먼지 하나 일지 않는 '쾌적한' 환경의 아파트! 허물어버리고 나면 살았던 흔적조차 찾을 수 없는 허공 속에 갇혀 사는 사람들이 흙 냄새, 꽃 냄새를 맡으려고 베란다 앞에 꽃 화분을 종종종 늘어놓고 산다.

너의 좁은 아파트 한 구석
시든 꽃잎 하나 헉! 소리를 내며
우글쭈글해진 모노륨 마루 위에 눕는 소리 들린다.

— 땅에 내려가고 싶다

누가 흑흑 흐느끼기 시작한다.

— 강은교 「꽃잎」[7] 전문

땅에 발을 딛지 못하고 허공에 떠 있는 공간에 갇혀 사는 사람들이 주말이 되면 흙 냄새, 땅 냄새를 맡으려고 줄을 이어 도심을 빠져나간다. 엄청난 인내와 자제력이 필요한 고행길이지만 본능처럼 사람들은 도심을 탈출한다. 다시 되돌아올 수밖에 없는 허무한 고행길인 줄 뻔히 알면서도 도심으로부터 무턱대고 도망을 친다……. 땅 냄새가 그리워서일 게다.

한 뼘의 땅이 있어 채송화, 봉숭화, 장미, 라일락, 감나무, 석류나무, 모과나무를 마당 한 귀퉁이에 심어놓고 살던 시절에는 가난해도 도망치고 싶지는 않았다. 우방랜드, 롯데월드를 몰랐어도 댓돌 아래 양지바

7 강은교 『벽 속의 편지』, 창비 1992.

른 곳에서 소꿉장난, 구슬치기, 딱지치기, 땅따먹기에 정신을 빼앗긴 아이들은 시간가는 줄도 몰랐고 배고픈 줄도 몰랐다. 창호지를 뚫고 들어온 북서풍이 이불 밖으로 뾰족 튀어나온 콧잔등을 발갛게 물들여도 춥지 않았던 것은 이 겨울이 지나면 어김없이 봄이 찾아오고, 아무리 추워도 이 겨울이 지나면 석류나무 가지에 새싹이 돋는다는 것을 늘 보고, 만지고, 느끼며 살 수 있었기 때문이다.

한겨울에는 반팔옷을 입고, 한여름에는 긴팔옷을 입은 채 계절을 잊고 허공 속에 갇혀 지내는 요즘 아이들. 뛰고, 달리고, 내던지고, 차고, 소리지르고 사는 것이 일상의 전부여야 할 아이들이 뛰어서도 안 되고, 달려서도 안 되고, 내던지거나 발로 차서는 더욱 안 된다는 소리만 듣고 산다. 뛰고 달리다가는 엄마 대신 아래층 아줌마의 살기등등한 잔소리를 들어야 한다. 주눅 들어 굽실거리는 엄마의 모습이 안쓰러워서라도 뛸 수가 없다. 대신 아이들의 귓전을 때리는 소리는 "학원 가라", "숙제해라"가 전부다. 아파트 베란다에서 내려다본 마당에는 승용차들이 한 치 빈틈도 없이 빼곡이 들어차 있고, 아침 햇살에 눈이 부실 만큼 반질거리도록 승용차를 닦아대는 젊은 남녀의 움직임이 새벽부터 분주하다.

그 대신 뛰고 달릴 수도 없는 아이들, 소리 지르고 발길질도 할 수 있는 한 뼘의 땅도 찾을 수 없는 아이들은 아파트 옥상에서 훨훨 몸을 날린다. 왜 어린 학생들이 이 좋은 세상을 아무 미련 없이 버리고 떠나는가에 대해서 세상 사람들이 수군거리고 있다. 학업성적을 비관해서, 왕따 당한 것이 서러워서, 학교 폭력이 두려워서, 자살 사이트의 유혹에 빠져서……. 그러나 지금까지 아이들의 마음을 어른들이 제대로 배려해 준 적은 없었다. 그러니 아이들이 왜 세상을 버렸는지 어른들은 도

무지 이해할 수가 없다.

혹시 마음껏 달리고, 뛰고, 소리칠 수 있는 땅을 찾아간 건 아닐까? 새처럼 산과 들의 경계를 훨훨 넘나들고 싶었던 것은 아닐까? "학원 가라"는 소리보다 풀벌레 소리가 더 듣고 싶었던 건 아닐까? 땅 냄새, 흙 냄새가 사무치게 그리웠던 건 아닐까?

황무지…… 서서히 밀려오는 죽음의 그림자

그러나 아이들이 가서 놀 수 있는 땅이 없다. 사람들이 일상의 사슬에서 풀려나 잠시나마 호흡을 가다듬을 수 있는 땅과 숲이 사라지고 있다. 나무들은 뿌리째 뽑혀나갔고, 살아있는 나무들도 서서히 말라 죽어가고 있다.

"메뚜기도 한 철"이라는 속담을 열심히 외우고 있는 학생들이 메뚜기가 어떻게 생겼는지는 모른다. 들판에 메뚜기가 사라진 지는 오래되었다. 수능시험 때문에 "이 밤사 귀또리도 지새는 삼경인데……", "이 시인의 호는 지훈이며, 청록파 시인의 한 사람으로……" 열심히 줄을 그어가며 외우지만 정작 귀또리 소리는 어디에서도 들리지 않는다. 어둠이 짙어지면 아파트 이중 창문을 뚫고 들어오는 소리는 미친 듯이 달려가는 자동차들의 굉음뿐이다.

개울에서 바지 둥둥 걷어부치고 몰아대던 송사리, 피라미는 자연생태공원에 박제되어 전시되어 있다. 아이들에게 환경의 중요성을 가르치겠다며 학교에서 내준 숙제를 하기 위해 부모들은 비싼 입장료를 물어가며 아이들과 함께 자연생태공원을 찾는다.

2차대전 후 살충제 사용이 3천%가 늘어도
병충해는 오히려 20%가 증가한다 해충은,
스스로 내성을 키워 더 많이 번식하고,
농약 사용량이 급격히 증가함에 따라,
어린이 600명 중 1명이 소아암으로 죽는다.

백혈병은 27%, 뇌암은 40% 증가한다
염화탄화수소가 사람 몸에 축적되어
1978년 미국 대학생의 25%가 불임이며,
정자 수는 30% 준다

항생제의 55%가 주사나
가축의 사료를 통해 몸에 쌓이고,
페니실린이 듣지 않는 비율이
60년대 13%에서 1988년 90%로 증가한다.

나이테에 중금속이 누적되면서
산단풍의 73%가 죽고, 줄기단풍의 49%,
가문비나무의 40%가 고사한다.

나무들의 죽음은 서서히 온다
고엽제 피해자처럼 슬로우 블릿!

인간의 죽음도 서서히,

웃으며 온다

— 김종인 「우리 문명의 마지막 저녁 1 – 나무들의 죽음」[8] 전문

돈 많고 힘도 센 미국은 사람을 보내 달나라를 뒤져보았고, 지금은 화성에도 로봇을 보내놓고 구석구석을 뒤지고 있다. 그러나 달나라를 뒤졌던 닐 암스트롱은 옥토끼와 계수나무를 보지 못했던 모양이다. 계수나무와 옥토끼는 하늘과 달과 별을 겸손한 마음으로 우러러보며, 들판의 풀잎 하나라도 소중하게 여겨왔던 우리 민족의 눈에만 보이는 것이고, 계수나무 우거진 달나라는 우리가 언젠가는 지상의 삶을 마감한 뒤 가서 살아야 할 곳이기에 그들의 눈에 보여서도 안 된다.

여기저기 마구잡이로 폭탄을 퍼부어대고, 이산화탄소를 양껏 뿜어내며 온 지구촌을 사람이 살 수 없는 황무지로 만들어가면서 엉뚱하게 달나라를 기웃거리는 바보 같은 미국사람들의 눈에는 계수나무가 보일 리가 없다. 우리가 사는 이곳도 지금 그런 바보들이 사는 나라에서 배워온 사람들이 활개 치는 세상이 되면서 땅은 점점 사람들이 살 수 없는 황무지로 변해가고 있다. 죽음의 재가 하늘을 가리면서 달나라에 사는 옥토끼의 방아질을 구경할 수 없게 되었다. 땅 위에는 여치, 베짱이, 반딧불이가 자취를 감추었고, 나무들이 하나 둘 말라 죽어가면서 사람들도 소리 없이 죽어가고 있다. 우리도 매일같이 웃으며 죽어가고 있다.

(『대구의사신문』 2002년 연재물)

---

8 김종인 『내 마음의 수평선』, 시와에세이 2007.

은빛 마을의 풍경

— 『슬픈 시간의 기억』*과 슬픈 몸

늙음에 대하여

봄꽃이 아름답기로 가을산을 갖가지 빛깔로 물들이는 단풍에 견줄 수는 없으리라. 생명의 순환 주기 막바지에 다다른 나뭇잎이 마지막으로 자신의 존재를 드러내기 위해 혼을 불태우는 것이 단풍이다. 매몰찬 북서풍이 훅! 숨만 한번 내쉬어도 핑그르르 맥없이 땅바닥에 나뒹굴다가 한줌 흙으로 변해갈 운명이지만, 바동거리며 나뭇가지에 생명줄을 매달고 있는 바로 그 순간까지 단풍은 여전히 곱다.

사람살이의 막바지, 인생이 단풍 지는 시기인 노년의 삶은 어떤 모습일까? 인생의 숱한 고비와 위기를 헤쳐나올 수 있었던 지혜와 경륜, 그 과정에서 몸에 배인 완숙함과 여유…… 그런 것들이 어우러진 은빛 단

---

* 김원일 연작장편소설 『슬픈 시간의 기억』, 문학과 지성사 2001.

풍일까? 지금 우리들에게 '늙었다'는 것은 어떤 뜻으로 받아들여질까? 우리는 늙은 사람을 어떻게 바라보며 대우하고 있을까?

사람이 늙었다는 것은 사람의 몸이 늙었다는 뜻이다. 그런데 지금 우리가 사는 세상은 사람을 사람의 몸으로 평가하는 세상이다. 사람의 가치는 '몸값'으로 매겨진다. 잘나가는 운동선수나 연예인의 몸값은 보통 사람들의 입을 다물지 못하게 한다. 품질 좋은 몸을 가진 젊은 남녀는 그 몸의 씨앗들을 팔 수 있다. 정자, 난자 은행에 예치된 수많은 씨앗들. 좋은 몸을 고르려는 소비자들의 눈이 번득인다. 몸을 개조하는 공장에는 몸을 뜯어고치려는 사람들로 북새통이다. 몸의 일부를 쪼개어 팔 수도 있다. 사려는 사람들은 줄을 지어 서 있고 공급이 모자란다고 아우성이다. 그래서 좋은 몸을 대량생산하여 공급부족을 해소하려는 복제 공장이 여기저기 들어서고 있다.

그러나 늙은 몸은 아무런 쓸모가 없다. 쓸모가 없는 모든 것들은 한쪽 구석에 조용히 모아두었다가 폐기처분하는 것이 세상 이치다. 소설 『슬픈 시간의 기억』은 늙음과 늙은 사람, 그리고 죽음에 대한 기록이다. 사회로부터 격리되어 한쪽 구석에 모여 있는, 쓸모없는 늙은 몸들의 이야기다. "화투 치고, 술 마시고, 쩨쩨한 문제로 입싸움질 하고, 시시껄렁한 잡담이나 하며 시간을 때우는 천박한"(「나는 누구인가」 36쪽) 늙은 사람들의 이야기이고, 즐거워서 터뜨리는 웃음조차 "김빠진 맥주 같"고, "마디가 없고 공허"(「나는 누구인가」 14쪽)한 사람들의 이야기이다.

누가 불러준다고 "청하는 대로 아무 자리에나 불쑥불쑥 끼면 천덕꾸러기가 되고 외로움만 더 타게"(「나는 두려워요」 169쪽) 되는 사람들, "별것 아닌 말에도 열등의식의 소산인지 공연히 화를 내는"(「나는 존재하지 않았다」 223쪽) 사람들, 잘나가던 한 시절과 자식 자랑을 늘어놓으며 우월감에 도취되어 있다가도 곧바로 돌아서서 자식들에 대한 배신감과 분노로 이를 가는 사람들, 같은 처지에 놓여 있는 다른 늙은이들의 추한 모습을 역겨워하면서도, 끝내 자신도 그들과 하나 다를 바 없는 추한 늙은이일 수밖에 없음을 알고 진저리를 치는 사람들, 그래서 늙은 몸을 감추려고 발버둥치는 사람들…….

그러나 "말라비틀어진 번데기 꼴에 떡고물 처바른다고 광" 날 일 없고, "시래기는 삶아도 시래기"(「나는 누구인가」 14쪽)일 뿐, 결국에는 어렵사리 삶을 지탱해주던 몸이 망가지면서 "혼잣말로 쉼 없이 주절거리고, 똥오줌을 함부로 싸고, 자기가 누구이며 어디에 있는지조차 모른 채, 어느 날 홀연히"(「나는 누구인가」 29쪽) 세상과 이별을 하면 그걸로 끝인 사람들이 바로 '늙은 사람'들이다.

늙음이 이렇게 가치 없는 것이고, 그래서 누구나 피하고 싶어하는 이유가 단지 죽음에 저만치 가까이 다가서 있기 때문만은 아니다. 사실 허망한 죽음의 가능성은 젊은층이 훨씬 더 높다. 하루하루를 무사히 넘기는 것만으로도 다행스러워해야 할 만큼 위험이 지천에 깔려있는 요즘, 세상에서 의미 없는, 젊은 죽음은 일상의 한 부분이 되어 있을 정도이다. 그러므로 늙음이 서럽고 외로운 것은, 그리고 늙음이 한없이 추해 보이는 이유는 죽음과 가까이 있기 때문이 아니라, 몸이 쓸모없어지면서 세상 밖으로 밀려나와 세상 사람들과 세상으로부터 격리되기 때문이다.

그러나 소설 속에 등장하는 인물들은 격리되어 수용된 것이 아니라 오히려 독특한 자신들의 이력과 재력 때문에 '모셔져 있는' 사람들이다. 게다가 그들이 모셔진 곳은 치매로 오래 고생한 부친에 대한 기억을 가진 어떤 모범 기업인이 기업의 이익을 사회로 되돌리려는 충정에서 설립한 곳이기도 하고, 그곳의 관리자는 설립자의 삼촌으로 한치의 사심[1]도 없는 사람이다. 아파트 노인정을 서성거리며 남은 삶을 하루하루 어렵게 없애가는 사람들이나, 늙고 병들어 쓸모없는 몸을 부양하기 위한 한 끼의 식사를 위해 무료 급식소의 끝이 보이지 않는 긴 줄 뒤끝에서 자신의 순서를 기다리고 있는 사람들과는 차원이 다른 삶을 살아가고 있다.

하지만 아무리 은빛으로 눈부신 실버타운이라 할지라도, "아프면 얼른 의사를 부를 수 있고 돈 안 내고 치료를 받을 수"(「나는 두려워요」 146쪽) 있는 곳에 안주할 수 있는 선택 받은 늙음이라 할지라도, 세상으로부터 떨어져나와 격리된 것만큼은 여느 늙은 사람들과 다를 바 없다. 쓸모없는 늙은 몸을 시설 좋은 실버타운에 모셔 놓았다 하더라도, 그 빛깔은 인생의 지혜와 경륜이 어우러진 은빛 단풍이 아니라 불씨조차 꺼져버린 잿빛이다. 효율과 생산성을 제일의 가치로 삼는 사회에서 대우를 받기 위해서는 쓸모가 있거나 희소가치가 있어야 한다. 지금 쓸모없는 '늙음'이 넘쳐나고 있다.

되돌릴 수 없는 추억, 되돌리고 싶지 않은 기억

---

1 소설 속의 실버타운은 사무장 김중호가 "예순이 넘은 나라 공신이 은퇴하면 임금이 그를 기로소에 들게 하여 책을 읽으며 남은 생을 한가롭게 보내게 했다는 데 유래한"(「나는 누구인가」 26쪽) 말을 따와 양로원이 아니라 기로원으로 이름을 지었다.

어깨에 무거운 짐을 짊어지고 산 정상에 오른 사람은 누구나 짐을 내려놓고 담배 한 대의 여유를 즐기면서 힘들게 올라온 가파른 산길을 되돌아보게 될 것이다. 그러고는 다시 내려갈 길을 살피게 된다. 인생이라는 산행의 정점에 다다른 사람들, 늙은 사람들…….

인생의 꼭대기에 올라선 늙은 사람들은 내려갈 길을 살펴보지 않는다. 내려가는 길은 세상과 이별하는 길이기에, 언젠가는 내 의지와는 상관없이 내려갈 수밖에 없는 길이기에, 내려가기 싫어도 등 떠밀려 내려가도록 되어 있기 때문에 애써 외면한다. 대신 가파른 산길을 힘겹게 올라오던 기억 속에 파묻혀 산다.

> 대숲에 싸인 스무여 호의 산촌 마을과 냇가에서 빨래하며 재잘대던 동무들 모습, 동구 등마루에 섰던 당산나무 (…)
>
> —「나는 누구인가」 10쪽

> 고향마을 앞 맑은 물에 이른 봄이면 파릇하게 줄기를 키우던 미나리꽝 (…) 미나리를 솥뚜껑이나 번철에 넓적하게 부쳐 손으로 길게 찢어 양념간장에 찍어 먹거나 생미나리 숭숭 썰어 고추장에 꽁보리밥 비벼먹던 고향 (…)
>
> —「나는 누구인가」 17쪽

그러나 누구하고 맞장구칠 수 없는, 혼자만의 기억은 슬프다. 지금 이 시대 늙은 사람들의 기억 속에 남아있는 세상은 그 어디에도 없다. 올망졸망한 산촌마을들은 곳곳에 댐이 들어서면서 물에 잠기어 흔적도 없이 사라졌다. 빨래하던 냇가에는 시커멓게 죽어가는 수초와 배를 드러낸 물고기만 둥둥 떠다닌다. 어린 시절 할머니를 따라 치성 드리러 다녔던 당산나무는 밑동부터 잘려나가고, 시원하게 뚫린 아스팔트길이 들어서면서 뿌리조차 찾을 수 없다. 파릇한 미나리는 구경하기도 힘들고, 있다고 해야 서해 바다 건너 중국땅에서 건너온 것들이니 기억 속의 옛날 그 맛이 아니다. 메주 띄우는 집이 없으니 간장 달이는 냄새를 맡을 수도 없고, 그나마 메주를 만드는 콩은 자연이 아니라 과학자들이 핀셋과 현미경으로 실험실에서 조작하고 짓이겨 만들어낸 것들이 쏟아진다. 그러니 간장, 고추장, 된장이 옛날 맛일 리가 없다. "피시 앞에 앉아 (…) 파괴하고, 쏘고, 찌르고, 죽이는 맨 그 장난"(「나는 존재하지 않았다」 272쪽)에 빠져 있는 손자들과는 이제 쓰는 말부터 다르니 대화조차 되지를 않는다.

흔적도 없이 사라진 것들에 대한 그리움은 안타까움만 더할 뿐이고, 달라진 세상에 낯설어하고 분노해봤댔자 이제 더 이상 쓸모없는 자신의 초라한 모습만 더 분명해진다. 게다가 사람의 뇌는 아름다웠던 추억만 담고 있는 것이 아니다. 되돌아보고 싶지 않은 기억, 지우고 싶은 기억, 죽고 죽이며 도망치던 소름끼치는 기억, 그 누구에게도 밝힐 수 없는 기억까지도 고스란히 담고 있다. 인간의 뇌가 정교하긴 하나 인공지능 컴퓨터만 못하다. 기억을 선택해서 할 수도 없고, 저장된 기억을 선택해서 출력할 수도 없다. 늙은 몸이 부대끼며 살기에는 너무 낯설고 어려운 세상에서 깔깔 웃어대며 살아가는 젊은 몸을 보면 지난 시절의 아픈 기억들은 더욱 선명하게 되살아난다.

가난, 정신대의 치욕, 전쟁, 기지촌의 허망한 사랑, 가족들의 비참한 죽음, 제대로 된 자식 하나 얻기 위해, 또 욕정 때문에 사람을 둘씩이나 죽여야 했던 죄의식, 갈라져 사는 혈육들에 대한 절절한 그리움……. 그러나 너절너절 늘어놓아 봤자 누구하나 귀담아들어 주지 않는, 철 지난 유행가보다 못한 구질구질한 이야기들이다. 그래서 과거로부터 벗어나기 위해 발버둥을 치지만 과거로부터 벗어나 달려갈 미래가 없다. 늙은 몸들에게 "미래는 낭떠러지요, 곧 죽음"이고, "깜깜한 어둠"(「나는 존재하지 않았다」 291쪽)이기 때문이다.

되돌리고 싶지 않은 기억, 그러나 지워지지 않는 기억은 밤마다 늙은 육신을 괴롭히고 더 살고 싶은 욕망의 발목을 잡아챈다. 정말 지우고 싶은 기억, 하지만 쉽게 지워지지 않는 기억을 지우기 위해 늙은 "육신"은 "자살"(「나는 존재하지 않았다」 291쪽)을 감행한다. 육신이 망가짐으로써 비로소 기억은 깨끗이 지워진다. 내가 누구인지도 모를 정도로…….

죽음의 공포

늙은 몸은 밤에 쉽게 잠들지 못한다. 잠들기 힘들고, 잠이 들어도 자주 깨서 힘들고, 또 일찍 깨서 힘든다. 전립선이 커진 탓인지 연거푸 화장실을 들락거려야 하고, 혹시 옷이나 이불에 실수라도 할까 봐 잠을 깊이 청하지 못한 채 조심조심 하다 보면 새벽이 밝아온다. 깨어나 있어도 깊은 잠에 빠져있는 식구들 눈치 보여 숨소리, 발자국 소리마저 죽여야 하는 신세가 처량하기만 하다. 다만 어둠 속에서 쉴새없이 재깍거리는 시계소리만 잠자리에서 일어나 우두커니 앉아있는 초췌한 늙은 몸을 감싸돌고 있다.

그래서 불안하다. 어둠이 불안하고, 이튿날 해가 밝아오더라도 갈 곳도 없고, 오랄 데도 없는 하루가 시작되는 것이 불안하고, 날이 저물면 또 불면에 시달릴 밤이 괴로워 더 불안해진다. 깨어있는 동안은 제발 잊었으면 좋을 법한 기억들만 불쑥불쑥 솟아올라 진땀이 흐른다. 죽음을 늘 가까이 옆에 두며 살아가고 있고, 죽음을 피할 수도 없다는 것을 잘 알고 있지만 언제 어떤 모습으로 죽을 것인지 내가 선택할 수 없다는 것 때문에 죽음이란 말만 들어도 소름이 끼치고 무서워진다. 외면하고 싶어진다.

실버타운에서 죽음이란 것은 가끔 있는, 안타깝고 슬픈 일이 아니라 매일같이 일어나는 일상의 풍경이다. 변호사보다 언변이 더 좋던 노인이 느닷없이 중풍으로 말문을 닫고 지내다가 어느 날 아침에 눈 떠 보니 저 세상 사람이 되어 있고, "보름 사이 늙은이 둘이 더위에 지쳐 늘어져 있더니 세상을 떠"나는(「나는 존재하지 않았다」 233쪽) 곳. 단 하루 앞도 내다볼 수 없는 늙은 몸들이 모여 떠들어대다가 어느 날 갑자기 사람들의 시야에서 사라져버리는 곳. 그곳이 바로 실버타운이다. 그래서 실버타운에서 죽는다는 것은 슬퍼하고 안타까워해야 할 일이 아니라 외면하고 애써 무시해야 되는 일이다.

> 곽씨와 백 서방은 어디 갔나. 이 사람들은 찾을 때마다 없어. 김씨 말에, 한 여사는 오늘 또 나동에 송장 다 된 늙은이 하나가 구급차에 실려 나가려니 짐작하며 치를 떤다.
>
> —「나는 누구인가」 29쪽

죽음이 정녕 두려운 것은 죽기 싫어서가 아닐 것이다. 개똥밭에 굴러도 저승보다는 이승이 낫다는 말이 적용되는 대상은 젊은 몸이지 제 한 몸 가누기도 힘든 늙은 몸을 두고 한 말은 아닐 것이다. 이미 죽음이 바로 저 문턱 앞까지 와 있는 늙은 사람들이 죽음을 두려워하고 무서워하는 이유는 분명 따로 있을 것이다. 살아남기 위해서 때로는 짐승처럼 살아야 했던 지난 시절이 하도 서럽고 원통해서, 죽는 그 순간만큼은 인간으로서 품위를 지키고 싶어서일 것이다. 살아오는 동안 권리는 없고 순종하고 복종해야 할 의무만 있었던 이 시대 노인들은 죽는 방식만큼은 자신의 의지대로 선택할 수 있는 권리를 누리고 싶을 것이다.

그러나 치매를 예방하기 위해 화장을 한 시간씩이나 하며 늙은 몸을 화려하고 품위 있게 꾸며도 보고, 윤동주와 영랑, 목월, 미당, 워즈워스의 시집을 읽으면서 뇌활동을 게을리하지 않던 사람이 정작 죽을 때는 자신이 누군지도 모른 채 치매로 죽어간다.

중풍 예방을 위해 열심히 "미제 아스피린"과 "쪼코레토"를 챙겨 먹으며 한 10년만 더 버티면 "개놈으로 만든 명약"이 나와 100살은 족히 살 거라던 사람이 느닷없이 말문이 막히고, 똥오줌을 남의 손으로 받아내다가 자던 잠에서 깨지 못하고 세상을 하직한다.

추한 꼴을 보이면서까지 오래 사느니 자살이나 안락사를 선택하는 것이 더 낫다던 사람이 자살은 아니더라도 교통사고로 단박에 숨이 끊어질 기회가 있었지만, 용케도 살아남아 외상성 기억상실증에 걸린 채 횡설수설하다가 세상과 이별한다.

결혼도 하지 않고 한평생 하느님의 말씀에 순종하며 봉사의 삶을 살아온 사람. 그래서 "이 세상에 와서 제 몫만큼 열심히 산 연후에 사회가, 당신은 이제 할 일 다 했으니 뒷전으로 조용히 물러나라면, 여지껏 살아온 세월이나 정리하다 적당한 나이에 죽는 게 순리"(「나는 나를 안다」 79쪽)라고 믿어 온 사람마저 편안한 죽음이 아니라, 암 덩어리가 전신을 덮치고 다른 사람보다 더 혹독하고 잔인한 고통에 시달리다 죽어간다.

이렇게 죽음은 보통 사람의 상식은 물론 권위 있는 의사의 처방까지 비웃으며 전혀 예상하지 못했던 모습으로 찾아온다. 죽음의 공포는 죽음 자체에 있는 것이 아니라 나의 죽음이 어떤 모습일지 전혀 예측할 수 없다는 데 있다. 소설 속의 주인공들은 하나같이 죽음에 대한 불안과 공포 속에서 하루하루를 버티고 있다. 세상과 격리된 실버타운은 온갖 죽음의 모습이 천태만상으로 드러나는 곳이다. 매일같이 각양각색의 죽음과 마주치게 되는 곳이 실버타운이다. 한 가닥의 희망도, 한치 앞의 미래도 없는 늙은 사람들이 도열해 있고, 그 앞에서 매일같이 죽음의 행진이 펼쳐지는 곳. 그곳이 바로 세상이 선택받은 늙은 몸들을 배려하기 위해 만들어 놓은 은빛 마을, 실버타운이다. 그곳에서 늙은 사람들은 죽음의 공포에 찌든 채 죽어가고 있다.

가족

"정든 땅 언덕 위에 초가집 짓고, 우리 부모 모셔다가 천년만년 살고 싶네."

이런 노래를 부르던 거짓말 같은 시절도 있었던 모양이다. 세상이 변하면서 사람들은 살기 위해 정든 땅을 떠나야 했다. 떠날 수도 없었던 사람들은 가난을 대물림하지 않기 위해 자식만큼은 모두 떠나보내야 했다. 자식을 사회의 주류에 밀어넣어야 하는 것은 지난 시절 모든 젊은 부모들의 의무였다. 미국박사, 교수, 의사, 판검사, 장차관…….

자식들을 사회의 주류에 밀어넣으려 발버둥 치는 동안 몸은 병들고 늙어 쓸모없어져 버렸다. 정든 땅 언덕배기는 '주류' 들이 가끔씩 찾아와 휴식을 즐기는 골프장으로 변했다. 품안을 벗어난 자식은 같은 세상에 따로 사는 자식이 아니라, 딴 세상에 사는 낯선 사람들로 변해 있다. 생각도 다르고, 먹는 것도 다르고, 사는 방식도 달라졌다. 무엇보다도 쓸모없는 늙은 몸이 의지할 수 있는 공간이 없어졌다.

'주류' 들이 사는 공간, "귀하의 품격이 돋보이는 실내공간, 도심 속의 공원, 아침마다 새들이 지저귀는 환경친화적 아파트, 호텔형 침실 인테리어……."[2] 이곳에서 서성이는 늙고 추한 몸은 주택의 품격을 깎아내리고 환경을 훼손하고 집값을 떨어뜨리는 흉물이다. 게다가 주류에서 밀려나지 않기 위해 눈코 뜰 새 없는 자식들에게 얹혀 효도를 요구하는 것은 부모가 할 도리가 아니다. 애당초 따로 떨어져 나와 살아야 한다. 반면 비주류 '영구네'[3]가 사는 집은 좁아터져 늙고 쪼그라든 몸 하나 의탁할 만한 공간도 없고, 자식을 주류사회에 밀어넣지 못한 죄의식 때문에 기댈 수 있는 염치조차 없다.

불과 얼마 전까지만 해도 사람들은 죽음을 통해 비로소 가족과 이별을 했다. 살던 집을 떠나며 마지막으로 이승에서 몸을 의탁했던 땅과 마을에 고마움을 표하고 다시는 돌아오지 못할 길을 떠나갔다. 지금은

---

2 이 글이 발표될 당시(2002년) 분양되던 고급 아파트를 선전하는 광고물 내용 중의 일부이다.
3 영구임대아파트.

몸이 늙는 순간 이승에서부터 가족들과 이별을 하고, 죽음에 임박해서는 하나같이 병원으로 달려간다. 사람 안 죽어나간 아랫목은 없다 했거늘 지금은 집에서 죽는다는 것은 금기처럼 되어버렸다[4]. 부고에 기재된 빈소는 한결같이 '○○병원 영안실'이다. 병원은 이제 사람을 살리는 곳이 아니라 흉측한 주검을 처리하는 곳으로 바뀌었다.

그러나 병원으로 실려간 늙은 몸들은 의사들이 "(뇌, 심폐) 기능이 정지되었다"는 판단을 내려줄 때까지 스스로 숨을 거두지도 못한다. 죽으러 오는 늙은 사람들에게 살려보겠다는 의지를 가지고 폭력에 가까운 온갖 시술을 하다가 아주 싱겁게, 아무런 연민도 없이 포기하고 정해진 절차에 따라 주검을 처리하는 곳이 병원이다.

이제 장례는 부모를 잘못 모신 자식들의 죄를 씻어내는 의례가 아니라, 추하고 더러운 주검을 처리하는 과정으로 변했다. 병원 영안실은 빈소 앞에 늘어서 있는 화환의 수와 거기에 달린 꼬리표를 통해 죽은 자의 자식이 주류사회의 일원인지 아닌지를 문상객들이 판단하게 해주는 열린 공간이기도 하다.

떨어져서 서로 다른 세상에 사는 가족은 이미 가족이 아니다. 그래도 가족관계가 유지될 수 있는 것은 가족 사이에 거래가 있을 때이다. 주류사회의 부모들은 새롭게 형성되어가고 있는 또 다른 질서(!)인 세계화의 중심지에 자식들을 밀어넣기 위해 일찌감치 유학을 보내고, 낯선 이

---

4 1990년대 초반까지만 하더라도 치유불능 상태의 노인을 담당하던 병원 주치의는 임종 직전 가족들에게 알려 집으로 모시고 가게 하는 것이 제일 중요한 임무 중의 하나였다. 자칫 시기를 놓치거나 돌발 사태로 병원에서 사망을 하게 되면 주치의는 유족들에게 멱살잡이를 당하기도 했다. 객사하도록 만들었다는 이유에서이다.

국땅의 자식들은 부모의 이름으로 보내오는 돈을 확인하고서 나에게도 부모가 있다는 사실을 깨닫게 된다. 딱 한 달에 한 번씩! 그 부모들이 자신들의 늙은 부모를 섬기는 이유는 마지막 거래를 하기 위한 투자이다.

> 여보, 지금 그런 말 하게 됐어? (…) 우리가 여태껏 여기 생활비를 대고 있는데다, 사리가 명석한 분이신데 어련히 알아서 판단하실까. 박 교수가 처를 나무란다. 제가 어디 안 할 소리 해요? 친정집도 도와준다는 게 한계가 있고 대학교수 봉급으론 아이 둘 미국 학자금을 댈 수 없으니 어머니 가진 재산 보태달라는 게 뭐가 어때서요. (…) 그러니 우리 몫은 어머님 살아생전에 확답을 받아 챙겨놔야지요.
>
> ―「나는 나를 안다」 140쪽

그나마 골프장이나 뜨거운 물이 펑펑 쏟아지는 온천 한 귀퉁이 손바닥만한 땅도 없는 늙은 사람들은 자식들로부터 투자의 대상이 되질 않는다. 그래서 그들은 이 공원, 저 공원을 헤매 다니며 무료급식소를 기웃거리든지, 그럴 기력도 없는 사람들은 〈사랑의 리퀘스트〉 제작자의 정보망에 걸려드는 행운을 기다리는 수밖에 없다.

그래도 가족은 살고 싶은 의지를 북돋아주는 유일한 촉매제이다. 오랜 세월 쌓여왔던 외로움과 그리움은 체념으로 변하고, "빨리 죽어야지"를 하루에 수십 번도 더 내뱉다가 어느 날 갑자기 분노와 배신감으로 다시 삶의 의지를 불태운다. 분노와 배신감으로 손을 부들부들 떨며 화살을 쏜다. 그러나 내 배로 낳은 자식은 절대 그럴 리 없다. 화살이 날아가는 과녁은 내 자식이 아니라, 내 자식과 한 가족이 된 남의 자식이다.

암, 그래야지. 벽에 똥칠하더라도 오래 살고 볼 일이야. 미국 들어간 며느리년 돌아올 때까진 내 두 눈 부릅뜨고 살아야지. 제 년이 미국 들랑거리면서 봐둔 놈팡이가 있었는지 자식들 핑계대고 도망쳤으니, 착하디 착한 내 아들이 무슨 죄가 있어. 어머니 편안한 데 모시겠다며 날 여기로 보낼 때 어깨 들먹이며 운 자식인데 (…) 그 자식이 박통령 때 정승 지냈잖나.

—「나는 나를 안다」 93쪽

차관마님[5]도 '영구'네 할머니도 외롭고 쓸쓸한 것은 마찬가지. 늙고 병든 몸이 슬픈 것은 계층의 구분이 없다. 인간에게 유기(遺棄)와 격리의 차이는 크지 않기 때문이다.

돌아가다

그러나 어이하랴!

이미 세상은 늙은 몸을 받아줄 수 있는 세상이 아니고, 달라진 세상의 주인들은 젊은 몸들이다. 개입할 수도 없고 개입할 능력도 없는 늙은 몸……. "대학공부까지 했다는 (며느리)년"이 시어미 앞에서 "뚫린 구멍"(「나는 나를 안다」 135쪽)이라고 막말을 내뱉어도 참고 견뎌야 하는 것이 늙은 사람의 도리이고, 한 번씩 찾아와 주는 것만으로도 감지덕지해

5 아들이 3공화국에서 차관을 지냈다 하여 기로원 노인들에게 '차관마님'으로 불린다. 나중에 치매로 죽는다.

야 한다. 혼이 빠져나간 뒤 추한 육신만 이승에 남겨져 있을 때, 좋든 싫든 마지막 마무리를 해 줄 사람은 그래도 자식뿐이니까 참을 수 있는 데까지 참아야 한다.

> 늙은이들은 외로워도 참고, 아파도 참고, 그리워도 참고 살지. 모진 성깔만 남아 화를 내고 누구에겐가 욕질하며, 욕질하다 슬퍼져 그리워하며, 그렇게 참는 게야. 참을 수밖에 없잖아. 늙은이들은 그렇게 슬픔에 갇혀 겨우 숨을 쉬지. 그러나 그 슬픔에서 해방되어 새로 시작할 무엇도, 심지어 슬픔을 깨달을 자각력도 마비되어 있어.
>
> —「나는 존재하지 않았다」 292~293쪽

자각력이 마비되기에 앞서 몸이 먼저 망가진다. 현실에 개입할 수도 없고, 그렇다고 젊은 날의 기억으로 되돌아갈 수도 없게 된 몸. 그래서 늙은 몸은 슬픈 몸이 된다. 슬픈 몸에 갇혀 있는 의식은 더 슬프다. 의식도 점점 혼탁해져 가는데 그래도 몇 가닥 남은 의식은 움직일 수 없는 슬픈 몸을 빠져나오려고 발버둥을 친다. 함께 갈 수 없는 초라한 육신은 남겨두고 혼이라도 자유로이 나다니며 안식할 수 있는 곳을 찾아 헤맨다. 어디로 갈 것인가? 슬픔을 모두 벗어던지고, 편안히 쉴 수 있는 곳이 어디인가? "슬픔에서 해방되어 새로 시작할" 수 있는 거기는 어디인가?

돌아오라! 어머니가 부르는 소리가 들린다. 돌아오라!

어머니의 목소리 같기도 하고, 아버지 목소리 같기도 하고, 먼저 간 혈육들의 목소리 같기도 하다. 돌아오라는 간절한 목소리가 귓전을 계속 때린다.

점아가야, 보름달 하늘 건너듯 어서 여기로 건너오렴. 더러운 세월에 넌 너무 명이 길구나. 그 험한 세상에서 무슨 영화를 누리겠다고 내보다도 두 배 넘이 이승을 살아?

— 「나는 누구인가」 45쪽

이승의 삶을 마감하고 사람들은 어머니가 부르는 목소리를 따라 돌아간다. 사람이 죽는다는 것은 모든 동물이 어둠이 짙어지면 보금자리를 찾아 되돌아오듯, 이승의 햇빛을 피해 무덤의 어둠 속에 깊이 파묻히면서 비로소 떠나왔던 어머니의 품에 다시 안기는 것일지도 모른다.

이승을 아득바득 돌면서 닳아빠진 육신을 남겨 놓고 자유로운 영혼이 비로소 가게 되는 곳. 꽃상여 타고 산 사람과 함께 산모롱이를 돌아가는 곳. 비록 가식의 눈물이라 할지라도 혈육들의 눈물 섞인 발자국이 뒤를 따르면서 가게 되는 곳. 그러나 산 사람을 따라 결코 되돌아올 수 없는 곳. 가기 싫어 아무리 발버둥 쳐도 누구나 가게 되는 곳…….

그곳에 가는 것을 우리는 '죽었다'라고 하지 않고 (내 생명이 처음 시작되었던 어머니 품안으로) '돌아간다'라고 말한다.

늙음을 겨냥한 탐욕의 상술

아무리 늙고 병든 사람이라 할지라도, 그래서 낮밤을 구별할 수 없고 밥과 오물을 구별할 수 없을 정도가 된 사람이라 할지라도 자신을 보호해 줄 수 있는 것이 무엇인지는 안다. 가족이 감당할 수 없어 병원으로 격리된 노인이 끊임없이 가족들을 경계한다. 몇 푼 담겨있지 않은 돈주머니를 속곳 깊숙이 챙겨두고 돈을 헤아리고 또 헤아린다. 근심 어린 시선으로 지켜보고 있는 자식들을 향해 내 돈 훔쳐가는 도둑놈들이라고 소리지른다. 무표정하게 회진 도는 의사를 붙잡고 내 돈 찾아달라고 애걸복걸한다.

그들은 살아오면서 철저하게 경험했다. 수도 없이 당해왔다. "부모가 자식들 조르는 대로 있는 돈 없는 재산 깡그리 자식 앞으로 일찍 넘겨준 뒤 노년에 자식들로부터 거지처럼 냉대받는 꼴"(「나는 나를 안다」 109쪽)을 생생히 지켜보아 왔다. 그래서 말년에 자신을 지켜줄 수 있는 유일한 힘, 그리고 자식들과의 연결고리를 유지할 수 있는 유일한 힘이 돈이라는 것을 본능처럼 알고 있는 것이다. 주류사회의 부정부패가 끊이지 않는 이유는 현직에 있을 때 호의호식을 하기 위한 것만은 아닐 것이다. 현직에서 물러난 뒤 늙고 병들었을 때 돈이 없으면 어떤 대접을 받는다는 것을 자신들 스스로 너무 잘 알고 있기 때문일 것이다.

그런데 그 돈을 노리는 무리들이 있다. 늙은 육신을 간신히 버텨내게 해 주는 쌈짓돈을 노리는 탐욕의 무리들이 있다. 의학자들은 인간을 괴롭히는 모든 질병을 '정복'하여 질병 없는 세상을 만들겠다며 큰소리쳐 왔다. 그런데 되돌아보니 정복된 질병은 손을 꼽을 정도인데, 치료 불가능한 신종 질병은 더 많이 쏟아져 나왔다. 질병과의 전쟁에서 실패한 의학자들은 새로운 전쟁 상대가 필요하게 되었다. 의학자들의 새로운 전쟁 상대는 '늙음'과 '죽음'이다.

지금 의학자들은 "늙음은 예방할 수 있고, 치료할 수 있고, 되돌릴 수 있는 질병"[6]이라고 소리친다. 이것은 단순한 수사가 아니라, 노인의학 전문가들이 노화를 정복하기 위해 수십 년간 연구해서 얻어낸 의학적 결론이며, 그 근거는 유전정보 해독을 통해 입증이 되었단다. 늙음이 치료 가능한 '질병'이라…… 정말 대단한 발견이다.

과학은 세상을 빠른 속도로 뒤바꾸었고, 세상이 바뀌면서 늙음은 쓸모없는 것이 되어버렸다. 늙음을 늘 죽음과 가까이 하고 있는 음산한 분위기로, 추하고 쓸모없는 것으로 만든 것은 어떤 면에서는 과학의 힘이었다. 그런 늙음에 대하여 이제 과학이 연민의 눈물을 흘리며 늙은 몸을 유혹하고 있는 것이다.

"개놈이 만들어 낸 명약"들이 쏟아져 나오면서 노인들의 쌈짓돈을 털기 시작한다. 젊음을 되찾기 위해, 몸의 탄력을 되찾기 위해, 피부의 주름을 없애기 위해, 가물가물해지는 기억을 되찾기 위해, "애들이 빠는 하드"처럼 세월 따라 녹아내린 노인들의 "연장"(「나는 나를 안다」 103쪽)에 꼬챙이를 심기 위해 젊음과 영생만을 골라 파는 시장으로 노인들이 몰려든다.

발빠른 거대자본의 촉각이 이걸 놓칠 리 없다. "삶의 여유가 꿈처럼 펼쳐지는 또 하나의 인생, 노블 카운티……", "경제활동 종료 뒤 노인들에게 찾아오는 의료 욕구와 고독감을 한 장소에서 해결"하는 곳.[7] 실버타운은 새로운 시장이 필요한 의학과 거대자본이 영합하여 만들어낸 또 하나의 주류사회이다. 실버타운은 선택받은 소수에게 그들의 늙음과 죽음까지도 선택받을 수 있을 것이란 환상을 팔아 이익을 챙기는 곳

6 '노화 클리닉' 홍보물에 나오는 내용.

7 2001년 문을 연 실버타운으로 재벌기업에서 운영하는 곳의 광고 내용이다. 그 당시 입주 보증금만 최고 8억원이며, 월 사용료는 200만원을 넘는 것으로 알려졌다.

이다. 그러나 이곳은 진정 노년의 삶에 필요한 것이 개놈으로 만든 명약도, 불로장생의 보약도 아니라는 것을, 노년의 고독과 쓸쓸함은 돈으로 결코 해결할 수 없다는 것을 아주 값비싼 수업료를 받고 가르치는 학원에 불과하다. 실버타운이 21세기 노인문제의 대안이 될 수는 없다. 더구나 쪽방에서 홀로 살던 노인의 부패한 주검이 보름 만에 발견되는 이 사회에서…….

할아버지는 방바닥을 기며 깔깔대던 손자의 목소리가 둔탁한 음성으로 변할 무렵이면 스스로 숨을 거두어들일 때가 되었음을 직감한다. 할머니는 등에 매달린 손녀의 젖가슴이 봉긋 솟아오를 때면 할아버지 곁으로 돌아가고 싶어한다. 늦가을 단풍이 아름다운 것은 땅으로 돌아가 이듬해 새순을 키우는 밑거름이 되기 때문이기도 하다. 늙고 병든 육신은 사라진다 할지라도 그 혼은 남아 다음 세대의 건강한 몸을 키우는 자양분이 될 수 있다면 늙음은 결코 추하지 않다. 세대간의 단절이 없는 순환이 가능하다면 인생의 노년은 은빛으로 찬란한 단풍임에 틀림없다.

(『당대비평』 2002년 여름호)

삶이 저물어 가는 모습

— 우리 시대 죽음의 백서

도시의 군살

땅거미가 몰려오고 사람들의 윤곽이 흐릿해지기 시작하면서 가로등이 하나 둘 켜지면 동대구역 광장에는 한 끼의 저녁밥을 위해 긴 줄이 늘어서기 시작한다. 악명 높은 대구의 열대야를 피해 멀쩡한 집 놔두고도 노숙을 해야만 하는 한여름도 벌써 지나 싸늘한 냉기가 가랑이 사이로 스멀스멀 기어오르는 초겨울이 되었지만 그 자리를 떠나지 못하는 사람들의 수는 전혀 줄어든 것 같지 않다.

그들이 역 주변에 소복이 모여드는 것은, 그곳이 오가는 사람들 너나없이 한순간도 머무를 여유가 없다는 듯 바삐 종종걸음을 치며 빠져나가는 곳이라 도시의 유일한 빈자리이기도 하고, 늘 열려있는 공간이라 번잡스러운 만큼 익명성이 보장될 수도 있기 때문일 테지.

노숙자도 호봉 높은 경력자(?)들은 서울로 진출한다고 했던가? 텃세

부리며 거들먹거리는 어깨들이 눈에 띄지 않는 건 아니지만, 오들오들 떨며 밥을 기다리는 행렬의 절반은 예순을 훌쩍 넘겨버린 노인들이다. 한 몸 겨우 누일 만한 공간은 가지고 있어도 끼니 해결이 고민스런 노인네들인 듯싶다. 듬성듬성 흩어져 길바닥에서 식판을 들고 밥을 먹고 있는 꾀죄죄한 몰골의 사람들을 힐끔힐끔 쳐다보며 걸어오던 중년의 두 여인네가 갑자기 멈추어 서서 실랑이를 벌이고 있다.

"우리 여기서 밥 한 그릇 얻어 묵고 가까? 이런 데서 우짜다가 밥 한 번 무마 맛있데이."

먹고 가자, 그냥 가자를 두고 한참 티격태격하던 두 여인네 중에 한 여인이 짜증 섞인 목소리로 앙칼지게 내지른다.

"에이! 추접다카이 자꾸 거 카네!"

그 한마디에 논쟁은 쉽게 결론이 나고 깔끔한 옷차림의 두 여인네는 어둠 속으로 총총 사라졌다. 주변에서 그들의 대화를 엿들은 듯 부수수한 얼굴의 중년 사내가 그들의 뒤통수에다 대고 냅다 소리를 지른다.

"에라이! 야마리까진 년들아."

어떤 이들에게 밥 먹는 일은 맛과 분위기를 즐기기 위해서이고 때로는 일상의 권태로부터 벗어나는 기회이기도 하지만, 엉덩이를 뚫고 치솟아 올라 뇌수까지 파고드는 냉기를 참아가며 차가운 길바닥에 퍼질러 앉아 한 끼의 식사를 해결하는 이들에게 밥 먹는 일은 살아있기 때문에 어쩔 수 없이 치러야 할 의식과도 같은 것이다. 짐승처럼 길거리에서 뒹굴며 지내더라도 그들 스스로 살아있음을 느끼는 건 때 되면 어김없이 찾아오는 허기 때문이리라.

주린 배를 채운 사람들이 하나 둘 늘어나면서 한 봉지의 약을 타기 위해 줄은 다시 방향을 바꿔 길게 늘어서기 시작한다. 우왕좌왕 어수선한 가운데 군기반장임을 자처한 듯한 중년 사내의 독기 서린 목소리가 허공을 가른다.

"할마씨요! 보소, 보쏘! 어이~ 할마씨요! 그 번호표 타가 줄 안 썰낑교? 얻어 묵고 사는 꼬라지에 서로 염치는 있어야 될 꺼 아잉교? 늙어가 병들었씨마 팍 디졌뿌던지……."

젊은이의 쌍소리에도 할머니는 개의치 않고 악착같이 먼저 약을 타 간다. 당뇨가 심한 할아버지 한 분이 퉁퉁 부은 다리를 질질 끌며 와서 앞이 잘 안 보인다고 우선 먹을 약을 달랜다. 백내장이 약 먹어 나을 병도 아니고 다음주까지 수술할 수 있는 병원을 찾아보겠다고 했더니, 다음주까지 자신이 살아있을지 누가 장담하냐며 힘없는 한마디를 던지고는 생활용품이 담겨있음직한 까만 비닐봉지를 옆구리에 꼭 끼고서 돌아선다. 연락 끊긴 잘난 아들 덕에 생활보호대상자도 되지 못한, 아무 능력 없는 노인의 작고 쓸쓸한 어깨가 어둠 속으로 사라진다.

의료봉사활동이라는 것이 가진 자의 동정심과 어설픈 소명감에서 시작되기는 하나 시간이 흐를수록 타성에 빠져들고 당사자에게는 별다른 도움을 주지도 못하면서 결국에는 의사의 자기 만족에 불과한 겉치레로 변해가는 건 아닌지……. 옆자리에서 갑자기 악다구니가 쏟아져 나오는데 듣고 보면 틀린 말이 하나 없다.

"뭐라꼬? 병원에 가서 검사해보라꼬? 야이 시발넘들아! 그 말 나도 하겠다. 내가 그거 몰라가 여 와서 약 타 묵는 줄 아나? 돈 있씨마 미쳤다고 너거들한테 약 돌라 카겠나? 너거 똥폼 잡을라꼬 여 오는기가? 지랄한다, 시발넘들! 확 디빗뿔라마, 고마!"

밤이 깊어갈수록 도시는 점점 더 화려해진다. 온갖 유혹들이 사람들의 눈길을 끌어당기고 있다. 한때 도시의 밤 풍경이 한없이 칙칙할 때가 있었고, 도시에 활기를 되살리기 위해 엄청난 피를 흘리며 군살을 도려냈다. 처자들이 배에 칼질까지 해 가며 비계 덩어리를 뜯어내듯이…….

한결 날씬해진 도시는 지금 소득 2만불 시대를 향한 재도약을 기획하고 있다. 한껏 날아오르기 위해서는 남은 군살을 다시 도려내야 할 것이다. 앞으로 더 많은 사람들이 밥과 잠자리를 찾아 역 주변을 서성거릴지도 모르겠다. 그들의 생명은 오지랖 넓은 몇몇 의사들과 봉사자들의 알량한 동정심에 떠맡겨 놓고서 세상은 더 멀리, 더 높이 훨훨 날아가고 있을 테고, 새벽공기를 가르며 역 쪽으로 달려가는 구급차의 사이렌 소리는 또 하나의 덧없는 생명이 이승을 하직했음을 세상에 알리는 부고일 것이다. 1998년 외환위기가 시작된 이래로 2001년까지 4년 동안 길거리로 내몰린 노숙인들 중에 1,672명이 거리에서 죽어갔다. 지금도 한겨울 밤거리를 서성이는 사람들이 있다. 그들의 나이는 점점 더 젊어지고 있다.

하얀 노인들

그 날 점심 나절, 강산이 여덟 번이나 변하는 것을 지켜보며 살아오는 동안 닳고 낡아빠져 아무짝에도 쓸모없게 된 늙은 몸 하나가 짚단 쓰러지듯 푹! 거꾸러졌다. 먼 길 떠나기 전에는 꼭 따스한 밥과 고깃국으로 뱃속을 든든히 채우고 길을 떠나던 것이 우리네 습속일진대 무엇이 그리 바빠 받아놓은 밥 한 그릇을 못 다 비우고 그 멀고 험한 저승길을 서둘러 갔을까? 하기야 병원밥이란 것이 정성하고는 거리가 먼 것이고, '밥상' 에 차려지는 게 아니라 '식판' 에 담겨져 나오는 것. 형광등 불빛과 마주치면 현기증이 날 정도로 번들거리고, 밥이 가진 원래의 온기마저 싸늘하게 식혀버리는 철제식판…….

식판과 함께 병실 바닥에 나뒹굴어 있는 할머니의 입 속에는 채 삼키지 못한 밥알이 한가득 담겨져 있고, 허둥지둥 부산을 떨며 놀란 토끼눈을 하고서 의사의 처분을 기다리는 간호사들과는 달리 의사의 몸놀림은 여유롭기가 신선 같다.

의사의 그 느긋함은 오랜 경험과 내공에 따른 노련함과 침착함이라고 좋게 봐줄 수도 있을 터이고, 호들갑을 떨며 다시 살려놓겠다고 나부대봐야 당사자에게는 오히려 욕이 될 수도 있는, '86세' 라는 나이가 주는 선입견 때문이기도 하다. 죽어가는 늙은 몸에 쏟아붓는 의료진의 손길은 살려보겠다는 충정이라기보다는 "우리는 이렇게 최선을 다했음" 을 증명해 보이기 위함인데, 싸늘하게 식어가는 늙은 몸을 쳐다보고 있는 뭇 시선들 중에는 그렇게 '최선' 을 다하고 있음을 증명해 보여야 할 혈육은 없었다. 살아 지내던 시간에도, 병원에 있을 때도, 죽어가는 그 순간에도 노인의 피붙이는 곁에 없었다. 그리하여 세상 사람들은 이런 노인들을 '독거노인' 이라 부른다.

'독신자' 또는 '독신녀' 에게서 풍기는 당당함이나 홀가분함도 아니고, '기러기 아빠' 에게서 느낄 수 있는 자식을 위한 가학적 자기희생도 아닌, '독거노인' 이란 말은 말만으로도 쓸쓸하고 애처롭고 측은한 마음이 저절로 묻어난다. 바지런한 사회복지사의 시선에 포착되어 그나마 병원에서 임종을 맞이한 이 노인의 운명은 어찌 생각해보면 복 받은 것일지도 모른다. 세상과 단절된 한쪽 귀퉁이, 한 뼘의 빛도 자유롭게 스며들지 못하는 쪽방에서 아무도 모르게 숨을 거둘지도 모르는 것이 이들, 독거노인들의 운명일진대……. 어렵사리 연락이 된 유족의 목소리는 짜증과 성가심이 뒤섞여 있었다. 시신을 계속 병실에 모셔둘 수 없는 사정을 알리며 다그치는 목소리에 유족이 내뱉은 한 마디!

"니라 노으소! 금방 가꾸마!"

살아서도 혈육과 단절되어 살아왔고, 죽는 그 순간까지도 혈육이 아닌 생면부지의 낯선 사람들이 지켜보았던 죽음. 혼이 빠져나간 뒤 싸늘하게 식어버린 불결하고 흉측한 주검…….

장례라기보다는 불결한 주검을 처리하는 절차뿐인 것을 누구 손에 떠밀려 영안실로 내몰리던 무슨 상관이리! 오지 않겠다는 것도 아니고 뒤늦게라도 오겠다는데 그 얼마나 다행스럽고 장한 일인가? 영안실 직원이 현대식 칠성판을 들고 나타나서 80년이 넘도록 이승에서 뒹굴었던 초췌한 육신을 하얀 포대기로 덮어씌운 뒤 말없이 들고 내려간다. 뒤따르는 행렬은 물론 아무런 흐느낌도 없는 마지막 길. 쓸쓸하고 허전하고 외로운 마지막 길…….

거적장사 하나 山뒷옆 비탈을 오른다

아— 따르는 사람도 없이 쓸쓸한 쓸쓸한 길이다

山가마귀만 울며 날고

도적갠가 개 하나 어정어정 따러간다

이스라치전이 드나 머루전이 드나

수리취 땅버들의 하이얀 복이 서러웁다

뚜물같이 흐린 날 東風이 설렌다

— 백석 「쓸쓸한 길」[1] 전문

"조국근대화, 국가안보, 수출입국……" 간결명료한 구호들을 수도 없이 만들어내던 국가의 힘에 짓눌려 청춘을 혹사당하고, 인생의 황혼에 이르러서는 시대의 변화에 버림받은 채 세상 한 귀퉁이로 떠밀려 나와 "후여어, 후여어—" 가쁜 한숨을 내몰아 쉬고 있는 하얀 노인들……. 숨가쁘게 돌아가는 도시의 활력은 하얀 노인들의 청춘을 혹사한 대가로 얻어낸 성과물 아니겠는가? 하늘을 찌를 듯이 치솟아 있는 빌딩들 사이로 곧 쓰러질 듯 야트막하게 웅크리고 앉아서 칙칙한 낯빛으로 도시의 미관까지 해치고 있는 이 초라한 병원에 하얀 노인들이 하나 둘 모여들고 있다. 자신의 의지에 따라 무거운 발걸음을 조심스럽게 한 발 한 발 내딛으며 찾아온 것이 아니라, 도시에 활력을 불어넣어주는 도시의 주인공들이 그들의 바쁜 발걸음을 낚아채는 늙은 몸들을 한 곳에 모아둔 것이다.

세상이 기막혀서인지 말문을 닫아버린 노인, 몸서리쳐지는 지난 시절을 잊기 위해 아예 기억을 깡그리 지워버린 노인, 육신은 말을 듣지 않는데 눈만 빼꼼 살아있는 노인, 아들은 꼭 올 거라고 그래서 아들이 오면 꼭 집에 갈 거라고 오지 않는 아들을 기다리며 매일같이 보따리를 싸는 노인…….

1 백석 『白石詩全集』, 창비 1987.

오늘, 속절없는 한 죽음에 이어 며칠 안으로 죽음이 예정되어 있는 노인들이 줄을 서 있으니, 지난달과 견주어 영안실 수입이 현격하게 줄었다고 걱정이 늘어졌던 어느 직원의 낯빛에 희색이 돌지도 모르겠다. 병원은 이제 사람을 살리는 곳도 아니고 살려고 찾아오는 곳도 아니라 죽기 위해 모여드는 곳으로 변해가고 있다. 이 허름한 병원에도 영안실만큼은 깔끔하게 단장이 되어 있다.

"현대적 설계에 쾌적한 시설, 국내 최고 수준의 장례식장…… 양질의 서비스 제공을 통해 병원의 이미지를 높이고, 선진적인 장례문화 선도에 앞장을 서"겠다고 다짐하는, 한국 최고의 병원이라고 모두가 인정하는 어느 국립대학병원의 원장. 장례식장의 수준이 병원의 이미지를 결정하는 이 역설의 현상. 게다가 "선진적인 장례문화"란 건 도대체 무엇인가?

갈 수 없어 더 가고 싶은 그곳

죽은 듯이 늘어져있던 늙은 몸들이 한번씩 긴 잠에서 깨어난 듯 부스럭거리며 길 떠날 채비를 한다. 싫증나서 방 한구석에 처박아 두었다가 건전지를 갈아 끼우면 끼익끼익 귀에 거슬리는 소리를 내며 느린 몸짓으로 움직이기 시작하는 아이들의 고장난 장난감처럼 뻐덕뻐덕한 팔다리를 어설피 움직이며 길을 나선다. 제 풀에 지쳐 휘청! 거꾸러지거나 간병사의 완력에 못 이겨 몇 발자국 움직이지도 못하고 어느새 제자리로 돌아오고 마는 길이지만 얼굴에는 꼭 가고야 말겠다는 결의가 넘쳐흐른다.

꼭 가야만 되는 이유는 사람들마다 제각각인 데다가 매일같이 달라진다. "나락 영글었는지 보러" 가야 되고, "논물 빼러 가야" 되고, "소여물 주러 가야" 되고, "논에 약 치러" 가야 되고, "아제 하관시간이 다 돼가는데 이러고 있는 것이 도리가 아니라서" 가야 되고, "밭에 김 매러" 가야 되고, "아들 오는데 방에 불 피우러 가야" 되고…….

아주 가끔! 아주 가끔씩 들르는 효성 지극한 아들이 아버지의 용태를 살피면서 걱정스레 묻는다.

"아버지, 어디 가실라꼬예?"

"집에, 집에 가야지……."

"고향집 말이지예? 거기는 지금 아무도 없심더. 거 가시마 아버지 밥해 드릴 사람도 없꼬예, 여기가 제일 편할 낍니더."

"니 누고? 어디 성씨(姓氏)로?"

"아버지! 아버지, 저 모르겠심니꺼? ○○ 아입니꺼?"

모시는 것이 아니라 가두어 두는 것이라 하는 것이 더 정확한 표현이겠지만, 사람 사는 흔적이 점점 드물어지는 고향마을에 병든 부모 홀로 '방치'해 두는 것보다야 돈만 있으면 모든 것이 해결될 수 있는 도시 한 귀퉁이에 '가두어 두는 것'이 훨씬 나을 것이고, 적잖은 돈을 써가며 병원에 '가두어 두는 것'도 아무나 할 수 있는 일은 아니다.

손에 흙 묻히지 말고 남들보다 더는 아니더라도 남들만큼만은 살라고 자식 먼저 내보내고, 뒤따라 나선 길. 나이 들자 넋 놓아버린 육신만 재활용이 불가능한 폐품 같은 꼴이 되어 쌩쌩 내달리는 자동차들이 사방을 포위하고 있는 큰크리트 벽 속에 갇혀 있는데, 고향마을 뒷산에 꼭꼭 묻어두고 떠나온 아버지가 안개비에 휘감겨 손에 잡힐 듯 말 듯 아련하게 드러나는 개울가 돌다리 저쪽 건너편에서 애절하게 부르는 소리가 들린다.

하얀 박꽃이 오들막을 덮고
당콩 너울은 하늘로 하늘로 기어올라도
고향아
여름이 안타깝다 무너진 돌담

돌 우에 앉았다 섰다
성가스런 하로해가 먼 영에 숨고
소리없이 생각을 드디는 어둠의 발자취
나는 은혜롭지 못한 밤을 또 부른다

도망하고 싶던 너의 아들
가슴 한구석이 늘 차그웠길래
고향아
돼지굴 같은 방 등잔불은
밤마다 밤새도록 꺼지고 싶지 않었지

드디어 나는 떠나고야 말았다
곧 얼음 녹아내려도 잔디풀 푸르기 전
마음의 불꽃을 거느리고
멀리로 낯선 곳으로 갔더니라

그러나 너는 보드러운 손을
가슴에 얹은 대로 떼지 않았다
내 곳곳을 헤매여 살 길 어두울 때
빗돌처럼 우두커니 거리에 섰을 때
고향아
너의 부름이 귀에 담기어짐을
막을 길이 없었다

"돌아오라 나의 아들아
까치둥주리 있는
아까시야가 그립지 않느냐
배암장어 구어먹던 물방앗간이
새잡이하던 버들방천이
너는 그립지 않나
아롱진 꽃 그늘로
나의 아들아 돌아오라"

나는 그리워서 모두 그리워
먼 길을 돌아왔다만
버들방천에도 가고 싶지 않고
물방앗간도 보고 싶지 않고
고향아
가슴에 가로누운 가시덤불
돌아온 마음에 싸늘한 바람이 분다

이 며칠을 미칠 듯이 살아온 내게
다시 너의 품을 떠날려는 내 귀에
한마디 아까운 말도 속삭이지 말어다오
내겐 한 걸음 앞이 보이지 않는
슬픔이 물결친다

하얀 것도 붉은 것도
너의 아들 가슴엔 피지 못했다
고향아
꽃은 피지 못했다

— 이용악 「고향아 꽃은 피지 못했다」[2] 전문

살아온 모든 기억들을 하얗게 지워버리긴 하였으나 고향으로 돌아가고 싶은 것은 지우려야 지울 수도 없고, 지워도 지워도 지워지지 않는 기억의 원형인 것을……. 그러나 결코 돌아갈 수 없기에 더 가고 싶어 소리치고, 욕을 하고, 오물로 장난을 치고, 패악질까지 해대 보지만, 사람들은 그 뜻을 아는지 모르는지 고개를 절래절래 흔들며 진저리를 친다.

"아이구! 늙어 치매 걸리가 저 꼬라지로 살기 전에 퍼떡 죽어뿌리야지……."

기가 차서 실없이 웃어도 보고, 억장이 무너져 짐승처럼 울부짖어도 보고, 밥상을 패대기치고, 똥오줌으로 장난도 치며 발버둥을 치던 늙은

---

2 이용악 『李庸岳 詩全集』, 창비 1988.

몸이 이제 손가락 하나 까딱할 힘마저 다 써버렸는지 초점 없는 눈동자가 천장을 향해 고정되어 있고, 서너 개밖에 남지 않은 누런 이빨을 드러낸 채 가쁜 숨을 몰아쉬며 가릉가릉거리고 있다. 청진기에서 들리는 소리는 자갈밭에 탱크가 질주하는 듯하고 맥은 정상을 향하여 달려가는 달리기 선수의 그것처럼 점점 빨라져서 터질 듯하고, 가슴에 치렁치렁 매달린 심전도기기는 쉴새없이 삑! 삑! 경고음을 울리며 사람들을 긴장 속으로 몰아가고 있다.

간밤에 꽃상여 타고 고향 가시는 꿈을 꾼 건가? 함께 가져갈 수 없는 육신은 이승에 남겨둘지라도 넋만 빠져나와 아버지 계신 그곳으로 달려가시려는가? 이 때 병원에서 할 수 있는 배려는 발길 뜸한 가족들에게 마지막임을 알려주는 것 정도…….

"정확하게 언제 가실랑가는 잘 모르시겠다 그지예? 하아…… 쩝! 나도 지금 하는 일이 바빠놔서 여어 계속 바라꼬 이실 수도 없고. 마…… 지 사는 기 그렇심더. 상태 알았씨까네 일 당하거든 바로 연락주이소. 지가 형제가 몇 있심더마는 다 객지에서 묵고살기가 바뿌고.

밑에 아들놈이 둘 있는데 큰놈은 외국 가 있고, 작은놈도 우예 될지 모리겠고. 고향에 선산이 있심더마는, 거 모시놔 봐야 내 죽고 나마 산소 챙길 사람도 없고…… 그래가꼬 마, 일 당하마 바리 영안실 내리가가 화장해가 뿌릿뿔라 캅니더."

할아버지는 고향 가는 꿈을 꾸지 말았어야 했다. 죽어서도 끝끝내 고향에 가질 못했다. 세월이 얼마 더 흐른 뒤에 우리들의 고향마을은 무성한 잡초에 둘러싸인 무덤들만 듬성듬성 남아서 그곳에도 한때는 사람들이 북적거리며 살았다는, 전설 같은 이야기들을 전해주고 있을지도 모르겠다.

기다림

"참 모질기도 모질지요?"

금방 숨이 끊어질 것 같던 할아버지가 거친 숨소리를 내뱉으며 가끔씩 실눈을 떴다 말았다를 되풀이한 지 보름을 넘기고 있다. 할아버지의 용태보다는 살았는지 죽었는지 그것만 확인하려는 듯 이따금 불쑥 나타났다가 아무 말 없이 물끄러미 할아버지를 지켜보고는 어느 틈에 홀연히 사라지곤 하던 할머니가 침상 곁에 서 있는 의사에게 소리 없이 다가와 편안한 웃음을 지어 보이며 툭 내던진 말이다. 자식들에게는 연락이 되어 있느냐는, 할 말 없어 건성으로 던져보는 의사의 질문에 되돌아온 대답은,

"소식이사 저거들 우째 살아있기마 하머사 언제라도 바람이 전해줘도 전해 주겄제. 죽기 전에 올랑가는 저거 소관이고……."

팔십을 훌쩍 넘긴 나이에 난데없이 머리를 다쳐 몇 푼 있는 돈 다 병원에 갖다 바쳤어도 형상은 사람이로되 사람 노릇하기 힘든 지경에 이르게 되자 할머니가 할아버지의 마지막 마무리를 위해 자리잡은 곳이 곧 쓰러질 것 같은 이 허름한 병원이다. 그런데 할머니의 기대와는 달리 할아버지의 생명은 할머니 말 그대로 "모질기도 모질어서" 이곳에 온 뒤로도 고열과 설사를 반복하면서도 석 달을 거뜬하게 버텨왔고, 곡기마저 끊을 수밖에 없는 상황에 이르러서도 보름을 더 견뎌내며 할머니의 애간장을 태우고 있는 것이다.

살이란 살은 다 말라들어가버려 초점 없는 눈동자만 보이지 않는다면 백골에다 거죽만 발라 침상 위에 조립해 늘어놓은 꼴이지만 한번씩 힘들게 눈을 뜨면 뭔가를 유심히 살피는 듯 힘없는 눈동자가 이리저리 돌아간다. 그 눈빛으로 미루어 보건대 오늘밤도 할머니의 기대(?)를 충족하기는 힘들 듯하여 집에 들어가서 좀 쉬시라는 말에 할머니는 꼬부장한 허리에 두 손을 뒤로 감추고서 싱긋 웃으며 넋두리 같은 대답을 주절주절 늘어놓는다.

"사는 거는 힘든 기 아이라, 죽는 기 힘든 기지. 무씬 미련이 남아가 눈 탁! 못 감고 저캐쌓고 있는지……. 죽기가 우째 저래 힘들겄노. 살아온 세월보다 더 힘든 기 죽는 기라 카더구마는, 저 영감이 바로 그 짝이제, 쯧쯧……."

그로부터 며칠 뒤 꽤 늦은 저녁 시간, 침상 곁에서 후줄근한 중년 사내 하나가 할아버지를 내려다보고 있고 할머니는 뒷짐 진 손으로 사내 주변을 서성이고 있었다. 침상 곁으로 가까이 다가서자 사내는 가벼운 목례를 하는데, 우는지 웃는지 일그러진 얼굴에서 진한 술냄새가 훅! 풍겨져 나오고 할머니 얼굴에는 약간은 행복한 듯한 야릇한 미소가 입가에 번지고 있었다. 촛불처럼 하늘하늘 꺼져가는 늙은 생명 앞에서 의사와 아들인 듯한 보호자 사이의 첫 만남은 어색한 침묵으로 마무리되고……. 그리고 용케도 그 날, 자정을 넘기지 못하고 할아버지는 그 모질었던 이승의 삶을 마감했다.

이튿날, 일요일 이른 아침부터 사망진단서를 발급해야 한다며 병원에서 사람을 불러낸다. 간밤에 돌아가신 분, 아직 시간이 충분할 텐데 일요일, 그것도 아침 식전부터 달려나가 사망진단서를 작성해야 하는 이유를 납득하지 못하는, 잠 덜 깬 의사한테 간호사의 장황하고도 똑 부러지는 설명이 이어진다.

"이일장 한다 카거든예. 어젯밤 11시 쯤에 돌아가셨고 12시 넘어 하루 지났잖아예! 어제, 오늘 이틀이고 그라마 오늘 아침 출상 아입니꺼? 화장한다 카는데 사망진단서 꼭 있어야지예. 아들이 여기 오래 못 있는답니더. 부도 나가 도망다니는 건지 신용불량잔지…… 어디 꼴이 꼭 노숙자 같기도 하고예. 하이튼 퍼떡 치앗뿔라카는 갑심더. 아들이 디기 불안하이 캐쌓네예. 바쁜 모양이라예."

아! 그렇구나. 자정을 넘겼으니 하루가 지났고, 그래서 불과 10시간도 채 지나지 않아 무려, 자그마치! 이틀씩이나 지나갔구나. 그렇다! 형식에 매여 감정을 위장할 필요는 없는 것. 이승에 하루를 더 머무르게 할 이유가 어디 있으리. 하루를 더 머물더라도 찾아와 슬퍼해 줄 이도 없고, 조의금이 수북이 쌓인다 한들 수의에는 호주머니가 없으니 어차피 빈손으로 가야 하는 길, 하루라도 빨리 떠날 수 있다면 떠나보내는 것이 사리에 맞다.

거죽만 산 모습을 한 채 송장과 진배없는 모습으로 석 달하고도 보름이 넘도록 염치 없이 이승에 머무르고 있었던 것은 자식 손 한번 잡아보고 떠나고자 함이었을 텐데……. "모질기도 모질게" 버티며 기다려온 시간. 결국 기다리고 기다리던 혈육이 마지막 가는 길을 배웅했으니 오늘이면 어떻고 내일이면 어떠리. 죽음의 관문을 뚫고 가는 행차가 아무리 화려하다 해 본들 죽음은 죽음일 뿐. 오늘이면 어떻고 내일이면 어떠리. 이 시대에 자식이 임종을 지켜주는 죽음이 어디 그리 흔한가? 그만하면 충분히 복 받은 죽음이지. 요즘 세상에 와석종신(臥席終身)이 어디 가당키나 한 말인가.

그래도, 아무리 그래도…… 죽음이 산 사람의 기억 속에 그렇게 쉽게, 너무나 빨리 지워져야 하는 것이라면, 장례가 흉물스런 주검을 서둘러 처리하는 요식에 지나지 않는 것이라면, 산다는 것이 너무 허망하지 않은가? 아무리 "눈 뜨면 이승이요, 눈 감으면 저승"이라지만 마지막 가는 길이 이렇게 야박하다면 사는 게 너무 허전하지 않은가? 인간은 죽음이란 절차를 통해 비로소 생물학적 개체를 넘어선 존재라고 했는데, 무엇이 이 시대의 죽음을 이리도 볼품없이 만들고 있는지……. 그리 멀지 않은 곳에서 우리를 기다리고 있는 우리들의 죽음은 어떤 모습일지…….

근본을 귀히 여기는 것은 형식적인 수식이라 할 것이며
실용을 가까이 하는 것은 합리적이라 하겠는데
이 두 가지가 합쳐 예(禮)의 형식을 이루어
옛 이상으로 귀결된다.
이것을 일컬어 크게 융성한 것이라 한다.
禮本之爲文
親用之爲理
兩者合以成文
以歸太一
夫是之爲大隆

예란 삶과 죽음을 다스리는 일을 삼가는 것이다.

삶은 시작이요, 죽음은 사람의 마지막이다.

마지막과 시작이 모두 훌륭하면 사람의 도리는 다한 것이다.

그러므로 군자는 시작을 공경하고 마지막을 삼가서

마지막과 시작이 한결같도록 한다.

이것이 군자의 도리이며 예의의 형식이다.

禮者謹於治生死者也

生人之始也 死人之終也

兩者俱善 人道畢矣

故君子敬始而愼終

終始如一

是君子之道 禮義之文也

— 순자(荀子) 「예론(禮論)」

(『사람의 문학』 2004년 봄호)

소와 광우병에 대한 에세이

— 권력 · 문화 · 욕망과 먹거리

소와 인간

소는 인류의 역사가 시작되면서부터 사람 곁에 있어 왔던 가장 친숙한 동물 중의 하나이다. 신화와 전설의 시대를 살았던 인간에게 소는 숭배의 대상이었음을 선사시대 동굴 벽화가 가르쳐주고 있다. 자연 상태에 그냥 내던져졌을 때 살아남을 수 없는 지구상의 유일한 생명체가 인간이다. 나약하기 이를 데 없는 인간이 소가 가진 힘을 숭배하게 된 것은 당연한 것일지도 모른다.

한편 선(禪)가의 스님들에게 소는 또 다른 의미를 지니고 있다. 소를 기르는 과정이 바로 마음을 길러 도를 깨닫는 과정과 같다고 보는 것이다. 이 선가의 이치를 형상화한 것이 왕노사(王老師)의 목우송(牧牛頌)이다.

농경민족이었던 우리 민족의 삶에 소는 각별한 의미를 지닌다. 소는 식용가치 외에도 생산의 한 수단이었을 뿐 아니라 경제력의 상징이기도 했다. 시골 학생이 서울 유학을 꿈꿀 수 있었던 것은 고향집 뒤란에서 눈만 껌벅이던 누렁소 몇 마리가 있었기 때문이다.

가난한 고향마을 등지고 서울로 돈 벌러 간 시골 처자가 각박한 서울 땅에서 눈물 삼키며 밤마다 꾸던 꿈도 소 한 마리 사 가지고 고향마을로 돌아가는 꿈이었다. 그러나 소 때문에 고향마을로 돌아온 사람은 없다. 소 팔아 키워 성공한 자식도 서울에서 한가락 하며 살고 있을 것이고, 소 사 가지고 고향에 돌아오겠다던 시골 처녀도 중년의 나이가 된 지금 서울 어느 산동네에서 힘겨운 하루하루를 버티고 있을 것이다.

그래서 이제 시골에는 사람도 없고 소도 없다. 농업이 무너지고 그나마 농경수단마저 모두 기계로 바뀌면서 소의 가치는 확연히 변했다. 값싸고 먹기 좋은 고기라면 수입고기든, 우리 고유의 누렁소든 무슨 상관이 있겠는가? 지금 고향마을에는 소 울음소리도 점점 잦아들고 있다.

그런데 우리나라 사람은 음식을 단순히 영양과 맛으로만 선택하는 것은 아니다. 음식마다 그 음식이 가지는 고유한 상징과 의미가 있다. 임산부가 가자미를 먹으면 아기 눈이 비뚤어진다고 금기시하는 것, 잉어를 먹으면 아기 눈이 예뻐진다고 생각하는 것, 물개 거시기를 먹으면 3천 궁녀를 거느릴 수 있을 것이라는 믿음, 닭 껍데기를 많이 먹으면 닭살이 된다고 기피하는 것, 소 꼬리뼈를 삶아 먹으면 척추병이 나을 것이라는 생각, 콩나물을 많이 먹으면 키가 자란다는 속설, 찹쌀 수제비를 먹으면 골이 메워진다는 생각…….

우리 민족의 이런 음식문화 때문에 생긴 코미디 하나. 몇 해 전이었던가? 한 여성단체에서 조리퐁이 여성 생식기를 닮아 풍기문란을 조장시킨다며 생산·판매를 중지시켜 달라는 성명서를 발표하여 세상을 시끄럽게 한 적이 있다. 기발하기 짝이 없는 발상이지만 음식이 가진 상징적 의미를 중시하던 민족의식과 연관시켜 보면 이해가 되지 않는 것도 아니다.

그런데 만약 조리퐁이 여성생식기를 닮았기 때문에 판매 중지시켜야 된다면 길거리 좌판대에서 풋고추 파는 할머니들은 어떻게 해야 될까? 햄버거 한가운데 건포도 한 알 얹어두면 마돈나 젖가슴이 연상되나? 비키니 입은 여인네를 본떠 만들었다는 설이 있는 병에 담긴 코카콜라는 왜 판매금지를 시키지 않나? 조리퐁의 재료는 보리다. 농사꾼들이 보리농사 전 접은 지는 석삼년도 훨씬 더 됐고, 쌀농사마저 전 접을 날도 오늘내일 하고 있다. 여성단체는 조리퐁에 대한 걱정은 접어도 될 성싶다. 그런데 사람들이 그 많고 많은 음식들 중에서 유독 쇠고기를 선호하는 이유는 무엇일까?

고기와 권세

사람이 목숨을 부지하는 데 필요한 필수 영양소 중의 하나가 단백질인데, 단백질의 주공급원이 바로 고기이다. 그런데 단백질이 반드시 고기를 통해서만 얻어지는 것은 아닐 게다. 풀 이파리만 먹고 사는 스님들의 체력 또한 범부들과 비교하여 결코 뒤지지 않는다. 조선시대에 고량진미며 주지육림에 빠져 살다 군턱 늘어진 선비들과는 달리, 밥 퍼 담은 모양만 고봉이지 반찬은 부실하기 짝이 없었던 머슴들의 스태미나(?)

가 훨씬 뛰어났기에 "세간 팔고 빚내서 장가들였더니 머슴놈만 좋은 일 시킨다"는 속담도 생겨났던 거 아닐까?

그런데 사람들은 고기에 목숨 걸고 산다. 고기 때문에 인간관계가 깨지고 고기 때문에 가슴에 못이 박히기도 한다. 빵과 고기가 주식인 서양에서는 고기 때문에 집단 시위가 벌어지기도 한다. 청춘남녀가 만나 청혼을 할 때면 고상하게 양식당에서 삼지창에 은장도 들고 고기를 썰면서 이야기가 진행되어야 한다.

빈대떡에 막걸리 시켜놓고 청혼하는, 간 큰 총각은 없다. 오랜만에 만난 친구, 중국집에서 식사 대접할 때 자장면만 하나 달랑 시킬 수는 없다. 요리 하나 정도는 주문해야 되는데 아는 것은 없고 무난하게 튀어나오는 말이 탕수육이다. 그런데 갈등이 생긴다. 탕수육은 돼지고기와 쇠고기 탕수육 두 종류가 있지만 값이 차이가 난다. 괜히 한 푼 아끼려고 돼지고기 탕수육 시켰다가는 밥 사주고 욕 얻어먹는다.

이렇듯 딱히 영양상의 문제도 아니고 맛의 문제도 아님에도 쇠고기는 식단의 필수품으로, 없으면 밥상이 한없이 초라해지는 그런 음식 중의 하나다. 그렇게 된 데에는 다른 식물성 음식과 달리 고기의 희소가치 때문에 그럴 것이다. 돼지고기가 쇠고기보다 싼 이유는 돼지고기의 번식률! 암퇘지 한 마리가 출산을 하면 도대체 몇 마리의 도야지가 쏟아지는가? 쇠고기보다는 돼지고기가 흔한 고기일 수밖에 없을 것이므로 값이 싼 것은 당연하다.

쇠고기보다야 생선회는 잡기도 힘들고 공급에 따른 비용이 더 소모될 것이므로 가격 또한 더 비싼 것이 당연하다. 식물성 음식이라 해서 다 고기보다 하찮은 것은 아니다. 깊은 산 속에서 이슬만 먹고 자란다는 송이 1Kg의 가격은 쇠고기 1Kg과는 비교도 안 된다. 곰 발바닥 요리나 상어 지느러미, 고래 고기가 무슨 영양가가 있어서 값이 그렇게 비쌀까? 음식의 가치는 희소가치에 따라 결정되는 것이다.

희소가치가 높은 음식을 먹을 수 있는 능력은 그 사람의 경제력이나 권력에 달려있다. 지금은 '시바스 리갈'이 오며 가며 발길에 걸려 채일 정도이지만 이것이 꼭 좋은 술이기 때문에 유명해진 건 아닐 것이다. 1979년 탕! 탕! 총소리가 울리던 궁정동 그 자리, 술상에 올라와 있던 술이 바로 '시바스 리갈'이었다. 대통령이 마시던 술이니까…… 그 당시 평범한 국민들은 듣지도 보지도 못했던 술이었고, 한 나라의 최고 권력자가 마신 술이었으니까 자연스레 좋은 술로 자리잡은 것일 게다.

대구 중심부의 골칫거리 미군 부대에 뷔페식당이 하나 있는데 우연히 거기에 들어가서 밥 한 끼 먹을 기회가 있었다. 그곳은 아무나 출입할 수 있는 곳이 아니고 대구에서 내로라하는 사람들에게만 출입증이 발급되는데, 그냥 발급되는 것이 아니라 돈 받고 파는 것이었다. 그러고는 기념패를 하나 준다. "귀하는 한미 우호 관계 증진에 기여한……."

몇 해 전까지만 해도 그 출입증을 하나 얻기 위해 안달하는 사람들이 있었고, 출입 자격을 얻은 사람들은 출입증 스티커를 자동차 앞 유리창에 보란 듯이 붙이고 돌아다녔다. 그러던 차에 어느 시민단체가 미군 부대 앞에서 그곳으로 출입하는 한국인 승용차를 비디오로 찍어 명단 공개를 한다고 으름장을 놓자, 자동차에 미군 부대 출입증 붙이고 돌아다니는 행태는 지금 거의 자취를 감춘 것 같다.

그런데 내가 내 나라 내 땅에서 밥 한 끼 먹기 위해 일행과 함께 철저한 검문절차를 거친 뒤 어렵사리 따라 들어간 그 식당은 시중의 싸구려

뷔페 수준의 시설밖에 안됐다. 음식이라야 소가죽보다 더 질긴 스테이크와 먹으면 먹을수록 속이 니글거리는 햄, 그리고 모양도 맛도 야릇한 채소들, 희한한 맛의 커피…… 그게 전부인데 한국사람은 왜 그렇게 득시글거리는지. 나도 물론 그 '득시글'에 일조를 하긴 했지만 거기서 굳이 한 끼의 식사를 해결하려 모여드는 사람이나 식사를 '대접'하겠다는 사람의 심리는?

"남들 못 먹는 거 나는 먹을 수 있다."

"이 귀한 것을 당신한테 대접하노라."

포레족의 슬픈 여인들

뉴기니 포레(Fore)족의 식인풍습에서 비롯된 쿠루[1]!

가이듀섹이 포레족의 식인풍습 때문에 이 질병이 발생했음을 확인하고 그 업적으로 노벨상까지 받았음에도 불구하고 질병의 발생 양상이 워낙 특이하여 단순한 식인풍습만으로는 설명이 불가능했다. 쿠루는 여자들과 어린아이(남, 녀 모두)들에게서만 발생했고 나이든 남자에게서는 거의 발병하지 않았던 특성이 있다. 통상의 역학지식으로는 설명이 되지 않았던 것이다.

식인풍습은 원시부족사회의 의례행위 가운데 하나이다. 죽은 조상의 신체 일부분을 먹음으로써 죽은 자의 덕이나 힘을 획득하려는 의도, 아니면 전쟁 중에 잡은 포로와 적의 시체들을 먹음으로써 복수심

---

1 뉴기니의 포레족에게 발병한 프라이온(Prion) 병의 일종.

을 충족시키거나 상대편 적들이 가진 힘을 거세시키려는 목적에서 이루어진다. 이런 의례 행위에서는 당연히 남자가 주도권을 쥐게 되고 시신을 먹더라도 의례의 주재자를 중심으로 한 남자들이 먼저 먹게 될 것이다. 포레족에게 발병한 쿠루의 원인을 식인풍습에서 찾는다면 성인 남자에게서도 분명히 발생을 해야 하고 더 많이 발생하는 것이 상식에 맞다. 그런데 그렇지 않았다. 나이 든 여자와 어린아이들을 중심으로 발생한 것이다. 그렇다면 포레족의 여인들과 아이들은 왜 시신을 먹었을까?

포레족의 장례의식은 사람이 죽게 되면 죽은 사람의 여자 친척이 땅에 시체를 얕게 묻고 며칠 지나면 그 시체를 파내 뼈만 추린 뒤 깨끗이 씻어 다시 장례를 치르도록 되어 있었다. 원래 그 과정에서 시체의 뼈에서 발라낸 고기를 먹는 풍습은 없었다. 그런데 1920년대부터 포레족의 여자들은 매장한 시체를 다시 꺼내어 뼈를 발라낼 때 나오는 시신의 고기를 고사리와 다른 채소들을 섞어 대나무통에 넣고 요리를 하여 먹은 것이다. 그리고 자신들의 자녀들에게 그 음식을 나누어 준 것이다. 왜 그랬을까?

이것은 결코 원시 부족사회에서 전통을 이어오던 의례 행위는 아니다. 쿠루라는 병이 이들 시신을 먹은 사람들에게 나타나기 시작한 1950년대 후반부터는 정부 당국의 강력한 억압정책으로 이런 관습이 거의 소멸단계에 있었기 때문이다. 전통의 의례 행위라면 그렇게 별안간 나타나서 얼마 만에 없어지지는 않을 것이다.

이들이 시신을 먹었던 이유는 영양상의 동기라고 미국의 인류학자 마빈 해리스[2]는 단언하고 있다. 대부분의 원시사회에서처럼 포레족의 남정네들은 수렵을 통해 얻은 큰 고기는 자신들이 주로 먹고 개구리나 곤충과 같은 것들만 여자들과 아이들에게 남겨주었다. 그로 말미암아 그 당시 여성들이 섭취한 단백질은 권장량의 56%에 불과했다고 한다. 당연히 포레족의 여성들은 고기에 대한 욕구가 생길 수밖에 없었고 여성 특유의 모성애가 자신의 아이들에게도 시신을 먹이도록 만들었다. 그 결과 시신을 먹은 여성들과 아이들 사이에서 먹은 지 이삼십 년이 지난 뒤 쿠루라는 전대미문의 해괴한 병이 발생하기 시작한 것이다.

여인들…….

닭을 잡았을 때 맛있는 고기는 가족들에게 다 나누어주고 닭 모가지를 뜯으시던 나의 어머니……. 맛있는 고기는 남정네들에게 다 나누어주고 시체의 고기로 영양을 보충하던 포레족의 여인들……. 대단한 남자들! 불쌍한 여인들……. 그래서 아내[妻]의 마음[心=忄]은 늘 슬프고[悽], 물기 마를 날 없는 손은 차고[凄], 내뿜는 한숨은 찬바람[淒]이 되어 서리를 만든다.

문명과 야만

20세기 인류 지성사에 한 획을 그었던 프로이트는 “문명이란 인간의 욕구를 충족시키기 위해 자연의 힘을 지배할 수 있는 지식과 능력이란

2 마빈 해리스 『음식문화의 수수께끼』, 서진영 옮김, 한길사 1998.

측면과, 그렇게 자연으로부터 얻은 물자의 분배를 조정하기 위한 제도라는 측면 두 가지 경향을 지니는 것"이라고 했다. 그러면서 "문화와 문명을 구분하는 것을 경멸한다"[3]고 했다. 문화와 문명에 대해 명쾌한 구분을 하는 것이 쉬운 일은 아니지만 왜 그런 구분을 경멸까지 해야 하는지에 대해 구체적인 설명을 하고 있진 않다. 어쨌든 프로이트의 주장만을 놓고 보더라도 우리가 문명국과 야만국을 나누는 기준은 철저하게 서구사회의 기준인 것만큼은 분명한 것 같다. 서구인들이 야만이라고 지적할 수 있는 아시아, 아프리카 사람들의 행동이 그 나라에서는 전통문화일 수도 있기 때문이다.

그런데 요즘은 한 사회에 만연하는 특정 질병으로 선진국과 후진국을 구분하는 경향들도 있다. 북한에서 전염병과 굶주림으로 사람들이 수도 없이 죽어나가지만 남한에서는 교통사고로 날마다 적지 않은 사람들이 죽어나간다. 지금 이 나라에서는 교통사고로 76초마다 한 명이 죽거나 다치고 한 해 1만 명 이상이 죽거나 불구가 된다. 그런데 아무도 눈 하나 깜짝 안 한다. 이질이 돌자 "월드컵 개최국에서 아직도 후진국형 전염병이라니?" 모든 언론들이 놀란 토끼처럼 호들갑을 떤다. 그러면 온 지구촌의 이상향인 미국에서 혼자서도 복도를 가로막을 정도의 비만 환자들이 넘쳐나는 것은? 이것은 정녕 '선진'스런 질병인가?

소똥이 지천에 널브러져 있는 인도의 거리와 자동차 배기가스로 숨쉬기조차 거북한 서울의 거리. 어디가 더 깨끗한가? 물론 "종로에다 사과나무를 심어" 놓으면 "거리마다 웃음꽃이 피어날" 수도 있는 깨끗한

---

3 프로이트 『문명 속의 불만』, 김석희 옮김, 열린책들 1997.

거리가 될지도 모르지. 심어놓은 사과나무는 며칠을 살지 못하고 말라 죽은 채 도심의 흉물로 변하겠지만.

문명과 야만, 선진국과 후진국을 가르는 중요한 기준 중의 또 하나는 하루 식사에 투입되는 칼로리의 양이다.

> 남자들이 활과 화살로 무장을 하고 하루 온종일 사냥을 하러 나가거나 우계 동안 밭을 일구며 일을 하는 동안 여자들은 땅을 파헤칠 막대기를 들고서 아이들과 함께 초원을 가로질러 떠돌아다니며, 그들이 가는 길에서 볼 수 있는 것 중에 식량이 될 수 있는 것이면 모두 다 줍고, 뽑으며, 때려잡고, 사로잡고 붙잡는다.
>
> 남자가 묵묵히 피로에 지쳐 숙영지로 돌아와, 한쪽 구석에다 써보지도 못하고 들고 온 활과 화살을 던져 놓을 때, 여자의 채롱에서는 측은한 마음을 일으키게 하는 수집품들이 쏟아져 나온다. 오렌지색 열매 몇 개, 박쥐 한 마리, 메뚜기 한 줌이 채롱 속에 있는 것이다.
>
> 이렇게 만든 식사를 즐겁게들 먹어치우는데 백인 한 사람의 배고픔도 진정시켜주기에 충분치 못할 양으로도 여기서는 한 가족을 먹인다.
>
> — 레비 스트로스 『슬픈 열대』[4] 중에서

한쪽에서는 굶어 죽고 한쪽에서는 영양 과잉으로 몸을 망치는 인종들이 쏟아져 나오는 것이 지금 세계화된 인간세상의 모습이다. 인간이 진보 발전하여 문명인으로 진화한다는 것은 곧 뇌 시상하부(hypothalamus)에

---

4 C. 레비 스트로스 『슬픈 열대』, 박옥줄 옮김, 한길사 1998.

있는 포만중추가 퇴화된다는 것을 의미하는지도 모른다. 먹어도 먹어도 포만감을 느끼지 못하는 인간……. 미국에서 가장 높은 판매신장률을 보이고 있는 약품은 항고지혈제제이며 비만은 미국 사회의 최고 고민거리다. 대한의사협회는 비만과의 전쟁을 선포했다. 아! 비로소! 드디어! 우리도 당당하게 선진국의 대열에 합류하게 된 것임을 선포한 것이다.

한 톨의 곡식을 찾아 깡통을 들고 메마른 대지 위로 헤매다니는 아프리카 어린이 모습 위로 제 몸 하나 가누기 힘들어 대형 앰뷸런스에 실려가는 미국의 비만 환자 모습이 겹쳐질 때, 문명과 야만의 기준은 모호해진다.

소들의 반란

포레족은 자신들의 잘못된 음식문화에 대해서 자신들이 철저하게 책임을 졌다. 쿠루가 포레족 이외의 다른 부족이나 다른 국가에서 발생한 사례는 없었고, 식인풍습을 종결시킴으로써 쿠루는 역사 속의 질병으로 사라졌다. 그런데 1980년대부터 유럽에서 시작된 광우병의 공포는 서서히 그 영역을 지구촌 전체로 넓혀가고 있다. 채식성 동물인 소에게 식물성 사료만 먹여서는 살이 찌는 속도가 너무 더딘 탓이었을까? 영국에서 발생한 광우병의 원인으로 역학자들은 소들에게 먹인 동물성 사료를 지목하고 있다. 도살장에서 나온 가축의 폐기물을 정제하여 만든 사료를 소들의 사료로 사용했고 이 중에서 프라이온(Prion) 병에 감염된 가축의 폐기물이 섞여 들어갔을 가능성을 지목하고 있다.

영국은 1988년부터 동물성 사료의 사용을 금지했다. 그런데도 영국에서 광우병의 공포는 현재진행 중이며 프랑스, 독일, 인근 국가로 그 파장이 흘러가고 있다. 최근에는 우리 이웃 나라 일본에서도 광우병이 발병했다. 영국에서 발생한 광우병은 동물성 사료를 먹인 소들에게서 동시에 집단 발병한 것이 아니라 소떼 중의 한 마리에서 우연히(A single affected animal within a herd) 발병하여 서서히 전파되어 나간 것이므로 광우병의 집단 발병 원인을 단순히 동물성 사료 하나로만 보기는 어렵다.

그러나 여전히 광우병의 원인을 동물성 사료와 유럽의 소 사육 환경에 있다고 보는 견해가 지배적이다. 그래서 미국은 괜찮은가? 호주는 괜찮은가? 누렁소가 사라진 자리에 수입 쇠고기가 판을 치는 우리 식탁은 과연 괜찮은가?

영국에서도 처음에는 광우병이 인간에게 감염되지는 않는다며 총리가 자신의 딸에게 햄버거를 먹이는 장면을 텔레비전을 통해 공개하기도 했다. 미국에서 프라이온 병에 대해서 내로라하는 의료진, 연구자들과 크로이츠펠트 야곱병 환자 가족들 간의 모임이 있었다. 환자 가족 중 한 사람이 이렇게 이야기했다.

> "내 가족은 단지 알츠하이머 병으로만 진단 받았지 전혀 만족할 만한 진단을 받은 적이 없다. 병원의 의사들은 프라이온의 감염을 우려하여 뇌 조직검사를 시행하려 하지도 않았고 장의사들은 숨진 환자의 염조차 하지 않으려 했다."
>
> —『뉴욕타임스』 2000.5.23.

이미 국경이 무너진 세계화시대에 프라이온 병으로부터 자유로울 수 있는 국가는 어디에도 없다. 인간의 지식이 넓어지면서 인간의 욕망도 끝없이 팽창되어 왔다. 그런데 인간들의 욕망은 다른 생명체를 학대함으로써 충족될 수 있었다. 인간은 동식물은 말할 것도 없고 같은 인간들까지도 피부 빛깔이 다르다는 이유로, 쓰는 말이 다르다는 이유로, 사상과 종교가 다르다는 이유로 죽이고 쏘고 매질하고 가두어 왔다. 인류의 역사에서 가장 오랜 벗이었던 소를 가두어 학대하고 그것도 모자라 소의 염색체를 멋대로 주물러 복제소를 만들어내더니 소와 인간이 짬뽕된 희한한 생명체를 만들어내기도 한다. 인류의 건강을 위해서…….

아이들의 동화 한 토막. 길 가던 나그네가 웅덩이에 빠진 호랑이를 구해주었더니 되레 호랑이가 잡아먹으려 든다. 나그네는 황소에게 판결해줄 것을 부탁한다. 구원의 손길을 기다리는 나그네에게 황소는 청천벽력 같은 판결을 내린다.

"사람은 나빠. 사람들은 우리 소들을 평생토록 부려먹고서는 늙어 힘이 없어지면 잡아먹거든. 호랑이야 얼른 잡아먹어 버려라."

인간이 가진 힘 앞에 무력한 소가 동화 속에서나마 호랑이에게 인간에 대한 처결을 부탁한다. 그러나 호랑이들조차 현실에서는 인간들의 탐욕에 의해 멸종해가고 있다. 이제 소들이 직접 들고 일어선 것이다. 광우병은 인간의 탐욕에 대한 소들의 반란이다.

목동의 마음

유럽발 광우병으로 언론의 모든 지면이 광우병으로 도배되던 2001년

2월 초 한 신문은 검고 굵은 활자로 광우병에 대해 유럽 정부가 내린 명쾌한 처방을 우리들에게 전해주었다.

"유럽 광우병 파동, 독일은 소 40만 마리 도살 계획"[5]

1980년대 광우병이 첫 발병한 이래 지금까지 유럽에서는 수백만 마리의 소가 도살당했다. 앞으로도 얼마나 더 죽여야 할지는 아무도 모른다. 인류의 역사와 함께 시작되었던 소와 인간 사이의 공생의 역사는 종말을 고했다. 끝도 없이 이어지는 인간에 대한 소들의 자살 테러. 테러를 근절하는 가장 효과적인 방법은 모두 죽여 없애버리는 것임을 우리는 아프가니스탄과 팔레스타인에서 보내오는 화끈한(?) 현장의 모습을 통해 배우고 있다.

감히 인간에게 도전해오는 어리석은 소들의 테러 행각에 대해 깡그리 죽이는 것 외에 다른 방법이 있을 리 없다. 인간의 요구에 순응하지 못하고 미련하게 광우병에 걸린 채 자살 테러나 일삼는 '질 나쁜 소들'은 인류의 행복을 위협하는 '악의 축'이다. 죽여야 한다. 씨를 말려야 한다. 대신 인류의 행복을 위해 봉사하는 충직한 소는 질 좋은 쇠고기를 무한정 공급하면서도 광우병에 안 걸리는 소들이어야 한다. 이것은 맥도날드의 꿈이기도 하고, 버거킹의 희망사항이기도 하다. 그런데 이 꿈이 현실이 될 날이 멀지 않았음을 한 일간지 신문에서 확인할 수 있다. 그것도 세계 최초로 한국에서…….

---

5 『동아일보』 2001.2.1.

"광우병에 안 걸리는 복제소 3년 안에 나온다."[6]

지상에서 살아갈 수 있는 어떤 능력도 없었던 불쌍한 종족, 인간에게 프로메테우스는 천상의 불을 훔쳐다 준다. 프로이트는 프로메테우스가 천상의 불을 훔쳐올 때 사용한 빈 회향나무 대롱은 남근을, 불씨는 인간의 욕망을 상징하는 것이라 했다. 결코 절제되지 않는 인간의 욕망, 남근이 가진 폭력성 때문에 작은 불씨가 화염으로 타올라 지구 위의 생명체를 하나 둘 태워 없애고, 이제 마지막으로 불의 주인인 인간을 집어삼키기 위해 불기둥이 치솟아오르고 있다. 광우병은 유전적으로 질 나쁜 소들이 일으킨 문제가 아니다. 인간의 끝없는 탐욕이 빚어낸 재앙이다. 유전적으로 우수한 복제소를 생산해서 해결할 문제가 결코 아니다.

프라이온 병의 잠복기는 수십 년이 된다. 그렇다면 머지않은 장래에 인간 사회에 프라이온 병이 집단발생할 가능성은? 근거도 없는 막연한 불안감일까? 만약에 그런 일이 생겼을 때 우리는 어떤 선택을 하게 될까? 그 누구도 함부로 입에 올릴 수 없는, 소들에게 내린 극약 처방을 사용해야 할까? 그러고 난 뒤 프라이온 병에 안 걸리는 복제인간을 만들어서 해결해야 할까?

지금 광우병의 공포로부터 벗어나기 위해 절실하게 필요한 것은 '광우병에 안 걸리는 복제소'를 만들 수 있는 기술이 아니라, 소와 인간이 공생하며 살던 시절, 소 등에 올라 타 풀피리를 불던 목동의 마음이 아닐까…….

---

6 『조선일보』 2002.4.22.

버들 언덕 봄 물결 저녁노을 출렁대고(柳岸春波夕照中)

아지랑이 향기로운 풀 마냥 푸르다.(淡煙芳草綠茸茸)

허기지면 풀을, 목마르면 물로 그렇게 지내니(饑餐渴飮隨時過)

바위 위에 누운 목동 깊은 잠 들었더라.(石上山童睡正濃)

— 목우송 任運第七

(대한신경과개원의협의회 회지 『대한신경과개원의협의회』 2002.5.)

2부 • 의·과학 전문가와 건강

의료대란과 소비자 주권

의료계 파업사태와 시민단체의 역할

지난 2000년 의약분업을 둘러싸고 정부와 의료계 간의 갈등으로 시작된 의사들의 집단행동이 일 년 가까이 지속된 적이 있었다. 초기에는 소극적인 대응을 해왔던 전공의들이 2000년 8월부터는 의료계의 집단행동을 주도하기 시작하자 의과대학 학생들에게도 여파가 미쳐, 의과대학 졸업예정자들이 국가고시를 거부하기로 하는 한편 학생들은 유급을 감수하기로 결의하였다. 그 해 10월, 3차 폐업 이후 개원의들이 정상진료를 하고 의과대학 교수들이 진료에 복귀하면서 의료계 파업사태는 다소 진정국면에 들어가 있는 듯하였지만 갈등이 잠복된 상태였을 뿐, 어떤 방향으로 진행될지 예측조차 하기 힘든 형편이었다.

의료계와 정부 간의 협상이 진행 중에 있었지만 각 직능, 직위별로, 또 세대 간의 이해관계가 첨예하게 대립되어 있는 의료계 내부의 속사정이 있어 모든 의사들을 만족시킬 수 있는 협상안이 만들어지기도 힘들었고, 협상안이 나온다 할지라도 이를 전체 의사들에게 설득하고 관철시킬 수 있는 지도력을 가진 집행부가 의료계 내부에는 없었다. 게다가 의사와 정부 사이의 협상이 이루어진다 하더라도 의약분업의 또 다른 상대인 약사회 측에서 의(醫), 정(政) 사이의 협상안을 순순히 받아들이지는 않았을 것이다. 이런 상황임에도 의약분업이란 제도는 2000년 7월부터 시행에 들어갔고, 시민들은 불편하기도 하고 늘어난 의료비 부담 탓에 불만이 팽배해 있었지만 불만을 호소할 대상조차 찾지 못한 채 점차 제도에 적응해 나가고 있었다. 의료계 일각에서는 이런 혼란한 틈을 이용하여 의약분업 시행 이전의 상태로 되돌리려는 움직임도 있었다.

이렇게 혼란스런 의료계 사태는 해결의 실마리조차 찾아내지 못하고 있는 상황이지만, 초기 의약분업 합의안을 만들어내는 과정에 깊숙이 개입했고 또 의사들의 파업 규모가 커지자 정부보다 더 강경한 성명전을 펼쳤던 시민단체들의 역할이 시간이 지날수록 그 영향력이 감퇴하고 있음을 느낄 수 있었다. 의약분업의 추진 과정에서 시민단체는 두 이익집단의 이해관계를 조정하는 한편 의사들의 잘못된 관행을 폭로하면서 여론을 통해 의사들을 압박하는 방식을 택했다. 파업사태가 확산될 때에도 의사들의 직업윤리에 호소하거나 도덕적으로 비난하는 방식으로 대응해왔다.

그러나 이런 유형의 활동 방식이 의사들에게 전혀 영향을 미칠 수 없었던 것은 의사들과 시민단체 사이에 적대관계가 형성되어 있었던 탓도 있지만, 의사들이 직업윤리를 무시해 버리고 환자의 불편을 최대한 증폭시켜 궁극적으로 환자들의 불만이 정부를 겨냥하도록 만드는 것을 투쟁 전술로 삼았기 때문에 환자의 불편과 불안에 따른 비난 여론은 의사들로서는 고려해야 될 필요조차 없었던 것이다.

게다가 지금 우리 사회는 사회 전체가 전통의 윤리나 가치관이 급격하게 무너지고 있는 상황이다. 사회 전체의 윤리가 무너지는 상황에서 유독 의사들에게만 전통의 직업윤리를 고수하라고 강요하는 말에 얼마나 힘이 실릴 수 있을 것인지는 의문이었다. 더구나 의약분업이라는 새로운 제도를 정착시키기 위해 시민단체는 시민들에게 직접 다가가는 노력을 하였다기보다는, 의·약 두 직능단체의 이해관계를 조정하는 데만 치중함으로써 정작 시민들은 왜 이런 불편한 제도를 무리하게 시행하려는지 의문스러워하고 있었고, 정부도 아무런 노력을 기울이지 않았다.

그래서 제도의 취지조차 이해하지 못하는 시민들의 불만이 터져나오자 시민들의 불편을 명분으로 애초에 의약분업을 시행하려 했던 원칙이 무시되고, 의약분업이 추구하는 궁극적인 목적이 훼손된 협상안들이 나오고 있음에도 시민단체의 대응은 무기력하기만 했다. 원칙을 고수하려고 할 때는 제도의 변화로 가장 많은 피해를 입은 시민들로부터 시민단체가 외면받는 현상이 나타날 것이므로, 시민단체가 선택할 수 있는 수단은 결국 의사들에 대한 비난 여론을 조성함으로써 의사들의 운신의 폭을 제한하는 길밖에는 없었을 것이다. 그렇지만 의료계를 비난하는 시민단체의 성명서에 관심을 가지는 의사들은 거의 없는 형편이었다. 이런 상황임에도 시민단체는 소비자 주권, 시민들의 진료 받을 권리를 줄기차게 주장하고 있었다. 이에 대해 정부는 해결 능력은 고사하고 관심조차 없는 듯했다. 그렇다면 의료의 소비자 주권이란 의사들의 선처와 아량이 없이는 결코 확보될 수 없는 것인가?

소비자 주권의 개념

의약분업의 여러 장점으로 제시된 것 중의 하나가 의료 소비자의 알 권리가 보장됨으로써 소비자 주권이 확대된다는 것이었다. 환자의 알 권리에 포함되는 부분들을 예로 들면 진료비 명세서, 영수증, 처방전 내역과 같은 것들인데, 이런 것들은 정작 의료에 관한 환자의 알 권리 중에서 가장 기초적인 부분이다. 물론 의료 이용자들이 이런 기초적인 권리조차 누리지 못하고 있는 것이 우리나라의 의료 현실이긴 하지만, 의사들이 환자들의 알 권리를 요구하고 있는 시민단체의 움직임에 대해 강한 거부감을 느끼고 있었던 이유는 환자들의 알 권리를 묵살하고 감추어서 얻는 실익이 있어서라기보다는 형평의 원칙에 어긋난다고 생각하기 때문이었다.

같은 의료기관이지만 대형병원에서는 환자의 알 권리는 고사하고 자신이 진료 받은 질병에 대해서 제대로 설명조차 들을 수 없는 것이 현실인데 힘 없는 소규모 동네 의원들에게 무리한 요구를 한다는 것이었다. 그리고 또 다른 의료체계인 한의학과 관련해서 한약의 약제비가 적정한지는 제쳐두고서라도 약재 원료의 성분이나 원산지 같은 중요한 내용들이 전혀 공개되지 않고 있지만, 시민단체가 이런 부분에 대해서는 문제조차 제기하고 있지 않으면서 의사들만 몰아붙이고 있다며 분개한 것이다.

사실 국민이 알아야 할 정보는 정부가 가장 많이 가지고 있지만 정부는 제대로 공개하지 않고 있다. 의료개혁의 한 방편으로 의약분업이란 제도를 시행하겠다는 정부가 2년의 세월을 허비해가며 엄청난 사회적 비용을 부담하면서도 혼란을 거듭하고 있는 제일 큰 이유는 정부가 의약분업에 관한 정보를 국민들에게 제대로 공개하지 않았기 때문인지도 모른다. 그리고 의사들의 폐업사태가 길어지면서 불편 없이 진료 받을 권리로서 의료 소비자 주권이 강조되어 왔다. 환자들이 제대로 진료를 받을 수 없는 상황이 벌어진 것은 분명한 사실이지만 그 책임을 정부는 의료계에, 의료계는 정부에다 서로 떠넘겼다. 소비자 주권을 요구하는 시민단체는 언제라도 진료받을 수 있는 소비자 주권을 보장해 주어야 할 주체가 어디인지를 포착하기 힘들게 되어버린 것이다.

이에 시민단체들은 연대기구까지 구성하여 활동의 폭을 넓히려 했다. 이들 단체들이 '의료'라는 광범위하고도 복잡한 문제에 대해 얼마나 깊이 있는 논의와 고민을 해왔는지 의문스럽지만, 쉽게 연대기구가 구성될 수 있었던 것은 의사들의 도덕적 파탄에 따른 공분이 있었기 때문에 가능했을 것으로 생각한다. 이 연대기구의 활동이 앞으로 얼마나 결속력을 가지고 지속될 수 있을지는 모르겠으나 전공의들이 병원으로 복귀하여 지금의 파행적인 의료체계가 정상으로 되돌아오고 난 뒤에는 어떤 활동을 할지가 불확실하다. 해묵은 과제였던 의약분업은 어떤 형태이건 간에 시행에 들어갔고 의료계의 불만을 달래고 억눌러서 진료체계를 정상으로 되돌려놓는 것만으로 의료개혁이 이루어졌고 소비자 주권이 확보되었다고 자족한다면 시민단체의 활동은 언론에 부각될 수 있는 일회성 사업에만 매달린다는 비난을 면하기는 어려울 것이다.

지금의 혼란스런 상황이 정리되고 의료체계가 정상으로 되돌아간다고 해서 소비자 주권이 보장되는 것도 아니며 의료개혁이 이루어지는 것도 아니다. 오히려 우리 사회의 의료체계가 안고 있는 모순이 은폐되어버릴 가능성도 있다. 그런 점에서 강경 투쟁으로 일관하고 있는 전공의들이 "우리가 병원에 복귀하면 누가 의료문제에 대해 관심을 가질 것인가?"라는 주장이 전혀 설득력이 없는 것은 아니었다. 사회 전체가 의료문제에 대해 관심을 가지게 된 동기가 전공의들이 병원을 뛰쳐나오면서 의사들의 파업의 규모와 기간이 길어진 것하고도 관계가 있기 때문이다.

지금 시대는 수요자가 공급자의 의식변화를 강제하는 측면이 강하다. 법 테두리 안에서 적법하게 허가를 받아 건설된 러브호텔이 시민들의 반발에 부닥쳐 허가를 취소하거나 영업을 포기해야 하는 상황이 벌어지고 있고, 철옹성 같던 재벌기업들도 소비자의 의식변화에 발맞추기 위해 발버둥을 치고 있다.

그러나 유독 의료분야만은 예외이다. 의료계가 워낙 폐쇄성이 강하고 특히 전문기술과 관련되어 있어 보통 사람들이 접근하기 어려웠던 측면도 있지만, 어떤 형태의 의료이건 의료가 공급되어진다는 것만으로도 '좋은 것'으로 받아들이는 인식이 뿌리 깊은 탓도 있다. 이런 상황이 지금까지 의료를 비판 없는 성역 속에 가두어두고 있었다. 따라서 의료에 있어 소비자 주권이라는 개념이 '좋은 것'인 의학기술의 혜택을 언제라도, 어떤 종류의 기술이라도, 아무런 불편 없이 무한정 공급받을 수 있는 권리로 정의되고, 시민사회가 이런 의료의 원활한 공급만을 요구한다면, 멀지 않은 장래에 의사들이 굳건하게 진료실을 지키고 있는 상황이라 할지라도 지금의 의료대란 이상의 재앙이 찾아올 가능성은 얼마든지 있다.

의료개혁의 허구

2000년 7월 말, 잘못된 의약분업 저지와 약사법 재개정을 요구하며 전면 파업을 선언한 뒤 의료계 파업사태의 주도세력으로 등장한 전공의들은, 시간이 지나면서 약사법 개정과 관련된 요구조건에 대해서는 발언의 수위를 낮추면서 의료개혁을 전면에 내세우기 시작했다. 전공의 자신들이 개혁적 주장이라고 내세우고 있는 것 중의 하나가 "지역의보 재정 국고 지원 50% 확보"라는 요구조건이다. 지역 의료보험에 대해 정부가 수익자부담 원칙을 내세우며 재정지원에 인색했던 것은 사실이고, 국민의 건강에 대한 최종 책임은 정부에 있는 것인 만큼 국고 지원을 확대하라는 전공의 측의 주장이 국민의 건강을 위한 개혁적인 주장인 것은 사실이었다.

그러나 설령 정부가 재정지원을 약속한다 하더라도 국민들이 받는 의료의 질이 어떻게 달라질 것이라는 전망을 전공의들이 단 한 번도 제시한 적이 없다. 의약분업과 의료계의 파업사태가 없었다 하더라도 보험재정은 바닥을 드러내고 있었고 이미 보험료가 인상되었음에도 앞으로 국민 개개인이 부담해야 될 보험료는 얼마나 더 오를지 예측하기도 힘들다. 그러나 더욱 중요한 것은 국민 개개인의 보험료 부담이 늘어나고 정부의 재정지원이 강화된다고 해도 의료의 공급자인 의사들이 변하지 않는 이상, 국민이 받게 될 의료의 질이 크게 달라지지 않을 것이라는 점이다.

기대할 수 있는 것들은 지금까지 보험급여의 대상이 되지 않았던 자기공명영상(MRI)과 같은 고가의 장비나 시술들이 보험급여의 대상에 포함되고, 시민단체 또한 보험급여의 대상 확대를 위해 힘을 쏟을 것이라는 정도가 될 것이다. 이럴 경우 정부의 재정지원 강화나 개개인의 보험료 부담이 늘어난 데 따른 효과는 금방 사라지고, 보험재정은 다시 불안한 상태에 빠져들게 된다. 현대의학은 그 기술개발에 필요한 자본의 영향으로 고비용구조가 될 수밖에 없는 한계가 있기 때문에 의학기술이 발전하면 할수록 폭증하는 의료비로 말미암아 계층간의 불평등이 커지고, 나아가 국가경제 전반에도 심각한 영향을 미친다. 그래서 현대의학의 본산지인 서구 선진국에서도 의료비를 통제하려는 정부와 의료계의 갈등은 오래 전부터 있어왔다. 우리가 선진국으로부터 배워야 할 점은 분명 있겠지만, 선진국의 잘못된 전철을 굳이 밟아야 할 필요는 없을 것이다. 그보다는 의료비의 적절한 분배와 낭비구조를 제거하여 전체 의료비 지출 규모를 줄이는 것이 바람직할 것이다.

그런데 제일 큰 문제는 더 나은 의료 서비스, 더 나은 의료기술을 요구하는 소비자들의 욕구를 통제할 수 있는 수단이 없다는 것이다. 의료계 파업사태가 계속되면서 일부 대형 종합병원 소속의 의사들은 현재의 사회보험 성격의 의료보험제도는 양질의 고급 의료를 요구하는 소비자들의 욕구를 통제하고 의학기술의 발전마저 억압하는 의료사회주의 제도라고 비판하면서 사태 해결의 한 방편으로 민간의료보험의 도입을 요구한 바 있다. 사립 대학병원의 경영진에 해당하는 대학의 총장과 이사장들이 현 의료사태의 해결을 위해 민간의료보험을 도입할 것을 건의하는 건의서를 대통령에게 전달하기도 하였다. 보험료 부담이 늘어난 만큼의 서비스 수준에 만족하지 못하는 고소득층은 민간의료보험의 도입을 바라고 있을지도 모른다. 여기다가 재정 부담에서 벗어나려는 정부의 의도가 맞물릴 경우, 민간의료보험의 도입 시기는 예상보다 훨씬 빨라질 수도 있을 것이다. 그러나 취약하기 이를 데 없는 의료보장체계를 개선하지 않은 상태에서 민간의료보험의 도입될 경우 국민의 건강에 대한 국가 주권을 포기하는 것과 다를 바 없다.

오히려 문제 해결의 실마리는 의료비의 낭비구조에서 찾아야 한다. 불과 십수 년 전과 견주어 보더라도 우리는 엄청난 의료비를 지출하고 있지만, 건강의 수준이나 삶의 질이 크게 나아졌다는 증거는 없다. 그렇다고 해서 지출된 의료비가 전부 의사들의 호주머니로 들어간 것도 아니다. 지금 의사들의 형편이 과거보다 못해졌다는 사실을 단지 의사의 수가 폭증했다는 사실만으로 설명하는 것은, 의료비 지출 규모나 국민들의 의료기관 이용 빈도로 볼 때는 설득력이 약하다. 의약분업의 필요성이 제기될 때마다 의사들은 약가 마진에서 음성 수입을 얻는 부도덕한 집단으로 매도당했다. 그런데 불합리하게 책정된 약가 때문에 최대의 이익을 얻은 집단은 의사들이 아니라 제약자본이었다. 의사들이 제약자본의 방패막이였던 셈이다. 첨단시설, 최신장비, 최신기술이 의료기관 사이에 최고의 경쟁력이 되어 있고 여기에 소비자들이 환상을 가지고 있는 한, 의료비의 낭비구조는 결코 개선되지 않을 뿐더러, 그에 따른 반사이익은 의료 자본이 가져가고 의사들은 더욱 궁핍해진다.

의료계의 파업사태를 두고 언론은 의료대란이란 표현을 쓰며 의사집단을 비난하였으나 파업사태를 주도하고 있던 전공의들은 응급실과 중환자실, 그리고 입원실의 환자들은 철저하게 관리되고 있었기에 아무런 문제가 없으며 언론의 과장, 왜곡보도라 비난했다. 실제로 장기간의 의료계 파업사태를 겪으면서도 특수한 경우(암환자, 수술환자)를 제외하고는 이전에 비해 국민의 건강 수준이 현격하게 나빠진 증거는 아직 없다. 그런데 파업 기간 동안 의료계 전체의 경영 손실은 1조 원을 넘었다는 보도가 있었다. 의료대란이 없었다는 전공의들의 주장을 진실로 받아들인다면 1조 원이 넘는 의료계의 경영손실을 어떻게 해석해야 할까? 지금까지 국민들은 1조 원이 넘는 불필요한 의료비를 소모하고 있었던 것은 아닐까? 의료비의 낭비구조를 제거할 수 있는 의료계 내부 개혁 없이, 첨단의학기술에 대한 소비자들의 그릇된 환상이 깨지지 않은 상태에서 단지 재정 확대만을 추구하는 의료개혁은 허구일 수밖에 없다.

대항문화의 건설

2000년 4월부터 의료계 파업사태가 격화되면서 정부와 언론, 시민단체는 물론 불특정 국민들까지 가세하여 의사집단을 집중 공격하였으나, 의사들은 사회로부터 철저하게 고립된 상태에서도 끝까지 주장을 굽히지 않았다. 이익집단의 분쟁과정에는 실정법이 무시되기도 하는데, 대체 인력이 없는 의료의 특성으로 정부가 공정거래법이나 의료법으로 의사들을 통제할 수 없는 상황에 이르자, 적어도 의료에 관한한 무정부 상태가 되고 말았다. 시민 행동의 하나로 진료 거부행위에 대해

고소, 고발이란 방법을 채택하기도 했지만 이 또한 별 효과가 있었던 것 같지는 않다. 강, 온을 오락가락하는 정부의 무원칙한 대응과 몇몇 시민단체의 고군분투는 오히려 의사집단의 투쟁 강도만 높여 놓는 결과를 만들었다.

여기서 한 가지 짚고 넘어가야 할 것은 만약 정부의 강경대응이나 시민단체의 활약으로 의사들이 진료현장에 조기에 복귀했다 하더라도 의료에 관한 소비자 주권이 실현되었을까 하는 점이다. 그렇지는 않을 것이다. 의사들이 여론에는 아랑곳하지 않고 강경투쟁으로 일관하게 된 배경에는 "아프면 찾아오게 되어 있다"라는 오만함이 있었으며, 거기에는 다시 이 시대 사람들의 삶, 곧 태어나서 병들어 죽음에 이르는 모든 과정이 의학기술에 종속되어 있다는 사정이 자리하고 있는 것이다.

대체의학의 육성이나 한의학의 강화가 서구식 의료체계의 독점에 따른 폐해를 상쇄할 수 있는 작은 대안이 될 수도 있겠지만, 현재 대체의학의 논의 수준이나 한의학계의 모습에서 그 대안을 찾기는 어렵다. 서구식 의료체계가 가지고 있는 한계와 문제에 대응할 수 있는 의료체계는 저비용, 자가치료, 자연치유력 이 세 가지 요건이 보장됨으로써 전문가에 대한 의존성을 최소화할 수 있는 것이어야 하는데, 현재 대체의학이나 한의학은 서구식 의료체계의 틈새에서 기생하며 의료비 낭비를 부추기는 또 다른 상업의료일 뿐이다. 이런 상태에서는 대체의학이나 한의학의 강화가 또 다른 전문직의 강화로 이어지는 것을 경계해야 할 판이다.

의료에 관한 진정한 소비자 주권 운동은 단순히 환자의 알 권리나 언제라도 진료받을 권리가 보장되는 수준이 아니라, 의학에 의해 일방적으로 규정되어버린 건강과 생명에 대한 가치, 몸에 대한 문화를 바로잡는 것이어야 한다. 그것은 서구식 의료체계와 사고에 대항하는 대항문화이기도 하다. 현대의학이 도입된 지 100여 년의 세월이 지나면서 우리 의료 안에서도 많은 문화들이 새로이 생겨났다. 그 중 한 가지가 의학기술에 대한 맹목적인 숭배이며, 그로 말미암은 인간의 기술에 의한 인간과 인간의 생명에 대한 가치 왜곡이다. 자연스런 노화과정을 반드시 치료받아야 할 질병으로 만들어 노인을 쓸모 없고 가치 없는 잉여인간으로 만드는 문화, 인간의 건강을 위하여 또 다른 인간의 생명을 끊고 그 시신을 분해·조립하는 것을 첨단의학기술의 쾌거라 미화하고 칭송하는 문화, 혹시 기형일 가능성 때문에 태아의 생명을 끊어버리는 것을 허용하는 문화……. 의료에 관한 소비자 주권 운동은 의학기술에 의해 만들어진 이런 왜곡된 문화에 저항하는 대항문화운동에서 출발하여야 한다.

의약분업시대의 소비자 주권 운동이란 것 또한 별다른 것이 아니다. 의사와 약사에 의해 일방적으로 규정된 약과 주사에 대한 문화를 바로잡는 것이고 시민사회의 이런 움직임 없이 의약분업이란 제도만으로 약물의 오남용은 결코 줄어들지 않는다.

의학기술의 발전으로 태아의 건강관리가 가능해졌고 태아의 질병을 조기 검진하는 것도 가능해졌다. 현대의학은 다운증후군 아이들을 이 세상에서 쓸모없는 인간으로 규정하고 세상 빛을 보지 못하도록 했다. 그 결과 다운증후군이 의심되는(아닐 수도 있는) 태아를 선별 낙태하는 것이 유행병처럼 퍼져나갔다. 그런데 의학에는 문외한인 다운증후군 아이들의 부모들에 의해 다운증후군 아이들은 천사로 다시 부활했다

(「천사가 되는 병을 아십니까」, 『매일신문』 2000.10.23 참조). 의료에 관한 소비자 주권 운동은 의학기술에 의해 왜곡된 인간과 생명의 가치를 바로잡는 가치전환 작업이어야 한다. 이것은 기술과 자본의 종속에서 스스로 헤어 나오지 못하고 있는 의사들을 견인해내는 가장 강력한 힘일 수도 있다.

(『당대비평』 2000년 겨울호)

의료전문가와 건강*

갈등의 뿌리

2000년 의약분업의 시행을 앞두고 수입 감소를 우려한 개업의사들의 단순한 불만에서 시작된 의사들의 집단행동이 대학병원의 응급실까지 걸어 잠근 채, 전공의와 대학병원의 교수들까지 가세함으로써 그 규모가 점차 확대되어 나가자 '의료'는 모든 언론매체의 주목을 받게 되었다. 의료에 대해서는 한치의 관심도 없을 것 같던 문학 계간지에서도 '의사'와 '의료계 파업사태'를 중요 기획기사로 다룰 정도였으니 의료계 파업사태가 몰고 온 파장이 어느 정도였는지는 충분히 짐작이 가고

---

* 이 글은 성명훈·전우택·천병철 엮음 『의료의 문화사회학』(몸과마음 2002), 멜빈 코너 『현대의학의 위기』(소의영 외 옮김, 사이언스북스 2001), 한스 게오르크 가다머 『철학자 가다머 현대의학을 말하다』(이유선 옮김, 몸과마음 2002), 이 세 권의 책에 대한 서평 형식의 글로 『녹색평론』 통권 제65호에 수록되었다.

도 남는다.

그러나 당시 온 국민의 관심은 하루빨리 의사들이 파업을 끝내고 진료실로 되돌아가게 만드는 것에 모아져 있었던 탓인지, 논의된 내용들은 대개 의사들의 주장을 지지·반박하는 내용이거나, 아니면 의사들의 직업윤리나 정부의 무능을 탓하는 수준을 벗어나지는 못했다. 의사들의 파업이 끝난 뒤, 파업의 빌미가 되었던 의약분업은 의사들의 집요한 반대로 삐걱거리고 있긴 하지만 시간이 지나면서 되돌릴 수 없는 대세로 정착이 되어가고 있는 듯하다.

하지만 '의료' 문제는 전혀 해결된 것이 없다. 의약분업이란 낯선 제도가 어렵게 시행이 되자마자 곧 보험재정 파탄이란 새로운 문제가 드러났고, 의사들은 실추된 권위를 회복하기 위한 방편의 하나로 정치 참여를 선언했다. 또 한쪽에서는 현대의학의 효능을 부정하고 대체의학에 관심을 가지는 사람들이 늘어가는가 하면, 생명공학자들의 현란한 손재주는 의학의 발전이 곧 인류의 행복이란 오랜 고정관념을 뿌리째 뒤흔드는 동기를 제공하고 있다.

분명한 것은 사회가 변화함에 따라 의술을 인술로 바라보던 전통의 가치관에 변화가 생겼고, 의사의 도덕성이 아니라 의료행위 자체에 대한 비판의식이 확산되면서 의사들은 이제 더 이상 의료의 부권주의(또는 간섭주의, paternalism)를 고집하기 어렵게 되었다는 것이다. 그러나 의사들은 의사의 의료행위는 비전문가들의 비판 대상이 될 수 없는 전문영역이므로 외부의 간섭을 결코 용납할 수 없으며, 의료행위는 곧 선(善)의 실천이므로 그에 합당한 예우와 보상을 받아야 한다고 주장하고 있다. 사회의 변화를 따라잡지 못하는 의사들의 이런 배타적 사고방식은 의료정책을 둘러싼 이익집단의 다툼 수준을 넘어 사회 전체와 갈등을 빚고 있다. 이 갈등은 단지 의사들의 이해관계를 조정한다고 해서 해결될 문제가 아니다.

의료의 본질

『의료의 문화사회학』이란 책은 어떤 면에서 의료와 무관한 사람들에게 지난 2000년도에 있었던 의료 대란의 원인을 좀 더 깊이 있게 들여다볼 수 있게 하는 책이다. 그래서 이 책은 2000년 의료계 파업사태의 연장선에서 바라볼 필요가 있다.

> (…) 타인의 고통에 관심을 가지고, 그것에 동참해주고, 그것을 나의 고통으로 함께 받아들이는 순간, 그 고통은 '의미'를 가지게 된다. 의료란 그런 '인간의 고통'에 손을 내밀어, 그 고통에 총체적으로 접근하는 인간의 의미를 향한 행위라 할 수 있다. 그것이 의료의 본질이다.
>
> — 『의료의 문화사회학』 25쪽

이 말을 누구나 동의할 수 있는 의료의 본질이라고 한다면 의료행위라고 이름 붙일 수 있는 영역은 한없이 넓어진다. 굶주림의 고통으로 우는 아이에게 젖을 물리는 어머니의 마음이나, 넘어져 무릎이 깨진 동생에게 치맛자락을 찢어 감싸주는 누나의 마음이야말로 진정으로 인간의 "고통에 총체적으로" 다가가는 의료의 본질이다.

하지만 지금 이 시대 의료행위는 의사들의 전유물이고, 고통의 해결

능력은 의사들만이 가지고 있는 것으로 믿고 있다. 그것은 의사들의 능력이 탁월해서라기보다는 의사들이 가지고 있는 지식은 '과학'에 근거하고 있고, 과학지식만이 '참'이라는 믿음이 지배하는 시대이기 때문이다. 그러나 '고통'이라는 개개인의 주관적 경험은 과학으로 정량 분석이 가능하지도 않으며, 질병이라는 개념 또한 "사회 속에 뿌리박혀 있는 사고방식과 신념체계에 의해서 창조"(『의료의 문화사회학』 193쪽)된 것이라면 인간의 고통을 해결하는 데 있어 과학에만 의존하고 있는 의학기술은 명백한 한계를 지닐 수밖에 없다.

그러나 의사들은 절대 이 한계를 인정하지 않는다. 이 한계를 보완하려는, 의학 이외의 어떤 시도도 비과학적인 것이기 때문에 무모한 짓이거나 "도대체 알 수 없는 개념"(같은 책, 102쪽)으로 매도한다. 그래서 환자들을 대할 때도 절대 "비과학적이고 비합리적인 생각을 용인"하지 않는다. 다만 "불친절한 병원이라는 기억을 국민들의 머릿속에" 남아있지 않도록 하기 위한 상업적 고려로서 "바둑의 고수가 하수에게 몇 점 접어" 주듯 "과학적이지 못한 환자"와 관계를 유지하는 것일 뿐이다(같은 책, 123~124쪽).

대신 의사들은 의학의 한계는 의학기술의 발전으로 충분히 극복 가능한 것으로 믿고 있다. 그들은 의사들만이 한계를 극복할 수 있는 의학지식을 가진 사람들이기에 그 누구도 훼손할 수 없는 권위가 있다고 생각한다. 그래서 "의료인의 사기가 저하되면 피해는 결국 국민과 환자에게 돌아갈 수밖에 없다는 사실을 정치인과 정책을 입안하는 관료, 무엇보다도 국민 모두가 알아야 한다"(같은 책, 126쪽)며 은근히 협박까지 하기도 한다.

하지만 의료에 있어 의사들이 가진 기술만능의 사고방식 때문에 의사 앞에 선 인간은 유전자 단위로 분해·조립할 수 있는 '대상'으로 전락했다. 기술만능의 의료는 환자의 고통을 배려하고 다독거려 줌으로써 환자 스스로 이겨낼 수 있는 힘을 길러주기보다는 가능한 모든 기술을 동원하여 고통을 제거하려 한다. 그것은 환자가 고통을 이겨내도록 하는 것이 아니라 고통을 잠시 은폐시켜 주는 것에 불과하다. 오히려 고통을 제거할 목적으로 인간의 몸에 융단폭격하듯 투입되는 의학기술은 그 자체가 고통이 되고 있다. 의사들이 비난받는 이유가 단지 너무 많은 수입을 가져가기 때문이 아니라 의료가 바로 고통의 원인이 되고 있기 때문임을 의사들은 애써 외면하고 있다.

그러나 사람들은 대안이 없다. 과학이 보다 나은 삶을 보장해 주리라는 기대가 마치 신앙처럼 되면서 태어나서 죽는 순간까지 삶의 모든 과정에 의술의 개입을 허용해왔다. 그 대가로 사람들은 스스로 건강을 다스릴 능력을 잃어버렸고, 심지어 편안하게 죽을 권리마저 박탈당했다. 그렇지만 이 책이 어떤 해결책을 제시하고 있는 것은 아니다. "외국의 경험들과 한국의 현실을 동시에 보여"만 주고 "독자들이 실마리를 스스로 발견하는 지혜를 발휘하라"고 할 뿐이다(같은 책, 302쪽). 오히려 독자들은 인간의 고통 곁에 늘 함께하기에 더할 나위 없이 "아름답고 숭고한 직업"을 가진 "당당한 의사"들이 땅에 떨어진 권위를 회복하기 위해 "이제는 말하고 행동해야 할 때"(같은 책, 130쪽)라고 부르짖는 대목에서 2000년 의사파업 당시의 공포를 기억하며 또 한 번 소름끼쳐 할지도 모른다.

현대 인간의 위기

지구상의 생명체 중에서 신체 방어능력이 가장 취약한 종은 인간이다. 대신 인간은 다른 생명체와는 달리 도구와 지식을 이용하여 여태껏 멸종의 위기를 넘기며 생명줄을 이어왔고, 그 길고 긴 생명의 역사는 갖가지 문화로 남아있다. 그런데 인간의 생명을 끝없이 이어갈 수 있게 했던 모든 도구와 지식들은 현대의학(서양의학)으로 '대체' 되면서 생명의 문화는 자취를 감추었고, 현대의학은 인간의 생사 여탈권을 거머쥘 수 있게 되었다.

이런 막강한 힘을 가진 현대의학이 만약 위기에 처해 있다면 그것은 의학을 업으로 삼는 의사들의 위기가 아니라 바로 모든 인간의 위기이다. 현대의학은 전염병을 정복함으로써 덧없이 죽어갔을 많은 생명을 구했고, 출산 기술로 산모와 영유아의 건강 수준을 높였으며, 평균 수명을 연장시켰고, 곧 암을 정복할 것이며, 인체 유전정보를 통해 수많은 난치병은 물론 인간의 한계인 늙음과 죽음까지도 예방하고, 무한정 유보시킬 수 있을 것이라는 믿음을 대중들에게 심어왔다. 대중들 또한 그 사실을 한치의 의심 없이 받아들이고 있다.

그런데 『현대의학의 위기』의 저자 멜빈 코너는 이런 대중들의 믿음을 여지없이 흔들어버리고 있고, 이 책을 끝까지 읽은 독자는 고대의 주술사들이 추는 춤에 환자들이 황홀경에 빠져 고통을 자각하지 못했듯이, 지금까지 '현대의학' 이란 주술사의 춤사위에 홀려 넋을 빼앗기고 있었다는 생각이 들 것이다.

의학은 우리의 문명을 대변하며, 오늘날 고도로 현대화된 기술문명사회를 사는 우리는 완벽함을 추구하게 되었다. 인류가 완벽함을 추구하면 할수록 완벽하지 못한 것에 대한 우리의 참을성은 줄어들게 된다. 하지만 인류가 아무리 노력해도 결코 선천적인 기형을 아주 없앨 수는 없을 것이다. 그럼에도 현대의학의 발달된 기술은 임신의 경험마저 변색시키고 있다.

—『현대의학의 위기』 170~171쪽

문명사회에서 고통은 참고 견뎌내거나 스스로 이겨내야 할 성질의 것이 아니며, 완벽하지 못한 몸을 가진 사람은 건강인의 범주에 들지 못한다. 완벽한 건강이 가능하리라는 믿음이 생기게 된 것은 "문명을 대변"하는 현대의학이 대중들에게 심어준 환상 때문이다. 완벽한 평화가 전쟁에 의해서 가능하리라는 믿음을 가진 미국 사람들이 온 지구촌에서 전쟁을 벌이는 것처럼, 의사들은 병원균과의 전쟁을 통해 완벽한 건강을 이루어 낼 수 있을 것이라 믿고 있다. 그렇기 때문에 의사들의 문화는 전쟁문화이며, 쓰는 말은 전쟁용어이다. 의학교육은 세상과 단절된 곳에서 은밀하게 이루어지는 특수 군사교육과 흡사하고, 병원의 질서와 조직체계는 군대의 조직과 하나 다를 바 없다. 불과 몇 해 전에 "암과의 전쟁"을 선포한 한국의 의사들이 최근에는 "비만과의 전쟁"을 선포했다. 의사들의 전쟁은 끝도 없이 이어지고 있지만 승전보가 들려온 적은 별로 없다.

의사들이 질병과의 무한 전쟁을 벌이는 동안 사람들은 완벽한 건강은커녕 "베이루트(의미도 없는 무자비한 공습) 수준의 의료 과실 시대에 살고"(『현대의학의 위기』 55쪽) 있고, 세계 최고의 병원인 존스 홉킨스의 사망률은 할렘 지역의 사망률과 비슷한 수준이다. 오히려 가난한 아시아의 변방, 방글라데시보다도 높다(같은 책, 97쪽).

고대 주술사의 신비함이 문명사회에 이르러서 현대의학의 신비함으로 대체된 것이 의료의 역사이기도 하다. 현대의학의 주술에 걸린 문명사회의 인간들은 "우리의 건강은 의료체계와 의사가 아닌 바로 우리 자신이 가장 잘 돌볼 수 있다"(같은 책, 29쪽)는 사실을 잊어버렸고, 무기력하게 건강에 관한 모든 권한을 현대의학에 위탁해버렸다. 그래서 환자는 물론 의사들까지도 "거의 신처럼 보이는 기술 앞에 나란히 겸손하게 서서 감사하고 있다"(같은 책, 40쪽). 그런데 그 현대의학이 위기에 빠짐으로써 문명사회의 인간은 그 이전의 시대 사람들이 결코 경험할 수 없었던 위기에 빠져있다.

문제는 사람들이 자신들의 안녕이 위기에 처해 있다는 사실을 알지 못하고 있다는 것과, "의사들이 자신들을 문제의 근본 원인과 관련이 없다고 생각하는 데 있다"(같은 책, 18쪽). 한국의 의사들은 오히려 "의사나 의료인의 희생 속에 높은 의료수준을 국민들이 누리고 있다는 측면을 간과"(『의료의 문화사회학』 117쪽)하지 말라며 다그치고 있지만, 유감스럽게도 우리 사회에서 의사들이 국민의 건강을 위해 어떤 희생을 치렀는지 기억하고 있는 사람은 없다.

의사들을 위한 변명

'문명사회'란 모든 것을 사고팔 수 있는 세상을 말하는지도 모른다.

"문명을 대변하는" 현대의학은 생명과 건강까지도 사고팔 수 있음을 증명하고 있다. 가난한 자의 콩팥이 부자의 건강을 위해 도려내어지고, 미색 출중한 여학생의 난자와 명석한 남학생의 정자가 시장에서 비싼 값에 팔려나간다. '건강'은 문명사회에서 최고의 부가가치를 지닌 상품이 되어 있다.

그러나 "의사는 건강을 위한 그 '무엇'을 만들어 팔 수 있는 사람이 아니"라는 철학자 가다머의 지적을 되새겨 볼 필요가 있다. 가다머는 의학의 영역에서 제작능력이란 "어떤 것을 재생 · 회복시키는 능력"인 관계로 "의사의 제작물이라고 할 만한 것은 결국 건강을 되찾는 것이기 때문에 의사의 것일 수 없으며, 처음부터 의사의 소유물일 수도 없"다고 말한다.(『현대의학을 말하다』 62쪽) 그렇다면 의학의 성공이란 어떤 의미일까?

> 의학적 영역에서 진정으로 성공하는 지점은, (의술의) 개입이 궁극적으로 잉여적이고 불필요한 지점이다.
>
> —『현대의학을 말하다』 66쪽

그러므로, "의사는 환자로 하여금 전적으로 자신에게 의존하도록 해서도 안 되고, 삶의 평형을 되찾는 데 방해가 될 수 있는 불필요한 식이요법이나 생활습관을 처방해서도"(같은 책, 74쪽) 안 되지만, 사람들은 의사들의 '전문성'에 전적으로 '의존'한 채 의사의 기술로 만든 '건강을 사기' 위해 시장으로 몰려든다. 그 시장에는 인간에 대한 애정이나 고통에 대한 연민은 만들어 팔지 않는다. 건강을 만들어 팔 재주가 없는 의사는 돌팔이처럼 도태되어 간다.

“살아있는 몸과 생명은 단순하게 측정할 수 없는 어떤 것”(같은 책, 213쪽) 임에도 과학의 객관성이 가진 위대한 힘은 건강한 몸과 건강한 생명까지도 객관적으로 측정하여 정의할 수 있게 되었고, 사람들은 “표준값에 기초해 구성된”(같은 책, 254쪽) 건강인의 범주에 속하기 위해 현대의학이 만들어 놓은 거대한 신전으로 몰려든다. “신이 죽고” 떠나간 자리를 현대의학이 차지하고 있는 것이다.

> 건강은 일반적으로 평안한 느낌이라는 상태로 자신을 드러낸다. 평안한 느낌이 우리가 새로운 것에 열려있고, 새로운 계획에 착수할 준비가 되어 있으며, 우리에게 주어진 부담과 긴장을 거의 눈치채지 못한 채 우리 자신을 잊는 것을 의미하는 곳에서 건강은 스스로를 드러낸다. 이것이 바로 건강이다. 건강이란 신체상의 모든 변화에 점점 더 관심을 기울이는 것도 아니고 예방 의약품을 열심히 복용하는 것도 아니다.
>
> —『현대의학을 말하다』 179쪽

가다머가 정의한 건강은 병원에서 찾을 수 있는 것이 아니다. 지금 우리가 살고 있는 삶의 양식들을 깊이 있게 반성해 보지 않는 한 흔적조차 찾을 수 없는 것이기도 하다. 이 시대에 잃어버린 건강이 어디 숨어 있는지, 백석의 짧은 시 한 토막에서 그 흔적을 찾아볼 수 있을지도 모르겠다.

> 병이 들면 풀밭으로 가서 풀을 뜯는 소는 人間보다 靈해서 열 걸음 안에 제 병을 낫게 할 藥이 있는 줄을 안다고

首陽山의 어늬 오래된 절에서 七十이 넘은 로장은 이런 이야기를 하며
치마자락의 山나물을 추었다

— 백석 「절간의 소 이야기」(『白石詩全集』, 창비 1987) 전문

(『녹색평론』 2002년 7-8월호)

생명공학의 실상과 허상

머리말

최근 사회 일각에서 생명공학에 대한 의미와 그 파장을 우려하는 목소리가 점차 커지고 있다. 반면에 생명공학자들은 생명공학은 인간복제를 하려는 것이 아니라 불치병을 치료하기 위한 기술일 뿐이며 생명공학이 현대의학의 추세인 만큼 학문의 국가경쟁력을 위해서라도 정부차원의 지원과 투자가 있어야 한다고 주장을 하고 있다. 지금 우리 사회에서 생명공학을 바라보는 시각은 독특하다. 그런 기술이 필요한 수요자가 있다는 사실 외에도 외화를 벌어들일 수 있는 첨단산업 중의 하나로 각광을 받고 있는 면도 있고, 경제위기라는 시대상황으로 선진국의 생명공학 산업체까지 진출할 수 있는 문호까지 열려있는 셈이다. 만약 생명공학이 만들어낼 의료상품에 대한 정확한 의미를 읽어내지 못하면 우리나라는 자칫 조작된 인간모형의 전시장이 될 가능성도 있다.

이와 관련하여 생명공학을 어느 수준에서 통제하기 위한 법령과 제도의 정비가 시급하다는 주장[1]도 있으나, 법으로 통제를 하기에 앞서서 과연 생명공학이 수요자를 포함한 사회 전체에 어떤 실익이 있을까를 판단하는 것이 우선일지도 모른다.[2] 만약 생명공학으로 개인은 물론 사회 전체의 편익을 높일 수 있는 것이라면 통제를 해야 될 아무런 이유가 없을 것이고, 사회 전체의 편익은 고사하고 수요자 개개인에게도 실익이 별로 없다면 수요 자체가 없을 것이므로 굳이 법의 힘을 빌리지 않더라도 자연 도태될 것이기 때문이다.

학문의 자유와 법

의학자들은 생명현상에 대해 자신들이 경험하고 관찰한 사실을 편견 없이 객관적으로 전달하는 것을 사명으로 생각하고 있는 사람들이다. 그것은 의학자들이 학문을 하는 방법인 이상, 학문의 결과를 악용하여 나타날 수 있는 바람직하지 않은 결과를 미리 예상하고 법으로 통제하려는 것은 학문의 자유를 침해하는 것이 된다. 그러나 학문의 결과가 한 사회의 보편적인 규범을 뒤흔들 수 있는 파괴력을 가진 것이라면 사회구성원간의 합의에 따라 이를 어느 수준에서 통제할 필요는 있다. 그런데 생명공학과 관련된 법은, 한 인간을 판박이처럼 복사하려는 것이

---

1 구영모 「'복사' 되는 인간? — 생명 복제 기술의 의미를 묻는다」, 『당대비평』 1999년 여름호.

2 이 글에 대한 반론으로 김상득 「누구를, 무엇을 위한 생명공학인가?」, 『당대비평』 1999년 가을호 참조.

나 완전한 인간으로 성장가능한 배아를 도구로 이용하려는 것을 막겠다는 것이지 학문 자체를 통제하려는 것은 아닐 것이고 통제할 수도 없다. 게다가 법은 불변의 진리도 아니며 권력의 의지와 여론에 따라 얼마든지 개정될 수 있기 때문에 법만으로는 생명공학의 역기능에 대한 안전망이 갖추어진 것이라고 할 수는 없을 것이다. 오히려 법이 제정됨으로써 지금까지 상식과 사회통념에 의해 통제되어왔던 의학자들의 운신의 폭을 넓혀 줄 가능성도 있다. 한편 공리주의의 윤리관에서 볼 때 생명공학의 효용은 충분한 가치가 있으므로 그것을 무조건 통제하려는 것은 옳지 못하며 진료의 대상이나 수단의 결정은 의사들에게 맡기자는 견해도 있다.[3]

그러나 이런 주장이 설득력을 가지려면 먼저 의사들이 투철한 윤리관을 갖추고 가치중립을 지키는 전문직능인이라는 전제가 있어야 한다. 아인슈타인은 경제적으로 자립할 수 있는 과학자는 없다고 했다. 의학자들의 비상한 두뇌를 움직이게 하는 것은 수요자들의 욕구보다는 생명산업을 이끌어가고 있는 자본이다. 자본을 지원한 쪽은 인류의 건강보다는 이윤창출을 우선으로 생각할 것이다. 따라서 연구기금의 공익성이 보장되지 않은 한 생명공학자들은 자본의 논리로부터 결코 자유로울 수 없는 한계가 있다.

인간의 완전한 복제는 불가능하다. 인간은 유전자의 지령에 따라 움직이는 피동적인 존재가 아니며 유전자 정보만으로 인간 개개인의 정체성을 설명할 수도 없다. 인간의 몸만으로 인간 자체가 완성되는 것은

---

3 김영진 「유전공학과 윤리적 문제」, 『철학과 현실』 1998년 겨울호.

아니다. 만약 생명공학의 기술로 인간의 복제가 가능하리라는 의구심을 가진다면 인간을 유전자의 지령을 받아 움직이는 물질로 보는 의학자들의 편협한 시각에 동조하는 것이 된다. 인간을 인간이게 하는 것은 몸만이 아니라 얼[4]이 있다는 것이고, 인간의 얼을 조작할 수 있는 기술개발은 불가능하다. 의학자들 역시 인간복제가 가능하지 않음은 물론 학문의 목표가 인간복제를 지향하는 것도 아니라고 주장한다. 결국 생명공학자들이 추구하는 목표는 인간의 몸을 상품으로 만들어내는 것이다. 생명공학과 관련된 논쟁이 인간복제라는, 실현이 불가능한 가상의 사실에만 계속 매달려 있는 동안, 동식물의 유전자 조작을 통한 의료상품은 물론 식품까지 우리 생활의 일부분이 되고 있다는 사실은 무시되어 왔다. 따라서 생명공학과 관련된 논쟁은 미래의 문제가 아니라 이미 현실에 존재하는 문제라는 전제에서 출발하여야 한다. 생명공학은 인간과 생명의 가치를 왜곡시킴으로써 수요를 창출하는 특성이 있기 때문에 순기능보다는 역기능이 더 많을 수밖에 없다. 벌써 우리 사회에서 키 작은 사람이나 뚱뚱한 사람들을 열등한 존재로 만들어 첨단기술이 시술되고 있는 의료기관으로 내몰고 있는 것이나, 미국에서 암발생 유전자를 가진 사람이 취업이나 보험에서 불이익을 받고 있는 것

4 세포생물학에서 인간 개개인의 정체성을 설명하는 것은 학습에 따른 기억이다. 이것을 인간의 정신(psyche) 또는 의식(mentality)으로 표현할 수 있는데, 정신 또는 의식을 포괄할 수 있는 우리말이 '얼'이다. "반복되는 학습"으로 자극을 받은 뇌세포는 가소성(neuroplasticity)이 있어 뇌세포를 연결하는 시냅스의 변화가 생긴다. 계산상으로 대뇌피질에만 100억 개가 넘는 뇌세포가 있고, 개개인의 학습과 기억에 의해 생긴 시냅스의 변화와 그 수를 인간의 능력으로는 확인할 수도 없고 조작하여 동일하게 만들어낼 수도 없다. Eric R Kandel, "Cellular Mechanisms of Learning and The Biological basis of Individualtiy," *Principles of Neurological Science*, 3rd Ed. Elsvier 참조.

은 엄연한 현실이다. 이런 현상들은 결코 법으로 통제될 수 있는 성격이 아니다.

생명공학 — 은폐된 진실

생명공학의 가치는 불치병의 치료, 불임부부의 자녀문제 해결, 그리고 장기복제를 통한 장기수급의 불균형 해소로 압축할 수 있다. 이런 생명공학의 유용성에도 불구하고 계층간의 불평등이나 생태계 파괴로 인간 종의 멸종을 초래할 수 있다는 반론들이 제기되고 있지만, 이런 위험은 고통을 받는 나 또는 내 가족과는 무관한, 잠재된 위험에 불과한 것이다. 반대론자들이 이들의 고통을 해소할 수 있는 대안을 제시하지 못하는 한 생명공학자들의 명분이 우월한 위치를 차지하게 된다. 그러나 적어도 이런 논쟁 자체가 의미가 있으려면 생명공학으로 개발한 기술로 난치병이 완치될 수 있다는 과학적인 근거가 있어야 한다. 유감스럽게도 그런 근거는 불확실하다.

생명공학이 개발한 치료법은 대개 동물들을 대상으로 한 실험결과를 토대로 만들어진 것이다. 실험을 통해 얻은 지식은 보통의 경험에서 얻은 지식과는 성격이 다르다. 실험은 목표로 하는 결과를 얻기 위해 실험자의 의도가 개입되는 특성을 가지고 있다. 따라서 실험을 통해 얻은 지식이 객관성을 가지기 위해서는 그 실험이 동일한 조건에서 재현이 가능해야 하고 통계학적으로 의미가 있어야 한다. 그러나 생명공학과 관련된 실험은 실험의 특성상 통계학적 의미를 가질 수 있는 모집단의 수를 충분히 확보할 수 없는 한계가 있다. 그리고 통계수치상으로 효과가 있을 것이라는 결과를 얻었다 하더라도 주변의 환경과 격리된 실험실에서 사람의 손으로 조작된 질병모델이 실제 사람들이 살아가는 과정에서 다양한 환경요인에 노출됨으로써 발생하는 질병의 성격과 동일할 수는 없다. 따라서 실험동물에게서 효능이 입증된 기술이라 하더라도 인간에게 적용되었을 때 나타날 수 있는 결과에 대해서는 어떤 예측도 할 수가 없다. 이것은 효과가 있을 것이라는 실험자의 주관에 기대어 도박을 하는 것에 불과하다.

불임부부의 문제는 또 다른 측면에서 접근해야 한다. 지구상의 인구는 인류의 역사가 시작된 이래로 한 번도 감소하지 않고 꾸준히 증가해왔고 2050년이 되면 전세계 인구는 100억을 넘어설 것이라는 예상도 있다. 그럼에도 불임클리닉이 한국에서만 100개 이상이 성업 중(1999년 현재)이라는 것은 무엇을 뜻하는가? 의학기술을 비롯한 문명의 수준이 뒤쳐진 후진국에서는 오히려 인구증가율이 사회문제가 되고 있는 반면 선진국에서 불임부부가 늘고 있다는 것은 우리가 자랑하는 문명이 토해낸 쓰레기로 말미암아 인간의 종족보존 능력이 급격하게 감소하고 있다는 반증이고, 이것은 인간 종의 멸종을 알리는 전주곡이라고 보아야 한다. 복제인간을 통해 불임부부의 자녀문제를 해결하겠다는 발상은 지금 세대의 인간이 지구상에 존재하는 마지막 인간이라고 선언하는 것과 다름없다.

질병에 관한 세균이론과 뒤따라 나온 항생제의 개발로 인간은 세균과의 전쟁에서 승리한 것으로 믿었고 곧 인간이 질병을 완전히 통제할 수 있을 것으로 알고 있었다. 그러나 페니실린이 개발된 지 백 년이 채 안 된 지금 미생물과의 전쟁에서 인간이 승리할 가능성은 점점 더 멀어져가고 있는 것 같다. 살균력이 보강된 항생제가 꾸준히 개발되어 왔음에도 이제는 어떤 항생제에도 저항할 능력이 있는 슈퍼박테리아가 출현했는가 하면, 변종 바이러스의 진화 속도는 항상 인간의 연구 속도를 능가하고 있다. 이미 세균 감염으로부터 인간을 보호할 수 있는 마지막 수단이 무력해짐으로써 수술 자체가 불가능한 상황이 올 수도 있는 상황에서 장기의 대량공급이란 것이 무슨 의미가 있을까? 이런 현상을 보고 우리는 인간의 삶에 있어 지나친 의료기술의 개입은 오히려 인간에게 또 다른 재앙이 될 수도 있다는 경고로 받아들여야 한다.

생명공학의 가치와 효용은 과대포장되어 있다. 복제기술로 태어난 동물들에 대해 어김없이 '세계 최초', '국내 최초'라는 수식어가 붙는 이유는 발견과 개발의 순서로 서열을 결정하는 의학계 내부의 생존경쟁에서 살아남기 위한 의학자들의 자구책임을 반영하는 것이다. 결코 세계 최초로 난치병 환자가 치료될 수 있음을 의미하는 것은 아니다. 생명공학자들의 진실은 환자의 고통 해소라는 명분 뒤에 철저하게 은폐되어 있고, 한 마리의 불쌍한 복제동물이 태어났을 때 우리는 그 화려한 기술에 찬사를 보내고 있지만 그 과정에서 얼마나 많은 생명체가 실험실의 쓰레기통에 버려졌을 것인가에 대해서는 아무런 관심을 가지고 있지 않다.

생명공학의 환상과 거품

지금까지 역대 정부는 우리나라 의료문제를 정부 재정지출은 최대한 억제하면서 민간자본을 통한 의료의 무한 공급을 통해 해결해 왔다. 한

마디로 무정부적 의료 공급으로 무정부적인 낭비구조를 만들어낸 것이다. 또 한편 정부는 대학병원들을 연구와 교육의 수준보다는 첨단장비, 첨단시술 그리고 서비스 수준으로 평가하는 제도를 도입하여 의료기관 간의 무한경쟁을 촉발시켰다. 우리나라는 종합병원과 1차 병원 사이의 역할 분담이 없는 자유경쟁체제에 있다. 대학병원들의 무분별한 시설 투자로 1차 병의원은 급속한 몰락의 길을 걷거나 살아남기 위하여 대학병원에 버금가는 시설과 장비를 갖추고 대응을 해 왔다.

시설과 장비의 차별성이 없어졌을 때 장기이식이나 생명공학과 같은 첨단시술이 병원의 수준을 가늠하는 척도가 되기 때문에 경쟁하듯 생명공학에 매달리게 된다. 그 성과물은 한결같이 '획기적'이라는 수식어를 달고 언론에 의해 소개되고, 국민들은 그 결과가 단지 실험동물을 대상으로 한 실험결과일 뿐 아직 사람에게는 적용해 보지도 않았고 제품으로 개발조차 되지 않았음에도 내일이라도 당장 불치병을 치료할 수 있으리라는 착각에 사로잡히게 된다. 이런 결과물이 학회보다는 언론에 의해 먼저 보도되는 이유는, 언론에 보도되었다는 사실 하나만으로도 최고의 광고효과를 얻을 수 있고 기자가 쓴 기사인 관계로 의료법 위반의 시비에 휘말릴 걱정도 없기 때문이다. 또 학회에서 발표를 할 때처럼 예상할 수 있는 부작용에 대해 소명을 해야 할 성가신 절차를 거칠 필요도 없다. 과정이야 어떻든 간에 이런 생명공학의 발전으로 필요한 사람에게 혜택이 돌아갈 수 있다면 다행이겠지만 현실은 그렇지 않다.

"젊게 사세요"라는 제목으로 미국의 한 생명공학기업을 소개하는 신문기사[5]에서 우리는 생명공학산업체의 실상을 조금은 이해할 수 있다.

기사 내용은, 이 회사가 노화 관련 질환과 암을 치료할 수 있는 '획기적'인 약품을 개발하여 인간의 영생을 가능케 하리라는 것이다. 그런데 약품의 효능은 제쳐두고서라도 개발 가능성조차 아직은 불확실하다. 그러나 기자는 "냉철하게 이윤만 추구하는 월스트리트 투자자들이 이 회사에 대한 투자에 인색하지 않은 것"과 "2년 전 5달러에 불과하던 이 회사의 주가가 최근 두 배가 넘는 11달러를 오르내리고 있는 것"이 노화 정복을 목표로 하는 이 회사의 장래가 밝은 증거라 했다. 기업의 장래가 밝은 것과 인간의 불로장생의 가능성이 밝다는 것과는 전혀 무관하다. 이 회사는 약도 개발되지 않은 상태에서 이미 엄청난 수익을 올렸다.

우리나라에서는 유전자 형질전환 염소 메디가 젖을 생산하기 시작하여 백혈병 치료제가 대량생산이 가능하게 되었다며 언론의 찬사를 한 몸에 받았다.[6] 아직 약품이 생산되기까지에는 몇 년이 더 걸릴지 아무도 모른다. 백혈병 환자와 그 가족들이 그들의 소망을 담아 주식투자에 나서지는 않을 것이다. 생명공학과 같은 첨단의학기술은 대학병원의 경쟁력 확보를 위한 수단으로 남용되고 있고, 언론은 이에 대한 냉정한 가치판단을 할 수 있는 이성을 마비시키고 있다. 정부는, 국민 전체의 건강 수준을 높이는 가장 중요한 것은 의료의 수준이 아니라 의료자원의 공정한 분배라는 인식의 전환이 필요하다. 이 부분은 수요자들의 인식 또한 중요한 역할을 담당한다. 최고와 최대만을 지향하는 수요자의

5 「"젊게 사세요" 미 생명공학회사 제론」, 『한겨레』 1999.1.8.
6 「흑염소 메디의 '황금젖'」, 『동아일보』 1999.5.13.

인식이 변하지 않는 한 첨단의료의 수요는 줄어들지 않고 생명공학의 영역은 점점 넓어진다. 첨단의료는 결코 최고의 의료가 될 수는 없다. 오늘의 첨단의료가 내일에는 엄청난 오류가 확인된 구식의료가 될 수 있기 때문이다.

가치의 전환

생명공학기술은 우리나라 의료인의 탁월한 직업의식과 능력에 의해서 개발된 기술이 아니다. 그것은 소수의 의료엘리트가 받아들인 서구 선진국의 기술이고 그 나라의 가치관과 질병관, 인간관을 토대로 만들어진 기술이다. 따라서 생명공학기술이 안고 있는 문제는, 그 기술 자체가 가지고 있는 위험보다는 소수의 의료엘리트가 받아들인 인간과 인간의 몸에 대한 서구식 가치를 대다수 사람들로 하여금 비판 없이 추종하게 만들고 전통의 가치가 지닌 긍정적인 힘을 무력하게 만드는 데 있다.

알츠하이머 병은 우리들에게 그렇게 낯선 병이 아니다. 이른바 노망이라고 불렀던 노환 중의 하나로 지난 시절에 이 병에 걸린 노인들은 보호하고 보살펴야 하는 대상이었지만 지금은 반드시 치료를 해야 하고 안 되면 격리시켜야 할 대상이 되고 말았다. 나아가 생명공학자들은 곧 노화기전이 밝혀지면 인간의 수명이 무한연장이 될 수 있다고들 한다. 이것은 경험과 경륜을 상징하고 존경과 모심의 대상이었던 '노년'에 대한 전통의 가치를 잃어버리고 '늙음'을 부끄럽고 치료해야 할 질병으로 만들어버리는 것이다. 이것이 이 시대 사람들에게 주입하고 있는 생명공학의 이데올로기이며 생명공학이 가지고 있는 최고의 역기능이다. 기형이나 유전병을 바라보는 주변의 시각 교정이 절실한 것이지, 기술로서 이들을 정상인의 반열에 올려놓겠다는 발상은 생명체로서 이들이 가지고 있는 최소한의 가치마저 철저하게 짓밟아버리는 것이 된다. 정상이라는 것의 기준은 무엇인가? 만약 유전병을 앓고 있는 이들의 몸이 기형이라면 이들의 몸을 유전자 조작으로 바로잡겠다는 발상을 가진 자는 사고가 기형인 것이다.

한계와 오류를 극복하고자 하는 인간의 의지가 기술문명을 이룩했고 오늘의 의학기술의 토대가 되었음은 사실이다. 그러나 의학기술의 발전이 곧 건강수준의 향상이란 등식이 성립되지 않았다는 냉철한 반성이 뒤따라야 한다. 기술문명의 뒤켠에 쌓인 문명의 쓰레기가 인간의 생명을 잠식해 들어오고 있는 것이 지금의 인류가 처한 위기이기도 하다. 환경요인에 의해 생긴 질병에 대해서 그렇게 요란하게 떠드는 첨단의학도 아무런 대책을 가지고 있지 않다. 지난 시대보다 의학기술이 발전했고 그로 인해 사람들의 건강수준이 높아졌다면 한 사회에서 가동할 수 있는 병상의 수는 줄어들어야 하는 것이 이치에 맞다. 그런데 지난 시절에 비해 병상 수가 얼마나 늘어났는지는 비교조차 하기 힘들고 병상수가 늘어난 만큼 의료에 대한 만족이 높아진 것도 아니다.

머지않은 장래에 인간을 괴롭혀왔던 암이 정복되고 수명이 무한해질 것이라는 인간의 허황된 환상 속에서 성장하고 있는 생명공학은 지난 시절 가난과 불결의 상징이었던 전염병들이 다시 창궐하고 있는 현실은 외면한다. 사람은 태어나서 죽을 때까지 질병이라는 원치 않는 과정을 반드시 겪게 된다. 질병에 걸렸을 때 누구나 원상회복이 가능한 치유수단을 구하려 한다. 그런데 원상회복이라는 그 자체가 있을 수 없는 일이다. 인간은 변화무상한 공간과 시간의 연속선상에서 끊임없이 변화하는 존재이고 그렇기 때문에 어제의 나와 오늘의 나 그리고 내일의 내 모습이 다를진대 어떻게 원상회복이 될 수 있을까? 치유란 가치의 전환을 통해 새로운 삶의 규범을 만들어내는 작업이며, 의술은 그런 삶의 지혜를 가르치는 기술이다. 여기에 생명공학기술이 개입될 여지는 없다.

맺는 말

생명공학의 기술이라는 것은 의학자들의 관심에서 만들어진 기술이고 그런 기술이 반드시 현실에서 쓸모 있고 가치 있는 것이라는 등식은 성립되지 않는다. 만약 생명공학의 기술이 수요자의 입장에서 쓸모없는 것이라면 굳이 법을 통한 통제를 할 필요조차 없다. 문제는 생명공학의 기술이 쓸모 있고 유용한 것이라는 왜곡된 가치를 만들어 불필요한 수요를 부추김으로써 이익을 얻는 집단이 있다는 것이다. 그 이익은 단지 소수의 이익에 그칠 뿐 대다수 사람들은 엄청난 재앙을 겪을 수도 있다는 것이 생명공학이 가지고 있는 양면성이다.

생명공학의 기술이 유용하다는 것은 아직 가정의 차원에서 머물고 있다. 그 유용성은 한 번도 검증된 적이 없다. 그래서 더욱 위험한 것이다. 생명공학의 재앙으로부터 인간사회를 온전히 보존하기 위해서는 생명공학자들의 손에 독점되어 있는 생명의 가치를 새롭게 정립하여 불필요한 수요를 차단하여야 한다. 수요가 없는 곳에 자본이 흐르지는 않는다. 생명의 가치를 다듬는 것은 법으로 가능한 일이 아니다. 그 작업은 종교, 그리고 철학을 비롯한 인문학계의 몫으로 돌아가야 될지도 모른다. 삶과 죽음에 대한 철학이 없는 곳에서 생명공학을 키우는 토양이 싹트기 때문이다.

(『당대비평』 1999년 가을호)

생명과 안전의 도시는 가능한가*

— 2003. 2. 18. 대구지하철참사, 100일째의 기억

그날 이후

우방국들의 대통령까지 서로 앞을 다투어 조문을 보내올 정도로 온 세계의 관심을 모았던 '대구지하철참사'는 시간이 흐르면서 '대구'만의 문제로 남게 되었다. 그날(2003년 2월 18일)로부터 100일이 지난 지금, 무엇이 해결되었고 무엇이 달라졌는가? 여기저기서 대구가 절망의 도시로 변했다는 아우성만 들릴 뿐, 미래로 나아갈 한 뼘의 빛조차 찾을 수 없는 어둠 속에 여전히 갇혀있는 듯하다.

한순간에 수백 명의 생명을 삼켜버린 지옥의 공간은 아직도 시커먼 잿빛으로 뒤덮여 있는데 시간이 몰고 오는 망각의 힘은 점점 더 위력을

---

* 이 글은 2003년 5월 27일 대구지하철참사 100일째 되던 날, 참언론대구시민연대와 대구경북 인도주의실천의사협의회가 공동주최한 '대구지하철참사 추모토론회'에서 발표된 기조발제문을 수정·보완한 것이다.

발휘하고 있다. 그날의 비명소리와 절규가 귓전에서 희미해질수록 해결되지 않은 그 '무엇'이 사람들의 가슴을 무겁게 짓누르고 있다. 그러나 사람들은 해결되어야 할 과제인 그 '무엇'이 정녕 무엇인지를 명쾌하게 지목하지 못하고 있다. 그에 대한 해답을 지역의 한 언론이 사설에서 분명하게 밝히고 있다.

"이 큰일에 아무도 책임을 안 져?"[1]

눈가에는 분노가 이글거리며 누군가에게 불호령을 내리는 듯한 이 말은 지하철참사와 관련하여 시정 책임자에게 면죄부를 준 검찰의 결정을 보고 한 말이 아니다. 화물대란[2]의 책임을 지고 사퇴의사를 밝힌 건교부 장관의 사표를 반려한 총리실과 청와대 비서실을 향해 내던진 말이다. 사설의 주장은 한치의 빈틈을 찾을 수 없을 만큼 단호하다. "시스템이 없어서가 아니라 책임자들의 대처능력에 문제가 있어서였다. 사태 예측과 판단의 실수, 사후의 면피 행보들을 보면 곧바로 정답이 나온다."

대구지하철참사 또한 시스템이 없어서가 아니었다. "책임자들의 대처능력에 문제"가 있었던 것은 물론 "사태 예측과 판단의 실수, 사후 면피 행보"들이 대구 사람들을 절망에 빠뜨리게 만들었던 것이고, 대구를

1 사설 「이 큰일에 아무도 책임을 안 져?」, 『매일신문』 2003.5.10 .

2 2003년 5월 2일 포항철강공단을 시작으로 부산항, 광양항, 의왕 내륙컨테이너기지 등으로 확산되었던 화물연대의 파업을 말한다. 이 화물연대의 파업은 약 2주간 지속되었다.

절망의 도시로 만들었던 것이다. 그러나 2003년 2월 18일 이후 100일 동안 지역의 언론은 "곧바로 정답이 나"와 있는 이 문제에 대해서는 철저하게 눈을 감았다.[3] 시장 퇴진을 요구하는 시민들의 주장에 대해서는 중앙정부와 정치권의 음모라고 몰아부치며 시장을 감싸돌았다. 대신 "옷 벗을 각오로 남은 수습에 전력투구"하라며 격려할 뿐이었다.[4]

대구지하철참사! 이보다 더 '큰일'이 있을 수 있는지 우리는 알지 못한다. 이만큼 큰일에 책임을 지는 사람이 없어도 되는지는 더더욱 이해하지 못한다. 한 발 물러서서 생각해보면 시정 책임자의 퇴진을 요구하는 목소리가 다분히 감정에 치우친 주장일 수도 있고, 대형참사 때마다 희생양을 만들어 사태수습을 하려는 정치권의 음모라고 볼 수도 있다. 하지만 화물대란과 관련해서는 주무 장관의 사퇴가 "곧바로 정답"이라면서 왜 대구지하철참사에서는 이 정답이 적용되어서는 안 되는지 이해하기 어렵다.

사실 누가 물러나고 말고 하는 것은 중요한 문제가 아닐 수도 있다. 문제의 핵심은 사태의 수습과 사후대책이 진행되는 일련의 과정에서 우리는 아무런 전망을 가질 수 없었다는 것이다. 지하철의 완벽한 복구와 재개통, 철저한 안전시설의 확보라는 기초적인 과제조차 이미 대구가 가진 능력을 벗어나 있는 듯하다. 그렇다면 대구가 책임을 지고 해결해야 할 일은 해결되었는가, 또 해결될 전망은 있는가? 해결될 전망

---

3 지하철참사와 관련된 지역언론의 보도 태도에 대해서는 김진국 「시간이 정지된 도시, 대구의 풍경」, 『인물과 사상』 2003년 5월호 참조.

4 사설 「사고수습 대구시엔 못 맡기겠다」, 『매일신문』 2003.2.26.

도 없고, 논의조차 이루어지지 않고 있다면 대구의 시정에 대해서는 “곧바로 정답이 나”와 있다고 보아야 한다. 그런데 실천이 되지 않고 있다. 잘못된 지방분권은 어떤 결과를 불러올 것인가? 책임은 없고 단체장이 권한만 챙기는 꼴이 되지 않을까 우려스럽다.

의료보장체계와 응급구난체계

대구지하철참사의 원인을 제공한 방화범은 뇌졸중을 앓은 지체장애인으로 알려져 있고, 신체장애로 말미암아 사회로부터 소외된 데 따른 불특정인에 대한 적개심이 결국 대규모 참사로 이어지는 행동을 저지르게 하였다고 한다. 그렇다면 우리는 이 사건을 단지 한 개인의 비뚤어진 인성 탓으로 돌리고 그를 단죄하는 것만으로 사태가 해결되었다고 생각할 수 있을까?

현재 우리나라에서 발생하는 질병 중에서 뇌졸중은 성인 사망의 제일 큰 원인이 되고 있고, 사망하지 않는다 하더라도 노동력을 완전 상실할 만큼 큰 후유증을 남기는 질병이지만, 특단의 예방대책도 없고 시간이 갈수록 발병 연령마저 낮아지고 있다. 게다가 현재의 사회구조나 생활습성 자체가 뇌졸중과 같은 중증질환의 원인이 되고 있으며, 교통사고를 비롯한 재난이 끊이지 않아 후천성 장애인이 급격하게 늘어나고 있다. 누구든 한순간에 장애인이 될 수 있는 세상에 살고 있지만, 우리 사회에 장애인을 위한 대책이란 건 아예 없는 것이나 마찬가지 수준이다. 그리고 복잡한 현대사회의 질서에 적응하지 못하거나 그 스트레스를 이기지 못한 정신질환자들은 치료시설이 부족할 정도로 넘쳐나고 있다.

한편 외환위기 이후 단기 현상으로 간주했던 노숙자 문제는 이제 이 시대를 상징하는 일상 풍경이 되어 있고, 일자리 부족현상이 길어지면서 노숙자는 더욱 늘어갈 추세이다. 또 전통의 가족 개념이 해체되면서 노약자들은 쪽방과 같은 도시의 한 귀퉁이에 방치되고 있으며, 장애를 가진 아이들이나 극빈층의 아이들은 버려지기까지 하고 있는 실정이다. 하지만 이들은 사회로부터 아무런 보호를 받지 못하고 있으며, 기껏해야 사회단체의 자선이나 자원봉사자들의 봉사활동에 의존하고 있을 뿐이다.

의료보험제도를 비롯한 사회보장체계가 사회보장제도로써 전혀 기능을 하지 못할 만큼 열악하지만, 제도의 개혁은 정권 차원의 정책에 의해 결정될 문제여서 지방정부의 역할은 한계가 있을 수밖에 없다. 그러나 '지방 분권'에 사활을 걸다시피 하는 지방자치단체장들이 지역 주민들의 사회보장에 대해서는 아무런 청사진도 철학도 없다면 이는 책임은 못 지겠고, 권한만 더 챙기겠다는 염치없는 발상이라고 볼 수밖에 없을 것이다.

장애인이나 사회적 약자를 사회가 보호해야 한다는 것은 지극히 추상적인 인도주의 정신 때문만은 아니다. 사실 경쟁에서 밀려나온 사회의 약자들이 그들의 좌절과 절망을 견디다 못해 분신, 자살, 방화와 같은 극단적인 선택을 해온 것이 어제오늘의 일은 아니다. 하지만 대구지하철참사와 같이 규모가 크지 않은 사건에는 아무도 관심을 가지지 않았다. 대구지하철참사 이후 지역의 정치인이나 언론은 한 목소리로 참사의 원인을 DJ 정권이 대구를 차별하여 예산 배정에서 홀대를 했기 때문이라고 주장하며 대구 지하철을 정부가 떠맡을 것을 요구했다. 반면에 장애인을 비롯한 사회적 약자들이 안고 있는 문제를 어떻게 해결할 것인지에 대해서는 모두가 침묵으로 일관했다. 지하철의 안전 시스템 구축과 완벽한 복구보다도 더 중요한 문제가 지역사회의 소외계층들을 사회의 구성원으로 통합할 수 있는 지역단위의 정책을 만드는 것일지도 모른다.

대구지하철참사와 관련된 또 한 가지 문제는 응급구난체계이다. 인구가 밀집된 대도시는 언제나 대형참사가 예고되어 있다고 할 만큼 위험이 사방에 깔려있다. 그러므로 지역 주민의 재산과 안녕을 책임져야 할 지방자치단체장은 당연히 대형참사에 대비한 응급구난체계를 반드시 마련하고 있어야 한다. 그러나 참사 대응과정에서 응급구난체계가 제대로 기능을 했는지 묻지 않을 수 없다. 더군다나 대구는 이미 8년 전에 상인동 가스폭발사고로 비슷한 유형의 대형참사를 경험한 도시임에도 달라진 것이 하나도 없었다. 사상자를 실어 나르는 구급차들이 어느 병원에서 온 차들인지, 사상자들은 어디로 실려 갔는지 아무도 알 수 없는 혼란 상태는 8년 전과 똑같이 반복되었고, 가족들은 발을 동동 구르며 이 병원, 저 병원을 쫓아다녀야 했다. 이런 상황에서 대책을 세워야 할 책임자들이 사망자는 물론이고 부상자의 규모나 그 실태에 관한 현황 파악을 할 수 없는 것은 당연한 일일 것이다. 그러나 현황 파악이 늦어진 책임을 지역의 국회의원들은 중앙정부에 떠넘겨버렸다.[5]

응급구난체계와 관련된 제도와 정책의 결정 권한 또한 중앙정부에

5 「국회소위 참석 복지부 차관, 부상자 현황조차 파악 못해」, 『매일신문』 2003.3.18.

독점되어 있어 지방자치단체의 행정력에 한계가 있다고 변명할 수도 있을 것이다. 하지만 응급구난체계는 정책의 문제가 아니라 자치단체장의 의지가 더 큰 비중을 차지한다. 대구시는 2003년 5월 7일 경북대병원을 비롯한 대구경북 지역 25개 병원을 '대구 유니버시아드대회' 선수촌 공식지정병원으로 지정하고 각종 경기장과 행사장의 의무지원, 약물검사와 같은 업무지원을 하도록 했다. 국제대회 준비과정에서 외국인을 위해서는 이렇게 발 빠르게 대응하면서 정작 대구 시민을 위한 응급구난체계에 대해서는 엄청난 참사(상인동 가스폭발사고)를 겪고서도 8년간 무대책으로 일관해 왔다는 사실이 이번 대구지하철참사 대응과정에서 드러난 셈이다.

안전시스템과 시민사회

대구지하철참사가 일어난 뒤 지역의 언론사 주필은 울리히 벡[6]이 저술한 『위험사회』란 책을 인용하면서 위험사회는 권력과 권한이 상층부에 집중되어 있어 생긴 현상이라고 했다.[7] 지하철참사 또한 중앙통제시스템에 모든 권한이 집중되어 있고, 정작 전동차 기관사는 "중앙통제실에서 하라는 대로만 하는 로봇 수준에 불과했기 때문"에 대형참사로 이어질 수밖에 없었다면서 위험사회의 위험 분산을 위해서라도 일선으로 권한의 이행이 필요하다고 했다. 지하철참사를 빌미로 지방분권의 당

---

6 울리히 벡 『위험사회 — 새로운 근대(성)를 향하여』, 홍성태 옮김, 새물결 1999.
7 계산포럼 「'위험사회'와 위험의식」, 『매일신문』 2003.3.4.

위성을 주장하면서 은근히 기관사의 자질론을 들먹이고 있다. 검찰 역시 기관사의 자질론에 더 비중을 두었는지 그 엄청난 참사의 책임으로 지역 언론사의 주필이 "로봇 수준"에 불과하다고 평가한 기관사에게 모든 책임을 떠넘기고 말았다.

시대와 공간을 초월해서 '위험'은 인간에게 늘 있어 왔던 것이다. 인간이 문명사회를 이룩할 수 있었던 것은 그 위험을 극복할 수 있는 지혜와 도구, 그리고 기술이 있었기 때문이다. 자연의 힘이 몰고 오는 위험은 고대사회나 현대사회나 크게 바를 바 없겠지만 대처능력은 과거와는 비교조차 할 수 없는 수준으로 발전했고, 겉으로 드러난 위험마저 과거에 비해 현격하게 줄어들었다. 맹수의 공격으로 인한 위험을 현대사회에서는 상상조차 하기 힘들고, 과학의 힘이 커지면서 귀신(?)이 몰고 오는 위험과 공포는 아이들의 동화 속에서나 볼 수 있다.

하지만 울리히 벡이 굳이 현대사회를 '위험사회'라고 규정한 이유는 "권한의 상층부 집중"으로 설명할 수 있는 성격이 아니라 현대사회의 위험이 과거의 위험과는 성격이 다르다는 데서 출발한다. 울리히 벡이 지적하는 것은 과거의 위험은 "개인적 위험"이며, "감지될 수 있는 위험"인 반면, 현대문명사회의 위험은 "물리-화학의 공식영역"에 자리잡고 있어 개인이 인지할 수도 없을뿐더러 "지구상에 존재하는 모든 생명의 자기파멸에 대한 위협"에 이를 만큼 규모가 크기 때문에 과거의 위험과는 차원이 다르다는 것이다.

분명한 것은 지금 이 시대에 안전은 개인의 영역이 아니라 고도로 전문화된 전문가의 영역에 속해 있다는 것이다. "안전한 지하철을 이용합시다"라는 표어는 승객들의 탑승 경험에서 우러나온 것이 아니라 지하철과 관련된 모든 전문가의 이론에서 나온 결론이다. 승객들은 다만 알지도 못하는 전문가들의 보증을 믿고 지하철이 안전하리라고 믿는 것이다. 그런데 그 안전 전문가들이 말하는 '안전'은 인간의 경험에서 예측가능한 범위 안에서만 보장될 수 있는 안전이지, 예측 범위를 벗어난 상황에서 적용될 수 있는 안전은 결코 아니다.

반복되는 대형참사는 늘 사람들의 상식을 벗어난 형태로 몰아닥치고 있다. 1970년대 대연각 화재를 그 시절 소방전문가들이 아무도 예측할 수 없었듯이, 이 시대 소방전문가들 또한 상인동 가스폭발이나 대구지하철참사와 같은 재난이 일어날 것이라고는 전혀 예측을 할 수 없었을 것이다. 어떤 안전 전문가가 삼풍백화점이 한순간에 흔적도 없이 사라지리라 예상할 수 있었겠는가? 이번 참사 수습과정에서 지하 공간의 배연시설이나 비상등, 방화셔터, 전동차의 방염·방재 시설들에 대한 총체적 부실이 지적되고 있긴 하지만, 굳이 시공 납품과정의 비리를 들먹이지 않더라도 시설 관계자나 소방전문가들이 두 개 전동차 전량이 한순간에 숯덩이가 될 수 있는 상황을 고려하긴 힘들었을 것이다.

만약 복구과정에서 지금까지 드러난 모든 결함이 보완되고 전동차의 안전과 화재예방 시설이 완벽하게 갖추어진다 하더라도 그 안전대책은 현재 수준에서 예측 가능한 재난의 범위 안에서만 해결될 수 있는 문제일 뿐이다. 또 다른 재앙을 불러오는 위험은 늘 인간이 상상할 수 있는 범위를 넘어서 있다.

그나마 화재는 쉽게 겉모습을 드러내는 위험이지만 지하 공간 속의 유해물질처럼 쉽게 감지될 수도 없고 해결책을 찾기 더 어려운 문제들도 헤아릴 수 없이 많다. 하지만 안전과 관련된 모든 대책은 사람이 배제된, '기계'와 '시스템'에 내맡겨두고 있고, 전문가의 검증을 거치지 않은 위험은 위험으로 절대 간주되지 않고 무지한 시민들의 기우로 간주된다. 게다가 과학기술의 영역은 시민사회단체의 개입조차 쉽지 않은 전문영역인 관계로, 안전과 관련된 시민단체의 역할은 지극히 제한적일 수밖에 없다.

대형 재난사고는 늘 기계와 시스템의 작동 오류에서 비롯되고, 문제 해결은 더 많은 비용이 들어가는 첨단시스템과 첨단기계로 하려 든다. 대구지하철참사는 사람이 배제된 기계와 시스템이 얼마나 위험한 것인지를 생생하게 알려준 사례가 될 것이다. 기계와 시스템에 대한 지하철 운영자들의 무한한 신뢰가 있었기에 수백 명의 목숨을 싣고 달리는 전동차에 승무원 한 명만 달랑 탑승시키는 만용을 부릴 수 있었을 것이다.

이미 도시는 인간이 주인이 아니라, 도시를 움직이는 시스템과 기계에 인간이 종속되지 않으면 인간이 살 수 없는 곳이 되어버렸다. 그런 도시가 그 영토를 한없이 확장시켜 나가고 있고, 영토를 확장하는 데 있어 지하철은 가장 큰 힘으로 작용한다. 문제는 이런 무분별한 도시의 영토 확장이 당대는 물론 다음 세대의 안전까지도 보장해 주지 못한다는 데 있다.

생명의 도시는 가능한가

대구에서 교통수단으로 왜 지하철이 꼭 필요했던가를 설명할 수 있는 사람은 흔치 않을 것이다. 대구에는 지하철 1·2호선이 개통되었고, 2010년 현재 3호선이 공사 중에 있다. 그런데 지하철이 지상의 교통사정을 개선시키는가? 지하철이 제일 많이 건설되어 있고 이용승객도 가장 많은 서울의 지상 교통사정은 예나 지금이나 한결같이 '지옥'으로 표현된다.

서울을 비롯한 대부분의 광역 대도시는 농촌의 해체와 그에 따른 인구 유입을 통해 끊임없이 그 지형과 규모가 커져왔다. 새로운 도로의 건설과 지하철이라는 새로운 교통수단의 개발이 가져오는 효과는 늘 새로 유입되는 인구가 유발하는 교통수요에 의해 금방 상쇄되어버린다. 여기에 대처하기 위해 다시 도로를 확충하고, 지하철 노선을 연장해야 하는 악순환이 거듭됨으로써 도시의 경계는 끝도 없이 넓어져왔다. 그 결과 식량 자급률이 25% 수준에 머무르고 있는 우리나라에서 1990년 초반부터 2000년대 초반까지 약 10년간 농경지는 2억 평이나 감소했다. 대신 그 자리에는 아파트와 도로가 들어선 것이다.

이런 난개발과 도시의 광역화가 불러온 결과가 바로 '위험사회'인 것이다. 눈앞에 드러난 위험만이 위험이 아니다. 더 큰 위험은 깊숙한 곳에 숨어있다. 인간이 자연의 균형을 깨트릴 때 늘 자연은 소리 없이 인간에게 보복을 해 왔다. 기상이변이 반복되는 현상은 제쳐두고서라도 어떤 의학기술로도 손쓸 수 없는 질병들이 각양각색으로 인간세상을 덮치고 있다. 인간의 손기술과 재능이 아무리 뛰어나다 하더라도 바이러스와 세균과 펼치는 전쟁에서 인간이 승리할 가능성은 점점 줄어들고 있다. 잠시 물러선 세균들은 변종으로 변신하여 다시 공격해 온다.

게다가 지금 우리가 숱한 위험을 감수하면서까지 유지하고 있는 생활양식의 밑바탕에는 석유가 있다. 석유와 석유를 원료로 하는 화학제품에 의존하지 않는 문명사회란 상상조차 할 수가 없다. 석유화학제품의 생산·폐기과정에서 발생하는 독성물질과 환경호르몬은 인간의 멸종을 우려해야 할 정도로 심각한 수준이지만, 석유에 대한 의존도는 점점 더 높아지고 있다.

그 석유가 서서히 바닥을 드러내고 있고[8] 그것이 바로 온 세계의 비난에도 불구하고 미국이 이라크를 침략한 원인이기도 하다. 석유가 완전히 고갈될 때까지 무려 50년의 세월이 남아있다는 사실이 이 시대를 살아가는 우리들에게는 퍽 다행스럽게 생각될지 모르지만, 지금 방식의 개발과 발전이 지속된다면 석유문제는 바로 내일 닥쳐올 우리 세대의 문제가 될 수 있고, 준비가 되지 않은 다음 세대에게는 재앙으로 이어질 것이다.

대구지하철참사가 일어난 이후 얼마 지나지 않은 시점에 대구지역의 어느 대학의 교수는 시민단체 회원 통신문[9]에서 "제주가 4·3이라는 현대사의 통곡을 딛고 제주도를 평화의 섬으로, 광주가 저항의 도시라는 이미지를 자유와 인권의 도시로 만들어가고 있는 것처럼 대형사고의 도시라는 대구의 이미지를 생명과 안전의 도시로 만들자"고 호소했다. 그런데 이것이 어떻게 가능할까? 단순히 더 많은 재원을 투입하여 더 나은 시설과 더 나은 시스템을 개발하고, 그리하여 경제개발과 경제발전만 지속될 수 있다면 "생명과 안전의 도시"가 가능할까? 이것은 식량이 부족하면 유전자조작식품의 개발을 통해 해결을 하고, 인간의 난치병은 복제인간의 생산을 통해 해결하겠다는, 실현불가능하고 실현해서

---

8 이필렬 『석유시대, 언제까지 갈 것인가』, 녹색평론사 2002.
9 김태일 「대구를 생명의 도시로」, 『함께 꾸는 꿈』(참여연대회원 통신문) 2003년 4월호.

도 안 되는 꿈을 꾸는 몽상가들의 생각과 다를 바 없다.

우리가 지금까지 보아왔던 모든 개발과 발전의 과정에는 생명의 파괴가 전제되어 있었다. 그 생명에는 우리 인간의 생명도 포함되어 있다. "생명과 안전의 도시"라는 꿈은 개발과 발전에 대한 발상의 전환이 전제되지 않고서는 불가능한 꿈일 것이다. 기술과 도구를 이용하여 이룩한 진보의 역사가 이어져 오면서 인간은 기술에 대해 무한한 환상을 키워왔다. 그 결과 온 지구촌이 지금 엄청나게 비싼 대가를 치르고 있는 것이다. 기술과 개발, 그리고 인간을 포함한 이 땅의 모든 생명들의 가치에 대한 철저한 성찰 없이 첨단기술로만 건설된 도시를 "생명과 안전의 도시"라고 이야기할 수는 없을 것이다.

상식과 전문지식의 갈등

— 수돗물불소화사업의 경우

상식과 전문지식

우리 사회 한쪽에서는 몇 년째 한치의 타협점도 찾지 못한 채 대립하고 있는 문제가 있다. 바로 '수돗물불소화사업'(이하 수불사업)이다. 1981년 진주에서 시범사업을 거친 이후 20년 가까이 진행되어 오며 사업 시행 지역을 점차 넓혀오던 이 사업이 『녹색평론』이란 대중 잡지에서 안전성에 대한 의문을 제기한 이후 난관에 부닥치고 있는 것이다. 수불사업의 유해성에 대한 논란으로 시작된 이 논쟁은 이제 찬반 두 세력 사이의 감정대립을 넘어 이념논쟁으로까지 번져가고 있다. 어느 한쪽이 자신들의 주장을 포기하지 않는 이상 해결의 실마리를 찾기 어렵게 된 것이다. 게다가 특정 전문분야의 이론이 옳고 그른가를 따지는 논쟁이다 보니 보통 사람들이 이해하기 어려운 전문용어들이 쏟아져 나온다. 그래서 정작 사업 시행의 결정권을 가진 국민들이 누구의 주장이 옳은지를 판단하기 어려워 여론 또한 팽팽한 대치 전선을 형성하고 있다.

"불소는 독극물이다. 하지만 적정량[1]의 불소는 충치예방 효과가 있다."

수불사업은 이 치의학 이론에 근거한 것인데 이 이론의 옳고 그름을 의심하는 사람은 없다. 독도 경우에 따라 약이 될 수 있음은 많은 사람들이 경험으로 알고 있는 상식이고, 불소의 충치예방 효과라는 것은 치의학 전문가들의 검증을 거친 이론이기 때문이다. 이 이론을 현실에 적용·실천하여 국민의 구강 보건을 향상시키는 방법은 여러 가지가 있을 수 있다. 그런데 치과의사들은 충치예방을 위해 적정량의 불소를 이용하되 그 불소를 수돗물에 직접 주입하는 방식을 선택했다.

논란의 발단은 여기서 시작되었다. 사람은 어떤 목적의식이 있어 물을 마시는 것이 아니다. 물을 먹는 것은 거의 본능에 가까운 행동이다. 그런데 충치예방 효과가 있다는 이유만으로 '아무 목적의식 없이', '누구나', '매일', '평생토록' 먹고 마시는 수돗물에 불소를 주입하게 되면 나도 모르게 누군가가 내 몸에 계속해서 불소를 주입하는 꼴이 되는 것이다.

그렇다면 이렇게 무분별하게, 오랜 기간 내 몸에 주입된 불소가 내 몸에 아무런 문제를 일으키지 않겠느냐는 소박한 의문이 생길 수 있다.

---

1 0.8ppm의 규정 농도를 말한다. "100% 불소는 독극물이 확실하다. 그렇지만 불소를 1000만 분의 8(0.8ppm)로 희석시킨 물은 독극물이 아닌 건강수이다." 장기완 「수돗물불소화에 대한 몇 가지 오해」, 건강사회를 위한 치과의사회 홈페이지(www.kgca.org), '수돗물불소화 자료실'. 건치 홈페이지는 2003년 개편되어(www.gunchi.org) 현재는 위의 자료를 찾아볼 수 없다.

수불사업은 개개인의 연령, 체질, 과거 병력, 기호, 습성, 신앙, 가치관 같은 것들에 대해서는 한치의 고려도 하지 않는다. 수돗물을 통해 일정량의 불소를 갓난아이부터 노인에 이르기까지 모든 사람의 몸에 똑같이 주입하는 방식이기 때문에 '경우에 따라 예상치 못한 결과'가 생기지 않을까 하는 의구심이 생기는 것은 당연한 것이다.

이런 의구심을 치과의사들은 불소가 독극물이라는 선입견 때문에 생긴 근거 없는 불안[2]이라 했고, '적정량'이란 전문용어와 '객관성'이란 잣대를 내세워 일축해버렸다. 의구심을 뒷받침하는 자료들은 하나같이 허위, 조작, 날조, 왜곡된 것이라 비난했다. 그러나 치과의사들의 강한 부정이 의구심을 잠재우기는커녕 더욱 증폭시켜 놓았고, 그 결과 수불사업에 대한 논쟁의 차원을 넘어 찬반 세력 사이의 전쟁 수준의 다툼으로까지 변질되어버린 것이다.

논쟁을 통해 기대하는 최종 목표는 타협점을 찾는 것일 터이다. 타협의 접점을 찾을 수 있는 공통분모는 특정 집단의 전문지식이 아니라 누구나 인정할 수 있는 보편타당한 상식이어야 한다. 보편타당한 상식은 사회를 지탱하는 기반이기도 하고, 사회구성원 모두가 지켜야 할 행위의 규범이기도 하다. 인간의 지식에 대해 상식은 이렇게 말한다.

"인간의 지식에는 한계가 있다."

---

2 장기완 「수돗물불소화에 대한 몇 가지 오해」, 「착각에서 생기는 불안감」, 장재연 「환경오염 물질에 민감해진 국민 정서 때문」, 건치 홈페이지(www.kgca.org).

지식의 한계

치과의사들은 수불사업의 성과를 역학조사 결과로 설명한다. 수돗물 불소화 지역에서 충치예방 효과는 뚜렷했고, 우려할 만한 수준의 위험은 없었다는 것이 역학조사로 증명되었다는 것이다. 치과의사들은 이 역학조사의 결과를 유일한 척도로 삼고 있는 것 같다. 수불사업 반대측이 제시하는 자료는 한결같이 조사방법이 잘못되었거나 불충분한 것이므로 믿을 만한 가치가 없는 것이라 주장한다. 그리고 이런 거짓 자료를 유포하여 대중들에게 근거 없는 불안감을 조성하는 것은 지식인의 도리가 아니며 부도덕한 것이라고 비난한다.

역학조사는 어떤 면에서 인간의 지식과 능력의 한계 때문에 고안된 연구방법이다. 대규모 인구집단에서 일어나는 건강상의 문제를 완벽하게 조사할 방법이 없기 때문에, 인구집단을 대표할 수 있는 적정수의 표본을 추출하여 조사를 하고, 이를 통계로 분석하여 전체 인구집단에 적용하여 유추 해석하는 방식이다. 역학조사는 객관성이 있고 신뢰성을 인정받는 연구 방법이긴 하지만, 부분의 결과를 가지고 전체를 판단하는 형식이기 때문에 일정 부분 한계를 지닐 수밖에 없다. 그래서 역학조사의 연구 결과는 반드시 "통계적으로 의미가 있다, 없다"로 표현하고, 원인으로 추정하는 것과 결과 사이에 "연관이 있거나, 없는 것으로 추정한다"로 결론을 맺는다. 거기에는 반드시 통계상의 오차범위가 설정되거나, 몇 % 신뢰수준 같은 표현들을 덧붙여 조건에 따라 틀린 결과일 수도 있음을 암시한다. 따라서 아무리 완벽한 역학조사라 할지라도 인간의 지식 범위를 벗어난 '예측할 수 없는 변수'들이 있기 때문에 인구집단 전체를 다 조사하지 않은 상태에서는 100% 신뢰수준이 있다고 주장하기는 어렵다. 통계상으로는 의미가 없는 '예상치 못했던 결과'가 있을 수 있기 때문이다.

한 예로 예방 백신의 경우 그 안전성은 실험결과에 의해 충분히 확보된 것이고 의사는 물론 접종 대상자도 백신의 안전성에 대해서는 의심하지 않는다. 그러나 통계로는 의미가 없지만 아주 드물게 백신접종에 의한 부작용은 분명히 있고, 심한 경우에는 사망하는 수도 있다. 하지만 이런 사례가 있다고 해서 백신 접종의 안전성과 효과가 부정되는 것은 아니며 예방 접종을 모두 거부하겠다는 움직임은 세계 어디에도 없다. 그 이유는 드물게 발생할 수 있는 '예상치 못한 결과'를 고려한 안전장치가 있고, 아무나 무턱대고 접종을 해대는 것이 아니기 때문이다. 접종 전에는 반드시 의사의 예진이 있어야 하고, 예진 결과에 따라서는 접종을 할 수 없는 경우도 있다. 이런 절차를 거쳤음에도 발생한 사고에 대해서는 책임소재를 따질 수 있는 경로가 투명하게 마련되어 있다.

그러나 수불사업은 이런 안전장치는커녕 개개인의 특성에 따른 한치의 배려도 없이 갓난아이부터 노인에 이르기까지 모든 인구층에 무차별로, 그것도 한두 차례가 아닌 매일, 평생 동안 똑같은 양의 불소를 투입하는 것이다. 이런 사업에 "역효과는 없다"는 말이 오히려 이상할 정도이지만, 치과의사들은 "역효과를 입증할 수 있는 증거가 없다"라고 한다. 입증할 수 있는 증거가 없다는 말과 역효과가 없다는 말은 같은 뜻이 아니다.[3]

어떤 의료행위나 시술, 또는 환경요인에서 나타나는 역효과는 의사의 관찰·탐구에 의해 밝혀지는 것이 아니라 시술 대상자가 불편함이나 고통을 스스로 호소할 때라야만 비로소 드러나고, 이때부터 인과관계를 밝히기 위한 개인 또는 인구집단에 대한 조사가 시작된다.

여기서 가장 중요한 것은 조사자의 능력이나 연구 방법이라기보다는 유발요인이라고 추정되는 것에 대한 조사 대상자의 인식수준과 태도이다. 세상을 떠들썩하게 했던 낙동강 페놀오염 사건이나 고엽제 피해 조사, 원진레이온 사건[4]은 역학조사 결과에 따라 해결된 것이 아니라 정치의 영역에서 해결된 것이다. 그 이유는 유발요인이라고 추정하는 것에 대한 조사 대상자들의 태도 때문이다. 이런 경우에 전문가의 객관적 연구결과는 '참고' 수준을 벗어나지 못한다.

이렇게 원인으로 추정하는 것과 결과 사이에 연관성이 있다는 아무런 증거가 없다 하더라도 결과를 유발한 다른 원인을 찾아내지 못했고, 결과에 대한 납득 가능한 설명을 할 수 없는 상황이라면 (피해 당사자가) 원인이라고 '추정하는 것'을 원인이라고 인정할 수밖에 없는 상황은 흔히 발생한다. 그것은 역학조사 전문가의 능력이 아니라 피해 당사자들이 가진 사회적·정치적 역량에 따라 좌우된다.

화학물질의 역효과라는 것은 적은 양이라 할지라도 장기간 신체 장기에 축적, 반복 노출되면서 아주 천천히 신체의 변화를 일으키기 때문에 스스로 자각하기가 힘들고, 특히 불소의 경우 몸이 불편함을 느낀다 하

---

3 "불소는 발암성에 대한 증거가 없다는 뜻이지, 발암성이 없는 물질로 분류되어 있지 않기 때문에……" 수돗물불소화논쟁검토위원회 「수돗물불소화 논쟁에 대한 검토보고서」, 1999.8.25 참조.

4 원진레이온 사건은 의학과 역학조사 차원의 문제라기보다는 철저한 정치문제였다. 원진레이온 피해자 중에는 "의학적으로는 직업병 판정을 받지 못하면서도 법적으로는 직업병으로 인정받는 희귀한 기록"도 있다. 의협환경공해대책위원회 연구과제 「원진레이온과 이황화탄소 중독」 1995.12 참조.

더라도 "이것이 내가 마신 물 때문이 아닌가?" 하고 추정하기가 어렵다. 매일 마시는 수돗물의 성분을 알고 마시는 사람은 그렇게 많지 않기 때문이다.[5] 특히 노약자나 어린아이의 경우는 더욱 그러하다. 따라서 수불사업은 피해자가 있다 하더라도 당사자가 직접 문제제기를 하기 어렵기 때문에 역학조사는 항상 사업의 효과에만 비중을 두게 되고, 부작용에 대한 조사는 '제한적으로'[6] 이루어질 수밖에 없다. 이를 두고 역효과가 없다고 단정하는 것은 대단히 위험한 발상이다.

과학자들이 제시하는 화학물질의 허용기준치라는 것은 결코 안전의 보증수표가 아니다. 이 허용기준치라는 것은 실험자가 고안하여 가공한 환경에서 일정한 기준에 의해 사육된 동물들을 대상으로 한 실험 결과다. 이 결과가 인간에게도 똑같이 나타난다는 보장은 없다. 인간은 밀폐된 공간에서 일정한 기준에 의해 사육되는 존재가 아니기 때문이다. 실험은 화학물질 하나의 효과를 측정하지만 이 물질이 인간의 몸에 들어왔을 때에는 단독으로 작용하는 것이 아니다.[7] 사람은 수돗물 속

---

5 불소가 건강에 유익한 것이라서 수돗물에 탈 수 있다면 다른 유익한 물질도 얼마든지 탈 수 있을 것이다. 그러나 그렇게 할 수 없는 것은 효과가 검증되지 않아서라기보다는 물의 맛, 냄새가 달라질 때 수요자들의 저항이 있을 수 있기 때문이다. 수불사업이 수요자의 저항 없이 진행될 수 있었던 것은 수요자들이 안정성을 신뢰해서가 아니다. 불소의 무색무취한 특성으로 말미암아 먹으면서도 인식하지 못했을 가능성이 큰 것이다. 수불 시범지역이었던 청주에서 실시한 여론조사 결과, 불소화 사실을 모르고 먹은 사람이 52.2%였다. 『내일신문』 2002.3.26 참조.

6 2000년 8월 보건복지부 장관 앞으로 제출된 수불사업의 연구결과 보고서에도 "제한성을 갖는 건강영향 평가"였음을 전제하고 있다. 문혁수 외 「수돗물불소화사업의 성과 평가에 관한 연구」 2000.8 참조.

7 수불사업에 대한 대한의사협회 연구용역보고서에서는 미량의 불소 '단독'으로 뇌 신경계에 독성을 일으키는 증거는 충분하지 않지만, 알루미늄 · 납 같은 화학물질들과 상호작용을 일으키는 부분에 대해서는 연구 검토가 필요하다고 결론을 내렸다. 조수헌 외 「수돗물불소화사업의 건강 영향에 대한 의학적 검토」, 『대한의사협회 연구용역 보고서』, 1999.9 참조.

에 든 불소만 먹는 것이 아니라 온갖 화학물질을 먹고, 마시고, 호흡하며 살아가고 있다. 수돗물을 통해 내 몸에 들어온 불소가 어떤 화학물질과 결합하여 어떤 작용을 일으키는지는 아무도 알지 못하고, 알 수도 없다.

치과의사들이 이런 의구심들에 대해 명쾌한 설명을 하고 있지는 않다. 다만, 이 사업은 미국에서 50년 이상 아무 탈 없이 진행되어 오면서[8] 안전성과 효과를 보증하는 수만 건의 논문이 발표되었으며 공익을 위한 도덕적인 사업이므로 사업의 안전성에 대해서는 한치도 의심할 필요가 없다고 한다.

사업의 도덕성

치과의사들이 수불사업이 도덕적이라고 주장하고 있는 근거는 양심과 진보성을 두루 갖춘 전문지식인들이 추진하려 한다는 것과 치과의사의 수입이 줄어드는 불이익을 감수하려 한다는 것, 그리고 공익을 높일 수 있는 공중보건사업이라는 점이다.

수불사업 시행을 주장하는 치과의사들이 양심과 진보성을 갖추었다고 하는 것은 그들이 소속된 단체가 민주화운동에 헌신했다는 데에서 근거한다. 이것은 그들의 자평일 뿐 아니라, 비전문가들이 수불사업을

8 미국에서 아무 탈 없이 진행된 것이 아니다. 반대여론들도 상당하고 수불사업의 위험성을 알리는 논문들이 인테넷을 통해 공개되고 있다. 그런데 치과의사들은 한결같이 이 내용들은 왜곡·조작·날조된 것이라 주장하고 있고, 이런 자료들을 검증 없이 대중매체를 통해 유포시켜 국민들에게 근거 없는 불안감을 조성하고 있다며 『녹색평론』과 그 발행인을 비난하고 있다.

신뢰하는 근거가 되기도 한다.[9] 그러나 그 단체가 민주화에 헌신했던 것과 수불사업은 별개이며, 수불사업은 민주화와 전혀 상관없이 시작되었다. 수불사업은 1981년 진주와 1982년 청주에서 시작된 시범사업의 결과를 토대로 그 대상지역을 넓혀온 것이다. 그런데 1981년, 1982년 그 무렵이 우리 현대사에서 어떤 시절이었는지는 길게 기술할 필요조차 없다. 당사자인 주민의 의사가 반영되었을 리도 없고, 주민의 의사를 물었다 하더라도 반대의견이 있었을 리 없다. 주민의 동의가 없는 시범사업, 그것도 인체를 대상으로 하는 실험에 가까운 시범사업……. 개정 약사법[10]을 소급 적용한다면 범법행위가 된다.

어떤 정책 사업의 도덕성이 누구의 주장인가에 따라 달라지는 것은 아닐 것이며, 더구나 관련 집단의 수입 증감 여부에 따라 도덕성을 평가한다는 것은 황당하기 짝이 없는 일이다. 치과의사들은 수불사업은 치과의사의 수입을 감소시키는 한편,[11] 전체 치과 진료비를 줄임으로써 가난한 사람이 이익을 보는 공중보건사업이며, 그래서 도덕적인 사업이

---

9 김영수 목사는 "나는 불소화에 대해 잘 알지 못합니다"라고 하면서 자신이 수불사업을 신뢰하게 된 계기가 '건강사회를 위한 치과의사회' 회원의 설명을 듣고 나서부터이고, "건치는 이 나라의 민주화 과정에 헌신해왔으며 도덕성을 갖고 있기 때문"이라고 했다. 김영수 「불소화 단상」, 건치 홈페이지(www. kgca.org).

10 개정 약사법 제26조 4항에서는 의약품 또는 의료용구 등으로 임상시험을 하고자 할 때는 사전에 임상시험계획서를 제출하여 식약청장의 승인을 얻어야 하며, 반드시 피험자의 동의를 받도록 규정하고 있다. 진주와 청주에서 진행되었던 시범사업의 경과를 보면 주민들을 대상으로 하는 공청회 한번 열리지 않았음을 알 수 있다. '수도물불소화 20주년 기념 조직위원회' 『수돗물불소화사업의 역사와 진실』, 2001 참조.

11 심성구 '수도물불소화 20주년 기념 조직위원회' 공동대표는 「수도물 불소화 20주년의 의미」라는 글에서 "불소화 사업을 통하여 충치예방 효과로 이익을 보는 사람들은 물론 국민 대중들이다. 그런가 하면 이를 통해 수입이 줄어드는 것을 감내해야 하는 사람들은 치과의사들이다"라고 했다. 『수돗물불소화사업의 역사와 진실』 참조.

라고 일관되게 주장해 왔다. 수불사업을 반대하는 치과의사는 수입의 감소를 우려하는 이기적이고 부도덕한 사람이라고 단정하고 매도하기까지 한다. 과연 수불사업으로 치과의사의 수입이 줄어들까?

객관성과 증거를 유일한 척도로 삼는 치과의사들이 국내 수돗물불소화 시범지역에서 치과의사의 수입이 불소화 이전과 이후에 얼마나 줄었는지 객관적인 증거를 제시한 적은 없다. 반면에 수불사업의 정당성을 홍보할 목적으로 자신들이 발행한 책[12]에는 미국과 일본에서는 수불사업 이후 치과의사의 수입이 현격히 증가했다는 사실을 자랑스럽게 기록하고 있다. 만약 이 책이 잘못된 것이 아니라면 "치과의사의 수입이 줄어들기 때문에 수불사업이 도덕적"이라는 치과의사들의 주장은 온 국민을 속이는 것이 되며, 수불사업은 치과의사의 수입을 늘리기 위한, 지극히 부도덕한 사업이라고 생각할 수밖에 없다. 의약분업 이후 의사의 수입이 현격히 증가했으므로 의약분업은 부도덕한 제도이고, 의약분업의 철폐를 외치는 의사들의 주장은 의사가 스스로 수입을 줄이려는 도덕성의 발로라고 이해해도 될까?

수불사업이 공익에 부합한다는 증거는 시범지역에서 충치 발생률이 줄었다는 것이다. 그것이 사실이라면 충치로 인한 개개인의 고통이 줄어들었을 가능성은 있다. 그런데 개개인의 충치가 줄어들어 발생하는

12 1965년에서 1985년까지 20년 동안 미국에서 치과 진료비는 9.68배 증가한 반면, GNP 증가율은 5.77배, 물가 상승률은 3.37배, 소득 증가율은 4.69배였다. 수입 증가 비율은 치과의사는 2.16배, 일반 병원은 1.56배, 보통 사람은 1.39배 증가했다. 야마시타 후미오 외 『굿바이 충치! — 불소에 관한 오해, 곡해, 올바른 이해』, 김진범·나수정·건강사회를 위한 치과의사회 옮김, 사람생각 2002, 134~140쪽 참조.

사회적 편익은? 고통이란 개개인의 주관적 감정이므로 객관적 평가의 대상이 될 수 없다. 결국 이 사업의 사회적 편익은 충치 감소의 결과로 가구당 치과진료비나 치과 방문횟수 그리고 국민 전체 치과 진료비가 얼마나 감소했는가로 평가·증명되어야 한다.[13] 이것을 아직 증명하지 못했다면 수불사업이 공익사업이란 단정은 성급한 결론이다.

지금까지 펼쳐진 모든 논란에서 치과의사들의 주장을 전부 인정한다 하더라도 이 사업의 시행을 누가 결정할 것인가 하는 점은 여전히 논란거리로 남는다. 내 몸에 대한 결정권은 전적으로 내 자신에게 있다. 이것은 어떤 이념이나 사상에 의해서도 부정될 수 없는 것이다.

특히 의료행위는 약물이든 수술이든 사람의 몸에 침습하여 효과를 기대하는 것이므로 의료행위에 있어 최종 결정은 몸의 주인인 '내'가 한다. 의료행위에서 의료인이 할 수 있는 역할은 설득과 권유이지 강제가 아니다. 그것은 의사가 지켜야 할 의무이기도 하다. 그런데 수불사업은 수돗물을 통해 '먹지 않을 수 없도록' 만드는 것이므로 내 몸에 대한 자기 결정권을 철저하게 무시하는 것이다. 가장 기초적인 인권조차 무시하는 이 사업에 '도덕적'이란 수식어를 붙인다는 것은 어울리지 않는 것 같다.

그런데 치과의사들은 수불사업은 공익을 위한 공중보건사업일 뿐 의료행위가 아니기 때문에 '강제 의료행위'란 말은 성립될 수가 없다고

---

13 수불사업의 정당성을 주장하는 쪽은 현재 전체 치과진료비의 규모를 제시하고 이를 줄일 수 있는 유일한 방편이 수돗물불소화사업이라고 한다. 그런데 시범지역에서 충치가 38~68% 정도 감소했다는 것 이외에 전체 치과 진료비가 얼마나 감소했는지에 대한 언급은 없다. 문혁수 「수돗물불소화사업의 안전성」, 건치 홈페이지(www.kgca.org).

한다.[14] 오히려 개인의 자기 결정권이나 선택의 자유를 들어 공중보건사업인 수불사업을 반대하는 것은 공익보다는 개인의 이익을 우선 생각하고, 질병의 예방·치료의 책임을 전적으로 개인에게 떠넘기려는 수구 반동, 반민중적 신자유주의자들의 논리라고 반박한다.[15]

신자유주의와 공리주의

치과의사들의 말에 따르면 수불사업이란 수돗물을 공급하기 전에 염소소독을 하는 것처럼 자연상태에 존재하는 불소의 양만큼 수돗물의 불소 농도를 조절해 주는 것이다. 그래서 수돗물을 염소소독 처리하는 것을 의료행위라 하지 않고 공중보건사업이라 하듯이 수불사업은 공중보건사업의 하나일 뿐이라는 것이다. 수돗물을 먹을 때 우리가 원하든 원하지 않든 화학 물질인 염소를 강제로 먹어야 하지만 아무도 이를 문제 삼지 않는다는 점을 강조한다.[16] 그래서 수돗물의 염소에 대해서는 아무런 문제제기를 하지 않으면서 가뜩이나 의료보장체계가 취약한 우리나라에서 저소득계층을 위한 공중보건사업을 저지하려는 수불사업 반대론자들은 "민중의 적이며 역사의 진보를 가로막는 반동적인 세력"[17]이라는 것이다.

---

14 문혁수 교수는 "충치를 예방하기 위한 (자동차 안전띠 착용 같은) 최소한의 강제로서 사회적으로 용인할 만하다"고 했고, 김광수 박사는 "0.8~1.0ppm의 불소는 약물이 아니기 때문에 의료행위라고 할 수 없다"고 했다. 문혁수 「수도물불소화사업의 안전성」, 김광수 「풀코네트에 대하여」, 건치 홈페이지(www.kgca.org).

15 서대선 「수도물불소화 사업의 생태주의적 원리」, 건치 홈페이지(www.kgca.org).

16 장재연, 앞의 글.

수돗물을 염소소독 처리하는 것은 천연 수자원이 부족한 도시지역에서 깨끗한 물을 얻기 위한 하나의 기술일 뿐이다. 그 수돗물을 먹고 안 먹고는 국민 스스로가 결정을 하지 수돗물을 강제로 보급하여 억지로 먹도록 만드는 것은 아니다. 수돗물은 수익자 부담원칙이 철저하게 지켜지고 있다. 수도시설을 정부에서 무상으로 설치해 주는 것이 아니며 게다가 수도세가 체납되면 수돗물은 한 방울도 나오지 않는다. 그런데 수돗물에 불소를 주입하게 되면 내가 수돗물을 먹는 한 불소를 먹지 않을 수가 없다. 선택의 자유를 박탈당하는 것이다. 이에 대해 치과의사들은 불소 수돗물을 먹기 싫으면 생수를 사 먹으면 되니 선택의 자유는 충분히 보장된다고 한다.[18]

문제는 수돗물의 대체품을 선택할 자유가 아니라 '불소가 들어있지 않은 수돗물'을 먹을 권리가 침해된다는 것이다. 그러나 치과의사들은 단호하다! 소수가 양보해야 한다고 한다.[19] 민주주의 사회에서 소수가 다수에게 양보해야 한다는 것은 사회의 갈등을 조정하는 방편이기도 하고, 쉽게 받아들일 수 있는 민주주의의 원칙이기도 하다. 그러나 이때 양보라는 것은 어디까지나 인간의 보편타당한 상식의 범위 안에서 '참을 수 있는' 한도 내에서이다. 이 범위를 넘어 소수의 양보를 강요하는 것은 다수의 폭력이다.

수돗물불소화 반대자들은 인터넷에 떠도는 조잡스런 쓰레기 정보에

---

17 서대선, 앞의 글.
18 장기완, 앞의 글.
19 장기완, 앞의 글.

현혹된 일부 소수일 뿐이어서 그들의 의견을 무시해도 된다 할지라도 도저히 양보할 수 없는 소수들이 따로 또 있다. 평생 혈액투석 치료를 받아야 하는 만성신부전증 환자들은 수돗물에 든 불소가 위험할 수 있다는 사실이, 인터넷에 떠도는 조작된 문건이 아니라 수돗물불소화 찬성론자들이 홍보용으로 만든 자료에도 선명하게 명시되어 있다.[20] 불소로 말미암은 예측할 수 없는 역효과를 고려해야 할 사람들은 만성신부전증 환자 이외에도 얼마든지 있을 수 있다. 다만 인간이 가진 지식의 한계로 모르고 있을 뿐이다. 이들에게 양보를 강요하는 것은 다수의 행복을 위해 목숨을 내놓으라는 말과도 같다.

그런데도 치과의사들은 시범사업 지역의 인구집단에서 "충치의 발생이 38~68%[21]가 줄었다"라는 '결과 하나'를 들이밀며 무조건 강행해야 한다고 주장한다. 결과를 얻기까지의 수단, 절차, 방법의 합리성이나 사전동의의 원칙 같은 모든 시비 거리들을 '좋은 결과 하나'로 덮어버리고 소수의 생명까지도 다수의 충치예방을 위해 양보해야 한다고 주장하고 있는 것이다.

"최대 다수의 최대 행복"을 위해 소수의 생명까지도 희생될 수 있다는 수불 찬성론자들의 윤리관은 철저하게 공리주의 윤리관을 반영한

---

20 '수돗물불소화 20주년 기념 조직위원회'에서 발간한 『수돗물불소화사업의 역사와 진실』(2001)이란 책자에는 대한의사협회 연구용역 보고서 「수돗물불소화사업의 건강 영향에 대한 의학적 검토」가 수록되어 있다. 이 보고서에는 "특히 투석치료를 받는 신부전 환자 등에서는 이러한 소량의 흡수가 신경계의 독성을 유발, 악화시킬 수 있다는 기존의 연구결과와 함께 고려되어야 할 것이다"라고 결론을 내리고 있다. 그런데 어떤 이유에서인지 건치 홈페이지(www.kgca.org)에는 이 내용이 누락된 채 게시되고 있다.

21 수돗물불소화논쟁검토위원회 「수돗물불소화 논쟁에 대한 검토보고서」 1999.8.25.

다. 벤담의 공리주의 윤리관은 밀의 자유방임형 공리주의로 발전했고, 밀의 공리주의는 수불 찬성론자들이 수구 반동, 반민중적 논리라고 지탄하는 신자유주의 이론의 바탕이 된다.

신자유주의의 원조라고 할 수 있는 공리주의 윤리관을 가치판단의 유일한 기준으로 삼는 수불 찬성론자들이 오히려 반대론자들의 이념 성향을 "신자유주의자", "책상머리 생태주의자"[22] 또는 "현실과 무관한 이론에 집착하고 있는 환경기회주의자"[23]라고 비웃는다. 특히 과학을 부정하고 실현 불가능한 '지역 공동체'라는 허황한 꿈에 젖어 무지한 사람들을 현혹시키는 김종철 교수(『녹색평론』 발행인)의 모습은 "거의 악마적"이란 표현이 설득력이 있을 것이라 한다.[24] 대신 수불사업이야말로 불소가 없던 수돗물을 불소가 섞여있는 자연상태의 물로 만들어주는 것이기도 하고, 충치의 발생을 감소시켜 치과 진료를 위해 소모될 수밖에 없는 에너지 소비를 막는 것이기 때문에 진정한 생태주의라고 한다.[25]

환경과 과학, 그리고 전문가

---

22 서대선, 앞의 글.

23 박한종 「수돗물불소화와 환경기회주의」, 건치 홈페이지(www.kgca.org).

24 박한종 전 건치 조직교육부장은 "과학-기술에 기초하지 않는 중세적 소규모 농경공동체는 60억 인구를 기근"으로 몰아가기 때문에 60억 인구에 대한 책임을 방기하는 김종철 교수의 입장을 "악마적"이라고 하는 데 동의한다고 했다. 그런데 식량부족 현상은 기술의 문제라기보다는 분배와 유통구조, 그리고 토지의 감소에 그 뿌리가 있다. 이에 대해서는 한마디 언급도 없이, 유전자조작 식품만이 60억 인구를 살릴 수 있는 유일한 대안이라고 주장하는 거대 곡물기업의 논리를 박한종 부장이 앞장서서 충실히 대변해 주고 있다.

25 서대선 「수돗물불소화는 생태주의다」, 건치 홈페이지(www.kgca.org).

인간이 가진 여러 가지 한계 중에서 인간의 힘으로는 결코 극복할 수 없는 한계를 들자면 바로 자연과 적대관계에 있다는 것이다. 자연 상태에 놓여 있는 인간은 결코 스스로 살아남을 수 없는 허약한 종족이다. 다행히 인간은 도구와 문자를 사용할 수 있는 능력이 있었기에 자연의 힘에 대항하여 지금까지 멸종의 위기를 넘기며 살아남을 수 있었다.

어떤 면에서 인간이 생태주의 원칙을 지키며 삶을 산다는 것은 불가능하다. 자연의 힘에 대항하여 살아남기 위한 모든 인간의 행위는 정도의 차이일 뿐 환경을 파괴하고 자연생태 법칙을 거스를 수밖에 없다. 스스로 환경에 순응한다거나, 생태주의적인 삶을 산다는 사람도 다른 사람의 환경파괴를 동반하는 행위에 의지하지 않으면 살아갈 수가 없다. 인간은 혼자서는 살 수 없기 때문이다. 그래서 모든 인간은 살았던 흔적을 남긴다. 그 흔적이 폐기해야 할 쓰레기이든 보존가치가 있는 유산이든 생성과 소멸의 자연법칙을 거부하는 인공물이며, 인류의 역사와 문화는 자연 법칙을 거스른 인공물을 모아 둔 것이라고 볼 수도 있다.

따라서 자연 파괴의 역사는 인류의 역사와 함께 시작된 것이라고 할 수 있다. 그런데 유독 이 시대에 이르러 '환경' 또는 '생태'란 말이 비중 있게 드러나기 시작한 이유는 이 시대의 인간 활동이 자연의 자정·복원 능력을 넘어서버렸기 때문이다. 그것은 자연에 대한 인간의 사고방식에 발상 전환이 이루어지면서 자연을 정복하고 지배·통제 가능하리라는 믿음이 생겨난 탓이다. 그렇게 발상 전환을 하게 만든 것은 바로 과학의 힘이다. 과학은 세상을 확연하게 달라지게 만들었고, 과학이론에 근거한 기술은 인간의 삶을 뿌리째 뒤바꾸어놓았다.

과학기술의 발달이 불러온 세상의 변화를 한마디로 표현하면 자연과 대립관계에 있는 인공물의 '대량생산'과 '대량소비'라고 할 수 있다. 대량생산된 인공물을 대량소비하기 위해서는 반드시 대량폐기라는 과정이 필요하다. 환경문제는 과학기술의 발달로 대량생산, 대량소비, 대량폐기의 악순환과 그 주기가 급격하게 빨라짐으로써 불거진 것이다. 과학기술이 빠른 속도로 발달한다는 말은 과학기술의 수명이 그만큼 짧아진다는 말이다. 어제의 신기술은 오늘의 첨단기술에 밀려나고, 오늘의 첨단기술은 내일의 최첨단기술에 의해 쓸모없는 폐기물이 된다. 과학기술의 진보가 불러온 폐기와 소비의 악순환은 자연의 자정 능력을 마비시켜버렸다. 그 결과는 인간이 감당할 수 없는 끔찍한 재앙으로 하나 둘씩 드러나고 있다. 그런데 더욱 심각한 문제는 이 모든 문제들을 과학기술의 힘으로 해결할 수 있다는 근거 없는 믿음을 전문가들이 심어주고 있다는 데 있다.

수불사업은 인체의 유해성 여부는 제쳐두고서라도 대규모 인구집단의 치아건강을 불소를 이용하여 손쉽게 '대량'으로 관리하겠다는 발상인 이상 환경문제로부터 결코 자유로울 수 없다. 불소를 대량 생산·공급한다는 말은 대량폐기한다는 뜻과도 같다. 그런데도 치과의사들은 불소는 '이미' 자연상태에 있는 것이니 만큼 생활하수를 통해 버려지는 불소가 환경에는 아무런 영향을 미치지 않을 것이라고 한다. 크고 작은 환경 재앙들 중에서 사전에 전문가들이 안전을 보장해주지 않았던 사고는 없었다. 수돗물은 먹는 용도로만 사용되지 않으므로 매일같이 생활하수로 버려지는 엄청난 양의 수돗물 속 인공 불소가 환경에 아무런 영향을 미치지 않는다고 말할 수 있는 용기가 놀라울 따름이다.

과학이론은 전문가들의 독점물인 이상 보통 사람들이 이해할 수도 없고, 이해할 필요도 없다. 과학이론이 사람들에게 영향을 미치게 되는 것은 전문가의 기술이 개입되어 상품의 형태로 전환될 때부터이다. 상품이나 기술의 가치는 늘 전문가들이 보증하는 것이 된다. 그런데도 전문가들은 과학기술이 가치중립인 것으로 믿고 있다. 과학기술의 발전은 전문가들의 노력과 능력만으로 이루어지는 것이다. 연구비(자본)의 지원을 받지 못하는 전문가들은 아무것도 할 수 없는 무능력자로 전락한다. 과학기술이 결코 가치중립일 수 없는 이유가 여기에 있다. 치과의사들은 수돗물불소화를 반대하는 사람들은 불소화를 방해하여 불소제품(불소 치약, 불소 껌……)의 판매량을 늘리려는 자본의 이익에 영합하는 자들이라고 한다.[26] 만약 불소제품의 판매량이 늘어났다면 그것은 치과의사들이 불소의 효능과 불소제품의 유용성에 대해 보증을 해준 탓이지 이를 어떻게 수불 반대론자들의 탓으로 돌릴 수 있는 지 정말 이해하기 어렵다.

과학 전문가의 관심은 겉으로 드러난 현상을 '어떻게' 해결할 것인가에만 모아져 있다. 그런 현상이 '왜' 생겼는지에 대해서는 일말의 관심도 없다. 1970년대 이후 어린이의 충치가 늘어났다면 그것은 식생활 습관의 변화로 생긴 현상임을 의심할 여지가 없다. 어린이들의 식생활 습관이 변화된 것은 생활수준이 향상된 것 이외에 인간을 거의 무뇌아 수준으로 만드는 광고의 영향이 가장 크다. 기업의 제품 광고[27]에 전문가들이 등장하여 품위 있는 웃음을 짓고 있는 모습이 보이기 시작한 것은

---

26 서대선, 앞의 글.

어제오늘의 일이 아니다. 충치가 늘어난 원인이 식생활 습관 때문이라는 것을 안다면 그 해결책은 전문가의 의견을 빌리지 않더라도 상식을 가진 사람이면 누구나 쉽게 찾는다.

수돗물에 불소를 주입하여 자연상태의 물을 만들어주는 수불사업이야말로 진정한 생태주의[28]라는 치아 전문가의 발상……. 수만년을 넘도록 숱한 생명을 길러냈던 산과 들을 깎아내고 기껏 50년도 못 견디는 콘크리트 아파트를 빼곡이 지은 뒤, 그 앞에 나무 몇 그루 심고 거실에 공기 청정기 하나 달랑 놓고, 새소리 흉내 내는 초인종 달아놓고서 "자연이 살아 숨쉬는 환경친화적 아파트"라고 주장하는 건축전문가의 발상……. 머릿속에 든 것이 상식밖에 없는 사람들은 그냥 빙그레 웃는다. 기가 차서.

상식과 원칙이 지배하는 사회

치과의사들이 수돗물불소화 반대론자들을 비난하는 제일 큰 이유는 따로 있다. "양심적인 전문가 집단과 진지한 논의나 정보 교환 없이" 인터넷에 떠도는 "쓰레기 정보"를 맹신하고 이를 유포시켜 무지한 국민들을 현혹시켰다는 것이다. 그래서 전문가와 "상의 한번 해보지 않고, 지

---

27 '치과의사가 씹는 껌', '세계의 치과의사들이 사용하는 칫솔', '대한치과의사협회 추천품' 등과 같이 전문가들이 제품의 효능을 보증해주는 것을 흔히 볼 수 있다. 전문가를 등장시키는 이런 광고기법은 다른 어떤 광고기법보다 제품에 대한 신뢰성을 높이는 효과가 있을 것이다.

28 "자연의 물 그대로……", "우리나라 유명약수에는 불소가 들어있습니다. 수돗물불소화는 자연의 물에 가깝게 맞추는 환경친화적 구강보건사업입니다." '수돗물불소화 20주년 기념 국제학술대회 및 사업 촉구대회' 홍보물 중에서 인용.

적 오만과 편견에 젖어 진보적이고 인도주의적인 수불사업을 방해하기 때문에 반동적, 반생태주의적인 민중의 적"[29]이라는 것이다. 민주화 운동에 헌신했다는 사람의 말이라고는 도저히 생각할 수 없는 언어의 폭력이다.

치과의사들이 군사독재시절에 민주화 운동에 헌신했다는 말은 그들이 군사 전문가들과 상의 한번 해보지 않고 검증되지 않은 자료와 의견들을 무지한 국민들에게 유포시켰고, 그렇게 해서 군사 전문가들로부터 탄압을 받았다는 뜻도 포함되어 있는 것 아니겠는가? 그렇다면 군사 전문가들의 검증은 물론 "상의 한번 해보지 않은" 군사 비전문가인 그들 역시 민중의 적 아닌가? 상식으로는 이해하기 힘든 치과의사의 궤변은 자신들의 정체성마저 부정하는 꼴이 되고 있다.

수불사업에 대해 반대론자들이 제기한 문제는 상식을 가진 사람들이면 누구나 가질 수 있는 의문들이다. 그러나 이 의문에 성실히 답해야 할 책임이 있는 전문가들이 공정한 위치에 있지 않다. 바로 그 전문가들이 이 사업을 기획하고 추진하려는 사람들이기 때문이다. 그래서 전문가들에게서 들을 수 있는 말은 한결같이 "증거가 없다", "허용기준치를 넘지 않는다", "더 많은 연구가 필요할 것으로 사료된다"와 같은 세련된 말들뿐이다. 이렇게 무책임한 말로 얼버무릴수록 의구심은 점점 더 깊어지고 전문가에 대한 불신의 강도는 더 강해진다.

수불사업을 반대한다고 해서 "적정량의 불소가 충치예방효과가 있다"는 치의학 이론을 부정하는 것이 아니다. 이론을 실천하는 기술이

---

29 서대선 「수돗물불소화사업의 생태주의적 원리」, 건치 홈페이지(www.kgca.org).

잘못됐음을 지적하는 것이다. 수불사업은 이론을 실천하는 하나의 기술일 뿐이다. 실천하는 기술이 달라진다고 해서 이론이 틀리게 되는 것은 아니다. 타협의 접점은 여기서 찾을 수 있다. 국민 개개인이 충치예방을 위해 불소를 도포하게 하거나 불소가 든 물로 양치질을 하게 하는 것과 같이 불소 이론의 또 다른 실천방법은 얼마든지 찾아낼 수 있다. 이런 방식이 얼마나 성과를 거둘지는 전적으로 치과의사들의 신뢰 수준과 노력 여하에 달려있다.

그런데 치과의사들은 수불사업 이외의 모든 방법은 효율성이 없다는 이유로 거부하고 있다. 우리는 지난 수년간 '효율성'이란 괴물 때문에 얼마나 많은 사람들의 희생되었는지 두 눈으로 똑똑히 지켜보았다. 효율성이란 명분 때문에 이제 내 몸의 자기결정권마저 포기한 채, 내 몸이 치과의사들의 사업을 위한 대상이 되어야 한다는 사실을 용납할 사람이 얼마나 될까?

치과의사들 또한 의료인인 이상 의료의 원칙을 준수하여야 하고, 그 원칙을 준수한다면 이 소모적인 논쟁은 쉽게 결론이 난다. 의료에 있어 제일 중요한 원칙이 사전 동의의 원칙이다. 수불사업은 의료행위가 아니라 공중보건사업이란 주장은 주민의 동의를 얻지 못했고 얻을 수도 없는 이 사업의 특성을 감추기 위한 말장난에 불과한 것이다. 게다가 공중보건사업의 가장 중요한 원칙이 '지역 주민의 자발적 참여'라는 사실을 알고 있다면, 국민 개개인의 건강을 엘리트 전문가들의 기술 하나로 통제·관리할 수 있을 것으로 보는 이 사업을 공중보건사업이라고 주장할 수는 없을 것이다.

엘리트 전문가들이 무지한 국민을 지도·계몽하고, 관리의 대상으로 삼던 시대는 지나갔다. 많은 사람들이 원하는 세상은 엘리트 전문가들의 지식이 아니라 상식과 원칙이 지배하는 세상이다. 전혀 무지하지 않은 국민을 무지하다고 생각해온 엘리트 전문가들에게 너무 오랜 세월 속아왔기 때문에.

(『사회비평』 2002년 겨울호)

광우병의 위험과 정부의 무모함

과학과 권력

2008년 봄, 미국산 쇠고기 수입 협상과정에서 온갖 제한조건을 풀어 버린 정부의 막가파식 협상 때문에 붉은 촛불이 온 나라를 뒤덮어 버렸다. 미국산 쇠고기의 안전성에 대해 의구심을 가지는 국민들에게 정부 관료들이 내뱉는 말은 이 한 마디뿐이다. "과학적 기준에 따라."

'과학'이란 낱말이 한국사회만큼 국가권력에 의해 조롱과 능멸을 당하고 있는 나라는 없을 것이다. 영국에서 시작된 광우병 파동이 전 유럽을 휩쓸고 있을 때 광우병에 대해서 인간이 가지고 있던 과학지식은 분명한 한계를 드러내고 있었다. 유럽의 각국 정부는 산불이 번져나가듯이 유럽 전역으로 퍼져나가던 광우병을 속수무책으로 쳐다보고만 있을 수밖에 없었다. 그리하여 결국에는 500만 마리 이상의 소들을 깡그리 살(殺)처분함으로써 불씨를 잠재울 수 있었다. 인간이 살아남기 위해 다른 생명체를 무더기로 살육하고, 그 주검들이 타면서 게워내던 검은 연기가 유럽대륙을 뒤덮고 있을 그 무렵, 우리 사회는 광우병 예방을 위해, 또 국민들을 광우병의 위험으로부터 보호하기 위해 어떤 과학적 준비를 하고 있었을까?

당시 유럽산 쇠고기는 국내에 수입되지 않고 있었다는 사실 때문에 정부는 유럽의 재앙을 강 건너 불구경하듯 하고 있었다. 1988년부터 영국의 동물성 사료가 국내에 수입되고 있었다는 사실과, 한국소도 동물성 사료를 먹었다는 사실이 드러났음[1]에도 우리 정부가 어떤 적극적인 조치를 취했다는 흔적은 찾기 어려웠다.

대신 우리 정부와 언론은 한 과학자의 현란한 언술에 넋을 놓고 있었다. "광우병에 걸리지 않는 소"를 복제해 만들어냈다고 기염을 토한 황우석 박사는 언론과 정부에 의해 국민적 영웅이 되어버렸다. 잘못된 사육방식을 바꾸지 않고 아예 소를 바꾸어버리겠다는 이 해괴망측한 발상에 대해 우리 언론들은 한 줌의 의구심을 가지기는커녕, 한국의 과학자가 온 인류를 광우병의 공포에서 해방시키는 한편 또 그 소의 특허를 통해 한국은 돈방석 위에 올라앉을 것처럼 떠들어댔다.[2] 그러나 언론과 정부에 의해 과학의 영웅이 되었던 그 과학자가 과학 분야에서 국제사기꾼이란 사실이 드러나기까지에는 그리 긴 시간이 걸리지 않았다. 그가 국민들의 시야에서 사라지면서, "광우병에 걸리지 않는" 그 소가 살아있는지, 죽었는지 아니면 실제로 존재했는지에 대한 관심조차 소리

1 「영 동물성 사료 88년부터 한국 수출」, 『동아일보』 2000.2.5.
2 「광우병 내성 소, 2004년까지 개발」, 『영남일보』 2001.12.25.

없이 사라져버렸다. 하지만 광우병의 공포는 시나브로 우리들의 일상에 깊숙이 헤집고 들어와 있다.

1997년 광우병의 공포가 유럽에서 그 실체를 드러낼 무렵 국내의 한 의과대학 교수는 광우병에 관한 한편의 논문[3]을 발표한다. 논문에서 그 교수는 영국에서 광우병이 집단 발생한 이유에 대해 호주나 미국은 국토가 넓어서 "넓은 초지에 방목"하는 반면, 영국은 "국토가 좁아 가공제조된 사료로 집단 사육하기 때문"이라고 했다. 이 논문이 발표될 무렵은 아직 미국에서 광우병에 걸린 소가 발병하기 전이었다. 그런데 미국의 축산업자들도 동물성 사료와 성장호르몬을 사용하여 송아지를 조기 숙성시킨다는 것은 오래 전부터 알려져 왔던 '사실'이다. 어쨌든 그 논문에서 제시한 광우병 예방대책에서 첫번째로 꼽은 것이 "광우병 소견을 보이는 동물을 식용이나 사료로 사용해서는 안 된다"라는 것이었다. 여기에 광우병이 의심되는(확진된 것도 아닌) 소 중에서 식용 가능한 연령이나 부위에 대한 언급은 전혀 없다. "감염되었을 가능성"만 있어도 식용으로 금지할 것을 권장하면서, "왜 영국에서 500만 마리의 소를 살처분했는지를 생각해 보아야 할 것"이라고 했다. 그 교수는 참여정부가 미국산 쇠고기 재수입 협상과정에서 "30개월 미만의 살코기"로 한정하여 재수입 결정을 내릴 때 학계에서 참여한 전문가 위원이었다. 당시 각종 언론매체의 인터뷰에서 30개월 미만의 살코기는 안전하다고 주장한 전문가 중의 한 사람이기도 하다.

지금 정부는 미국산 쇠고기에 대해 사실상 모든 제한조건을 풀어놓

---

3 「특집 II, 새로이 출현하는 전염병 — 광우병」, 『대한의사협회지』 vol.40, 제6호, 1997.6.

으면서도 한결같이 국제기준과 과학적 기준에 따랐다고 주장한다. 정부의 관료들은 정부의 과학과 관련된 정책을 집행하는 사람들이지만 과학자이거나, 과학에 정통한 전문가는 아니다. 역대 어느 정부도 이런 특정 분야의 전문성이 요구되는 중요한 정책 결정에는 전문가의 정책 자문을 거쳐서 결정해왔다. 하지만 이번 협상과정에는 전문가위원회가 구성되어 정책 결정 이전에 전문가에게 자문을 구했던 것 같지도 않고, 협상과정에 개입한 전문가는 단 한 사람도 없었던 것 같다. 그저 '전봇대 뽑듯이' 결정해버린 것이다. 정부는 잘못된 정책 결정을 '과학'으로 포장하여 진실인 양 호도하고 있지만, 과학과는 무관하게 살아온 통상 관료들이 최소한의 전문가 자문도 없이 어설픈 해명을 반복하다 보니, 정부의 발표 자체가 괴담의 진원지가 되고 말았다.

광우병의 위험

사실 60억 인구 중에 인간 광우병으로 확진된 사례가 200여 사례에 불과한 만큼 광우병의 위험이 과장되었거나 국민들이 과민반응을 일으킨다고 볼 수도 있다. 중국의 쓰촨성 지진이나 미얀마의 쓰나미로 수만 명이 한꺼번에 사망했고, 그 피해규모가 앞으로 얼마나 더 커질지는 예상조차 하기 힘들지만 세상은 여전히 아무 일 없었다는 듯이 잘만 돌아가고 있다. 한반도에도 지진이나 해일 발생 가능성이 전혀 없는 것이 아닌데도 우리는 지진에 대해 아무런 대비책도 없이 매일매일 지진에 대한 걱정 없이 살아가고 있다. 온 지구촌이 중국과 미얀마에 대해 구조 지원을 약속하고 있기는 하지만 지진에 대한 두려움으로 하루아침에 지금까지의 생활양식을 바꾸겠다는 사람은 없다.

광우병에 따른 피해는 일상에서 우리가 겪는 각종 위험과는 비교할 수도 없을 만큼 낮은 수준일 수도 있다. 그런데도 미국산 쇠고기, '아직' 은 부산항에 도착도 하지 않은 미국산 쇠고기에 대해 국민들이 극도의 거부감과 불안감을 드러내는 이유는 무엇일까.

광우병에 대해서는 그 발병 기전이나 전파경로, 치료법에 이르기까지 확인된 사실보다 의(醫), 과학적으로 설명하기 힘든 부분이 더 많은 질병이다. 그래서 21세기 인류 최대의 미스테리라고 부르기도 하고, 인과관계를 설명하기 위해서는 조각나 있는 사실들을 모아 퍼즐 끼워 맞추듯 해야 한다. 그렇게 해서 '겨우' 확인된 사실 중 하나가 광우병의 원인이 동물성 사료로 소를 사육하는 대규모 공장형 축산방식에 있다는 것이다. 그렇다면 드러난 사실을 토대로 위험을 최소화하기 위해서는 사육과정에서 당연히 동물성 사료를 금지해야 한다는 것은 전문가의 자문이 없더라도 상식선에서 판단할 수 있다. 여기서 한 발 더 나아가면 대규모 공장형 축산방식까지 포기해야 하는 것이 옳다.

하지만 미국은 유럽이 광우병으로 말미암은 대재앙을 겪은 뒤에도 여전히 동물성 사료를 사용하고 있고, 앞으로도 상당 기간 이런 사육방식을 고집할 것임을 충분히 예측할 수 있다. 그렇다면 정부가 해야 될 조치는 "광우병이 (추가로) 발생하면 수입금지 조치를 취하겠다"라고 할 것 아니라, 미국 정부가 사료정책을 개선하지 않으면 미국산 쇠고기는 절대 수입하지 않을 것이라고 발표해야 앞뒤가 맞게 된다.

문제는 광우병 위험물질뿐 아니라 참여정부에서 결정되었던 "뼈 없는 30개월 미만의 살코기"는 안전한가 하는 점이다. 프라이온 병의 특성은 정상적으로 존재하는 프라이온 단백질이 병원성 프라이온 단백질로 바뀐다고 해서 곧바로 증상이 나타나는 것이 아니라 상당한 기간(잠복기)이 지나 병원성 프라이온 단백질이 축적되어 덩어리를 형성하면서부터 증상이 나타나기 시작한다는 것이다. 그런 병원성 프라이온 단백질이 쉽게 덩어리를 형성하는 부위가 뇌, 척수와 같은 위험물질로 알려진 부위인데, 근육이나 다른 신체조직에도 양이 적을 뿐이지 병원성 프라이온 단백질은 얼마든지 발견될 수 있고, 극히 미량의 병원성 프라이온 단백질이라 할지라도 감염력만큼은 엄청나다는 사실은 이미 증명된 바 있다.

지금 논란은 동물성 사료에 국한되어 있는데, 갓 태어난 송아지를 사육하는 과정에서 소의 혈액성분으로 제조된 대체분유가 가진 위험성은 별로 언급되고 있지 않다. 병원성 프라이온 단백질은 혈액을 통해서도 감염이 된다는 것도 확증된 사실이다. 그래서 한국에서도 헌혈과정에서 느슨한 방지책이긴 하지만 사전 질문지를 통해 광우병 발생지역에서 일정기간 체류하고 있었던 사람들을 파악하여 헌혈을 금지하고 있다. 그렇다면 광우병 발생지역의 소 혈액성분으로 만든 대체분유로 사육된 송아지 역시 병원성 프라이온 단백질에 감염되어 있을 가능성이 대단히 높다고 보아야 한다. 송아지의 경우 프라이온 단백질의 축적량이 적고 광우병의 잠복기가 긴 탓(소의 경우 5~8년, 사람의 경우 20~30년)에 겉으로 증상이 드러나지 않는 것일 뿐이다. 따라서 미국과 같은 사료정책을 고집하는 나라에서 집단 사육되는 모든 소는 광우병에 감염되어 있을 가능성이 있기 때문에 월령이나 위험물질, 살코기로 구분하는 것 자체가 무의미한 것이다.

그런데도 1억 마리나 되는 소를 사육하는 미국에서 광우병에 걸린 것으로 확인된 소가 겨우 세 마리밖에 안 되는 이유는 식용으로 도축되는 소가 대부분 30개월 미만의 소이기 때문이다. 잠복기가 긴 광우병의 특성상 도축과정에서 뇌조직 검사를 통해 전수검사를 하지 않는 이상은 그 30개월 미만의 소가 광우병에 감염되어 있는지 여부를 알아낼 수 있는 방법은 없다. 이런 형편인데도 미국에서 도축되는 소의 광우병 검사 비율은 한마디로 '끔찍한(appalling)'[4] 수준이란 것이 이미 온 세계에 공지되어 있는 사실이다.

정부는 미국에서조차 식용으로는 거의 사용되지도 않는 30개월 이상의 쇠고기는 물론 위험물질까지 전량 수입을 결정해놓고서는 "먹기 싫으면 먹지 않으면 그만"이라고 태평스럽게 말하고 있다. 정부가 마약 수입을 결정해 놓고서도 "먹기 싫으면 먹지 않으면 그만"이라고 주장하는 것과 마찬가지다. 이런 정부의 태도 또한 이명박 정부답게 시장경제 원리에 충실(?)한 것이라고 볼 수 있겠지만 그것은 정부가 스스로 정부의 역할과 임무를 포기한 것이라 할 수 있다. 정부의 역할을 포기한 불의(不義)한 정부에 대해 국민들이 저항하는 것은 우리 헌법 정신에서 국민들에게 부여하고 있는 정당한 저항권 아니겠는가? 이런 국민들의 저항을 향해 확률을 들먹이며 과민반응을 보인다고 폄훼하고 있는 일부 언론과 관변학자들의 말장난은 위험수위를 넘은 독극물 수준으로 치닫고 있다.

---

4 광우병 연구로 노벨상을 받은 프루지너 박사의 표현이다. "U.S. continues to violate WHO guidelines for BSE," January 23, 2004, Michael Greger M.D (http://organicconsumers.org/ madcow.htm)

과소평가되고 있는 인간광우병의 발병률

60억이 넘는 사람이 살고 있는 지구촌에 광우병 감염 쇠고기 섭취에 의한 인간광우병 발생환자는 200여 사례에 불과하고, 미국과 한국에서는 아직 인간광우병으로 확진된 사례가 없다는 것은 사실이다. 확률상으로는 "로또에 당첨되어 돈 찾으러 가다가 벼락에 맞아 죽을 확률"[5]에 해당될 수도 있는 극히 미미한 확률이라고 볼 수도 있다. 그러나 인간광우병의 발병률은 심각하게 과소평가(seriously underdiagnosed at present)되어 있다는 것이 정설이다.[6]

인간광우병은 혈액검사나 다른 검체를 통해 진단할 수가 없다. 오로지 뇌조직 검사에 의해서만 확진될 수 있으므로 인간광우병이 매우 의심되는 환자라 하더라도 살아있는 상태에서는 뇌조직 검사를 할 수는 없기 때문에 확진을 하기 위해서는 그 환자가 사망할 때까지 기다려야 한다. 그런데 환자가 사망을 한다 하더라도 부검을 통해 환자의 뇌조직 상태를 확인하기가 쉽지 않다. 의학교육을 전혀 받지 않은 중·고등학생들도 이미 알고 있다시피 병원성 프라이온은 통상적인 멸균 소독법으로는 감염력을 없앨 수 없다. 그래서 인간광우병이 의심되는 환자의 부검에 단 한 번이라도 사용된 시설과 도구들은 모두 핵폐기물을 처리하듯 특단의 조치를 거쳐 폐기해야 한다. 사정이 이러하니 인간광우병이 의심되는 환자의 부검에 얼마나 많은 비용이 소모될지는 충분히 짐

---

5 2008년 5월 8일 MBC 〈100분토론〉 "미국산 쇠고기 안전한가"에 출연한 대학교수의 발언.

6 "Life, Jim, But Not as We know it? — Transmissible dementia and the prion protein," *British Journal of Psychiatry*, vol.158 (1991), 457~470쪽.

작할 수 있을 것이다. 그래서 인간광우병 환자의 뇌조직 검사는 정부의 예산 지원 없이 민간의료기관 단독으로는 해결하기가 어렵다. 그런 만큼 정부의 정보통제가 있을 가능성도 높은 것이다.[7]

현재 한국과 미국에는 인간광우병이라 부르는 변종 크로이츠펠트 야곱병이 발생한 것으로 공식 확인된 사례는 없다. 그러나 변종 크로이츠펠트 야곱병과 유사한 산발성 크로이츠펠트 야곱병은 국내에서도 발생하고 있다. 그런데 산발성 크로이츠펠트 야곱병의 원인은 무엇인가? 광우병 감염 쇠고기와는 전혀 무관한가? 답은 '그렇다'가 아닌 '모른다'이다.

유럽에서 인간광우병이 발생한 이후 정부는 산발성 크로이츠펠트 야곱병과 변종 크로이츠펠트 야곱병을 국가지정 전염병으로 표본감시 대상으로 삼고 있다. 먼저 산발성 크로이츠펠트 야곱병의 신고를 위한 진단 기준을 보면 I '급속히 진행하는 치매 증상'과 II '간대성 근경련', '시각 또는 소뇌기능장애', '추체로 또는 추체외로 기능장애', '무동(無動)성 무언증(無言症)' 네 가지 증상 중에서 두 가지 이상의 소견을 보이면 의심환자(Possible)로 분류되고, 여기에 전형적인 크로이츠펠트 야곱병의 뇌파소견을 보이면서 뇌척수액 검사에서 14-3-3 단백질이 검출되면 추정환자(Probable)로 분류되어 신고대상이 된다.

변형 크로이츠펠트 야곱병의 진단 기준에서 유의미한 증상으로 분류되고 있는 증상 역시 '초기에 나타나는 정신과적 증상', '지속적인 동통성 이상감각증', '운동실조', '근경련증이나 무도증 또는 근긴장이상

---

7 http://www.washtimes.com/upi-breaking/20050323-053919-8481r.htm

증', '치매'로 산발성 크로이츠펠트 야곱병과 큰 차이가 없다. 여기에 열거된 증상 중 네 가지 이상의 증상과 병력과 몇 가지 검사 결과에 따라 변종 크로이츠펠트 야곱병으로 분류되어 신고대상의 환자가 된다.

신경계 질환을 앓고 있는 환자들 중 위에 열거된 증상들을 보이는 환자를 만나는 것이 그렇게 어려운 일은 아니다. 하지만 최종적으로 뇌조직 부검에 의해 확진되지 아니한 상태에서는 "의심된다"는 수준을 벗어나기는 어렵다.

미국에서 1979년에서 2002년까지 치매로 사망한 환자의 수는 8,902% 증가했다. 현재 450만 명이 알츠하이머 병을 앓고 있는 것으로 보고되고 있다.[8] 국내에도 치매환자는 빠른 속도로 증가하고 있다. 전국 곳곳에 들어서고 있는 노인요양병원만 보더라도 그 수를 짐작할 수 있다. 알츠하이머 병과 크로이츠펠트 야곱병은 전혀 다른 병으로 알려져 있다. 그러나 알츠하이머 병과 크로이츠펠트 야곱병은 병리적 소견이 유사하여 뇌조직 부검을 하더라도 쉽게 구분하기 어렵다.[9] 그렇다면 지금 인간광우병의 위험이 과소평가되고 있는지 과대평가되고 있는지는 상식선에서 쉽게 판단할 수 있을 것이다. 특히 우리 사회는 시신 훼손에 대한 거부감이 강해 시신의 부검이 극히 제한된 사례에서만 이루어지고 있다는 사실 또한 감안해야 할 것이다.

---

8 콤 켈러허 『얼굴 없는 공포, 광우병 그리고 숨겨진 치매』, 김상윤·안성수 옮김, 고려원북스 2007.

9 The pathology of spongiform encephaloapthy is often associated with senile plaques that are morphologically indistingushable from those of Alzheimer's disease. ("Central nervous system amyloidses: A comparison of Alzheimer's disease and Creutzfeldt-Jakob disease," *Neurology*, 1989, vol.39, 1103-1105)

공포스러운 18대 국회

어른들의 잘못된 선택으로 생긴 피해는 어른들이 감수하면 된다. 그러나 미국산 쇠고기 수입제한 철폐로 가장 큰 피해를 입는 계층은 지난 선거에서 투표권이 없었던 청소년들이다. 그러나 정작 투표권을 행사하여 사태를 이 지경으로 몰고 간 어른들은 촛불을 들고 서 있는 것 외에 그 피해를 수습해줄 능력이 없다. 이명박 정부가 파장을 충분히 예상할 수 있었음에도 서둘러 무모한 결정을 한 것은 6월이 되면 이명박 정부의 든든한 버팀목인 한나라당이 과반수를 훨씬 넘는 의석을 차지하게 되는 18대 국회가 시작되기 때문일 것이다. 곧 개원할 18대 국회가 두려워진다.

(『말』 2008년 6월호)

몸과 삶의 위기 – 인문학이 대안인가*

촛불과 의사협회

이명박 정부가 출범하자마자 국민들이 제일 먼저 맞닥뜨린 문제는 바로 '건강' 문제인 것 같다. 정부는 건강과 관련된 국민들의 관심을 촉발시킨 정도가 아니라, 국민 전체를 상대로 협박과 공갈을 일삼으며 아예 전쟁을 치르듯 하고 있다. 엄연히 광우병 발생지역인 미국에서 사육된 쇠고기를 아무런 안전장치도 없이 마구잡이로 수입을 하게 한 것도 모자라는지, 이런 무모한 결정에 저항하는 국민들을 정부는 무력으로 완전히 짓밟아버렸다. 게다가 건강을 '돈 되는 상품'으로 개발하여 이를 되팔아 경제를 살려보겠다는 야심찬, 일면 허황한 계획들을 추진하고

---

* 이 글은 인제대학교 인문의학연구소에서 펴낸 『인문의학 – 인문의 창으로 본 건강』(휴머니스트 2008)에 대한 서평 형식의 글로 『녹색평론』 통권 제102호에 수록되었다.

있고, 여기에 경제능력이 되는 만큼만 보장의 수준을 결정하는 민간의료보험으로 국민건강보험을 대체하려는 것이 새 정부의 보건정책이다.

새 정권이 들어서자마자 타오른 촛불은 이런 정부정책에 대한 저항과 반대의 뜻을 분명히 담고 있는 시민의식이 집단 표출된 것이다. 그리고 계층 구분 없이 온 국민들이 자신과 자녀들의 건강을 지키기 위해 정부의 정책에 정면으로 저항하고 나선 것은 한국사회 시민운동의 새로운 전기가 될 사건인 것은 틀림없다.

그런데 정부와 시민사회가 '건강'이란 의제를 놓고 정면대립하고 있는 이 상황에서 정작 의료계는 별다른 역할을 하지 못하고 있다. 미국산 쇠고기의 안전성 문제로 온 나라가 들썩일 때, 정부측 인사들이 "벼락 맞아 죽을 확률"을 들먹이며 황당무계한 괴변을 늘어놓을 때도, 통상관료들이 "오아이~이, 오아이~이(OIE)"만 앵무새처럼 떠들어대며 반대측 사람들에게 과학적 근거를 내놓으라고 닦달을 할 때도 자신있게 자신의 의견을 내놓는 의사는 보기 힘들었다.

정부의 미국산 쇠고기 수입정책에 대한 국민들의 저항이 촛불로 벌겋게 달아오르고, 그 촛불에 의지하여 시민들이 연일 길거리에서 밤을 지새우고 있을 때, 대한의사협회가 한 일은 안전하든, 안전하지 않든 이를 뒷받침하는 과학적 근거를 제시한 것이 아니라 기자들을 불러모아놓고 미국산 쇠고기 시식 시범을 보이는 행사를 한 것이 고작이었다. 의사협회 집행부를 중심으로 한 의사들의 신뢰도는 또 한 번 곤두박질쳤을 터이지만, 그래도 그 자리에 있었던 대한의사협회 집행부는 여전히 자신들을 '과학적'으로 생각하고 처신하는 '전문가'라고 스스로를 굳게 믿고 있을 것이다.

그런데 오래 전부터 의사 개개인이나 의술에 대한 불신이 아니라 자연과학에 바탕을 둔 '현대의학' 자체에 대한 신뢰가 흔들려왔다는 사실에 주목할 필요가 있다. 현대의학이 인류 역사에서 많은 기여를 한 것은 분명한 사실이지만, 지금의 현대의학은 더 이상 인류의 건강을 보장해주는 유용한 수단이 아니라는 문제의식이 동서양을 막론하고 그 싹을 조금씩 키워왔다. 그 결과 현대의학의 대안으로 '대체의학', '자연의학'과 같은 새로운 모형들이 제시되고 있고, 의료생활협동조합과 같은 제도적 대안들이 여기저기서 구체적으로 실천되고 있다. 그래서 이런 대안들을 중심으로 지금 우리나라뿐만 아니라 온 인류가 부닥치고 있는 '몸과 삶의 위기'를 극복해낼 수 있을지 많은 사람들의 지혜와 논의가 필요한 시점인 것은 분명하다.

건강과 현대의학

최근 인제대 인문의학연구소에 엮어낸 『인문의학 – 인문의 창으로 본 건강』은 이런 문제의식을 바탕으로 논의 수준을 한 차원 높인 글들을 모아 엮은 책이다. 즉 "현대의료는 건강이라는 환상을 쫓는 과정에서 감당할 수 없을 정도의 기대를 양산"함으로써 '의료비 상승', '(의료)상품의 공급과 소비를 둘러싼 치열한 경쟁', '환자와 의사의 대립'과 같은 쉽게 해결할 수 없는 수많은 문제를 양산해내고 있다고 지적하면서(「건강은 없다」 29쪽), 그에 따른 새로운 대안을 모색하기 위해 기획된 책이라고 볼 수 있을 것 같다.

이 책에서 필자들은 '현대의학'과 또 현대의학을 전공한 '의사'들이 일방적으로 정의해 놓은 '건강'에 대한 개념을 해체하려는 시도를 하기 위해 건강과 관련된 다양한 견해들을 소개하고 있다(「건강은 없다」, 특별대담 「한국사회에서 건강을 말하다」). 그런데 건강의 개념을 새로 정립하기에 앞서 왜 한국의 의료계가 국민들로부터 신뢰를 얻지 못하고 있는가에 대한 성찰이 우선될 필요가 있다. 이 질문에는 현직 기자가 의료현장의 생생한 취재경험을 바탕으로 분석한 글(「의사, 왜 그들은 미움을 받는가」 190쪽)에서 일부 답을 얻을 수 있다. 하지만 의사들이 국민들로부터 신뢰를 얻지 못하고 "미움을 받는" 것이 꼭 한국사회에만 있는 독특한 현상은 아니다. 현대의학(서구의학)이 외세로부터 들어와 전통의술과 습관을 밀어낸 나라에서는 공통적으로 나타나는 현상이라고 볼 수 있다. 현대의학에 기반한 의술은 민중의 습관과 끝없이 충돌하기 때문이다. 이 사실에 대해서는 일찌감치 도스토예프스키가 꼼꼼하게 분석해 놓은 기록도 있다(『죽음의 집의 기록』).

그렇다면 우리 사회에 현대의학이 도입되는 과정에서 전통의 질병관에 젖어있던 민중의 정서와 어떤 갈등이 있었는지, 그리고 그 과정에서 의사들은 어떤 역할을 했는지를 확인해볼 필요가 있을 것이다. 그 다음 우리 의학의 뿌리와 정체성을 확인하는 작업도 필요하다. 이런 과정을 통해 지금 우리가 겪고 있는 위기를 슬기롭게 헤쳐나갈 수 있는 발판을 마련할 수도 있을 것이기 때문이다. 이런 지난한 작업이야말로 어떤 면에서 우리 인문학이 감당해야 할 몫일는지도 모른다.

외세에 의해 근대의학이 도입된 이래로 지금까지 한국의 의료계와 의료인들이 남긴 족적들과 밑바닥 정서와의 갈등은 문학작품에서 손쉽게 확인할 수 있다(전광용 『꺼삐딴 리』, 김정한 『제3병동』, 이청준 『당신들의 천국』, 『조만득 씨』, 박완서 『아주 오래된 농담』 등). 한국 의료계에는 의료계뿐 아니라 사회적으로도 존경받는 장기려 박사(「성산 장기려, 그 신화의 이면」 180쪽)라는 걸출한 인물도 있긴 하지만, 문학작품에서 묘사되는 의료계와 의료인의 모습과 처신들은 대부분 부정적이면서도, 민중들의 정서와는 한참 동떨어져 있다. 왜 그럴까?

한 예로 문학작품에 자주 등장하는 질병인 '결핵'은 가난, 결핍, 불결함, 비위생, 고독, 고통을 상징하는 대표적 어휘이며, 결핵의 발병률은 실지 한 국가의 개발수준을 평가하는 척도로 이용되기도 한다. 근대문학에 등장하는 결핵과 관련된 표현은 일제강점에 의해 피식민지 국가로 전락한 우리 사회의 '창백한' 현실을 드러내는 은유적 표현이기도 하다. 그래서 가난, 결핍, 불결, 비위생이 범벅이 되어 증상을 드러내는 결핵을 치료할 수 있는 병원과 의사들은 자연스럽게 권력이 되어갔다. 의사들의 권위의식 또한 그렇게 형성되어 갔다. 또 구한말, 일제강점기 때 서구식 현대의학을 배울 수 있었던 의사들의 계층적 기반은 질병으로 고통받는 민중들과는 아예 격이 달랐으니 정서적 이반은 당연했을 것이다. 그러나 의사들은 결핵이 창궐하도록 만드는 정치경제적 환경에 대해서는 철저하게 침묵했다. 그런 침묵의 전통은 100년이 지난 지금도 계속되고 있다.

이 책에서 한 필자는 "본격적인 근대문학이 병에서 출발"(「근대문학과 병」 97쪽)한다고 했다. 문학에는 문외한인지라 왜 "본격적인 근대문학이 병에서 출발"하게 되었는지는 잘 모르겠으나, 만약 근대문학이 소설의 소재로 질병을 본격적으로 다루기 시작했다면, 그 무렵에 비로소 우리 사회가 질병에 대한 전통적 사고방식에서 풀려나기 시작했음을 의미한다. 그래서 '결핵'과 같은 질병들이 문학작품 속에서 상징성을 획득하기 시작한 것이라고 볼 수 있다.

우리의 고유한 의철학적 전통은 없는가

그렇다면 우리의 전통적 사고방식으로는 질병을 어떻게 바라보았을까? 우리의 전통적 사고방식에 뿌리를 둔 삶과 몸의 문화는 어떠하였을까? 근대의학이 도입된 지 벌써 100년이 지났음에도 아직도 의사집단과 국민들 사이에 메우기 힘든 골이 남아있게 만든 질병과 또 그 치료에 관한 고유한 민족 정서는 어떤 것일까? 하지만 "인문학의 창으로 본 건강"을 이야기하는 그 많은 글들 중에서 '우리'의 몸과 삶에 대한 이야기와 '우리 의학'의 뿌리와 정체성에 관련된 이야기는 단 한 줄도 없다. 그래서 누구의 시각에서 무엇을 위한 '인문의학'인지 고개마저 갸우뚱하게 만든다.

이 책은 "고정된 지향의 대상으로서의 건강이라는 관념에 대한 도전"(19쪽)을 다양한 방식으로 시도한다는 취지에서 고대 동아시아(중국), 고대 인도, 고대 그리스의 삶과 건강에 대한 각각의 의철학(醫哲學)적 전통을 소개하고 있다(31~79쪽). 그리고 건강을 통계에 기반한 계량적 수치로 환원하려는 현대의학의 모형을 비판해온 프랑스 병리학자 조르쥬 캉길렘의 글도 번역으로 덧붙이고 있다(80쪽). 그렇다면 현대의학이 안고 있는 내외부의 여러 모순들, 그로 말미암아 우리 사회, 아니 인류 전체가 떠안고 있는 그 숱한 부담들과 위험들이 단순히 '건강'이라는 개념을 잘못 설정한 데 기인하는 것에 불과한 것인가? 자연과학이 아닌 인문학적 시각으로 건강에 대한 개념 설정만 다시 하면 현대의학의 모순과 한계는 극복될 수 있는 것인가? 책에서 제시하고 있는 인문학적 시각이라고 해봐야 기껏 고대 그리스, 중국, 인도의 시각에 철저하게 편향되어 있는 것에 불과하다. 몹시 혼란스럽다.

우리 사회에 근대의학이 도입된 것은 서구 열강들이 앞세운 선교사업의 하나로, 또 일본 군국주의의 한반도 강점의 산물이다. 그러므로 우리 사회에 "고정된 지향의 대상으로서의 건강이라는 관념"이 생겼다면 그것은 서구외세의 영향이라고 보아야 한다. 그런 관념에 "도전"하겠다면 우선 한반도에 반만년 이상 생명의 역사가 이어져오게끔 한 우리 의료체계와 그 의료체계의 밑바탕에 깔려 있는 의철학적 전통은 무엇인가에 대한 설명이 있어야 한다.

그런 전통이 적어도 고대 그리스, 고대 인도의 의철학적 전통이 아니었던 것은 분명하다. 『동의보감』을 저술했던 허준이 자신의 저술을 '동의(東醫)'라 이름 붙인 이유가 "중국의 의서들과는 다"르기 때문이라고 했으니, 고대 중국의 의철학적 전통도 우리의 몸과 삶의 의철학적 전통이라고 보기도 어렵다. "병-치유의 방식은 시대와 문화에 따라, 심지어는 같은 시대 같은 문화권에서도 무척 다양한 형태로 나타"(21쪽)나기 때문에, 고대 그리스, 고대 인도는 물론 고대 중국의 의철학적 전통과는 다른, 우리의 몸과 삶에 대한 철학적 전통은 분명히 따로 있을 것이고, 있어야만 한다.

그러나 이 책에서는 아무런 언급이 없다. 근대의학이 도입되기 이전에 5천년을 이어온 우리 민족의 몸과 삶의 문화, 거기에서 다듬어져 온 의철학적 전통은 아예 무시해버린 것이다. 우리 몸, 우리 삶에 대한 철학적·역사적 인식의 기반도 하나 없이, 현재의 법과 제도의 보호를 받으며 그리고 또 자본으로 탄탄하게 무장되어 있는 이 시대의 "건강이라는 관념"에 도대체 무슨 힘으로 어떻게 도전하겠다는 것인지 납득하기 어렵다.

그래서 "인문의학"이란 이름은 달고 있지만 무엇을 추구하기 위한 인문의학인지 책 전체를 뒤져봐도 가닥을 잡을 수가 없다. 동의학도 아닌 한(漢)의학을 정말 우리 전통의학으로 만들기 위함인지, "십전대보탕"(「완전함을 꿈꾸는 십전대보탕」 200쪽)이 화학약품에 의존하면서도 "완전함"만을 추구하는 현대의학의 대안으로 기능을 하게 하기 위함인지……. 그런 것들이 인문의학의 힘으로 가능해진다 하더라도 지금 우리 사회가 겪고 있는 건강의 위기는 해결될 성질의 것이 아니다.

인문학의 역할

『인문의학』을 읽은 독자들은 상식과 교양의 지평은 좀 넓힐 수 있을지는 모르겠으나 당장 우리 사회가 당면하고 있는 문제 — 과연 정부의 말만 믿고 미국산 쇠고기를 걱정하지 않고 먹어도 되는지, 의료양극화는 어떻게 해결할 것인지, 영리법인의 의료기관 개설은 허용해야 할 것인지 말 것인지, 한미 FTA가 체결되면 우리의 의료체계는 어떻게 재편될 것인지 — 등에 대해서는 아무런 해답을 얻을 수가 없다.

이 모든 문제들은 건강의 인문학적 개념과 관련된 문제라기보다는 제도와 정책의 문제이며, 제도와 정책의 문제는 권력자의 통치철학과 맞물려 있다. 지금 우리 사회가 겪고 있는 가장 시급한 건강의 문제는 국가의 책임 방기로 해서 국민 개개인이 국가로부터 보호받아야 할 지극히 정당한 권리인 건강권이 무시되고 있다는 점이다.

이명박 정부가 펼치는 정책은 한마디로 정글의 법칙이 지배하는 야만의 사회를 지향하고 있다. 여기에 자본과 결합한 '건강 이데올로기'가 상품으로 변질되어 국민의 건강한 삶 자체를 위협하고 있는 형국이다. 그런데 제동장치는 전혀 없는 상태다. 이런 극단적인 정치질서를 선택한 것 또한 다름 아닌 바로 우리 국민들이다.

그런 점에서 왜 우리 사회가 이렇게 절차와 과정은 깡그리 무시하고 돈만 밝히는 천박한 사회로 변질되었는지, 그리고 인간의 몸과 건강마저 상품으로 변질되어 시장에서 사고 팔리는 지경에 이르렀는지, 이런 기막힌 현실에 대한 인문학적 성찰은 반드시 필요하다. 『인문의학』이 그런 성찰의 기회를 제공한 것은 분명한 것 같다.

그러나 개개인의 일상을 구속하고 있는 제도와 정책에 대한 개혁의 전망을 제시하지 못하는 인문학적 성찰은 말의 성찬에 그칠 우려가 있다. 특히 건강과 관련한 문제에서 제도와 정책을 빼놓은 인문학적 성찰은 건강을 개인의 책임으로 전가시키는 한편, 국가의 책임과 정책 오류에 대해서는 눈을 감는 결과를 낳게 된다. 지금 우리 사회가 겪고 있는 건강의 위기는 정책의 위기이지, 인문학적 개념의 위기가 아니라는 점에서 『인문의학』은 의미있는 시도를 하였음에도 불구하고 여러 가지 아쉬움을 남기고 있다.

(『녹색평론』 2008년 9-10월호)

3부 • 정치·사회·문화와 건강

한국인 원폭피해자 실태와 의료지원 대책*

보상(補償)과 배상(賠償)

2005년 일본의 시마네현 의회가 2월 22일을 '다케시마의 날'로 정하는 조례안을 가결한 이후 한·일 두 나라 정부 사이에 팽팽한 긴장 상태가 계속되고 있을 때, 와다 하루키 도쿄대 명예교수는 독도문제의 해법을 제시하는 칼럼을 『한겨레』에 기고한 바 있다.[1] 이 기고문에서 와다 하루키 교수는 한국 국민들의 분노는 이해하지만 일장기를 태우는 것과 같이, "일본을 총체적으로 부정하는 행위"는 자제해줄 것을 당부하는 한편, 한국 정부의 배상 요구와 관련해서 사할린 피해자와 원폭피해

* 이 글은 2005년 5월 18일, '원폭피해자 및 원폭 2세 환우 문제해결을 위한 공동대책위원회', 민주노동당 정책위원회, '탈핵과 대안적 전력정책 국회의원모임'에서 주최한 '원폭피해자 문제 해결을 위한 입법 방향'과 관련된 공청회에서 발표된 것이다.

1 와다 하루키 「독도 문제 이젠 풀자」, 『한겨레』 2005.3.22.

자들의 문제만큼은 "일본 정부가 지금까지 상당한 노력을 해 왔고, 그 노력들은 피해자들도 인정하고 있"으니 이와 관련된 사실관계는 분명히 해줄 것을 당부하고 있다.

사실 군 위안부 문제나 역사교과서 문제와 견주어보았을 때 원폭피해자들에 대한 일본 정부의 태도는 "상당한 노력"을 하고 있다는 평가를 받을 수도 있겠지만, 과연 와다 교수의 판단처럼 한국의 원폭피해자들이 정말 일본 정부가 성의 있는 노력을 하고 있는 것으로 인정하고 있는지는 의문스럽다. 지금 한국의 원폭피해자들이 일본의 원호법에 따라 보상을 받고 있는 것은 한국인 원폭피해자들이 목숨을 걸고 줄기차게 투쟁해 왔던 결과의 산물이지, 일본 정부가 스스로 내린 결정이라고 보기는 어렵다. 물론 이 과정에서 60년 가까운 세월이 흘러가는 동안 한국 정부가 한 역할은 아무것도 없었다.

한국인 원폭피해자들에 대한 일본 정부의 "상당한 노력"이라는 것은 일본 정부가 한국인 원폭피해자들의 딱한 사정을 헤아려 "인도주의적 차원에서 지원하고 보상(補償)"해 주는 것일 뿐, 결코 전쟁도발이나 전쟁범죄의 책임을 인정하고 그에 따른 피해를 배상(賠償)하는 차원이 아니라는 데 문제가 있다. 지금 일본 원호법에 따라 한국인 원폭피해자들이 일본 정부로부터 건강수당과 장제비 같은 원호수당을 지급 받고 있긴 하지만, 그 수는 한국 원폭피해자협회에 등록된 전체 인원의 절반을 조금 넘는 수준에 그치고 있다. 그 이유는 일본 정부로부터 일본 원호법에 따른 보상을 받기 위한 조건을 갖추기 위해서는 우선 일본으로 건너가서 건강검진을 받아야 하고, 자신이 피폭 당했다는 사실을 스스로 증명하여야만 한다.

하지만 한국의 생존 피폭자들 중에는 피폭 당시 나이가 어렸던 사람이 많아[2] 자신이 살았던 지역을 제대로 기억해내지 못하는 경우가 많고, 그나마 기록이 남아있던 사람들조차 6·25 전란 과정에서 호적이 불타 없어진 사례들이 많다. 또 피폭 후 60년의 세월이 지나면서 피폭 당시의 상황을 증언해 줄 사람들이 사망했기 때문에 인우증명을 해줄 수 있는 증인을 찾기가 힘들고, 피폭에 따른 2차 피해(병고와 생활고에 따른 저소득, 저학력)로 말미암아 자신의 피해 사실을 개진하며 적극적으로 권리주장을 하기 힘든 사람들도 있다. 따라서 피폭 사실을 인정할 수 있는 요건이 개선·완화되지 않으면 피폭 피해자임에도 배상을 받을 수 없는 사람들이 생길 수밖에 없다.

게다가 일본 정부는 한국인 피해자들이 일본으로 건너와서, 일본의 의료기관과 의사들에게 진료와 검진을 받는 사람에 한해서만 건강수첩을 발급하도록 규정하고 있다. 하지만 한국의 피폭 피해자들의 대부분이 고령인 데다 또 갖가지 질병에 시달리고 있는 현실을 고려해볼 때 이런 일본 정부의 태도는 그 순수성과 의도가 의심스러울 수밖에 없다. 독도 문제로 한국 사회에서 반일감정이 격해지자, 일본 정부는 한국인 원폭피해자들이 한국 내 일본공관에서도 건강관리수당을 청구할 수 있도록 하겠다고 발표했으나,[3] 수당을 받기 위해 먼저 발급 받아야 하는 건강수첩 신청은 여전히 일본에서만 하도록 못 박고 있다. 한국인 원폭

2 원폭피해자 실태조사에 응한 피폭 1세 중에서 피폭 당시 0~9세 연령층에 있었던 사람들이 조사대상자 전체의 52.3%를 차지한다. 2004년도 국가인권위원회 연구용역사업보고서 「원폭피해자 2세의 기초현황 및 건강실태조사」 70쪽 참조.

3 「日 "韓피폭자 수당신청 쉽게", 피해자들 "생색내기용"」, 『프레시안』 2005.4.18.

피해자에 대한 일본의 대처방식이 전쟁범죄에 대한 배상이 아니라 인도주의적 차원의 보상이라는 인식의 틀이 변하지 않는 한 일본 정부의 이런 경직된 태도는 쉽게 바뀌지 않을 것이다.

원폭피해자에 대한 일본의 원호법 전문에는 일본이 "세계 유일의 원자폭탄 피폭국"이란 피해 사실만 명시되어 있지, 전범 히로히토를 비롯한 일본 정부의 전쟁범죄에 대한 반성이나 사과에 갈음할 수 있는 표현은 단 한마디도 없다. 그러나 한국의 원폭피해자들은 분명 일제강점 아래 군·관의 압력에 의해 강제 징집·징용되었거나 강제 이주된 사람들로[4] 일본의 전쟁 범죄에 따른 피해자임이 분명하다. 그러므로 한국인 원폭피해자들에 대한 대책은 일본 정부의 인도주의적 차원의 보상이 아니라, 범죄행위로 말미암은 피해에 대한 배상이어야 하고, 그 배상 방식은 가해자가 아닌 피해자 중심으로 개선되어야 함이 마땅할 것이다. 원폭피해자들의 배상 문제 관련해서 제일 먼저 개선해야 할 사안은 한국인 피폭 피해자들이 굳이 일본으로 건너가지 않더라도 국내의료기관에서 건강검진을 받을 수 있도록 하고, 그 결과를 토대로 건강수첩을 발행할 수 있도록 하여야 하며, 원폭이 투하된 지 벌써 60년의 세월이 지나버린 현실을 감안하여 피폭사실에 대한 증명요건을 완화하거나 간소화하는 것이라 할 수 있다.

피폭(被爆)과 피폭(被曝)의 차이

4 강재언·김동훈·하우봉·홍성덕 『재일 한국 조선인 – 역사와 전망』, 소화 2005, 55쪽 참조.

원자폭탄이 가진 파괴력과 그것이 몰고 온 재앙의 규모는 일본 정부의 “상당한 노력”(?) 덕택에 더 이상 설명이 필요없을 정도로 잘 알려져 있다. 사실 원자폭탄으로 가장 많은 피해를 입은 것은 일본 국민이고, 일본의 원폭피해자 원호법 전문에 규정되어 있듯이 “세계 유일의 원폭 피해국”인 것도 사실이다. 하지만 태평양전쟁을 통해 일본 국민들이 입은 피해는 원자폭탄에 의한 피해만은 아니다. 태평양전쟁 과정에서 희생된 일본 국민의 수는 300만 명 수준에 달한다. 사이판 옥쇄(玉碎) 작전으로 민간인 1만 명이 죽었고, 1945년 3월 10일 미국의 도쿄 대공습으로 그 날 하루 저녁에만 10만 명의 민간인이 사망을 하고, 100만 명의 이재민이 발생했을 정도였다. 미국의 오키나와 상륙작전으로 사망한 민간인은 12만 명에 이른다. 그러나 일본 정부는 태평양전쟁의 피해와 관련하여 국가와 일정한 사용관계에 있었던 군인, 군속, 준군속에 대해서만 원호대상으로 보상하고 있을 뿐, 지금까지 민간인들이 입은 전쟁 피해에 대해서는 별다른 보상을 하지 않고 있다. 따라서 일본 정부가 태평양전쟁을 치르는 동안 발생한 자기네 나라의 민간인 희생에 대해 보상을 하고 있는 부분은 원폭피해자 원호법이 유일하다고 할 수 있다.

태평양전쟁에 대해 일본 사회 전체가 공유하고 있는 가치관은 전쟁수인론(戰爭受忍論)[5]이다. 국가의 존망이 걸린 전쟁에서 국민들이 입은 피해와 희생은 불가피한 것으로, 전쟁에 따른 피해는 모든 국민이 참고 인내하며 받아들여야 한다는 것이다. 종전 후 히로히토 일왕은 일본 본토에 원자폭탄이 투하된 것에 대한 기자들의 질문을 받고 “히로시마 시

5 요시다 유타카 『일본인의 전쟁관』, 하종문 · 이애숙 옮김, 역사비평사 2004.

민들에게는 안 된 일이지만 어쩔 수 없는 일이라고 생각"한다고 답했다. 전쟁 와중에 국민이라면 당연히 치러야 할, 불가피한 희생이라는 뜻이다. 전쟁수인론은 일본 국민들이 정부에 대해 가질 수 있는 원망이나 피해의식의 싹을 잘라내는 역할을 해왔고, 전쟁에 대한 피해의식을 희석시켜 놓았다. 전쟁에 대한 피해의식이 없다 보니 가해자로서 반성과 참회가 있을 리 없다. 일본 정부가 원폭 피폭자 원호법을 제정하여 피폭 민간인에 대한 보상을 시작한 것을 전쟁에 대한 반성과 참회의 결과물이라고 보기는 어렵다.[6] 법 전문에 "세계 유일의 피폭 피해국"임을 천명함으로써 가해자의 처지에서가 아니라 오히려 피해자임을 강조하여, 전범국가로서 감당해야 할 책임을 교묘히 희석시키는 수단으로 원호법을 활용하고 있는 것이 아닌가 하는 의구심이 생긴다. 히로시마와 나가사키의 원폭 기념관에는 일본이 입은 피해 사실만 있을 뿐, 가해의 기록은 찾아볼 수가 없다.

원자폭탄에 의한 피해를 재래식 폭탄에 피폭(被爆)된 경우와 달리 생각하는 이유 중의 하나는 재래식 폭탄과는 비교도 할 수 없는 살상능력에다 방사능에 의한 피폭(被曝) 피해[7]가 또 하나 덧붙여진다는 데 있다. 방사능 피폭은 그 피해가 당대에 그치는 것이 아니라 다음 세대에까지

---

6 히로히토 일왕의 종전 선언문에는 '항복'이니 '패배'라는 말은 전혀 언급되어 있지 않고, "예외적인 조치를 동원하여 현 상황을 안정"시킨다는 말로 시작한다. 그리고 한국과 중국을 포함한 동아시아 국가들에 대해서 "동아시아의 해방을 위해 일본제국에 협조한 동아시아 동맹국"이란 표현을 쓴 것을 보면 한국을 비롯한 동아시아권 국가의 국민들에게 저지른 일본군의 야만적 행위에 대해 전혀 죄의식이 없음을 알 수 있다.

7 원자폭탄이 가진 살상력과 파괴력은 핵폭풍 50%, 열 35%, 방사선 15%로 구성되어 있다. 재래식 폭탄도 강도에 차이가 있긴 하지만 순간적인 폭풍과 열 반응은 생긴다.

영향을 미칠 수 있기 때문에 핵폭탄은 인류를 절멸의 위기로 몰아갈 수 있는 흉물 중의 흉물이라 할 수 있다. 그러나 일본 정부와 의학계의 공식 견해는 원자폭탄의 방사능 피폭은 유전효과가 없다는 것이다. 따라서 일본의 원폭피해자를 위한 원호법에는 원폭피해 2세에 대한 규정이 없고, 정부 차원의 대책도 없다. 다만 각 지방자치단체에서 조례를 정하여 원폭 2세에 대한 건강검진을 하고 있다.

원자폭탄의 피해에 대한 일본 의료계의 연구 수준은 원폭의 최대 피해국인 만큼 실로 세계 최고 수준이라 해도 지나친 말은 아닐 것이다. 일본은 원폭과 관련된 축적된 지식과 노하우를 바탕으로 세계 각국에서 핵과 관련된 피해 구제사업과 교육 홍보활동을 벌이고 있다. 하지만 원자폭탄에 대한 일본의 연구는 미국이 주도해 왔다는 점에서 일정 부분 한계를 지닐 수밖에 없다. 원폭이 일본의 두 도시에 투하된 지 1개월이 지난 1945년 9월 6일, 연합군 총사령부(미국)는 원폭피해지역 조사를 끝낸 뒤 "원폭 방사능 후 장애는 있을 수 없다. 원폭증으로 죽을 자는 이미 다 죽었고, 원폭 방사능 때문에 고통당하는 자는 없다"라는 공식 성명을 발표한다.[8]

그리고 1947년부터 1975년까지 피폭지역에 대한 역학조사와 방사선 피폭의 유전효과에 대한 연구조사사업은 미국국립과학원이 설립한 '원폭상해조사위원회'가 담당을 했다. 1975년부터 미국 정부와 일본 정

8 종전 후 1954년까지 미국은 원폭 피폭(被曝) 후 장애는 없다는 태도를 유지해왔다. 그 무렵에도 일본은 미군정 치하에 있었으므로 발언권이 제한되어 있었을 것이다. 미국과 일본 정부가 피폭 후 장애를 인정하기 시작한 것은 미국이 1954년 3월 1일 마샬 군도에서 '캬슬 테스트'라는 수소폭탄 실험을 하여 비키니 환초 근처에서 조업하고 있던 일본 선박 800여척이 피폭(被曝)되면서부터이다.

부가 공동출자한 '방사선영향연구소'가 피폭자의 건강실태에 대한 조사사업을 담당하고 있는데 지금도 연구소의 이사장은 미국인이다. 따라서 방사선영향연구소의 연구 목적에는 인류 최초로 핵폭탄을 사용한 미국의 시각이 상당 부분 개입될 수밖에 없을 것이다.

60년의 세월이 흐르는 동안 우리 정부는 원폭피해자들의 피해 정도나 실태조사를 단 한 번도 제대로 실시한 적이 없다. 2004년 국가인권위원회의 연구용역 조사사업으로 시행된 피해자 실태조사 사업은 그야말로 원폭피해자들의 기초현황을 파악하고 문제 제기를 하는 수준에 불과했다. 원폭피해에 대한 축적된 지식이 없는 우리로서는 상당 부분 일본의 연구 성과를 차용할 수밖에 없는 것이 현실이다. 그렇다면 원폭에 의한 방사능 피폭은 "유전효과가 없다(유전이 된다는 증거가 없다)"는 일본 정부와 의료계의 주장을 그대로 수용해야 하는가?

원자폭탄을 다른 살상무기와 달리 더 공포스럽게 생각하는 이유가 방사능의 유전효과 때문임은 전문지식이라기보다는 상식에 가깝다. 1974년 한국인 원폭피해자 구호와 관련하여 한국 정부가 수립한 「한국인 원폭피해자 진료병원 설치계획」이란 문건[9]에도 원폭피해자들에 대해서는 특수치료가 필요함을 인정하고 있을 뿐 아니라, 방사능 피폭(被曝)은 "유전성이 있어 후손에 대한 건강관리도 크게 우려"된다는 사실을 분명히 지적하고 있다. 하지만 이 계획은 지금까지 전혀 실천에 옮겨지지 않았고, 그 결과 2만 명이 넘는 피폭 피해자 중에서 지금까지 거의 90% 정도의 피폭 피해자들이 사망하도록 정부가 방치해왔던 꼴이

9 정부 문서 『한국인 원폭피해자 구호, 1974』(분류번호 722.6JA, 등록번호 6877) 참조.

되고 말았다.

원폭피해자들은 피폭(被爆)과 방사능에 의한 피폭(被曝)이라는 피해를 동시에 입은 사람들이다. 늦었지만 원폭피해 1세는 물론 2세들의 건강을 위한 특단의 대책[10]이 필요하고, 원폭피해의 실태에 대한 일본과 미국의 시각이 아닌 우리 나름의 연구기구와 체제를 조속히 설립·가동할 필요가 있다. 우리 정부가 두 손 놓은 채 일본 정부의 인도주의적 보상에만 기대고 있다면, 그것은 전쟁범죄에 대한 기억을 말살시키려는 일본 정부의 태도를 묵인하고, 동조하는 것과 다를 바 없다. 우리 국민이 일본 국민이 아닌 이상, 일본의 침략전쟁으로 입은 피해를 참고 인내하며 의무로써 받아들여야 할 그 어떤 이유도 없다.

집단 건강실태와 개별사례

2004년 국가인권위원회의 건강실태조사 결과는 주로 합천지역에 거주하는 원폭 1세들과, 원폭 1세들로부터 정보를 얻은 원폭 2세들에 대한 우편설문조사를 통해 얻은 결과를 바탕으로 도출해낸 것이다. 조사 결과를 보면 원폭 1세들의 건강 수준은 같은 연령대의 비피폭자들과 견주어 볼 때 현저한 차이를 보이고 있고, 심각한 만성질환에 시달리고 있음을 알 수 있다. 원폭 1세들의 열악한 건강수준이 원폭 피폭에 따른 직접 효과라고 단정할 수는 없지만, 피폭에 따른 건강의 문제와 함께 그에 부수되는 사회·경제적 요인이 작용한 결과라고 봐도 큰 무리는 없다.

---

10 국가인권위원회 『원폭피해자 2세의 기초현황 및 건강실태조사』 125~145쪽.

피폭의 피해를 입고 귀국한 후 우리 정부로부터 아무런 도움도 받지 못한 상황에서, 피폭 1세들은 교육과 취업의 기회를 제대로 갖지 못했던 까닭에 가난과 질병의 악순환 속에 방치되어온 것이다. 정부가 피폭자에 대한 구호대책을 계획하면서 피폭자들에 대한 장기 요양과 치료의 필요성을 인정하는 한편, "불구 또는 폐질자로서 생활수단을 얻기 어려워 빈곤 속에 허덕이"고 있기 때문에 재활과 생계지원 외에 직업 알선과 같은 자활대책까지 강구하고 있었던 점[11]을 주목할 필요가 있다. 이 계획은 30년이 지난 지금도 실행에 옮겨지고 있지 않지만 그 취지만큼은 여전히 유효하다. 피폭자들에 대한 의료지원과 함께 생계지원이 이루어져야 하는 이유는 가난이 대물림되는 우리 현실에서 그 피해는 당연히 피폭 2세들에게까지 미칠 수 있기 때문이다.

일본은 원폭 2세들을 대상으로 2001년부터 생활습관병에 대한 건강실태조사를 시행 중에 있고, 그 결과는 2006년에 발표될 예정이다.[12] 이 연구의 주 목적은 "피폭의 유전효과는 없다"는 일본 정부와 의학계의 기존 견해를 재점검하려는 뜻도 있지만, 가장 중요한 목적은 2세들의 건강실태조사를 통해 피폭 2세들이 가지고 있는 '불안감'을 해소하려는 것이다. 낱말이 가진 뉘앙스에서 드러나듯이 '생활습관병'이라는 것은 외부요인도 물론 작용하겠지만 환자 자신의 잘못된 생활습관에서 기인한 질병이란 뜻을 가지고 있다. 따라서 생활습관병에 대한 대책은

---

11 정부 문서 『한국인 원폭피해자 구호, 1974』 참조.

12 Radiation Research Protocol, "Health effect Study of the Children of A-bomb Survivors; Clinical Health Study," Radiation Effects Research Foundation.

주로 '지도'와 '계몽'으로 모아진다. 하지만 피폭 2세들의 생활습관이 잘못되어 질병을 불러왔고 그 건강 수준이 비피폭자 2세와 견주어 현저히 낮다면, 잘못된 생활습관이 고착될 수밖에 없었던 원인이 피폭 피해를 입은 아버지 세대의 열악한 생활환경에 그 뿌리가 있다고 해야 할 것이다. 이것은 피폭의 유전효과와는 상관이 없다 하더라도, 피폭의 간접효과인 것만은 분명하다.

문제는 피폭 2세 중에서 희귀병을 앓고 있는 개별 사례들에 대해 우리가 어떻게 접근할 것인가 하는 점이다. 1946년부터 피폭 2세에 대한 선천성 기형이나 희귀질환에 대한 연구조사를 해 왔던 일본 정부와 의학계는 피폭 2세들 중에서 선천성 기형이나 희귀질환의 발생률이 비피폭자 군과 비교하여 '통계상으로 유의미하지 않기' 때문에 '방사능 피폭이 유전된다는 증거는 없다'라고 결론을 내렸다. 그런데 '통계상 유의미하지 않은' 결과가 나오게 된 것은 조사대상 모집단의 수가 너무 적었기 때문이며, 이것은 연구를 담당했던 의학계에서도 인정하고 있는 사실이다.[13] 방사능 피폭으로 인체 부위 중에 가장 심각하게 손상을 입는 곳은 조혈기관과 생식기관이다. 따라서 피폭자들 중에는 생식기관에 문제가 생긴 피해자들이 많이 발생한 까닭으로 불임이나 유산이 많아 피폭자들의 출산 수가 현저히 적었고, 출산한 2세들 중에서도 조기 사망한 경우가 많았기 때문에 조사대상이 되는 피폭 2세군이 적을 수밖에 없었던 것이다. 국가인권위원회의 건강실태조사에서도 한국의 피폭

13 "Hiroshima International Council for the Medical care of the Radiation Exposed," *Effects of A-Bomb Radiation of the Human Body*, Harwood Academic Publishers, 1995, 340~347쪽.

2세들 중에서 이미 사망한 자들의 50% 이상이 10세 미만에서 사망했다는 사실이 확인된 바 있다.

그러므로 희귀질환을 앓고 있는 피폭 2세들은 그들의 질병이 방사능 피폭의 유전효과라는 사실을 의학계에서 증명하지 못했을 뿐이지, 방사능 피폭의 유전효과와 전혀 무관하다는 결론을 내리기는 어렵다. 자신 또한 피폭자인 나가사키 의과대학의 마사오 교수[14]는 "원폭의 파괴력은 인간의 상상력을 초월한다는 말"을 했다. 하지만 일본 정부와 의학계는 방사능 피폭의 유전효과에 대해서만은 한사코 인간의 좁은 지식의 범위 안에 가두어두려 하고 있다. 국가인권위원회의 원폭피해자 실태조사 과정에서 피폭 2세들은 물론 3세 중에서도 현재 희귀한 질병을 앓고 있는 사례들이 상당수 확인된 바 있고, 그들 중에는 이미 자활능력을 상실한 사람들도 있었다.[15] 그들의 문제가 방사능 피폭의 유전효과임을 밝혀내지 못한 것은 의학계의 문제이자 책임이지 그들의 책임은 아니다. 희귀질환을 앓고 있는 피폭 2세의 문제가 방사능 피폭의 유전효과 때문이 아니라는 확고한 증거를 우리 정부가 제시하지 못하는 한 그들의 겪고 있는 문제는 개연성에 근거하여 보호받아야 한다. 우리 사회는 자신의 과오와 상관없이 고통과 피해를 당하고 있는 사람

---

14 朝 長 万左南(Masao Tomonaga, 나가사키 의과대학 교수, 나가사키 의과대학 부속 원폭 후 장애 의료연구시설장) 교수는 한국 원폭피해자 실태 조사 연구진과 가진 간담회에서 한국인들은 자신의 불편을 다소 과장하여 호소하는 문화적 습성 때문에 피해실태가 다소 과대평가된 것은 아닌가라는 질문을 한 바 있다. 물론 그런 측면이 없는 것은 아니다. 하지만 반대로, 자기 주장을 강하게 내세우는 것을 부도덕한 행위로 알고, 국가나 사회를 위한 자기희생을 의무로 알고 있는 일본국민들의 문화적 습성은 원폭피해의 규모를 과소평가하게 만드는 데 일조를 했을 것이다.

15 국가인권위원회 『원폭피해자 2세의 기초현황 및 건강실태조사』 76~92쪽.

들의 처지에 대해서 인색하다 못해 무관심하기까지 하다. 피폭 1세들과 희귀질환을 앓고 있는 피폭 2세들이 당한 고통과 피해는 그들의 과오와는 전혀 상관없는 것이다. 그런데 우리 정부는 부당한 한일협정을 체결함으로써 이들이 일본 정부로부터 피해를 구제 받을 권리까지 빼앗아 갔다. 희귀질환으로 자활능력을 상실한 피폭 1·2세들에 대한 의료와 생계지원 대책을 마련하는 일은 정부가 마땅히 떠맡아야 할 책임이다.

대책과 추진 주체

피폭자들의 고통스런 삶에 대해 정부가 60년의 세월이 흐르는 동안 무관심으로 일관해 온 탓에 90%가 넘는 피폭 1세들이 이미 사망했다. 비록 대다수의 피폭자들이 이미 사망했다 하더라도 피폭자의 사망원인에 대한 조사는 대단히 중요하다. 피폭자들의 사망원인은 원폭의 피해 실태를 밝히는 데 중요한 단서가 될 수 있기 때문이다. 하지만 지금까지 피폭자들에 대한 의료지원이 전혀 없었기 때문에 이들의 사망원인에 대한 체계적인 조사나 분석도 불가능한 실정이다. 지금이라도 생존해 있는 피폭자들의 의료지원을 체계화하고, 남은 일생은 물론 사망에 이르기까지의 전 과정을 추적할 수 있도록 원폭피해 전담병원을 지정할 필요가 있다. 그리고 전담병원에서는 피폭 2세의 건강기록까지 관리하는 역할을 하여야 한다. 일본 정부는 해외 피폭자 검진 계획을 마련하여 2004년 7월 일본 의료진이 합천 원폭복지회관을 다녀간 바 있고, 2005년 9월 경에도 일본 의료진이 한국으로 파견 진료를 한 적이 있다. 한국인 피폭자의 진료를 일본 의료진에게 전담하게 하는 것은 우리 정부가 떠맡아야 할 책임을 방기하는 것이기도 하고, 또 한편으로 피폭 피해자의 건강 정보가 해외로 유출되는 위험성을 안고 있는 것이기도 하다. 우리 정부는 시급히 전담병원과 의료진을 확보하여 한국인 피폭자 문제를 주권국가의 자존심을 가지고 주체적으로 해결하겠다는 의지를 보여야 할 것이다.

또 피폭 1세를 포함하여 2세에 이르기까지 자활능력이나 독립된 일상생활이 불가능하여 다른 사람의 도움을 받을 수밖에 없는 중증 질환자들이 보호받을 수 있는 요양시설이 턱없이 부족하다. 국내에서 지금 원폭피해자를 위한 시설로는 합천원폭복지관이 유일하다 할 수 있는데, 설립 당시 목적이 피폭자 중 무의탁자들이나 생활보호대상자, 독거노인들을 위한 단순요양시설이다 보니, 진료기능이 없을 뿐 아니라 중증 질환자를 위한 요양기능을 하기에도 한계가 있다. 게다가 수용 능력은 80명에 불과하다. 피폭 1세의 연령이 갈수록 고령으로 치닫고 있고, 피폭 2세 중에서도 자활능력을 상실한 사람들이 있음을 고려하여 원폭피해자를 위한 요양병상을 반드시 확충하여야 한다.

그런데 우리는 원폭피해자 문제를 합천지역에 본적이나 근거를 둔 주민들만의 문제로 한정하는 경향이 있다. 한국의 히로시마가 합천이라면 한국의 나가사키는 어디인가? 나가사키에서 피폭 당한 한국인의 수도 3만 명에 이른다. 물론 특이하게 합천지역 주민들이 가장 많은 피해를 본 것은 사실이지만, 일제강점기 아래 이루어졌던 강제징집과 강제이주는 전국 규모로 이루어진 것이고, 피해자들은 당연히 전국에 산재되어 있을 것이며 북한 지역에도 분명히 있을 것이다. 따라서 앞으로 원폭 피폭자 문제에 대처하는 데 있어 남북간의 공조도 필요할 것으로 판단된다. 현재 북한의 열악한 의료시설을 감안하여 북측의 피폭 피해자 실태를 조사하는 데 있어 남측의 의료인력과 시설을 지원하는 방안도 고려해보아야 할 것이다.

피폭 피해자를 위한 의료, 생계지원과 함께 피해 배상의 주체는 어디까지나 일본 정부인 것은 당연하다. 그러나 일본 정부로부터 피폭 피해자에 대한 사과와 배상을 당장 이끌어내기에는 현실적인 어려움이 따른다. 무엇보다도 일본 정부는 1965년 한일협정으로 배상문제는 종결되었다는 입장이고, 한국인 원폭피해자에 대한 일본 원호법의 적용은 "인도주의적 차원의 배려"라는 태도를 고수하고 있는 것이 제일 큰 걸림돌일 것이다. 이렇게 된 데는 한일협정 당시 한국 정부가 피해자 개개인의 청구권을 강탈하다시피한 데 제일 큰 원인이 있다. 따라서 피폭 피해자의 문제를 해결하는 데 필요한 재원은 우선 우리 정부가 부담을 하고, 차후에 정부가 일본과 외교협상을 통해 구상권을 행사하는 것이 바람직하다 할 것이다.

의학기술과 여성*

억압에서 해방된 성

인류의 역사에서 여성들의 성이 오랫동안 억압되어 왔었다는 것은 잘 알려져 있는 사실이다. 성 억압에 관한 한 한국의 여성들도 예외일 수는 없었다. 특히 유교문화의 전통이 강하게 남아있는 우리 사회의 특성으로 여성들의 성은 최근까지도 억압의 대상이었으며, 여성에게 순결은 어떤 무엇보다도 소중하게 지켜야 할 덕목이었다. 정도의 차이가 있긴 하였어도 남성의 성 또한 드러내놓고 이야기하지 말아야 했던 것이 우리 사회의 성 문화였다. 그런데 갑자기 변하기 시작했다. 지금 성은 더 이상 억압의 대상이 아니며, 숨겨야 할 비밀스런 것이 아닌 세상

* 이 글은 2001년 7월 대구여성회에서 주최한 '출산문화 개선방안'이라는 주제의 토론회에서 발표한 발제문을 수정 보완한 것이다.

이 되었다. 성에 관해 침묵하던 여성들마저 성에 대한 자기 권리를 당당하게 주장하고 있고, 나아가 여성의 성을 억압하는 남성문화에 대해 격렬하게 저항하고 공격하기까지 한다. 성에 관한 이런 변화는 실로 눈 깜작할 사이에 일어났다.

무엇이 우리 사회의 성문화, 특히 여성들의 성 인식을 이렇게 급격하게 바꾸어 놓았을까? 죽음을 강요하면서까지 여성의 정절을 강조했던 유교의 가부장제 문화는 지금도 우리 사회 곳곳에 깊은 뿌리를 내리고 있다. 우리나라 여성들이 집단행동을 통해 성해방을 주장한 적도 없다. 그렇다면 성에 관한 가치관의 변화를 빠르게 확산되어 가는 서구 문화의 영향이라거나, 여성운동의 성과 때문이라고 생각하기는 어려울 것 같다. 그리고 조선시대에는 단지 유교의 이념만으로 어떻게 인간의 본능인 성을 그렇게 철저하게 억압할 수 있었으며 또 여성들은 왜 이에 무기력하게 순응할 수밖에 없었던가, 라는 의문도 생긴다.

이 글의 목적은 이런 의문들에 대한 해답을 의학기술에서 찾으려는 데 있다. 성에 대한 인식 변화를 가능케 했던 여러 요인을 설명함에 있어 의학기술을 배제하고서는 설명이 불가능하기 때문이다. 지금 여성들이 자신있게 성 해방을 주장할 수 있는 배경에는 피임, 낙태, 출산기술, 생식기술과 같은 의학기술의 대중화가 있었음을 부정할 수는 없다.

여성의 성과 출산

인간에게 성은 생식을 위한 목적 이외에 쾌락을 추구하는 수단의 성격을 가지고 있다. 그렇지만 인간의 성행위를 생식과 쾌락의 성행위로 명쾌하게 구분하기가 어렵고, 어떤 면에서 인간의 생식기능은 다른 동물과는 달리 쾌락을 추구하는 과정에서 우발적으로 이루어지는 것으로 볼 수 있다. 따라서 인간의 성행위는 항상 새로운 생명이 태어날 가능성이 있기 때문에 여성뿐만 아니라 남성들에게도 어느 정도의 절제가 필요했다.[1] 그런데 새로운 생명이 수태되어 인간으로 태어나는 모든 과정이 전적으로 여성의 몸에서 이루어진다는 점에서 성행위에 따른 '결과'는 남성과 여성 사이에서 엄청난 차이가 있다.

인류의 역사는 모계사회에서 부계사회로 전환된 이후 줄곧 남성 중심의 역사로 이어져 왔고, 남성 중심의 역사는 자식들에게 신분과 부를 세습시켜 줌으로써 지금까지 유지·강화되어 왔다. 그런데 출산 능력은 남성이 아니라 여성이 가진 것이므로 여성의 성을 억압·통제하지 않으면 자녀들의 혈통이 모호해지는 위험이 생긴다. 따라서 여성의 성이 억압된다는 것은 비단 조선시대뿐 아니라 동서고금의 공통된 현상이라 보아야 할 것이다.[2]

지금 우리 사회에서 여성의 성이 과도하게 억압되어 온 이유를 여성

---

1 18세기까지 의학자들은 정액이 남성의 건강유지에 필수적인 것으로 보았으며 남성의 정액을 소모하지 않도록 생식을 위한 목적 이외의 성행위는 자제하도록 경고했다. 마스터베이션이란 말은 생식 이외의 목적으로 정액을 소모하는 모든 행위를 일컫는 말에서 유래했다. (번 벌로·보니 벌로 『매춘의 역사』, 서석연·박종만 옮김, 까치 1992 참조) 그리고 항생제가 개발되기 전까지는 성병 또한 남성의 성을 자제하게 만드는 요인이었을 것이다. 항생제가 개발된 것은 1940년대의 일이다.

2 모든 문명국가에서 정착된 일부일처의 혼인제도는 개인적인 성적 사랑이나 성 도덕과는 전혀 무관한 것으로, (남자의) 재산을 자신의 자식에게 물려주려는 것이 최초, 최후의 목적이었으며 이는 어떤 면에서 '자유스러운' 자연의 질서에 위배되는 것이다. 이런 자유스러운 성을 억압함으로써 사회구조로서의 간통과 사회구조로서의 매춘이 생겨났다. 이를 두고 푹스는 자연의 복수라고 했다. (에두아르트 푹스 『풍속의 역사 1— 풍속과 사회』, 이기웅·박종만 옮김, 까치 2001 참조)

들은 유교의 가부장제 문화의 잔재에서 찾으려는 경향이 있는 것 같다. 유교를 통치이념으로 삼은 조선시대 지배계급이 신분과 부를 세습·유지할 수 있게 한 힘은 바로 혈통의 순수함과 가문의 권위였다. 혈통의 순수함을 유지하기 위해서는 출산 능력을 지닌 여성들에게 정절 이데올로기를 주입함으로써 통제를 하는 한편, 만약 남편 이외의 다른 남자의 자녀를 임신하게 되는 경우에는 죽음을 선택하게 하는 것 외에 별다른 대안이 없었을 것이다. 조선시대에는 임신을 중지시킬 수 있는 의학기술이 없었기 때문이다.

그렇지만 법의 강제력보다는 내면의 도덕과 예를 강조하던 유교의 통치이념만으로 '성'이라는 인간의 본능을 어떻게 완벽하게 통제할 수 있었겠는가 하는 의문이 생긴다. 그것이 가능했던 것은 조선시대가 혈통 중심의 씨족공동체 사회였기 때문일 것이다. 그리고 지금처럼 교통수단이 발달한 것도 아니었고 생계를 위해 주거의 이동이 필요하지도 않았던 농경사회였다. 대부분의 사람들이 한 마을에서 생의 전부를 보내게 되는 것이다. 이런 사회 구조 속에서 여성들이 접촉하고 정분을 느낄 수 있는 대상은 대개 친족의 범위 안에 있는 남성이거나 하층계급인 하인들뿐이었을 것이다. 만약 이들 사이의 관계가 짙어져서 출산이라도 하게 되면 가족의 위계질서는 물론 신분질서마저 무너지게 되는 것이므로 필사적으로 막아야 한다. 조선시대에 가장 엄한 처벌을 받았고 사람들이 가장 두려워했던 범죄 중의 하나가 근친상간인 상피(相避)였다.

만약 조선시대 여성들이 하층계급과 정을 나누게 되고 아이를 가질 지경에까지 이르면 멸문(滅門)이라는 엄청난 재앙을 불러오게 된다. 그런 점에서 조선의 지배계급이 그들의 신분을 유지하기 위해서 여성의 순결을 죽음보다 더 소중하게 생각하도록 만들었던 것은 당연한 것으로 생각된다. 또 한편으로 근친상간을 피하고자 했던 것은 유교의 이념 때문만이 아니라, 인간의 지식과 경험이 누적되어오면서 자연스럽게 우생학적 사고가 생겨난 영향은 아니었을까? 그런데 성에 관한 이런 규범들은 양반 사대부가의 여성들에게만 적용된 것이었지, 일반 상민들에게도 적용된 것은 아니었을 것이므로, 조선시대 모든 여성들의 성이 억압되었다고 주장하기는 어려울 것 같다.

일제 시대를 거치면서 우리 사회의 구조는 농경사회에서 산업사회로, 생활의 터전은 씨족공동체 중심에서 도시 중심으로 변해 왔고, 지금은 수도권과 6개의 광역 대도시 중심으로 생활 터전이 완전히 재편되었다. 이 과정에서 남녀의 연애관도 함께 변해 왔다. 이것은 남녀유별을 강조하며 자유로운 연애를 가로막던 유교 이념이 쇠퇴한 탓이라기보다는 마을공동체에서 도시 중심으로 생활터전이 변화되면서 개개인의 익명성이 보장될 수 있었던 탓이다.

남녀의 연애가 자유로워진 만큼 성에 관한 인식도 같은 수준으로 바뀐 것은 아니었다. 불과 십여 년 전까지만 하더라도 여성의 순결은 미혼의 여성이 지켜야 할 필수항목이었다. 그래서 남성이 짝사랑하던 여성과 결혼을 성사시키기 위해 순결을 물리력으로 빼앗는 경우도 있었고, 역으로 상대 여성의 임신으로 말미암아 원하지 않는 결혼을 해야만 했던 남성들도 있었다. 지금도 성과 관련된 일부 여성들의 튀는 듯한 주장은 여전히 많은 남성들로부터 비난의 대상이 되고 있다. 성에 관한 돌출행동이나 파격적인 주장으로 시선을 끄는 일부 여성들의 주장은 언제나 일회성 사건으로 끝이 난다.

그러나 수면 위로 드러나지 않은 우리 사회의 성의 실체는 난잡하기 이를 데 없다. 더 이상 혼전 성관계를 문제 삼는 사람은 없다. 성인이 된 미혼여성뿐 아니라 청소년들의 성관계도 자연스럽게 이루어진다. 혼전 순결을 강조하는 남성은 남성 중심의 가부장적 이데올로기를 해체하려는 여성들의 공적이 된다. 성을 통해 쾌락을 추구할 권리를 주장하는 것이 '오랜 금기에 대한 저항운동'으로까지 미화되기도 한다.[3] 그러나 이런 현상들이 우리 사회의 성에 대한 논의 수준이 높아졌다거나 자유로운 성에 대한 관용의 폭이 넓어진 탓이라고 보기는 어렵다.

결코 충족할 수 없는 '성'이라는 인간의 욕망을 절제하게 하는 힘은 생명의 수태였다. 그것은 여성에게는 가혹하게, 남성에게도 어느 수준까지는 욕망을 절제할 수 있게 만드는 힘이었다. 지금은 피임, 낙태와 같은 의학기술을 어디서나 손쉽게 구할 수 있게 됨으로써 성행위의 결과에 대한 두려움과 책임이 없어졌다. 80년대 중반 이후 소득수준은 향상된 반면, 국민 계보험이 시작되고 의료가 공급과잉이 되면서 낙태나 피임기술이 더 이상 특정계층의 전유물이 아니게 된 것이다. 어떤 이념보다도 의학기술이 여성들의 성에 대한 태도를 바꾸게 하는 가장 결정적인 힘으로 작용했다고 생각한다. 그리고 임신, 출산의 과정에서도 의

3 요즘 젊은 여성 시인들(최영미, 신현림, 김선우…)의 시집은 섹스(sex)에 관한 욕망들을 표현한 시들로 가득 채워져 있고 제목은 더욱 자극적이다. 상식을 뛰어넘는 자극적인 제목들과 시어, 그리고 누드사진이 같이 담겨져 있는 경우도 있다. 신현림 시집 『세기말 블루스』(창비 1996)의 해설을 쓴 이문재는 신현림을 "금기에 저항하는 여전사"라 격찬한 뒤 신현림의 솔직함을 가장 두려워하는 자는 보수주의자라고 했다.

학기술의 영향력이 커지면서 전통사회의 출산문화가 사라지게 되고 출산은 필요에 따라 얼마든지 선택, 조절이 가능하게 되었다. 조선시대 여성들의 성이 억압되었던 가장 큰 이유는 의학기술의 결핍 때문이었으며, 지금 여성들의 성이 자유롭게 개방될 수 있었던 가장 큰 이유는 의학기술의 과잉 때문이다.

사라진 출산문화

문화라는 것이 사람의 삶 속에서 길러지고 가꾸어지는 것인 만큼 문화의 주체는 어디까지나 그 문화를 구성하는 사람이 될 것이다. 출산문화라는 것 또한 출산의 주체가 여성인 이상 여성 스스로가 만들어내는 것이라고 볼 수 있다. 그런데 지금은 임신에서 출산에 이르는 모든 과정의 주체가 의사이다. 임산부는 의료인의 시술을 받아야 할 대상이고, 태아는 산모의 몸으로부터 분리되어야 할 이물질 정도로 취급되고 있다. 그리고 수태된 생명의 정의, 낳아야 할 아이와 낳지 말아야 할 아이에 대한 판단이나 아이를 낳게 되는 시기까지도 의사의 판단에 의지하며 따라가야 한다. 출산이 삶의 한 과정이 아니라 질병이 된 것이다. 이런 현상은 인간의 몸과 생명에 대한 서구식 가치관을 맹목적으로 수용해 버린 결과로 출산과정이 '문명화' 되었다고 할 수 있을지는 몰라도 이를 우리 사회의 출산문화라고는 말하기 어렵다.

우리 사회의 생명을 보는 시각은 무속신앙에 깊은 뿌리가 있고, 출산의 문화 또한 무속신앙에 뿌리를 둔 의례로 구성되어 있다. 우리 민족은 생명의 수태를 인간의 힘이라기보다는 하늘이 점지해 주는 것으로 생각했고, 이를 주관하는 칠성(七星)신과 삼[産]신을 섬겨왔다. 칠성신은 하늘에서 인간의 생로병사를 주관하는 역할을 하며, 삼신은 건강한 출산을 도와주는 신이다. 그러므로 수태되기 전까지는 칠성신에게 기원을 하고, 출산을 하고 난 뒤에는 삼신(할미)에게 삼신밥과 미역국을 지어 올리며 치성을 드린다. 산모는 일정 기간 동안 쌀밥과 미역국만을 먹으며 젖기미를 같이 먹는다. 그리고 집 앞 대문에 왼쪽으로 꼬은 금줄(금줄 사이에 남자아이는 고추, 여자아이는 솔잎을 끼운다)을 두르고 아이와 산모의 건강을 위협하는 부정한 악귀의 출입을 금한다. 무속 신앙의 골격이라 할 수 있는 적극적인 기원과 소극적인 금기가 출산문화에도 그대로 반영되고 있는 것이다. 이 출산의 과정에는 여성 경험자의 도움 외에 전문의료인의 도움은 전혀 필요가 없었고 남성은 배제된 여성들만의 문화라고 볼 수 있다.[4]

이런 전통사회의 출산문화는 우리 사회가 산업사회로 진입하고 생활 터전이 도시 중심으로 재편되고 난 뒤에도 꽤 오랫동안 지속되었다. 현대식 출산기술이 도입된 것은 일제 시대이나, 전국민 계보험이 이루어지기 전까지는 산부인과 의사의 도움을 받아 출산을 한다는 것은 소수의 특정계층이 아니고서는 불가능했기 때문이다. 전통사회의 출산문화가 쇠퇴하기 시작한 것은 소득수준이 높아지고 여성들의 의식이 달라지기 시작하면서부터라고 보아야 할 것이다. 정부가 주관하는 인구 억제 정책의 영향 때문이 아니라 여성들 스스로 자녀를 제한하여

4 자세한 것은 아키바 다카시 『朝鮮民俗誌』(심우성 옮김, 동문선 1993) 참조. 기자(祈子) 신앙의 대상으로는 칠성신뿐 아니라 미륵, 장승, 자연석(女根石, 男根石 등)도 포함된다.

"적게 나아 건강하게 잘 키우자"라는 동기가 생기게 되면서 병원 출산을 선호하게 되었다. 여기에는 서구문화가 확산되면서 전통의 가치는 '가난' 또는 '무지'한 것으로 받아들이는 경향과, 보험 제도의 도입으로 병의원을 이용하는 것이 큰 부담이 되지 않게 된 것도 중요한 요인이다.

한편으로는 핵가족이 보편화되면서 경험 있는 가족들의 도움을 기대할 수 없게 되자, 여성들은 임신에서 출산에 이르는 전 과정을 전문의료인에게 위임할 수밖에 없게 된 것이다. 그러나 이것만으로 출산문화가 변했다고 보기는 힘든다. 변한 것은 출산의 공간이 집에서 의원으로, 경험 있는 여성 조력자가 전문의료인으로 바뀐 것뿐이다.

급격한 변화는 1988년 이후부터 생기기 시작했다. 국민 계보험이 시작되고 병원 문턱이 낮아지게 되자 모든 사람들이 병원에서 출산하는 것을 당연한 것으로 받아들이게 된다. 또 소득수준이 높아지면서 의료에 대한 인식도 달라지게 되었다. 의료가 더 나은 삶의 질을 보장해 주는 소비상품으로 변하면서 대형병원과 첨단기술을 맹목적으로 선호하는 경향이 생기게 된 것이다. 반면에 소규모 동네 병의원의 의사들은 분만시술이 의료사고의 위험이 높은 시술임에도 불구하고 턱없이 낮게 책정된 분만수가 때문에 아예 분만시술을 포기해버렸다. 그 결과 대학병원을 비롯한 종합병원이 아닌 곳에서는 분만을 한다는 것이 어려워지게 되었고, 출산이 정상적인 삶의 한 과정이 아니라 의료전문가와 첨단기술의 개입을 필요로 하는 질병으로 바뀌게 된 것이다.

출산을 위해 대학병원의 문턱에 들어선 여성은 한순간에 병원에서 정해 놓은 절차에 의해 처리되어야 할 대상으로 전락한다. 자신의 의지가 반영될 수 있는 틈새가 전혀 없다. 분만실의 육중한 문 앞에서 가족과 격리된 채 출산의 고통과 공포는 마스크와 수술모 사이로 눈빛만 반짝이는 의료진의 분주함 때문에 더욱 증폭된다. 오랜 진통 끝에 엄마의 몸을 빠져나온 아기는 엄마의 체온을 느껴보지도 못하고 포대기에 싸여 플라스틱 바구니에 담겨진 채 신생아실로 격리된다. 처음으로 아기가 맞닥뜨리는 세상의 풍경은 작열하는 형광등 불빛, 올망졸망한 아기들의 격앙된 울음소리, 다급한 의료진의 발자국 소리, 촉각을 곤두서게 만드는 금속성 기계소리…… 이런 것들이다. 그러고는 낯선 간호사의 팔에 안긴 채 공장에서 만들어진 분유가 흘러나오는 플라스틱 젖병으로 배고픔을 달랜다. 몸을 추스른 엄마가 병원에서 내 아이를 확인할 수 있는 기회는 신생아실의 유리창 너머에서 물끄러미 쳐다볼 수 있도록 병원에서 배려해주는 아주 짧은 시간뿐이다. 동물원의 새끼 원숭이를 쳐다보듯……. 유리창 너머에서 확인할 수 있는 것은 아기가 숨쉬고 있다는 것뿐이다.

간절한 소망을 성취한 기쁨, 새로운 생명에 대한 축복, 생명을 점지해주고 또 엄청난 산고를 견뎌낼 수 있게 도와주었던 삼신할미에 대한 감사의 마음, 철저한 금기와 절제를 통해 아이의 건강을 지켜냈던 모성이 어우러져 빚어낸 우리의 전통 출산문화는 '출산의 문명화'가 이루어지면서 흔적도 없이 사라져버렸다. 그런데 우리는 '출산이 문명화' 되었음으로 해서 삶의 수준이 한 단계 더 높아진 것으로 만족하며(착각하며) 살아가고 있다.

의학기술과 여성

요즘 여성들은 의학기술의 도움으로 임신의 공포에서 해방됨으로써 성 억압으로부터 풀려날 수 있었다. 그리고 의학기술은 여성들의 사회 진출에 대한 욕구와 지극한 모성애를 함께 충족시켜 줄 수 있는 구원의 손길이기도 하다. 대신 여성은 의학기술의 포로가 되어버렸고 여성들의 몸은 의학기술의 공격과 침탈의 대상이 되어버렸다. 그러나 여성들은 의학기술의 수혜자인 것으로 착각하고 있다.

지금까지 우리 사회에서 손가락질을 감수해야 했던 '미혼모'라는 말은 성의 불평등을 한마디로 함축하는 말이었다. 그런데 피임과 낙태 기술은 남성들과 동일하게 여성들에게도 '쾌락을 추구할 권리'를 보장해 주었다. 얼마 전까지만 해도 직장 여성이 임신한다는 것은 곧 직장으로부터 퇴출된다는 것을 의미했다. 의학기술의 발달로 낙태는 물론 출산 시기의 임의 조절이 가능해졌고, 인공 분유의 대량 생산으로 수유의 부담에서 벗어난 여성들은 기업주의 트집만 없다면 임신과 육아문제로 더 이상 퇴출의 불안에 시달리지 않아도 되게 되었다.

출산에 따른 고통이나 두려움 또한 무통분만이나 제왕절개술로 해결이 가능하다. 제왕절개술은 아이의 사주를 결정하던 삼신할미의 역할을 대신하고 있다. 태아 조기검진이나 유전자 검사로 '잘못될지도 모를(그렇지 않을 수도 있는)' 아이는 '죽여 없앰'으로써, 장애아를 키우며 평생 죄책감에 시달리며 살아가야 될 이유도 없어졌다. 이렇게 여성의 몸에서 제거된 배아는 인간복제 연구에도 이용할 수도 있어 자원 재활용(?) 차원이나 인류 복지에 헌신할 기회가 되기도 한다.[5]

간혹 임신이 되지 않아 불안해하던 여성들은 생식기술의 발달로 험한 산길을 오르내리며 치성을 드릴 필요도 없어졌고, 온갖 기괴한 처방을 감내해야 하는 곤욕을 치를 필요도 없어졌다. 마지막 남은 꿈은 여성에게는 숙명이라 할 수 있는 임신의 속박으로부터 벗어나는 것이다. 그 꿈은 시험관아기, 대리모, 인공 자궁에 이어 곧 인간복제가 실현됨으로써[6] 머지않은 장래에 실현될 수 있을지도 모른다. 이제 더 이상 여성의 몸은 생명을 길러내고 문화를 가꾸어내던 지난 시대 어머니들의 몸이 아니며, 여성들 스스로도 무한 희생을 강요당하고 그것을 미덕으로 알며 살아가던 지난 시대 어머니들의 몸이기를 거부한다.

아기의 생명줄이었던 여성들의 가슴은 화려하고 값비싼 천으로 꽁꽁 동여매어져 있다. 동여매는 이유는 '드러내기' 위한 '감춤'이고, 드러냄이 부족하면 실리콘으로 채우면 된다. 여성의 체형은 모든 여성들의 운명을 결정하는 시금석이다. 뚱뚱하거나 키 작은 여성은 세상 사람들에게 혐오감을 주므로 죄악이다. 그러므로 "선(線)이 아름답지 못한

5 복제연구에 이용되는 배아는 시험관아기의 시술과정에서 인공적으로 만들어진 수정란 중 남은 것과 인공유산에 의해 적출된 태아조직이다. 2002년 5월 18일, 과기부 산하 생명윤리자문위원회에서 마련된 생명윤리기본법안의 시안은 시험관아기 시술에 사용하고 남은 인공수정란을 이용한 복제연구는 허용하되, 불법적으로 인공유산된 태아조직은 이용을 금하고 있다. 그러나 이 금지규정은 유명무실한 낙태법과 마찬가지로 선언적 의미에 머무를 가능성이 높다.

6 "더구나 혼자 늙는다는 건/해부학 책을 들여다보는 기분이야/홀로 마흔까지 산 그녀의 자살을 충분히 이해해/아이라는 아름다운 끈이 있었다면……(…)//내 짝은 없나봐 정자은행이 있다는데/삼십 넘은 미혼녀가 유방암에 많이 걸린다는데/더 늦으면 기형아 낳을 위험도 있어/악어 같은 두려움이 우리를 먹어치울지도 몰라//우선은 내가 위안받고 싶어/아이를 도구로 삼는 게 아냐/우리 나이는 미혼모도 아니야/(…)/생각은 생각으로 끝나야 해" 신현림 「우린 한때 미혼모가 되고 싶었다」(『세기말 블루스』, 창비 1996) 부분. 이 시인은 다행히(?) "생각은 생각으로 끝"냈지만, 생명공학을 바라보는 일부 여성들의 시각의 일단을 드러낸 것은 아닐까?

여성"에게 세상은 살아갈 수 있는 공간을 쉽게 열어주지도 않는다. 여성들은 목숨까지 버려가며 선을 아름답게 하기 위해 발버둥을 치고, 이들의 안타까운 심정을 헤아리기라도 한 듯 다이어트 기업의 연구실은 밤에도 불이 꺼지지 않는다. 다급한 여성들은 신체 교정의 마법사들을 찾아가 몸을 후벼 파고, 깎아내고, 잘라내고, 끼워넣고, 키우기도 한다. 몸만 잘 다듬어 놓으면 돈이 궁할 때는 언제라도 난자를 팔아먹을 수도 있는 세상이기 때문에 여성의 몸은 이 시대 최고의 자산이다.[7]

반복된 출산은 여성의 몸을 망가뜨리는 원흉이고, 몸이 망가진다는 것은 여성의 정체성을 상실하는 것이며 사회로부터 퇴출당하는 것을 의미한다. 그래서 될 수 있으면 아이를 적게 낳아야 하고 가능하면 낳지 말아야 한다. 그런데 종족보존의 본능은 남는다. 내 몸이 내 당대에서 끝이 난다는 것은 왠지 삶을 공허하게 만드는 것 같다. 그래서 아이는 있어야겠지만 어렵사리 낳아도 어차피 남편 성을 따라가게 되어 있는 자식, 이왕이면 아들이어야 한다. 그런데 아들을 낳을 때까지 딸을 줄줄이 낳는 것은 지난 시절 가난하고 못 배운 사람들이 하던 짓이다. 아들일 때까지 딸은 내 몸에 이물질을 제거하듯 없애면 된다.

폐경이 가까워오는 여성은 불안하고 초조해진다. 폐경은 여성의 몸이 기능을 다한다는 말이고 그때부터 여성은 성가시고 추한 노파가 된다는 말이다. 이제 나이 든 여성은 그 옛날 '이야깃주머니를 달고 다니

---

7 모 바이오 벤처기업이 정자·난자 제공 알선사업을 시작하자마자 300여명의 남녀가 정자와 난자 제공을 신청했다. 이 기업은 정자·난자 판매사업이 금지되어 있는 일본까지 진출했다. 「알선사업 등장 "IQ 145 정자·난자 팔아요"」, 『조선일보』 2001.3.20.

던 자애로운 할머니'가 아니다. 어렵사리 이야깃거리를 마련하더라도 아무 쓸모가 없다. 할머니 이야기보다 컴퓨터게임과 킥 보드를 더 재미있어 하는 손자들이 찾아올 리 만무하기 때문이다. 게다가 지금 손자들이 쓰는 말들은 할머니와는 소통이 불가능한 말이다. 그래서 폐경에 다다른 여성들은 때로는 불안을 넘어 절망하기도 한다. 그러나 '마법의 손'은 중년 여성의 뼈에 생긴 빈 구멍을 채우고, 순조로운 월경까지 가능케 하여 우아한 몸매와 매력을 계속 간직할 수 있게 만들어준다.[8] 불황이 없는 갱년기 클리닉은 침체된 경제를 일으키는, 국가경제의 효자산업이다. 여성은 이제 의학기술이 없으면 단 하루도 살아갈 수 없는 의학기술의 포로가 되고 말았다.

부메랑 효과

지난 시절의 여성들이 사회로 진출할 수 있는 기회가 제한되어 있었고, 어렵게 사회로 진출한 여성들도 남성들과는 달리 많은 불이익과 차별대우를 받아온 것은 사실이다. 여성들이 불이익과 차별대우에 따른 불만을 삭이면서도 이를 숙명으로 받아들일 수밖에 없었던 것은 출산과 육아, 가사노동은 언제나 여성들의 몫일 수밖에 없었기 때문이다.

---

8 "부드럽고 탱탱해지는 내 피부, 게다가 사라진 줄로만 알았던 성욕도 생기고 보니 내 자신에 대한 자신감과 밤의 기쁨도 다시 찾게 되었습니다. (…) 산소 같은 아내, 자신감 있는 엄마가 되도록 도와준 ○○클리닉에 감사를 드리며……."(갱년기 클리닉 광고 중, 45세 주부의 성공사례) "폐경 때문에 우울해졌다면 당신 탓이 아닙니다."(여성호르몬 광고) 폐경이 나이 들어 생긴 탓이 아니라면 호르몬 치료를 받을 만큼 돈을 못 벌어다 준 남편 탓?

이것은 남성들의 의도도 작용했겠지만 의학기술이나 산업 수준이 뒤쳐져 있었던 것도 큰 요인이다.

여성들의 삶에 변화가 일어나기 시작한 것은 무엇보다도 자녀의 수가 줄어듦으로써 상대적으로 딸들이 고등교육을 받을 기회가 늘어난 탓으로 생각이 된다. 그리고 산업구조가 재편되고 도시 중심으로 인구가 집중되면서 주거환경과 식생활 문화가 급격하게 변화되었다. 이로 말미암아 여성들이 부담해야 될 가사 노동이나 육아의 부담이 현저하게 줄어들게 된 것이다. 그 결과 자연스럽게 여성들의 사회 진출 욕구가 분출하게 되었다.

반면에 사회의 모든 가치가 경제적 효율과 생산성에 모아지면서 여성들의 가사노동은 하찮은 일로 취급되고 가사노동과 육아만을 강요하는 것은 이 시대 여성들에게는 가장 모욕적인 말이 되고 말았다. 여성들의 활동 영역은 조금씩 넓어져 왔고, 유·무형의 차별은 아직 깊게 남아있을지라도 이제 우리 사회에 여성들을 전적으로 배제하는 금단 구역은 없어졌다.

그러나 여성들의 사회 입지가 넓어지는 과정에서 여성들이 감당해야 했던 부담은 실로 엄청난 것이었다. 여성의 몸에 심각한 위해를 끼칠 수 있는 피임·낙태를, 사회 진출을 위해서라면 기꺼이 감수해야만 했다. 가난한 고향마을을 떠나 공장으로 몰려들었던 젊은 여성들은 '공순이'라는 놀림에 눈물을 삼키면서 묵묵히 일을 하며 돈을 벌었다. 그들이 몇 푼의 돈을 만지는 동안 몸은 중금속과 유기용제에 찌들어 소리 없이 망가졌고 심지어 결혼도 하기 전에 여성의 기능을 잃어버린 이들도 있었다. 엄청난 양의 농약을 뿌려대는 골프장의 캐디들은 반복되는 유산에 당혹해 하다가 기형아를 낳고서 통곡해야만 했다. 사무직 여성들이 해결하기 가장 어려운 숙제도 그들의 '능력'보다는 '몸'에 쏠려 있는 남성들의 시선이었다.

그러나 이들의 고통은 주목받지 못했다. 국가 경쟁력을 확보하기 위해서 누군가는 반드시 치러야 할 희생이라며, 모두가 그렇게 알고 또 한 시대를 넘어갔다. 그렇게 해서 찾아온 이 시대의 모습은 화려하다. 거대한 소비사회, 찬란한 문명사회가 우리들 눈앞에 펼쳐져 있는 것이다. '건전한 소비'가 국가경제를 되살리는 사회! 소비심리가 위축되면 국가경제가 흔들리게 되고, 소비심리가 꿈틀거리면 투자가들의 발걸음이 빨라져서 국가경제가 되살아나는 사회. 이곳에서 여성들의 몸은 그 어느 때보다 화려하게 조명받고 있다.

그런데 여성들이 문명사회의 과실을 따기도 전에 호사스런 문명의 배설물들이 제일 먼저 여성의 몸을 침탈했다. 빨라진 초경, 늦추어진 폐경, 임신횟수의 감소, 모유 수유의 기피로 여성들의 활동 반경은 넓어졌으나 월경의 횟수가 폭증하게 되면서 애지중지 가꾸어 온 가슴은 실리콘도 아닌 암 덩어리로 채워졌다.[9] 호사스런 문명의 배설물들에서 쏟아져나온다는 다이옥신이라는 생소한 이름의 괴물질들도 소리 없이 여성들의 가슴에 소복소복 쌓여간다. 아기들이 살아야 할 집에도 죽음의 재는 뿌려졌다.[10] 젖가슴은 날카로운 메스에 잘려나가거나 방사선으로 태워졌고 아기들이 살아야 할 집은 철거당했다.

---

9 미국에서는 연간 46,000명의 여성이 유방암으로 사망한다. 국내에서도 유방암은 꾸준히 늘어가는 추세에 있다.

달의 주기와 절묘하게 일치한다 하여 이름 붙여진 월경. 매캐한 도시의 밤공기에 가려 구경하기 힘들어진 달만큼이나 월경의 빛깔도 희뿌옇게 퇴색되어 갔다. 원인이 무엇인지는 모른다. 그래도 세상은 공평한 것! 죽음의 재가 여성들만 침탈한 것은 아니었다. 남성들의 몸에도 똑같이 찾아들었다. 남성의 몸 속에 정자들이 하나 둘 사라졌다. 아무리 꼼꼼한 여성이라 할지라도 상대 남자의 정자 수까지 헤아려보고 결혼하지는 않는다. 결혼은 했으나 아이가 생기지 않는다. 공평할 것 같던 세상은 역시 불공평했다. 불임의 원인이 남성에게 있다 할지라도 불임 시술자의 핀셋이 겨냥하는 마지막 표적은 여성의 몸이다.

몸이 망가지면서 여성들은 바보가 되었다. 대학은커녕 학교 문턱도 구경 못한 할머니들이 용케도 구분하던 먹을 음식과 못 먹을 음식을 구분하지 못하게 된 것이다. '마녀의 가마솥'[11]에서 끓여져 나온 음식들을 대형할인매장에서 대량으로 구매하여 대형 냉장고에 보관해두면 아이들이 알아서 꺼내 먹는다. 상품을 선택할 때 그들이 의존하는 유일한 판단 근거는 전문가의 보증이 담긴 전문용어와 기업체의 로고이다. 학교에서 돌아온 아이들은 스스로 아파트 문을 따고, 제일 먼저 냉장고 문을 연 뒤 DHA가 들어 있어 두뇌가 좋아진다는 우유와 영양가 높은 맥

---

10 체내에 들어오는 다이옥신은 지방조직에 가장 많이 축적된다. 여성의 유방은 거의 지방조직이므로 다이옥신은 여성의 유방에 가장 많이 축적된다. 그 다음은 자궁을 비롯한 생식기관에 영향을 미친다. 이와 관련해서 모유의 다이옥신 때문에 모유를 먹이지 말아야 한다는 말도 있다. 그러나 모유 수유의 장점이 다이옥신의 피해를 충분히 극복할 수 있다는 주장들이 더 많다. 다이옥신이 인체에 미치는 영향에 대해서는 신동천 「다이옥신의 인체 유해 영향에 대한 고찰」, 『대한의사협회지』 vol.42, 제10호, 1999.10 참조.

11 울리히 벡 『위험사회 — 새로운 근대(성)를 위하여』, 홍성태 옮김, 새물결 1999.

도날드 햄버거를 꺼내 먹고 학원으로 달려간다. 광우병이 좀 꺼림칙해서 '똑똑하게' 전문가들의 보증이 있는 제품만을 고른다. "똑똑한 엄마는 골라 먹이니까!" 교수라는 어떤 전문가가 비타민C가 만병통치약이라고 떠들어댔다. 윤기 흐르는 피부를 유지하기 위해, 아이와 남편의 건강을 위해서, 약국의 비타민C는 동이 났다. 얼마 지나지 않아 또 다른 전문가가 나타나서 비타민C를 다량 복용하면 암이 생긴다고 떠들었다. 윤기 흐르는 피부를 유지하기 위해, 아이와 남편의 건강을 위해서…… 쓰레기통에 비타민C가 넘쳐난다.

아이를 키우는 능력도 없어졌다. 아이를 일반적(?)으로 키워서는 남보다 앞설 수 없으므로 전문적으로 키워야 한다. 무한경쟁의 시대에 내 아이가 남보다 뒤쳐지는 것은 용납할 수 없는 일이니, 유아시절부터 교육전문가에게 아이의 모든 교육을 떠넘긴다. 갖추고 있어야 할 것은 전문가의 능력을 살 수 있는 경제력뿐이다. 그렇게 투자를 해도 효과가 없는 아이, 남보다 뒤쳐지는 아이, 그래서 왕따가 될 것 같은 아이……. 이 아이는 어떻게 할 것인가? 게놈 프로젝트가 좀 더 일찍 완성되고, 산전 유전자 검사로 아이의 지능을 미리 알 수 있었더라면 태어나지도 못했을 목숨이다. 출산의 고통과 지금까지의 투자비가 아쉽지만 왕따 당하며 살아갈 자식의 고통을 미리 거두어 주는 것이 이 시대의 진정한 모성애 아니겠는가?[12] 여성의 성 해방을 가능케 했던 의학기술이 부메랑이 되어 되돌아와 이 시대 여성들의 몸과 정신마저 할퀴고 있다.

---

12 2001년, 대학 강사인 여성이 자신의 딸이 지능이 떨어지고, 그래서 '왕따'가 될 것을 우려한 나머지 딸을 자신의 손으로 죽인 사건이 있었다. 「명문대 석사 출신 엄마, "머리 나쁘다" 딸 살해」, 『동아일보』 2001.4.1.

모성의 회복

지금 우리 사회 여성들의 문화를 어떻게 정의내릴 수 있을까? '섹스(sex)'와 '몸'이다. 섹스와 몸을 제외한 여성들만의 또 다른 문화는 찾아보기 힘든다.[13] 섹스와 몸이 여성의 문화로 자리잡고 있는 세상에서 출산이란 여성의 몸에서 아이의 몸을 분리해내는 과정일 뿐이며, 여기에 여성들이 가진 불만은 '호텔같이 쾌적한 산실'에서 '잘생긴 머슴' 같은 의사들의 친절한 서비스를 못 받는다는 것일 뿐이다. 의료개혁이 완성되어 이런 서비스가 가능해진다 할지라도 이를 두고 출산문화라 이름붙일 수는 없다.

나의 '몸'은 내 아버지의 정자와 어머니의 난자가 융합, 분열되어 이루어진 것만이 아니다. 나의 '인간됨'은 내 아버지와 어머니로부터 물려받는 유전자의 지령에 따라 이루어지는 것도 아니다. 어린 생명을 보듬고 길러내는 것을 숙명으로 받아들였던 어머니의 모성은 얼굴조차 알길 없는 먼 옛날의 할머니의 할머니의 할머니로부터 이어져오면서 우리 민족만의 독특한 생명의 문화를 창출했다. 그런 생명의 문화 속에서 태어난 내가 오늘을 살아간다. 내가 오늘을 살아가게 만드는 힘은 과거의 기억으로부터이며 그 기억은 지워지지도 않고 지울 수도 없는 기억이다. 그 기억은 유전자의 배열에 따라 각인된 기억은 더더욱 아니다.

어머니의 손은 청진기였고, 어머니의 품은 그 어떤 화려한 시설의 병원과도 견줄 수 없는 병원이었고, 어머니가 빚어내는 갖가지 음식은 약

---

13 "결혼은 선택, 섹스는 필수", 정동철 「한국 성인의 성의식 변화」, 『대한의사협회지』 vol.43, 제2호, 2000.2, "특집 — 한국인의 성의식과 성문화" 중.

이었고, 어머니의 한 마디 한 마디는 가르침이었다. 어떤 전문가의 언설도 이보다 더 큰 위력을 가지지는 못했다.

온갖 분야의 전문가들이 가진 괴력 앞에 무기력하게 무릎을 꿇은 이 시대 여성들의 자아는 철저하게 해체되고 남은 것은 섹스와 몸뿐이다. 이런 현상이 '진보'와 '발전'이라는 구호 아래 용인되어 왔고, 진보를 위해 과거의 기억들은 하루빨리 지워버려야 할 장애물이었다. 모성에 관한 과거의 기억을 되살리려는 어떤 움직임도 남성의 의도가 개입된 음모로 매도되어야 했다. 미래를 위하여 과거의 모든 가치들이 부정되고 청산되어야 할 것들이라면 우리들의 기억 속에 남아있는 모성의 기억도 지워져야 한다. 모성의 기억이 지워진 곳에서 여성뿐 아니라 우리 모두의 '몸'과 '인간됨'은 생물학적인 의미로 환원된다. 그럴 경우 우리 모두의 운명은 생명공학자들의 손아귀에서 결정될 수밖에 없을 것이다.

전통의 모성 문화, 생명의 문화가 하루빨리 청산되어야 하고 지워져야 할 불유쾌한 기억이라면 출산의 문화는 필요하지 않다. 남는 것은 첨단의 출산기술뿐이다. 출산문화는 모성의 힘만이 만들어낼 수 있는 축제이기 때문이다.

정상과 비정상의 경계 허물기*

취약한 의료보장제도와 왜곡된 생명문화

2001년, 보험 재정이 바닥을 드러낸 이후 재정적자 극복을 위한 갖가지 정부대책들이 마련되고 있었고 그 일부는 2001년 7월부터 시행에 들어가게 되었다. 대책안에 대해 정부는 국민과 의료공급자, 정부가 공평하게 부담을 하는 것처럼 설명하고 있지만 본인 부담금이 오른 것뿐 아니라 지난해에 이어 앞으로도 보험료는 큰 폭으로 오를 것은 분명하고, 게다가 담배 값에 건강증진세를 부과하여 보험 재정에 쓰도록 하고 있어 국민들의 부담이 가장 많이 늘어나는 꼴이 되고 말았다.

정부 조치와 관련된 정부의 해명[1]에서 한 가지 눈길을 끄는 것은 적은

* 이 글은 2001년 9월 28일, 대구 장애우권익문제연구소 강당에서 열렸던 제16기 장애우대학 강연 원고를 수정·보완한 것이다.

비용이 들어가는 가벼운 질환이 걸렸을 때는 본인 부담률을 높이는 대신, 많은 비용이 들어가는 질환에 대해서 본인 부담률을 낮추겠다는 것이다. 우리나라에 의료보험제도가 시행된 지 20년이 지났지만 지금까지 의료보장의 수준은 진료비 할인 정도의 혜택이었을 뿐, 본인 부담률이 너무 높아 실제로 중증의 질병이 걸리게 되었을 때는 전혀 보장책이 될 수 없었다. 이 때문에 어떤 병이든 입원 치료를 받아야 할 정도의 큰 병에 걸리게 되면 정도의 차이는 있을지 몰라도 가계에 심각한 부담이 될 수밖에 없는 것이 현실이었다. 따라서 감기와 같은 가벼운 질환보다는 비용이 많이 드는 중증 질환에 대해 보험 혜택의 폭을 넓히겠다는 정부의 방침은 바람직한 면이 있는 것도 사실이다.

그런데 정부가 비용 부담을 줄여주겠다며 제시한 것은 백혈병, 혈우병, 고셔(Gaucher)병, 만성 신부전증, 희귀 난치성 질환 환자들과 장기이식 환자들로 한정하고 있다. 의료비로 어려움을 겪는 사람들이 이런 질환에 걸린 사람들만이 아닌데도 정부가 몇몇 질환군으로 제한한 것을 보면 의료비 문제를 근본에서 해결하려 한다기보다는 본인 부담금 인상에 따른 비난을 피하기 위한 미봉책이 아닐까 하는 의구심을 지울 수가 없다.

의료비로 가장 많은 어려움을 겪게 되는 사람들은 아무래도 선천적이든, 후천적이든 장애를 안고 살아가야 하는 사람들과 그 가족들이다. 이들은 초기 치료 과정에서 필요한 비용도 비용이지만 일단 후유 장애가 굳어진 뒤에도 평생 병원을 들락거려야 한다. 게다가 이들은 후유

1 보건복지부 「건강보험 재정안정 및 의약분업 정착 종합대책」 2001.5.

장애로 말미암아 노동력을 상실하게 되는 경우가 많으므로 이중의 고통을 겪을 수밖에 없다. 따라서 장애를 가진 사람들에게 가장 절실히 필요한 것은 의료보장과 함께 소득보장이다.[2]

그런데 현실은 그렇지 않다. 정부는 2000년 1월 1일부터 장애인 등록제를 확대 실시함으로써 국가에서 장애인들을 책임지고 보살피겠다는 의지를 내비치기도 하였다. 그렇지만 실지 장애인으로 등록된다고 해서 국가로부터 받을 수 있는 혜택이 실생활에 얼마나 도움이 될지는 의문스럽다. 게다가 전문 재활치료기관과 인력이 턱없이 부족한 실정이며 몇 안 되는 공공의료기관들조차 경영 수익을 높이기 위한 구조조정에 열중하고 있다.

한편 정부는 보험재정 적자를 해소하는 방안으로 민간의료보험 도입을 추진하고 있다. 이 말은 국민 개개인의 건강에 대해서 더 이상 정부가 책임지지 않겠다는 선언과도 같다. 이윤 추구를 제일의 가치로 삼는 민간 기업이 결코 채산성이 떨어지는 보험상품을 개발하지는 않을 것이므로 계층간의 삶의 질은 더욱 벌어질 것이다. 이럴 경우 최고의 피해자는 소득수준은 낮으면서 의료비는 보통 사람보다 몇 곱절이나 더 필요한 장애인들이 된다. 그리고 지금은 생산성과 효율이라는 잣대로 사회구조가 개편되고 있어 갈수록 일자리가 줄어들고 있으며, 정보

---

2 한국보건사회연구원 「2000년도 장애인 실태조사」.
이 조사보고서에 따르면 15세 이상 장애인의 실업률은 28.4%로 2000년 6월 현재 전체 실업률(4.2%)의 7배 수준이며 취업 장애인의 월 평균 소득은 79.2만원으로 상용 종업원의 월평균 임금의 43.1% 에 불과한 수준이다. 사회나 국가에 대해 장애인들이 우선 요구하는 것은 의료혜택 확대보다는 생계 보장인 것으로 나타났다.

가 생산력을 대체하는 시대인 탓에 정보 격차가 생길 수밖에 없는 장애인들은 기왕의 불평등에다가 정보 격차라는 또 다른 부담을 떠안아야 한다.

오늘날 의학기술의 발전으로 과거에는 상상조차 할 수 없었던 일들이 현실로 나타나고 있다. 산전 검사기술과 낙태 기술의 발달로 장애인의 출현을 원천봉쇄하고 있고, 장기이식과 배아세포 이식을 통한 난치병의 정복은 물론 건강한 맞춤아기의 생산까지도 가능한 세상이 된 것이다. 이것은 장애인들에게는 더할 나위 없는 축복의 기술일 수도 있겠지만, 한편으로는 첨단의학기술들이 보급됨으로써 장애인들을 반드시 교정하거나 도태되어야 할 대상으로 생각하는 왜곡된 생명문화가 확산되고 있는 것이다.

장애인을 위한 사회보장제도의 개혁이 가장 시급한 과제인 것은 분명하다. 그러나 신체의 결함이나 신체의 특징과는 상관없이 모든 사람들이 공생할 수 있는 세상이 되기 위해서는 무엇보다도 생명과 인간에 대한 왜곡된 가치관을 바로잡기 위한 발상의 대전환이 필요하다.

의학의 발전과 우생학[3]의 비극

---

3 우생학(Eugenics): 1883년 프랜시스 골턴(Francis Galton, 찰스 다윈의 사촌)이 처음 사용한 용어이며, 다윈의 진화론을 인간의 유전과 건강한 출산에 관한 이론에 적용한 것이다. 사전적 의미는 "인간의 유전자 구성을 개량하는 방법을 추구하려는 과학 또는 계획"을 말한다. 생물학의 한 분야였던 우생학은 스펜서의 사회다윈주의와 결합을 하면서 인종 차별주의와 제국주의를 합리화하게 되는 이론적 배경이 된다. 상세한 것은 김덕호 「사회다윈주의」, 『서양의 지적 운동 I』, 김영한 · 임지현 엮음, 지식산업사 1994.

사람은 누구나 건강하게 살기를 원하고 자녀 또한 건강하게 태어나서 건강하게 자라주기를 바란다. 그러나 그것은 어디까지나 바람일 뿐 태어나서 죽음에 이를 때까지 누구나 크고 작은 질병의 고통을 겪을 수밖에 없다. 사람들은 그런 고통으로부터 벗어나기 위해 의술이 필요했다. 따라서 의학기술을 발전시킨 힘은 건강하게 살려는 욕망, 그리고 자신의 재산과 권력은 물론 건강까지도 세습하려는 사람들의 욕망에서 비롯된 것이라고 볼 수 있다.

과학지식이 발달하면서 의술도 질병의 고통에서 벗어나려는 사람들의 지혜라는 수준에서 벗어나 끝없이 발전해왔고 이제는 사람의 몸과 마음을 통제하고 개조하는 수준으로까지 발전했다. 건강에 대한 사람들의 오랜 숙원은 이제 의학기술의 도움만 받을 수 있다면 실현가능한 꿈이 되어 있다. 그 결과로 이 시대를 살아가는 사람들의 모습은 그 어느 때보다도 화려하고 건강한 삶을 살아가고 있는 것처럼 보인다.

그러나 화려한 의학기술의 성과 뒤편에는 처참한 인권유린의 역사가 감추어져 있다. 과학이 발전되면서 사람들의 삶의 수준도 변해왔고, 한 국가나 사회의 수준은 과학기술의 수준으로 평가되기도 한다. 따라서 객관성이 담보된 과학지식은 비판할 수 없는 사실이며, 과학지식에 근거한 과학기술은 유용한 것이라는 보편적 가치가 형성된다. 의학지식 역시 과학지식에 뿌리를 두고 있으므로 인간의 몸과 건강과 관련된 의학지식도 객관성이 있는 것으로 받아들여졌고, 그리하여 인간에 대한 의학자들의 판단은 비판의 대상이 될 수 없는 '사실'로 굳어졌다. 그래서 의학자들은 아무런 비판도 받지 않은 채 자신들만이 독점하고 있는 지식을 잣대로 인간을 평가하고 분류할 수 있었고, 사람들은 이를 의심할 수 없는 객관적인 사실로 받아들였다. 이러한 의학지식은 20세기로 접어들면서 인종주의자와 파시스트들이 휘두르는 폭력의 정당함을 입증하는 이론의 배경이 된다.

1920년대 미국에서는 북유럽 이외의 지역 주민들에 대해서는 이민 금지령이 내려졌다. 그 이유는 북유럽 이외의 지역 주민은 (의학적으로) 열등하다는 이유 때문이었다. 또 1900년대 초부터 무려 30년 동안 장애인들과 마약, 알코올 중독자, 성범죄자들에 대해 32개 주 정부에서 강제 불임시술을 시행했다.[4] 그들은 (의학적으로) 퇴화된 인간이라는 평가를 받았기 때문이다.

일제의 한반도 강점이 시작되면서부터 일본은 우리 민족은 야만족이므로 강대국의 식민통치를 받을 수밖에 없고, 식민통치를 받음으로써 오히려 근대사회로 발전할 수 있었다고 억지 주장을 해 왔다. 이런 주장을 입증하기 위해 그들은 의학지식을 이용했다.[5] 2차세계대전 당시 독일에서 인종 청소가 가능했던 것도 의학자들의 인간에 대한 가치판단이 중요한 역할을 하였다. 지금 이 순간에도 지구촌 곳곳에서 벌어지고 있는 야만적인 폭력의 배경에는 인종 갈등이 자리잡고 있고, 인종 갈등을 부추기는 중요한 요인 중 하나가 의학자들의 인간에 대한 가치판

---

4 우리나라에서는 1999년 수용시설에 수용되어 있던 정신지체장애인들에게 관할 지방자치단체에서 불법으로 강제 불임시술을 한 사실이 한 국회의원에 의해 알려졌다. 이때 수용시설의 원장은 국가 재정지원이 없는 현실에서 정신지체장애인의 불임시술은 정당한 것이라고 주장했다.「정신장애인에 강제불임수술」,『조선일보』1999.8.20 참조.

5 1921년 "조선인은 해부학적으로 야만이다"라는 경성의전 해부학 교수 구보의 발언으로 경성의전에서는 동맹휴학이 일어났다. 몇 해 전 동학군 지도자의 유골로 추정되는 사람의 두개골이 일본의 어느 의과대학에 보관되어 있었던 사실이 언론에 의해 보도된 적이 있다. 일본이 무슨 목적으로 동학군 지도자의 두개골을 연구 대상으로 삼았을까?

단이다. 인류의 역사와 함께 수천 년을 이어오며 지속되고 있는 남녀의 성차별이 21세기에 이른 지금도 해결되지 않고 있는 이유는 의학이 끊임없이 남녀 차별의 논리를 재생산해 왔기 때문이다.[6]

한편 의학자들은 국가 권력이 폭력을 저지르는 동안 권력의 우산 아래에서 또 다른 폭력을 저지르고 있었다. 인간을 대상으로 하는 생체실험이 마구잡이로 이루어졌다. 생체실험을 통해 의학자들은 자신들의 지식기반을 넓혀나간 대신, 무고한 사람들이 실험실의 철창에 갇힌 채 처참하게 죽어나간 것이다. 그 사람들은 의학자들로부터 가치 없고 열등한 것으로 분류된 사람들이었고, 사회로부터 소외된 약자들이었다.

2차세계대전이 끝난 뒤 의학자들의 전횡으로부터 인권을 보호하기 위한 인류 전체의 노력이 시작된다. 사람을 대상으로 하는 실험연구로부터 개인의 인권을 보호하기 위한 뉴렌버그 강령이 채택되었고, 1964년 세계의사협회는 헬싱키 선언을 채택하여 새로운 의학기술을 의학자 임의로 환자에게 시술해왔던 관행에 대해 제동을 걸기 시작했다. 치료 목적의 의학기술이라 할지라도 윤리적 측면에서 문제가 있다면 이를 규제하도록 한 것이다. 아울러 인간 개개인의 인권의식이 점차 확대되면서 겉으로 보기에는 의학과 국가권력이 결탁하여 생겨난 우생학은 그 빛이 점차 바래지는 듯했다. 나치의 폭압정치 아래 있었던 유럽사회에서 우생학은 금기의 단어처럼 여겨지기도 했다.

그러나 의학의 발전이 모든 인류의 행복을 보장해 줄 것이라는 의학

---

6 의학계에서는 두개골과 골반의 형태, 뇌 용량의 차이, 호르몬의 차이 같은 것들로 남자와 여자의 능력 차이를 설명한다.

자들의 주장을 반박할 사람은 별로 없다. 하루라도 빨리, 더 나은 기술을 개발하여 질병의 고통에 시달리는 사람들을 도와주어야 하는 것이 의학자들의 사명이기도 하고, 지금도 많은 사람들이 의학자들의 탁월한 능력에 기대를 걸고 있는 것도 사실이다. 따라서 의학의 발전이라는 명분만 있으면 언제든지 사람을 수단이나 도구로 이용할 수도 있다는 의료계 내부의 문화가 비판의 대상이 되는 경우는 극히 드물다. 연구나 시술의 목적이 옳다면 방법의 부도덕함과 비윤리성은 쉽게 면책될 수 있는 것이 의학자들만이 가지고 있는 특권이기도 하다.

미국 보건당국은 1932년부터 매독이 인체에 미치는 영향을 조사하기 위해 앨라바마주 터스키지에 거주하는 흑인 남성 600명을 1972년까지 무려 40년 동안이나 실험대상으로 관찰해온 한 사건이 있었다. 400명은 매독환자였고, 200명은 대조군으로 활용했다. 1940년대에는 페니실린이 개발되어 매독치료가 가능했음에도 전혀 치료를 해주지 않았고 사건이 알려진 후 400명의 환자 중 74명만 생존해 있었다.[7]

의학은 인간의 몸을 대상으로 한다는 점에서 연구를 위해 인체실험은 불가피한 측면이 있다. 그렇기 때문에 의학연구는 항상 인권침해의 소지를 안고 있다. 하지만 의학의 발전이 곧 인류의 행복이라는 오랜 고정

7 터스키지 매독연구 사건. 이 사건을 계기로 미국에서는 생명윤리에 대한 논의가 활발하게 이루어지면서 인체실험이나 의학연구와 관련하여 '자율존중의 원칙', '선행의 원칙', '악행금지의 원칙', '정의의 원칙'이라는 네가지 생명윤리 기본원칙이 확립된다. 현재 미국에서는 생명윤리 4원칙에 기초한 연구대상자 보호규정이 있어 인체실험에 관한 모든 연구를 기관 내 심사위원회(Institutional Review Board)에서 사전 심사, 승인받도록 하고 있다. 우리나라는 의학연구와 관련하여 별다른 규제가 없었으나 최근 개정 약사법(제26조 4항)에 연구대상자 보호규정을 명문화하였고, 6개월간의 유예기간을 거쳐 2002년 2월부터 시행에 들어간다. 특기할 만한 것은 사회복지시설에 수용되어 있는 사람은 원칙적으로 연구대상이 될 수 없도록 한 것이다.

관념이 있어 의학연구와 관련된 인권 시비는 좀처럼 수면 위로 떠오르기 힘든다. 그런데 연구의 대상이 되는 사람은 언제나 사회적 약자들이다.[8] 하지만 연구 결과물이 단 한 번도 공평하게 분배된 적은 없고 이익은 사회적 강자에게, 피해는 사회적 약자들에게 돌아간다. 그 피해는 정도를 넘어 죽음을 감수해야만 하는 경우도 있다. 어떤 면에서 의학이 지금 수준으로까지 발전하게 된 데에는 사회적 약자들의 희생이 발판이 된 것일지도 모른다. 의학의 발전은 사람의 장기를 잘라내서 끼워넣고, 생명을 조작하여 만들어내고 개조해낼 수 있는 수준에까지 이르렀다. 생명공학이 주도하는 새로운 우생학의 21세기가 열리고 있는 것이다.

이미 '21세기의 우생학'적 사고가 세상을 지배하고 있다. 20세기의 우생학이 국가권력과 결탁한 폭력이었다면, 21세기의 우생학은 거대 자본과 결탁한 폭력이다. 20세기의 우생학이 적의를 품은 폭력이었다면, 21세기의 우생학은 선의를 가장한 폭력이다. 질병의 고통으로부터 해방시켜주겠다는, 선의의 차원을 넘어 휴머니즘의 극치라고 볼 수도 있다. 그렇기 때문에 더더욱 통제하기 어려운 것이 생명공학이 인간에 대해 저지르는 폭력이다. 선의를 가장한 생명공학의 폭력은 이미 우리들의 일상 속에 깊숙이 뿌리내리고 있고 시인의 상상력에까지 침투하고 있다.[9]

---

8 의학연구 대상으로 가장 많이 이용되는 사람은 환자들이며, 그 외 어린이, 정신지체자, 장애인, 수감자, 소수 인종, 외국인, 여성, 문맹자들이다.

9 "내 짝은 없나봐 정자은행이 있다는데/삼십 넘은 미혼녀가 유방암에 많이 걸린다는데/더 늦으면 기형아 낳을 위험도 있어/악어 같은 두려움이 우리를 먹어치울지도 몰라" 신현림 「우린 한때 미혼모가 되고 싶었다」(『세기말 블루스』, 창비 1996) 부분.

21세기 우생학 — 20%의 정상인과 80%의 비정상인

지금까지 의학의 발전으로 모든 인류가 건강하고 행복하게 살 수 있을 것이라는 의학자들의 말에 대해 별다른 의심을 가진 사람은 없었다. 그래서 몸과 건강에 관한 가치 판단을 내리는 데 있어 의학자들은 손쉽게 절대 권한을 가질 수 있었다. 그런데 그 결과로 인류의 삶이 과거와 견주어 더 건강해진 것이 아니라 건강이란 말 자체가 아주 생소한 말이 되고 말았다. 의학자들은 편협한 의학지식에만 의존하여 정상과 비정상을 구분하고, 정상이 아니거나 건강하지 못한 것으로 판단되는 모든 것들은 치료, 퇴치, 적출, 제거해야 할 대상으로 만들어버렸다.

의학이 발전하면 할수록 그 대상은 더욱 늘어났고 과거에는 결함이 될 수 없었던 것조차 치료받아야 할 질병이 되어가고 있다.[10]

> "(…) 한 부모당 단지 두 명의 아이만을 가질 수 있는 시기가 오면, 부모는 이 아이들이 완벽한지 확인하고 싶어할 것이다. 이때 과학은 구원으로 다가올 것이다. 그 미래 시대는 어떤 부모도 기형 혹은 정신적으로 무능력한 아이를 낳아 사회에 부담을 주지는 못할 것이다."

미국 과학발전협회 회장 벤틀리 글라스가 퇴임사에서 연설한 내용의 일부이다. 그때가 1970년 12월이었다. 글라스가 예견한 미래는 바로 지

---

10 파킨슨 법칙. 더 많은 의료시설과 기술이 개발될수록 치료를 필요로 하는 질병들이 더 많아진다는 법칙. 한 예로 유전자 정보가 알려지면서 노화기전이 알려지자 의학자들은 나이가 든다는 것을 치료받아야 할 질병이라 규정하고 있다.

금이다. 지금 우리나라에서 벌어지고 있는 현실을 30년 전에 이미 미국의 과학자는 정확하게 예견한 것이다.

우리나라는 지금까지 "기형 혹은 정신적으로 무능력한 아이"들에 대해 사회가 부담을 떠안은 적도 없고 배려를 해 준 적도 없다. 사회구성원으로서 아무런 가치가 없고, 가족은 물론 사회 전체에 부담만 주는 존재이므로 격리되어 외진 곳에 따로 수용되어 있어야 할 그런 존재에 불과했다. 생색내기에 불과했던 의료보험제도마저 재정이 바닥나자 정부는 꼬리를 빼려하고 있다. 신체의 아무런 결함 없이 정상교육을 받고 그것도 모자라 외국 박사학위까지 거머쥔 사람이라 할지라도 혈연, 지연, 학연의 연결망에 얽혀들지 않으면 기회가 보장되지 않는 것이 우리 사회의 현실이다. 게다가 여성들이 기회를 얻기 위해서는 모든 조건을 갖추고서도 외모라는 까다로운 심사조건까지 거쳐야 한다.

그렇다면 우리나라에서 "기형 혹은 정신적으로 무능력한 아이"를 낳는다는 것은 어떤 의미를 가질까? 아이를 낳은 것이 아니라 낳아서는 안 될 아이를 세상에 내놓은 실수를 한 것이다. 그 실수에 대한 책임은 전적으로 실수를 저지른 당사자가 감당해야 하는 것이 우리나라의 냉혹한 현실이다.

완벽한 아이를 낳고자 하는 것은 모든 부모의 소망이기도 하다. 그러나 그것은 지금까지는 사람의 힘으로는 통제하기 힘든 신의 영역으로 치부되어 왔었다. 의학기술의 발전으로 신의 영역에 머물고 있었던 생명의 통제기능이 의·과학자들의 손아귀에 들어가게 되자 이들을 좇아 생명을 개조하고 만들어내며 죽이는 일까지도 서슴지 않는 것이 새로이 형성되어가는 21세기 생명의 문화이다.

요즘 신혼부부에게 산전 기형아 검사는 필수 사항이 되었다. 건강 상태가 의심스러운 아이는 세상 빛을 보기 전에 어김없이 싹을 잘라버린다. 불임 부부에게는 불임이 고통이 아니라 원하는 맞춤아기를 가질 수 있는 절호의 기회로 변했다.[11] 인간 유전체의 비밀이 밝혀진 지금 훌륭하고 완벽한(?) 아이를 낳지 못한다는 것은 부모의 무능으로 받아들여진다. 신체의 결함을 안고 태어난다는 것은 이제 피할 수 없는 운명이 아니라, 의학기술의 혜택을 누리지 못했거나 무관심했던 부모의 책임일 수밖에 없다. 그래도 지금까지 비록 제도와 법률은 제대로 마련되어 있지 않았으나 장애를 가진 사람들을 보호하고 배려해야 한다는 정서는 유지되어 왔다. 그러나 생명의 미래와 잠재가치까지 예측, 평가가 가능한 유전자 시대[12]에는 신체의 장애를 가진 사람들을 바라보는 우리 사회의 보편적 가치관은 급격하게 변해갈 것이다. 그들은 애초 세상에 모습을 드러내지 말았어야 했을 사람들이란 인식이 급격하게 확산될 것이기 때문이다. 그런 기초 작업을 지금 활발하게 다져나가고 있다.

부모가 원하는 기준에서 벗어난 모든 아이들은 기형으로 간주될 수도 있을 것이다. 그 아이들은 보살피고 배려해야 할 생명이 아니라 개

---

11 「알선사업 등장 "IQ 145 정자·난자 팔아요"」, 『조선일보』 2001.3.20.
「아이비리그 미모 여대생 "난자 팔러 서부로"」, 『동아일보』 2001.5.29.

12 "미래 설계를 위한 시작! 가장 소중한 우리 아이들, 이 아이들에게 단 한번의 DNA 검사로 그들의 미래를 알 수 있습니다." 여성잡지에 게재된 국내 생명공학 벤처기업 'DNA엔테크사'의 광고다. 만약 DNA 검사로 아이들의 미래가 그렇게 밝지 않거나 심각한 중병에 걸리게 될 것이라는 사실을 미리 알았을 때 부모는 이 아이를 어떻게 할 것인가? 지금도 많은 기업에서 채용 신체검사를 하고 있다. 생명공학이 더 발달하면 채용 전에 유전자 검사를 하는 기업이 반드시 나타날 것이다. 국내 의료기관과 민간기업의 유전자 정보 이용실태에 대해서는 '참여연대 시민과학센터' 「국내 인간유전정보 이용 실태 조사 자료」 2001.3.27 참조.

조하거나 세상에서 도태되어야 할 존재가 된다. 산전 태아감별과 그에 뒤따르는 낙태의 심각성은 어제오늘의 일이 아닌 것이 우리의 현실이다. 산전 태아감별에서 태아의 장애를 미리 인지하지 못한 의사가 손해배상 소송을 당하기도 한다. 태어나지 말았어야 할 아이를 태어나게 만들었다는 이유일 터이다.[13]

이미 사회의 한 구성원이 되어 있는 사람이라 할지라도 사회가 요구하는 기준을 충족시키지 못하는 사람들은 장애인으로 간주되어 기회가 돌아가지 않는다. 그래서 과거에는 전혀 문제가 되지 않았던 온갖 형태의 장애인들이 속출하고 있다. 우리 사회는 지금 영어를 제대로 말하지 못하는 사람은 '언어 장애'로, 컴퓨터를 다루지 못하는 사람은 '기능 장애'로, 인터넷을 모르면 '학습 장애'로, '세계화'의 의미를 이해하지 못해 시대 흐름에 뒤쳐진 사람은 '사고 장애'가 있는 것으로 취급한다. 나이 든 사람은 어김없이 '적응 장애'가 있는 것으로 분류되어 퇴출되고 있다. 게다가 세대 간의 갈등과 문화의 차이로 '인격 장애'가 있는 것으로 매도되는 사람들도 있다.

"젊고 참신한", "숨쉬는 백색 피부를 가진", "날씬한", "용모 단정한", "신장 ○○cm 이상"과 같이 신체의 특징으로 사람의 가치를 평가하는 사회 풍조는 수많은 신체 장애인을 양산하는 결과를 불러오고 있으며, 그래서 사람들은 전혀 문제될 것 없는 신체를 개조하기 위해 엄청난 의료비를 소모하고 있다. 지금 21세기는 인류를 20%의 정상인과 80%의

13 이와 관련해서는 박은정 『생명공학 시대의 법과 윤리』(이화여대 출판부 2000) '과학기술 사회와 인권' 부분 참조.

비정상인으로 나누는 신(新)우생학의 시대라고 해도 지나친 말은 아닐 것이다.

정상과 비정상의 경계

의학계에서 건강하고 완벽하다고 규정하는 사람의 몸과 건강은 현실에서는 찾을 수 없는 환영(幻影)과도 같은 것이다. 병들지도, 늙지도 않고, 진열장의 마네킹처럼 쭉 곧은 몸과 탁월한 지능과 능력을 겸비한 인간은 화려한 영상매체의 광고모델 중에서 찾을 수 있을지도 모른다. 그들의 겉모습은 탐욕스런 상술로 덧칠해진 신기루와도 같은 것들이다. 그런데 사람들은 그 환영을 좇아 첨단의술의 힘에 의지한 채 자신들의 몸을 다듬고 깎아내며 학대하고 있다. 보통 사람들이 자신들의 몸을 '정상인'의 반열에 올려놓기 위해 발버둥을 치는 만큼 비정상 또는 장애를 가진 것으로 간주되는 사람들의 가치는 상대적으로 평가절하된다.

생명체로써 인간의 몸은 옳고 그르다는 가치평가를 내릴 수 있는 것이 아니다. 그리고 인간의 몸은 고정불변의 것이 아니며 시간의 연속선상에서 끊임없이 변화해나간다. 오늘의 기준에서 정상이라고 판단된 나의 몸은 내일이 되면 비정상이 된다. 내 몸이 변해감에 따라 살아가는 방식과 사고도 변해가기 때문에 내 몸이 변해가는 것을 인식하지 못할 뿐이다.

게다가 지금은 건강을 자신하는 사람들조차 자신의 미래에 대해 한 치 앞도 예측할 수 없는 숱한 위험 속에 포위되어 살아가고 있는 것이 현실이다. 모든 사람들이 장애인이 될 수 있는 위험에 빠져있는 것이다.[14] 과학기술로 이룩한 문명사회에 살고 있는 우리는 지난 시절과 견주어 더할 나위 없는 풍요로운 삶을 살고 있지만, 그 기술은 인간의 힘으로 통제하기 힘든 위협으로 되돌아오고 있다. 걸어가고 있는 나를 언제 자동차가 덮쳐올지 예측하기 힘들며, 멀쩡하던 건물이 하루아침에 무너져내리고 땅이 내려앉고 다리가 주저앉는 믿기지 않는 일들이 잊을 만하면 터져나오는 세상이다. 생활양식마저 지난 시절과 달라짐으로써 신체장애를 유발하는 각종 만성병의 발병률은 가파르게 상승하고 있다. 문명의 쓰레기에서 뿜어져나와, 숨쉬는 공기 속에 먹는 물과 음식 속에 소복소복 쌓여 있는 온갖 독성 물질들은 사람들의 건강을 위협하는 한편, 건강한 출산을 바라는 젊은 부부들의 희망을 절망으로 바꾸어버리고 있다. 이제 그 정도를 넘어 인간들의 생식능력마저 급격하게 줄어들고 있어 지구상에 인간 종(種)의 보존마저 의심스러워해야 할 지경에 이르렀다. 더욱이 효율과 생산성을 최고의 가치로 내세우며 거세게 몰아닥치고 있는 세계화의 광풍으로 노동 그 자체가 사람들의 몸과 생명을 위협하는 요인이 되고 있다.

산업 현장에서 산업재해 발생 비율은 1년 사이에 30%나 증가했고,[15] 무한경쟁사회에서 살아남기 위한 스트레스로 말미암은 정신질환자들이 속출하고 있다. 노령 인구가 급격하게 늘어나면서 한두 가지 이상의 장애를 가진 노인들의 수는 하루가 다르게 늘어가고 있으며, 노부모의

---

14 2001년 현재, 장애인 출연률(인구 백 명당 장애인 수)은 3.09%로 5년 전과 비교하여 0.74% 증가했고, 대부분의 장애(89.4%)는 후천적 요인 때문에 발생한다.

15 「산업재해율 크게 늘어」, 『한겨레』 2001.8.20.

건강상태에 따라 가족공동체의 안녕이 파괴되는 경우는 이미 일상의 풍습이 되어 있다.

그러므로 지금 이 시대를 살아가는 사람들을 정상과 비정상으로 구분하는 것은 무의미하다. 굳이 정상과 비정상을 구분하려는 것은 의학자들이 학문을 하기 위한 방법론이거나 아니면 어떤 저열한 의도가 개입되어 있는 것이라고 볼 수도 있다. 먹고 자고 숨쉬며 일하는 일상의 생활 속에 온갖 위험이 도사리고 있어 누구라도 한순간에 장애인이 될 수 있는 것이 지금 우리가 살고 있는 세상이다. 나의 건강을 내 자식에게 온전하게 물려주기도 힘들 만큼 우리들의 몸은 온갖 독성물질에 찌들어있다. 그러므로 장애인을 위한 배려는 바로 미래의 나 자신을 위한 배려임을 인식해야 한다.

어떤 면에서 인간은 모두 장애를 안고 태어난다. 수십 년간 부모와 사회의 보호를 받아야만 비로소 독립생활이 가능하다. 성인이 되어 부모로부터 독립한다 하더라도 인간은 혼자서 살아갈 수 없는 장애를 가지고 있다. 사회 속에서 관계를 맺지 않고서는 결코 살아갈 수 없는 유약한 생명체가 바로 인간이다. 건강을 자신하는 사람이라 할지라도 사회의 보호와 배려 없이는 살아갈 수가 없다. 그러므로 정도의 차이가 있을 뿐 보호와 배려가 필요하다는 점에서 건강한 사람과 장애인은 서로 다를 것이 없다.

그러나 우리 사회가 안고 있는 문제는 장애인을 사회의 한 구성원으로 인정해주지 않을 뿐 아니라, 그들과 관계맺기를 피하고 사회의 한구석으로 격리한다는 데 있다. 장애를 가진 사람들이 보통 사람들과 다른 것은 살아가는 방식의 차이일 뿐이다. 장애인들이 그들의 방식대로 살아가는 것을 인정하고 수용한다면 정상과 비정상의 경계는 허물어진다.

연대와 자치를 통한 재활

태어나면서부터 신체의 결함을 가진 사람이나 세상살이의 험악한 환경 때문에 신체의 기능을 잃은 사람들 모두에게 가장 절실히 필요한 것은 재활에 필요한 의료체계이다. 그리고 새로운 방식으로 스스로 살아갈 수 있는 환경을 만들어주는 것이다.

그러나 현재의 의료체계는 장애인의 재활을 도울 수 있는 구조가 되어 있지 않다. 동네 병의원은 물론 종합병원조차 환자보다는 의료진의 업무편의 위주로 설계되어 있고, 재활치료시설은 채산성이 떨어진다는 이유로 항상 투자의 우선 순위에서 밀려나고 있으며, 전문인력은 턱없이 부족하다. 그나마 배출된 전문인력조차도 고유 업무에서 벗어나 높은 수익이 보장되는 분야에만 매달리고 있는 실정이다.[16]

게다가 정부는 몇 안 되는 공공의료기관조차 구조조정을 통해 중앙정부와 지방의 재정 부담을 피해가려 하고 있고 보험재정 적자를 계기로 민간의료보험을 도입하여 의료체계를 완전히 시장경제원리에 내맡기려 하고 있다. 지금까지 장애인을 위한 의료혜택이란 것은 정부의 알량한 온정과 의료인의 자선에 의지해 왔다고 해도 지나친 말은 아닐 것이다. 그런데 그마저도 더 이상 기대하기 어려운 현실이 되고 만 것이다.

---

16 성형수술의 경우 원래 재활치료의 목적이 있었지만, 우리나라에서는 재활 성형보다는 미용 성형이 기형적으로 팽창해 있다.

무엇보다도 편협한 의학적 시각에 따라 정상과 비정상을 확연하게 구분하여 비정상으로 규정된 것은 모두 치료, 교정 받아야 될 대상으로 만들어버리는 현대의학의 모형(paradigm)이 지배하는 의료문화에서 장애인의 재활에 필요한 의료를 기대하기는 어렵다. 이런 의료문화에서 재활치료란 새로운 삶의 방식을 개척할 수 있도록 도와주는 것이 아니라 이전 상태로 원상회복을 의미하는 것이어서, 원상회복이 불가능한 경우는 살 가치가 없는 생명인 듯 너무나 쉽게 포기해버리는 경향이 생긴다.

신체의 결함을 가진 사람들의 삶은 고통스럽다. 삶이 고통스럽다고 해서 그들이 살 가치가 없다고 말할 수는 없다. 더욱이 그들은 장애인과 환자를 양산하는 사회구조의 피해자들이므로 그들이 받는 고통은 결코 그들이 책임질 이유가 없는 "부조리한 고통"[17]이며, 고통을 준 가해자는 너와 나 우리 모두일 수도 있다. 그러므로 그들의 고통에 대한 책임은 우리들에게 있다. 또 한편으로 우리 모두가 잠재된 장애인들이다. 오늘 건강을 자신하는 내 자신도 인간인 이상 언젠가는 심신의 장애가 생겨 죽어갈 운명이 예정되어 있다. 그리고 대상을 구별하지 않는 예측불가능한 위험에 포위되어 살아가고 있는 우리가, 죽는 순간까지

---

17 부조리한 고통: 일본의 윤리학자 이쯔이 사브로가 한 말로 "각 개인이 책임을 질 필요가 없는 것으로부터 받게 되는 고통"(이찌이 사브로 『역사와 진보』, 편집부 옮김, 지양사 1983)을 말한다. 선천성 장애인의 고통은 자신과는 전혀 무관하게 생긴 고통이다. 그 부모나 후천성 장애인 역시 장애가 발생한 원인의 상당 부분이 사회 환경에 있으므로 전적으로 그들의 책임이라고 할 수 없다. 그런데 생명공학이 발달하면서 의학자들은 질병의 유전자 원인론을 퍼뜨리고 있다. 질병에 관한 유전자 원인론은 확증되지도 않은 가설에 불과할 뿐 아니라 질병의 원인을 각 개인의 잘못된 유전자 탓으로 돌리는 무책임한 이론이다.

건강한 몸을 유지할 수 있으리라 생각하는 것은 엄청난 착각이다.

지금 장애인들이 받는 고통은 머지않은 미래에 모든 사람이 한번은 겪을 수밖에 없는 고통인 이상, 고통을 공유하기 위한 연대—현재의 장애인과 미래의 잠재 장애인 사이의—가 필요하다. 이 연대는 투쟁하여 무엇을 쟁취하기 위한 연대가 아니라 새로운 삶의 방식을 개척하기 위한 연대이며 새로운 생명의 문화를 창조해내기 위한 연대이다. 이 연대를 통해 현대의학의 모형을 넘어설 수 있는 새로운 의료문화를 건설할 필요가 있다.

그러므로 장애인을 위한 '배려'를 간청하고 호소할 것이 아니라 장애인과 미래의 잠재 장애인이 함께 '참여'하여 만들어가는 의료체계와 의료문화를 새롭게 건설해야 한다. 그런 의료체계에서 재활이란 자활(自活)과 자치(自治)를 의미한다. 특단의 기술을 개발하여 질병의 고통으로부터 해방시켜주겠다는 의학자들의 공언은 늘 실패로 끝이 났다. 이 시대 모든 사람들에게 필요한 것은 고통을 제거할 수 있는 첨단기술이 아니라 고통을 분산시켜 나누어 가짐으로써 고통의 총량을 줄일 수 있는 지혜이다.

일상의 언어와 전문용어 사이의 간격*

전문의

의과대학을 졸업하고 의사자격시험에 합격을 한 사람들은 의사가 되었다는 성취감이나 여유를 채 누리기도 전에 다시 '전문의' 자격을 거머쥐기 위한 고난의 행군을 시작한다. 다소 무지막지하기까지 한 수련을 모든 의사들이 기꺼이 감내하는 이유는 행군을 마친 뒤 찾아오는 분홍빛 미래에 대한 기대 때문이기도 하지만, '의학박사', '○○과 전문의'라는 수식어가 붙지 않는 의사를 영 못 미더워하며 시답잖게 생각하는 세간의 인식 탓이기도 하다.

요즘은 의학박사, ○○과 전문의마저도 성에 차지를 않아서인지 각

---

* 이 글은 도서출판 부키에서 출간한 『의사가 말하는 의사』(인도주의실천의사협의회 엮음, 부키 2004)에 수록된 글을 수정·보완한 것이다.

과마다 분과 학회가 생기면서 그에 따른 분과 전문의 제도까지 생기는 형편이고, 몇 해 지나면 모든 의과대학으로 4+4학제가 확산될 분위기란 걸 감안한다면 적어도 한국 의사들의 교육 수준만큼은 세계 최정상급이라고 해도 지나친 말은 아닐 것이다.

거기다가 '묻지 마 의대 열풍'까지 온 나라를 휩쓸면서 한국의 입시제도 – 모든 국민들이 크게 신뢰하지 않고 있다는 것이 심각한 결함이긴 하지만 – 에서 당당하게 '수재'급이라고 평가된 학생들이 줄지어 의과대학 문을 두드리고 있으니 대한민국 의료계의 앞날은 '맑음'이란 평가를 내려도 큰 무리는 없을 듯한데, 정작 의료 이용자인 국민들의 불만은 날이 갈수록 증폭되고 있는 역설의 현상이 벌어지고 있다.

나는 깊은 학문에는 소양이 없는 탓인지 의학박사라는 수식어를 붙이지는 못했으나 우여곡절 끝에 약간의 기술을 습득하여 전문의 자격을 취득함으로써 지금까지 신경과 전문의 노릇을 하면서 살아오고 있다. 그런데 전문의가 됨으로써 시답잖은 의사가 아닐까 하는 세간의 '의혹'은 불식시킬 수 있었을지는 몰라도, 전문의가 된 지 벌써 10년의 세월이 흘렀음에도 "신경과가 도대체 어떤 환자를 전담하는 과인가?"라는 세간의 '의문'을 설명하는 데 아직도 진땀을 빼고 있다. 이것은 나 혼자만이 겪는 어려움이나 고충이 아니라 신경과학회에 소속된 모든 신경과 전문의들이 겪는 것이다. 그래서 많은 신경과학회 회원들이 지금껏 신경과의 정체성을 제대로 확립하지 못한 학회의 무능함에 대해 불만을 터뜨리고 있다. 특히 신경과를 전문과목으로 표방한 개원의의 처지에서는 전문과목의 정체성 확보는 자신들의 입지는 물론 수입과도 직결된 문제인 터라 그 불만의 강도가 한층 더 높을 수밖에 없다. 하지만 이 문제는 단순히 학회의 무능함이나 안이함을 탓하기엔 무리가 있다. 이 문제는 우리 사회의 언어습관에 그 뿌리가 닿아 있는 것이므로 쉽게 해결되기 어려운 측면이 있다.

신경학 또는 임상 전문과로서의 신경과는 원래 신경정신의학이나 신경정신과학회에 통합되어 있었다가 지난 1983년 신경과학회가 신경정신과학회로부터 분리·독립하면서 '신경정신과'라는 전문과목은 없어지고 의료법상 '신경과'와 '정신과'라는 별개의 법정 전문과목이 만들어지게 되었다. 그로부터 20여 년의 세월이 지났지만 여전히 '신경정신과'라는 말은 우리 사회 전반에 걸쳐 광범위하게 통용되고 있을 뿐 아니라, 의료인들 사이에서나 의료기관 내에서조차 신경정신과와 신경과, 정신과는 서로 혼용해 사용되고 있는 것이 현실이다.

'신경'과 '정신'

신경과에서 말하는 '신경'은 뇌를 포함한 중추신경계와 말초신경계 같은 신체기관을 구성하는 유형(有形)의 신경계(Nervous system)를 의미하는 것이며, 신경계 질환이란 신경계의 병변이나 생리 변화에 의해서 생기는 질환을 말하는 것이므로, 인간 내면의 심리 상태나 인성에서 비롯된 문제, 또는 사회와 인간 개개인의 관계의 부조화에서 발생할 수 있는 특이한 행동양식을 질병의 차원에서 접근하는 정신과 질환(Psychologic Problerm)과는 확연히 구분된다.

'신경'과 '정신'이라는 말의 개념은 학문의 영역에서는 이렇게 명쾌하게 구분할 수 있지만, 우리들의 일상 언어습관에서 '신경'과 '정신'은 전혀 구분 없이 혼용하며 사용되고 있다. 이런 언어습관은 의학지식이 없는 사람들뿐 아니라 의사들의 말에서도 쉽게 확인할 수 있다.

의학용어로 사용되는 '신경'과 '정신'이란 말은 19세기 말 개항과 함께 서구의학이 도입되면서 통용되기 시작한 것으로 추정되는데 '정신'이란 개념은 서구의학이 도입되기 이전부터 우리 민족이 널리 써 왔던 '혼', '넋', '얼'이란 말로 충분히 대체할 수 있는 말이다. '얼빠진'이나 '넋 나간' 등과 같은 표현들은 지금의 정신질환자들의 증세를 설명하는 임상 소견과 크게 다르지 않다.

하지만 신경계를 지칭하는 '신경'이란 말을 대체할 수 있는 우리 민족의 고유한 말은 찾아보기 어렵다. 서구의학이 도입되기 전 우리 민족의 주류의학으로 자리잡고 있던 한(漢)의학이나 전통 민간의학에서 뇌와 신경계의 기능에 대해서만큼은 철저하게 무시하거나 무지했기 때문이다. 한의학에서 사람의 신체는 오장육부로 구성된다고 설명하는데 그 오장육부 중에 뇌와 신경계는 포함되어 있지 않다. 대신 뇌의 기능을 하는 신체기관을 심장[君主之臟]으로 판단하고 있었던 것 같다. 두개골 안에 뇌가 있다는 사실은 알고 있었으나 그것이 신체기관이 아니라 두개골을 채우고 있는 액체 수준으로 파악하고 있었던 것 같다. 지금도 수제비 같은 음식을 먹으면서 '골 메운다'라는 말을 쓰는 나이 드신 어른들이 있는데, 이는 신체의 해석과 관련된 우리 민족의 문화와 결코 무관하지 않다.

근대 이전의 지식에서 뇌의 기능에 대한 오해가 있었으니 당연히 뇌세포에서 기원이 시작되는 신경계의 기능은 물론 그 존재조차 알았을 리 없고, 그러니 신경계를 지칭하는 말이 없는 것은 당연하다. 구한 말과학사상가 혜강 최한기가 서구의 의학체계와 비교하여 당시 조선의 취약한 의료체계를 지적하며 해부학의 중요함을 강조한 대목에서 '뇌기근(腦氣筋)'이란 말로 신경계를 언급하긴 하였으나 지금까지 최한기의 사상과 학문이 크게 주목받지 못해 왔듯 뇌기근이란 말 역시 그 누구도 주목하지 않았던 용어이고 신경과 의사들에게조차 생소한 낱말이다.

지금 우리 사회에서 '신경'이란 의학용어는 두 가지 의미로 사용되고 있다. 첫째는 뇌세포에 기원을 둔 '신경' 그 자체를 표현하는 것이다. 두 번째는 자각증상이 있고 신체의 불편함이 있긴 하지만 질병의 실체가 모호하고 진단은 물론 원인조차 불명확할 때 환자는 말할 것도 없고 많은 의사들까지도 분별 없이 '신경성 위염', '신경성 대장염', '신경성 두통' 이런 식으로 '신경성'이란 표현을 쓰는 경우이다. 여기서 사용되는 '신경성'이라는 용어에 대해 정확한 개념을 적용하여 설명하자면 '심인성(psychogenic, psychosomatic)'이라고 하는 것이 옳다. 하지만 의사들이 편하게 '신경성 위염'이나 '신경성 두통'이란 진단을 내리고 환자들은 또 이를 의심 없이 받아들이는 이유는 진료실 밖의 일상생활에서 우리가 '신경'이란 말을 그렇게 쓰고 있기 때문이다.

흔히 '신경 쓴다'라는 표현은 '관심이나 애정을 가진다', '고생을 하거나 애를 쓴다', '여러 가지 스트레스에 시달리거나 심리적 부담이 많다'는 뜻으로 광범위하게 쓰이고 있다. 국어사전에도 '신경 쓰다'를 "대수롭지 않은 일에까지 몹시 세심하고 꼬치꼬치 따지어 생각하다"라고 설명하고 있다. 이처럼 신경과 의사가 말하는 '신경'과, 환자들이 생각하는 '신경'에는 엄청난 인식의 차이가 있고 이 때문에 신경과 의사의 진료현장에서는 개념의 오해에서 비롯된 충돌이 심심찮게 일어난다.

"신경 쓰게 만들다"

몇 해 전이었다. 중년 여인이 딸인 듯한 20대 중반의 처녀를 데리고 진료실로 찾아와서 한참 머뭇거리다가 작은 목소리로 병원을 찾아오게 된 사연을 이야기하기 시작했다.

"아~가 어디 놀랬는 동 자꾸 깜빡깜빡 놀래미 픽 쓰러지고 좀 이상하네요. 어데 신경이 놀랬지 시푸네예. 접때 밤에 집에 혼자 오다가 디기 놀랜 일이 있기는 합니더마는, 거기 벌써 몇 년 전에 일인데……. 혼기는 다가오고 자꾸 이캐싸이 신경이 씨이네예."

병력을 좀 더 자세히 듣고 몇 가지 검사를 했더니 간질일 것이란 확신이 생겼다. 내가 병세에 대한 설명을 시작했더니 말이 끝나기도 전에 어머니의 반응이 격렬해지기 시작했다.

"뭐라? 경기라꼬예? 그라마 이기, 지금 이기…… 그 뭐꼬? 그, 그, 찌랄병 카는 거기란 말잉교? 야아~가 요새 신경 씨는 일이 좀 많아가 약 좀 타 맥일라꼬 왔디 지금 먼 소리 하능교? 빌 꼬라지 다 보겠데이."

"저기, 그게 그 신경이 아니고……."

"치우소 마! 내 참 살다 보이 빌 꼬라지 다 당한데이! 가자! 고마! 울지 마라! 울기는 와 우노? 신경 씨지 마라! 병원이 어데 여밖에 없나! 가자! 큰 병원에 가보자."

어머니는 소리 없이 눈물을 쏟아내는 딸의 손을 잡고 획 하니 돌아서서 진료실 문을 밀치고 나가버렸고, 진료실 밖에서 딸을 달래며 떠드는 소리는 계속 쩌렁쩌렁 내 귓전을 때리고 있었다.

"니가 와 찌랄병이라! 하이고! 참말로……. 빙씨 같은 기 지가 뭐 안다꼬! 개코도 모리는 기 뭐 찌랄병이라? 찌랄은 지가 하고 자빠졌구마는……. 멀쩡한 아~ 신세 조질 일 있나? 뭐 저런 기 다 있노? 살다 살다 빌 꼬라지를 다 당하는구마! 참말로 택도 아인 기 신경 씨게 만드네."

간질은 손상된 뇌 신경세포의 과흥분으로 경련 발작이 반복되는 질환인데 약물만으로 증상의 조절이 가능하거나 완치되는 경우가 대부분이고, 증상이 심하더라도 꾸준히 약을 복용하면 일상생활에 별 문제가 없는 경우가 많다. 하지만 간질병을 바라보는 사회 통념은 그릇되었다고 말할 수준을 넘어 불치의 천형으로 받아들이고 있는 것이 엄연한 현실이다. 간질병 환자를 바라보는 사회의 시선이 어떤 경우에는 정말 잔인하다 싶을 때도 있다.

사실 인간에게 가장 소름끼치도록 무서운 것은 인간의 편견과 왜곡된 고정관념으로 타인에게 저지르는 폭력인 만큼, 그 처녀의 어머니가 내게 내뱉은 언행은 사회의 그릇된 편견이 저지르는 폭력으로부터 딸을 보호하기 위한 몸부림과도 같은 것 아니겠는가? 딸의 증상을 신경세포의 손상에 따른 천형이 아니라 지나치게 '신경을 쓴' 탓에 나타난 일시적 현상으로 받아들이고 싶은 어머니의 심정이 의사에 대한 분노로 표출되었을 것이다.

문화와 질병

19세기 말 개항 이후 우리나라에 소개되면서 주류의학으로 자리잡은 서구의학은 일제강점기 동안에는 일본 의학계의 영향 아래 놓여 있었으며, 해방된 뒤부터는 미국 의학계 영향을 강하게 받았고, 지금도 의사들은 미국 의학계의 흐름을 따라잡기 위해 여념이 없다. 그 결과 세계 최초로 사람의 난자를 이용한 배아줄기세포 배양에 성공했다며 온 세상을 향해 자랑하는 수준에까지 이르렀지만, 일선 현장에서 의료계를 쳐다보는 국민들의 시선은 무덤덤하다 못해 냉기가 돌만큼 싸늘하기까지 하다.

그 이유는 우리 의학이 기술 수준은 높아졌지만 우리 민족의 정서와 문화를 포용하지 못했기 때문이다. 우리처럼 서구사회로부터 현대의학을 받아들인 일본은 우리와는 달리 자신만의 용어를 스스로 만들어냈다. 그러나 우리는 선진 외국의 기술 수준을 따라잡기에만 급급했던 나머지 몸과 질병에 대한 우리의 문화와 정서에 대해서는 철저하게 무관심했던 탓에 몸과 건강에 대한 우리말을 찾는 데는 소홀했다. 그래서 국민들이 쉽게 알아듣지 못하는 서구식 의학용어를 그대로 쓰는 경우가 많고 우리말로 번역해서 쓴다 하더라도 그것은 거의 일본이 만들어낸 일본식 한자어이다 보니 의사와 환자 사이의 의사소통에는 메우기 어려운 간격이 생기는 것이다.

중풍은 많은 사람들이 앓는 병이고 누구나 나이가 들어가면서 중풍에 걸리지 않을까를 걱정하며 건강관리에 정성을 들인다. 그런데 신경과학회에서는 중풍 대신 뇌졸중(腦卒中)이라는 용어를 사용해 왔다. 뇌졸중은 뇌혈관이 막히거나 터져서 출혈이 생기는 것 같은 모든 뇌혈관 질환을 포괄하는 일본식 의학용어이다. 뇌졸중은 한번 발병하면 사망하거나 사망에까지는 이르지 않더라도 사회생활이 불가능할 정도로 많은 후유증을 남기는 병이고, 식생활 문화가 서구식으로 바뀌면서 발병 빈도가 증가하는 것은 물론 발병 연령까지도 점점 낮아지는 추세이다.

그래서 신경과학회에서는 기회가 있을 때마다 뇌졸중 예방수칙을 홍보하고, 발병했을 경우 신속한 응급조치가 예후를 결정하는 가장 중요한 요인임을 강조하며 신속하게 병원을 찾아 줄 것을 호소하고 있다.

그런데 중풍은 갑자기 신체기능이 일부 마비되는 자각증상이 너무 분명하여 환자들은 병원의 진단을 받지 않고서도 스스로 중풍이라 예단하는 경향이 있다. 그런 판단이 서면 청심환 같은 가정상비약을 복용하거나 바늘로 몸에 상처를 내서 피를 내는 민간요법을 선택하든지 하여 치료시기를 놓치는 경우가 많다. 또 병의원을 이용하더라도 한의원이나 한방병원을 선호하는 경향이 있다.

이런 현상을 국민들이 무지한 탓으로만 돌릴 수는 없다. 오랜 세월 우리 민족이 친숙하게 사용해 온 '중풍'이란 말을 버리고 '뇌졸중'이라는 낯선 용어를 고집해 온 전문가들의 아집 탓도 있기 때문이다. 큼지막한 이비인후과 간판 밑에 '귀·코·목'이란 해석을 따로 붙여 놓아야 하는 번거로움도, 세 살배기 아이도 알아들을 수 있는 '코뼈'란 말을 내버려두고 '비골(鼻骨)'이니 'Nasal Bone'이니 하는 식으로 딱딱한 학술용어만 써 온 의사들의 자업자득 아니겠는가?

'신경성 질환'이나 '신경증' 같은 의학용어 역시 일본식 의학용어이며, 일본문화에서 나온 질병 개념이다. 일본의 문화인류학자 오누키 티어니는 신경성 질환이란 개념에 대해 질병의 원인을 대부분 육체에다 두는 일본의 질병 문화에서 비롯된 것으로 분석하고 있다. 육체, 즉 신체기관에는 문제가 없는 자각증상이란 의미이다. 그에 대한 일본 의사들의 처방은 '안세이(安定)'였다. 우리 의사들은 이런 일본 문화에서 비롯된 일본식 의학용어를 아무런 비판 없이 받아들여 유포시켜 왔다.

이런 저런 이유로 몸이 불편하여 병원을 찾은 사람들 중에서 "신경 많이 써서 그렇습니다. 신경 너무 쓰지 마십시오"라는 의사의 말을 들어보지 않았던 사람은 드물 것이다. 신경과 의사인 나 역시도 그런 말이 입에 배어 있다. 과거에도 지금도, 또 앞으로도 "신경성입니다. 신경 너무 쓰지 마십시오"라는 의사들의 친절한 설명은 계속 이어질 것이다. 이런 상황에서 신경과 의사들이 나서서 이 '신경'과 그 '신경'은 다른 거라고 구구절절 설명을 늘어놓는다 하더라도 일상생활에서 고착된 언어습관과 인식의 혼란이 쉽게 교정되기는 어려울 것 같다.

전문지식과 교양

우리나라 의사들이 대부분 전문의 과정을 수료하여 전문의 자격증을 가지고 있다. 그리고 그 대부분의 전문의들이 1차 의료현장에서 진료활동을 하고 있다. 하지만 의료 이용자들이 수용하지 못하는 전문성이라는 것은 자신의 경력이나 권위를 드러내기 위한 장식물에 지나지 않는다. 사실 1차 진료기관 의사에게 필요한 것은 특정 분야의 전문성이라기보다는 보통 사람들의 정서와 삶의 문화를 이해할 줄 아는 교양과 포용력이다.

일선 진료현장에서 의사들은 무한경쟁 체제에서 살아남기 위해 자신의 전문과목을 포기하는 경우도 있었고, 아니면 자신의 전문성을 부각시키기 위해 자신의 병의원 시설에 대한 투자의 규모와 강도를 높이면서 활로를 찾아왔다. 앞의 경우는 교육에 필요한 개인 또는 사회적 비용 낭비를 부추기는 우리 의학교육의 문제점을 드러낸 것이라 할 것이고, 뒤의 사례들을 통해서는 의료전달체계를 혼란에 빠뜨리는 의료계의 과잉·중복 투자가 어느 정도 수준인가를 가늠해 볼 수 있을 것으로 생각한다.

몇 해 전부터 의학계의 각 학회는 '세포분열'을 거듭하고 있고 이에 따라 수많은 분과학회가 생기고 있다. 하지만 무엇을 위한, 누구를 위한 세포분열인지 도무지 알 수 없다. 이것이 무한경쟁에 내몰린 의사들의 경쟁력을 높이고, 의사들 사이의 영토분할 차원에서 이루어지는 것이라면 머지않은 장래에 더 큰 문제를 불러올 것이다. 국민들의 일상 문화나 정서와 괴리된 전문성은 1차 의료현장에서는 쉽게 뿌리내리기 어렵다는 사실을 알아야 한다. 지금 1차 의료현장에서 절실히 필요한 것은 고도의 세련된 전문성이 아니라 사람을 전인격적으로 이해할 수 있는 1차 의료기관의 포괄적 기능이다. 수많은 인재들이 몰려들고 또 의사들의 높은 교육수준에도 불구하고 의료계에 대한 국민들의 불만이 팽배한 이유를 깊이 헤아리지 못한다면 의료계의 앞날이 결코 순탄치만은 않을 것 같다.

발문

질병의 시대에 건네는 생명의 목소리

김연주 (작가)

2010년 8월, 대구시는 첨단의료복합단지 선정 일 년째를 맞이하였다. '의료산업 실리콘밸리' 구축을 목표로 현재 103만 제곱미터 규모의 대지 조성공사가 진행 중이며, 올 하반기부터 민간 입주구역 부지를 분양할 예정이라고 한다. 또한 인재와 기업 유치를 위해 글로벌펀드와 메디시티 기금을 조성할 계획이란다. 대구시는 '메디시티 대구'의 브랜드화, 밀양신공항 유치에도 열을 올리고 있다.

의료시장 개방 이후, 지자체마다 의료산업 육성에 경쟁적으로 뛰어들고 있지만, 서민들의 건강이 이전보다 나아지리라는 전망은 보이지 않는다. 보건복지부에 따르면 대구시는 법정전염병인 결핵 증가율이 27.7%로 전국 1위다. 최근 수년 간 한국에서 결핵 발병률은 계속해서 증가하고 있으며, 매년 2,300여 명이 결핵으로 사망했다. 얼마 전 대구의 모 고등학교에서 일어난 결핵 집단발병 사태는, 신종플루대유행에 이어 또다시 전염성 질환 확산에 대한 공포감을 불러왔다.

정부와 지자체는 의료산업 부흥을 외치기 전에 'OECD 국가 중 결핵 사망률 1위'라는 불명예를 극복할 수 있는 정책부터 당장 시행하여야 할 것이다. 서민들의 건강권은 제쳐둔 채 거대 기업의 의료시장 진출과 고객 유치에만 매달린다면, 그 폐해는 국가의 지원을 가장 필요로 하는 의료취약 계층에게 전가될 것이 분명하다. 면역력을 키울 짬이 없는 학생들, 노숙자, 이주노동자, 노인들에게 '메디시티 대구'는 달아오른 분지에 떠오른 신기루에 지나지 않을 것이다.

『우리시대의 몸·삶·죽음』의 저자 김진국 선생은 1960년 대구에서 태어났다. 어린 시절 줄곧 대구에서 성장하였고, 신경과 전문의가 된 이후 각종 의료 현안을 주제로 꾸준히 글쓰기를 이어왔다. 그리고 2010년 가을, 대구에서 갓 태어난 출판사 〈한티재〉에서 선생의 글 열여덟 편을 엮어 책으로 발간하였다.

이 책은 의료계의 주요 쟁점에 대한 논의와, 생에서 죽음에 이르는 인간의 몸과 생명에 대한 성찰, 문학에 반영된 인간과 의료계의 현실에 대한 이야기들을 담고 있다. 이 책을 읽는 경험은 간단없이 뒤틀린 내장 속 같은 현실의 굽이굽이를 펜라이트를 비춰가며 한 바퀴 돌아 나오는 고독하고 지난한 여행을 연상시킨다. 그 여행에서 우리는 언젠가 한번은 만났을, 아니 날마다 마주치지만 얼굴을 떠올릴 수 없는 '난장이'들의 생애와 마주하게 된다. '난장이'들을 생산해내는 거대한 시스템을 어둠 속에서 발견하게 된다.

> 병원은 사람을 일상의 삶과 그가 소속된 사회로부터 격리시키는 공간이며 인간관계의 단절을 만들어내는 공간이다. 그러므로 원래 병원은 일상의 삶에서 격리될 수밖에 없는 가난한 병자와 연고자가 없는 부랑자를 위한 수용시설로서 기능을 했다.
>
> —「우리 소설에 그려진 의술의 풍경」 25쪽

영국의 지리학자인 에드워드 렐프는 그의 저서 『장소와 장소상실』에서 무장소성(無場所性)에 대해 다음과 같이 말했다. "그것은 뿌리를 잘라내고, 상징을 침식하고, 다양성을 획일성으로, 경험적 질서를 개념적 질서로 바꾸어버리면서, 가장 심각한 수준에 도달한다." 무장소성은 '의미 있는 장소를 가지지 못한 환경과 장소가 가진 의미를 인정하지 않는 잠재적인 태도'로 정의된다. 이러한 무장소성은 '기술'과 '집권적 권력'에 의해 계속해서 확장되어 왔다.

격리되어 서로의 얼굴을 알아볼 수 없는 공간. 역할에 따라 위계가 나눠지고 그 대우가 천차만별로 달라지는 것이 당연시되는 공간. 인간으로 존재하기 위해 '밀실 속의 권력'을 상대로 싸워야 하는 공간. 용도에 부합하기 위해 발버둥 쳐야 하는 공간. 병원은 각개 집단의 집합체는 될지언정 결코 공동체를 형성할 수 없는 '불모의 공간'이 되어간다. 효율과 수익성에 맞춰 구조화된 그곳에서 '격리'를 거부하며, 자기가 누구인가를 말하려는 이들은 가차 없이 추방당한다.

대구의 모 대학병원 식당의 해고노동자들. 그들은 환자식당 외주철회와 직접고용을 요구하며 옥외 천막농성장에서 오늘도 79일째 철야농성을 이어가고 있다. 병원 식당 정규직 노동자에서 외주업체의 계약직 노동자로 옮겨갔던 그들에게, 사측은 올해 6월부터 재하청업체의 노동자로 재입사하라고 요구했고, 노동자들은 이를 거부했다. '인력관리 효율'과 '서비스 질 향상'을 내세우는 병원 자본에 의해 해고당한 노동자들은 농성장 천막 아래서 폭염의 여름을 지나왔다. 이미 밀려나올 대로 밀려난 이들을 여기서 어디로 추방하려는 것인가.

수십 년에 걸쳐 병원 환자들에게 따뜻한 밥을 지어낸 노동자의 몸. 그 몸은 참으로 '고마운 몸, 고운 몸'이다. 식당 노동자들은 밥을 짓는 일로 쌀을 사고 그의 자녀들을 길러내었을 것이다. 고된 노동의 흔적을 몸 속에 갖가지 질병으로 간직하고 있을 것이다. 그 몸은 아름답지 않은가. 아름다움은 어디로 숨어버린 것일까. 이 시대가 '아름답다'고 노래하는 몸들이 새롭게 만들어지고 있다.

행복하게 만들어주는 약과 기술은 엄청난 효과를 나타냈다. 난장이의 키가 커지고, 누런 피부는 뽀얗게, 하얀 피부는 뽀송뽀송하게, 평면적인 얼굴에 낮은 코는 갸름한 얼굴에 오뚝한 콧날로, 튀어나온 광대뼈는 깎아내서 반듯하게, 짧은 하반신은 쭉쭉빵빵하게, 납작한 가슴은 불룩하게, 굵은 몸통은 잘록하게 다듬어낸다.

—「난장이의 죽음, 그 이후」 82~83쪽

멋진 몸을 욕망하는 개인이 성형외과를 찾는 것이 이젠 더 이상 별스럽지 않은 일이 되었다. 성형외과가 포화상태에 이르러 성형외과 의사들의 밥벌이가 어려워졌다는 뉴스가 나온 지도 벌써 몇 년 전이다. 이참에 한국관광공사가 의료관광 활성화를 위해 이색적인 활동을 펼쳐보였다. 중국의 최대 미용성형병원인 '화메이병원' 의료진을 초청, 한국의 유명 가슴성형센터에 견학을 주선했다. 여기서 그치지 않았다. 몽골의 여성 톱 모델을 '의료관광 서포터즈'로 위촉하면서 강남의 모 성형외과를 통해 눈, 코, 사각턱, 광대뼈, 앞턱 수술과 귀족수술 등 대대적인 성형수술을 지원했다. 한국관광공사가 의료시장의 포주 역할을 하기에 이르렀냐고 탄식할 필요는 없을 것이다. 의료관광의 최대 수혜자는 실력 좋은 의료진과 최신기술을 갖춘 병원 자본이 될 것이 자명하다.

의약분업의 필요성이 제기될 때마다 의사들은 약가 마진에서 음성수입을 얻는 부도덕한 집단으로 매도당했다. 그런데 불합리하게 책정된 약가 때문에 최대의 이익을 얻은 집단은 의사들이 아니라 제약자본이었다. 의사들이 제약자본의 방패막이였던 셈이다. 첨단시설, 최신장비, 최신기술이 의료기관 사이에 최고의 경쟁력이 되어 있고 여기에 소비자들이 환상을 가지고 있는 한, 의료비의 낭비구조는 결코 개선되지 않을 뿐더러, 그에 따른 반사이익은 의료 자본이 가져가고 의사들은 더욱 궁핍해진다.

—「의료대란과 소비자 주권」 169쪽

저자는 의사라는 직업의 멋들어진 허울에 가려진 의료계의 실상을 고백한다. 실체를 가늠키 어려운 거대 자본 앞에서 의사 개인은 무력한 존재일 뿐이다.("의학기술이 발전하면 할수록, 병원의 규모가 커지면 커질수록 병원 자본의 힘은 더욱 커져갔고 의사는 병원 경영진의 뜻을 따라가야 하는 고임금 노동자의 처지로 내몰렸다.") 승자독식의 논리는 의료계에서도 마찬가지다.

의료자본이 성장할수록 정부는 자본의 이익 창출에 부합하는 새로운 제도들을 만들어낸다. 공공의료의 근간을 흔드는 영리병원 도입이나 민영의료보험법안 발의 등 의료민영화의 수순을 정부가 진행하고 있다. 바야흐로 민영화가 '대세'가 되었다.

그러나 국민들이 의료민영화에 지지를 보내는가 하면 그렇지 않다. 공공노조가 지난 5~6월, 전국 7개 병원의 환자와 보호자 578명을 대상으로 실시한 여론조사에서, 응답자의 89.4%가 영리병원 도입으로 가계

의료비가 증가할 것이라 예상했다. 진료실적에 따른 차등성과급 도입에 대해서도 응답자의 80% 이상이 "불필요한 검사가 많아지고 돈벌이 환자를 선호하게 될 것"이라고 답했다. 한쪽에서는 더 좋은 의료서비스에 대한 욕구가 팽배해지는 한편, 서민들은 의료민영화로 인해 의료비 부담이 가중될 것을 우려하고 있다. 고가의 의료서비스를 구매할 수도 없으며, 건강을 위해 일정한 시간과 경비를 투자할 수도 없는 이들은 어찌해야 하는가.

저자는 "의료에 관한 진정한 소비자 주권 운동은 단순히 환자의 알 권리나 언제라도 진료받을 권리가 보장되는 수준이 아니"며, "의학에 의해 일방적으로 규정되어버린 건강과 생명에 대한 가치, 몸에 대한 문화를 바로잡"아야 한다고 말한다. 의료 서비스의 변화를 요구하는 것에서 더 나아가 그것을 소비하는 이들도 바뀌어야 한다는 것이다. 지체장애인의 방화로 발생한 대구지하철참사 이후 "지하철의 안전 시스템 구축과 완벽한 복구보다도 더 중요한 문제가 지역사회의 소외계층들을 사회의 구성원으로 통합할 수 있는 지역단위의 정책을 만드는 것"이라는 저자의 지적은 참으로 적절하다.

거대한 병동 속에서는 아무도 살고 싶어하지 않으며, 그러므로 먼저 우리가 잃어버린 가치들을 일상 속에서부터 복구해내어야 한다. 마을과 텃밭, 골목길과 광장에서 누구나 쉽게 만나고, 어울리고, 이야기 나

눌 수 있어야 한다. 격리와 소외를 넘어 사람과 사람 사이, 사람과 자연 사이에 깊은 사귐이 이루어지는 공간, 그곳에서 가장 근원적인 치유가 이뤄질 것이다.

> 지금 의사들이 해야 할 일은 의권을 쟁취하기 위한 싸움이 아니라, 사회 전체를 병동으로 만들어 이익을 챙겨가는 세력들과의 싸움이다. 그 싸움에서 이길 수 있는 힘은 국민들의 신뢰와 애정이 뒷받침된 의사의 자존심과 오기뿐이다.
>
> —「농담 속에 파묻힌 진실」 65쪽

책을 읽고 나서 가장 기억에 남는 두 개의 단어, 그것은 바로 '자존심'과 '오기'였다. 지하 벙커에 숨은 권력, 끊어지는 물길과 사라지는 습지들, 너무도 많은 자동차와 어두운 뉴스들, 기후 이상으로 지구 곳곳에서 일어나는 재난 소식들……. 그저 새가슴으로 살아갈 뿐인 작은 사람들에게 밀려드는 파괴의 굉음과 비명소리는 고문과도 같은 것이었다. 그러나 저자는 싸워야 한다고, '자존심'과 '오기'를 가져야 한다고 말해주었다. 그리고 지금도 이 갑갑한 분지의 도시에서, 따스한 아랫목이 아닌 차가운 윗목의 한 자리를 꿋꿋이 지켜주고 계신다. 발문을 쓸 자격도, 깜냥도 되지 않는 이에게 지면을 내어주신 저자와 〈한티재〉 출판사에 감사드린다.